LILI ANDERSEN

Mousse MIT SCHUSS

Ein Fall für die Inselköchin

Ein Nordsee-Krimi

WILHELM HEYNE VERLAG
MÜNCHEN

Penguin Random House Verlagsgruppe FSC® N001967

Originalausgabe 03/2023
Copyright © 2023 by Lili Andersen
Copyright © 2023 dieser Ausgabe
by Wilhelm Heyne Verlag, München,
in der Penguin Random House Verlagsgruppe GmbH,
Neumarkter Str. 28, 81673 München
Redaktion: Sandra Lode
Printed in Germany
Umschlaggestaltung: Eisele Grafik Design, München,
unter Verwendung von Adobe Stock (Daniel Strauch, 1xpert,
Edwin Butter, Eva Gruendemann) und Bigstock (Seamartini,
anchaleeyates, paseven, maystra)
Satz: Uhl + Massopust, Aalen
Druck und Bindung: GGP Media GmbH, Pößneck
ISBN: 978-3-453-42736-5

www.heyne.de

Kapitel 1

Siebzehn Jahre zuvor

Die Party war irgendwann öde geworden. Kaum noch was los. Zeit zu gehen. Anfangs war die Stimmung ausgelassen gewesen, das Buffet nach einer Stunde geplündert. Doch an Alkohol fehlte es nicht, er floss sprichwörtlich in Strömen. Gegen Mitternacht war nur noch der harte Kern übrig geblieben. Eine Gruppe von Menschen, die sich selbst beweihräucherten. Jeder Einzelne hielt sich für den Nabel der Welt. Einschließlich seiner Person. Die gut gemeinte Warnung, die Hände vom Steuer zu lassen, war allerdings bei den meisten angekommen. Einige waren mit dem Taxi gekommen, andere, ebenfalls Vernünftige, mit Bus und Bahn. Mehrere Taxis hatten bereits Gäste eingeladen und waren mit ihrer promillelastigen Fracht in die Nacht verschwunden.

Auf dem Parkplatz standen nur noch drei Fahrzeuge, den eigenen Wagen zu finden war also nicht das Problem. Doch schon den Autoschlüssel aus den Tiefen des ledernen Rucksacks zu klauben, war gar nicht so einfach. Mit einem Fluch flog ein Paket Papiertaschentücher auf den Boden, gefolgt von einer kleinen Taschenlampe. Das Glas brach, die Lampe wurde mit einem Fußtritt in das nahe gelegene Gebüsch befördert.

»Scheiße, wo ist das Scheißding?« Trotz des Rotweins und der davor genossenen Cocktails klang seine Stimme erstaunlich fest und klar. »Hast du etwa die Schlüssel aus dem Rucksack genommen?«

»Blödsinn. Wann bitte soll ich denn das gemacht haben? Aber vielleicht ist das ein Zeichen. Du solltest dich wirklich nicht mehr hinters Steuer setzen.«

»Pah, Blödsinn. Die paar Kilometer. Die Strecke kenn ich wie meine Westentasche.«

»Na, hoffentlich. Offensichtlich ist sie dir besser bekannt als das Innenleben deines Rucksacks. Meinst du nicht, es wäre doch vernünftiger, ein Taxi zu nehmen? Oder in einem Hotel zu übernachten?«

»Du kannst dir gerne eins kommen lassen. Und ein Hotel liegt keine hundert Meter von hier. Also bitte, ich halte dich nicht auf. Außerdem wolltest du mit mir fahren, ich hab dich nicht dazu eingeladen.«

Eine Dose Pfefferspray flog aus dem Rucksack. Das Geräusch von Metall auf Stein hörte sich unnatürlich laut an. Die Dose wanderte wieder zurück in den Lederbeutel.

»Ah, da sind sie ja. Also, was ist nun, steigst du ein oder nicht? Oder willst du die Nacht im Büro verbringen?«

»Nein, natürlich nicht. Sonst komm ich nur auf die Idee, wieder an der Planung herumzudoktern. Der Beitrag für den Wettbewerb geht Montag raus. Ich meine, er ist perfekt. Ich kann ihn nur noch verschlimmbessern.«

»Ich könnte nicht die ganze Nacht vor dem Computer hocken und versuchen, kreativ zu sein.«

»Dafür hab ich meine kleinen Muntermacher.«

»Ach, so was nimmst du? Hätte ich nicht gedacht.«

Klack. Die Autotüren öffneten sich.

»Los, jetzt steig schon ein. Ich kutschier dich sicher nach Hause. Ich bin echt todmüde, also, mach jetzt …« Die eben noch klare Stimme klang mit einem Mal verwaschen.

»Todmüde? Eben hast du noch gesagt, du kannst fahren.«

»O Mann, mir reicht's so langsam. Hör einfach auf rumzumeckern. Wenn ich einen über den Durst getrunken hab, fahre ich immer noch sicherer als du in nüchternem Zustand. Ich bin müde, will in mein Bett. Du mit deinem ewigen Hü und Hott. Dann ruf mich nicht an, wenn du mitfahren willst. Du hättest dir doch denken können, dass ich was trinken werde. Und dass es spät werden wird, war ja wohl auch klar.«

»Das hab ich gemerkt. Ich hab mindestens eine Viertelstunde auf dich gewartet und mir den Hintern an deinem Wagen platt gedrückt.«

»Du hättest reinkommen können.«

»Vielen Dank auch. Du hast schließlich gesagt, die Party sei spätestens gegen Mitternacht vorbei. Was soll ich denn dann da? Ist überhaupt noch jemand am Feiern? Als ich hier ankam, hab ich nur Babs gesehen. Die Dame war jenseits von Gut und Böse. War das ihr aktueller Lover, der sie auf dem Weg zum Wagen fast verschlungen hat?« Die anfängliche schlechte Laune hatte sich jetzt in pure Neugierde verwandelt.

»Ja, Tomaso. Er ist neu. Hat den ganzen Abend nicht die Finger von ihr gelassen. Er wird allerdings nicht lange mit ihr Spaß haben. Morgen geht's für sie nach New York. Die ganz große Karriere winkt. So, jetzt steig endlich ein.«

»Bist du eifersüchtig?«

»Auf Tomaso? Ach was. Babs und ich hatten eine tolle Zeit zusammen, vorbei ist vorbei.«

»Ich meinte, dass sie groß Karriere macht, wie du sagst.«

»Eifersüchtig? Blödsinn. Und jetzt rein in die Karre.«

Die Beifahrertür fiel ins Schloss, er startete den Motor. Schon nach einem knappen Kilometer hatten sie die Landstraße erreicht. Der Wagen brauste mit überhöhter Geschwindigkeit über die buckelige Piste. Schilder warnten vor Schlaglöchern. Ein Hase sprang über die Straße, das Fahrzeug wurde scharf abgebremst, kam ins Schlingern, wurde sofort wieder beschleunigt. Das Karnickel, das in dieser Nacht Glück gehabt hatte, hoppelte ins benachbarte Luzernefeld.

»Fahr langsamer, bist du nicht ganz bei Trost, so zu rasen? Das ist ein gefährlicher Kurvenabschnitt. Du gerätst gleich noch auf die Gegenfahrbahn. Wenn du so weiterfährst, wird mir übel. Dann kann ich für nichts mehr garantieren.«

»Jetzt werd nicht gleich hysterisch. Und bevor du mir ins Auto kotzt, kannst du gerne aussteigen und zu Fuß weiterlaufen.«

Die Lautstärke des Radios wurde erhöht, dumpf ließen Bässe das Innere des Fahrzeugs geradezu erbeben. Erneut drohte der Wagen, auf die Gegenfahrbahn zu geraten. Das entgegenkommende Auto blendete auf, sein Fahrer hupte, lenkte nach rechts, um eine Kollision zu vermeiden, bremste kurz ab, fuhr dann weiter.

»Halt an, lass mich raus. Ich fahr keinen Meter mehr mit dir weiter.« Kreischen erfüllte das Fahrzeuginnere, vermischte sich mit dem eindringlichen Sound von Metallicas *The Unforgiven*.

»Du bist doch nicht ganz dicht im Kopf. Schnall dich sofort wieder an.« Um die Aufforderung zu unterstützen, erfolgte ein vehementer Tritt auf die Bremse, der den Wagen in null Komma nichts zum Stehen brachte. Der Aufprall des Kopfes auf dem Armaturenbrett erzeugte ein dumpfes Geräusch. Als würde ein hart gekochtes Ei auf einen festen Untergrund treffen.

Entsetzen mischte sich mit Erstaunen. Musste der Airbag auf einen solchen Zusammenprall von Kopf und Armaturenbrett nicht reagieren? Er hatte keine Ahnung von Technik. Aus dem leicht geöffneten Mund floss dünn wie ein Faden ein Rinnsal Blut gemischt mit Speichel.

»He, lass den Mist. Sag was. Verdammt, jetzt gib mal einen Mucks von dir.«

So schnell starb man doch nicht. War da so etwas wie ein Puls am Hals zu fühlen? Nein. Kein Puls am Hals, kein Puls am Handgelenk. Nichts. Das Ganze war ein einziger Albtraum. Panik breitete sich im Wagen aus wie ein dichter giftiger Nebel. Und jetzt? Ins Krankenhaus? Mit einer Leiche? Vollkommen betrunken? Die Panik wich blitzschnell einer geradezu grotesken Abgeklärtheit. Konnte man von einer Sekunde auf die andere wieder stocknüchtern werden?

Mit den letzten Liedzeilen von Metallica rollte der Wagen auf den unbefestigten Parkplatz zwanzig Meter weiter. Motor aus, aussteigen, Beifahrertür öffnen. Ganz schön schwer so ein lebloser Körper. Heraushieven, ablegen, nochmals nach einem Puls suchen, irgendeinem Lebenszeichen nachspüren. Da war definitiv nichts mehr. Bedauern erfüllte ihn, doch er musste schleunigst von hier weg.

Irgendjemand würde ihn in den nächsten Stunden finden. Und niemand hatte sie vorhin zusammen auf dem Parkplatz gesehen.

Kapitel 2

Siebzehn Jahre zuvor

Die Beerdigung fand an einem strahlenden Frühherbsttag statt. Die Menschen hatten nicht alle Platz in der Friedhofskapelle gefunden. Draußen standen mindestens noch mal so viele Trauergäste. In den ersten Reihen saßen auf den unbequemen Holzbänken die engsten Familienangehörigen.

In der Trauerannonce war darum gebeten worden, auf dunkle Kleidung zu verzichten und anstelle von Kränzen oder Blumen eine Spende an den *Weißen Ring* zu machen. Das Opfer war zwar tot, würde bald beerdigt sein, doch der *Weiße Ring* war immer auf Gelder angewiesen, um Verbrechensopfer zu unterstützen.

Wie war die Familie wohl auf diese Idee gekommen? In der Zeitung hatte gestanden, es habe sich wahrscheinlich um einen tragischen Unfall mit Todesfolge gehandelt. Das Opfer, das überfahren und tot auf einem Parkplatz entdeckt worden war, habe offenbar unter Drogeneinfluss gestanden. *Die Muntermacher.* Die Person, die ihn überrollt hatte, hatte sich vom Ort des Geschehens einfach entfernt. Erst ein Lkw-Fahrer hatte die Leiche entdeckt und seinen Fund bei der Polizei gemeldet.

Er stand ganz hinten in der Reihe der Kondolierenden. Bereits am Tag nach dem Unfall war im *Weser-Kurier* darüber berichtet worden. Er hatte fassungslos den kurzen Beitrag gelesen. Von einem Wagen überrollt. So eine Scheiße. Das hatte er nicht gewollt. Es war ein Unfall gewesen, hätte er sich nicht abgeschnallt, wäre überhaupt nichts passiert. Er war doch selbst schuld gewesen. Aber dass ihn dann noch in der Nacht jemand überfahren hatte. Ihm war augenblicklich übel geworden, er konnte noch gerade so aufs Klo rennen, bevor er sich übergab. Warum hatte er ihn nicht wenigstens an die Seite gezogen, ihn an einen Baum gelehnt? Er hoffte inständig, dass man dieses Auto, seinen Fahrer, seine Fahrerin, ausfindig machen konnte. Damit wäre er zwar nicht weniger schuldig, aber doch irgendwie aus dem Schneider. Die Spende, die er getätigt hatte, war anonym geblieben. Fünfhundert Euro, geschuldet seinem schlechten Gewissen.

Langsam bewegte sich die Menschenreihe auf die Hinterbliebenen zu. Die Sonne schien gnadenlos von einem kristallblauen Herbsthimmel. Eine ältere Dame hatte einen Regenschirm aufgespannt, hielt ihn über sich und eine andere Frau, die sich bei ihr eingehängt hatte.

Das Plopp-Plopp, ein dumpfes Geräusch, als die Erde aus der kleinen Schaufel auf den Sarg fiel, kam immer näher. Auch das Schluchzen und die gemurmelten Beileidsbekundungen drangen nun stärker an Ohren, die das eigentlich überhaupt nicht hören wollten. Doch er war geradezu zwanghaft gewesen, dieser Wunsch, bei der Beisetzung anwesend zu sein. Spätestens, als die Todesanzeige in der Zeitung vom Samstag erschienen war.

Vater, Mutter, drei jüngere Geschwister. Er kannte sie alle, die nächsten Angehörigen, die in der ersten Reihe gesessen und den Zug zum Grab angeführt hatten. Die Eltern, eine Schwester, zwei Brüder. Elf, fünfzehn und knapp zwanzig Jahre alt. Alle vier Jahre ein Kind. Und nun war es eins weniger. Und er trug die Schuld daran.

Die Mutter stand neben dem Pfarrer, links und rechts die beiden Jüngsten, sie hatte ihre Arme um ihre Schultern gelegt. Auf der anderen Seite der Vater mit dem älteren Bruder. Die Ähnlichkeit war verblüffend. Er zögerte, jemand, der noch hinter ihm war, stieß ihn unabsichtlich an. Durfte er, der für dieses Leid verantwortlich war, überhaupt der Familie gegenübertreten? Zweifel breiteten sich in ihm aus, überlagerten den zwanghaften Wunsch, bis zum Ende der Zeremonie dabei zu sein.

»Gehen Sie weiter«, flüsterte die Frau hinter ihm.

Er setzte mechanisch Schritt für Schritt seinen Weg fort. Er hatte gehofft, selbst etwas Trost empfinden zu dürfen, wenn er der Beerdigung beiwohnte. Doch dem war nicht so. Das Einzige, was er fühlte, war Scham.

Unter einer riesigen Zeder kam das Ende des Trosses kurz zum Stillstand. Im Schatten war es angenehm. Eine Welle der Erleichterung durchströmte ihn, als er hinter dem mächtigen Baumstamm verschwand und den Friedhof verließ.

Kapitel 3

Pellworm

»Ich habe mir mein erstes Kochbuch zwar etwas opulenter vorgestellt, aber es ist doch gar nicht so übel geworden.«

Louise Dumas, einst gefeierte Sterneköchin im Elsass, übergab das Büchlein *Exquisit – Die Rose in Küche und Kosmetik* mit einer kleinen Verneigung ihrer Patentante Fine. In Fines reetgedecktem Haus auf der nordfriesischen Insel Pellworm hatte Louise ihr neues Zuhause gefunden. Eine unglückliche Liaison und der Verlust ihres Arbeitsplatzes als Köchin hatten sie vor einem Jahr die Flucht antreten lassen. Hier war sie nun angekommen, hier, auf der kleinsten nordfriesischen Insel war sie heimisch geworden.

»Setz dich, mien Deern. Es ist noch Streuselkuchen übrig. Möchtest du einen Tee?«

»Nein, danke. Aber von deinem Streuselkuchen nehme ich gern ein Stück. Hm, was sehe ich da, du hast Äpfel darunter versteckt?«

Louise setzte sich in den Gartenstuhl und seufzte tief. Es war ein herrlicher Tag. Die leichte Brise brachte eine angenehme Abkühlung. Die ganze Woche würde warm und freundlich bleiben, wie der Wetterbericht verkündet hatte. Fiete lag faul in der Sonne und putzte seine Pfoten.

»Paradiesisch«, befand Louise und legte sich ein Stück Kuchen auf den Teller mit dem blauen Strohblumenmuster. Sie pickte mit der Gabel ein Stückchen Apfel heraus, schloss die Augen und spürte dem Geschmack nach.

»Du hast die Äpfel in Calvados getränkt, stimmt's? Einfach köstlich«, stellte sie zwischen zwei Bissen fest.

»Das war eine Idee von Momme. Er mag es eben gehaltvoll.« Fine lächelte bei dem Gedanken an Momme Mommsen, den ehemaligen Inselpolizisten, ihren Partner, Freund und Fels in der Brandung.

»Wo steckt Momme denn?«

Louise hatte das Kuchenstück verputzt und wischte sich den Mund mit einer Papierserviette ab, auf der der rot-weiß geringelte Leuchtturm von Pellworm prangte. Zufrieden lehnte sie sich in ihrem Korbstuhl zurück und betrachtete die Wolken, die bauschig über den blauen Himmel zogen, in ihrem Gefolge ein Schwarm kreischender Möwen.

»Momme repariert das Gatter am hinteren Ende der Weide. Sture muss der Holzlatte aus reinem Übermut wohl einen Tritt verpasst haben. Als ich das letzte Mal nach ihnen gesehen habe, stand Sture wie ein Unschuldslamm da und hat Mommes Arbeit begutachtet. Eine große Hilfe wird er ihm dabei wohl nicht sein. Aber jetzt muss ich doch das Kochbuch bewundern.« Fine schob die Lesebrille, die auf ihrem Kopf saß, vor die Augen.

Louise lachte lauthals. »Du meinst wohl, ein Unschuldsesel.« Sie reichte ihrer Patentante ihr Werk. Fine strich mit der Hand über das Cover, das ihre reetgedeckte Kate zeigte, die wie ein Dornröschenschloss hinter der Pracht der üppig im Vorgarten blühenden Rosen versank. Hubertus Schulte, ein befreundeter Hobbyfotograf, hatte das Foto im letzten Sommer gemacht und es Fine geschenkt. Es war das perfekte Motiv für das Titelbild.

Als das Organisationskomitee, das die traditionsreichen Rosentage im Juni auf Pellworm vorbereitete, Louise gebeten hatte, ein Kochbuch, schön bebildert, nicht zu umfangreich und ganz und gar der Rose gewidmet, zu gestalten, hatte sie mit Freuden zugesagt. Das Büchlein sollte Gästen wie Einheimischen, allen Freundinnen und Freunden der Rose Ideen und Anregungen geben, was man noch alles mit ihr anfangen konnte, außer den wunderschönen Anblick der Königin der Blumen in Gärten und in Vasen zu genießen. Auf der Suche nach Rezepten hatte Louise Angela angesprochen, die auf Pellworm einen Kräuterladen und ein Kosmetikstudio betrieb und mit ihren Ideen für Körpercremes und Düfte das liebevoll gestaltete Büchlein bereichert hatte.

Wochen hatten Louise und Angela damit verbracht, die Rezepte auszuprobieren, Gästen am Tisch vorzusetzen oder sie in Angelas Studio den Probandinnen auf der Haut zu verteilen. Fine hatte sich sofort bereit erklärt, als Versuchskaninchen herzuhalten. Besonders angetan hatte es ihr ein Rosenbalsam, den sie seitdem täglich anwendete.

Fasziniert hatte Louise Angela über die Schulter geschaut, als diese ihre Zutaten abwog, mischte, beschnupperte und anschließend auftrug.

»Das ist wie in einer guten Küche. Zutaten bester Qualität werden zu einem hochwertigen Produkt zusammengerührt«, staunte sie, während Angela Wildrosen- und Jojobaöl, Sheabutter und Bienenwachs im Wasserbad schmolz und eine Mischung ätherischer wohlriechender Öle von Weihrauch und Rosmarin dazugab. Abgefüllt in kleine Töpfchen ließ sie die Creme erkalten.

Angela hatte geschmunzelt. »Hexenküche nenn ich das. Und es gibt noch viel mehr, was man aus Blüten und anderen Naturprodukten zaubern kann.«

»Richtig schön ist es geworden. Ah, da ist ja das Rezept meiner neuen Lieblingscreme.« Fine riss Louise aus ihren Gedanken. Sie hatte den Rosenbalsam entdeckt und strahlte Louise an. »Du wirst sehen, mien Deern, das Buch wird reißenden Absatz finden.«

Von der Weide ertönte ein empörtes I-ah. Sture, der Esel, kannte die Uhr. Es war Zeit für seinen Nachmittagssnack.

»Fine, dein Esel kann ganz schön aufdringlich werden, wenn er Hunger hat.«

Momme kam angestapft, zog seine Mütze ab, strich sich mit dem Handrücken über die schweißnasse Stirn und setzte die Kopfbedeckung wieder auf. Er stellte seine Werkzeugkiste ab, umschlang Louise, die zur Begrüßung aufgestanden war, wie ein großer Bär und drückte ihr einen Kuss auf die Wange.

»Moin, Louise. Jetzt schaut euch mal an, was Sture veranstaltet hat.« Er zeigte auf die Hosentasche an der Gesäßseite seines Blaumanns, den er immer zum Handwerken trug. Sie war zur Hälfte abgerissen.

»Der Bengel hat, als ich mich gebückt habe, dran gezogen, dachte wohl, es wär was für ihn zum Naschen drin.«

»Oje, ich näh sie dir wieder an.« Fine musste schmunzeln, als sie bemerkte, dass sich Momme das Lachen nur schwer verkneifen konnte. Sture konnte man einfach nicht böse sein.

»Danke. Ich zieh mich nur schnell um und lass den Anzug einfach im Bad liegen. Ich muss gleich zu Dirk.«

Dirk Claussen war der einzige Arzt auf der Insel. Eigentlich schon im Pensionsalter, hielt er so lange die Stellung, bis eine Nachfolge für ihn bereitstünde. Doch noch war niemand in Sicht. Eine junge Ärztin hatte nach nur zwei Wochen, in denen Dirk begonnen hatte, sie einzuarbeiten, dann doch lieber eine Stelle in Hamburg angetreten. Es war nicht nur Dirk ein Rätsel gewesen, wie man Hamburg gegen Pellworm eintauschen konnte.

»Was habt ihr zwei denn vor? Nun, grüß Dirk mal schön von mir.«

»Neugierig bist du aber gar nicht, mein Finchen.« Momme drückte Fine einen dicken Schmatzer auf die Wange. »Ich sag nur so viel: Es geht um das Theaterstück. Dirk hat eine tolle Idee und will sie mit mir besprechen. Mehr kann ich nicht verraten. Also denn, tschüss ihr zwei. Und Louise, mach hinne mit dem Futter, sonst macht sich der Herr vor lauter Hunger noch aus dem Staub. Und der kleine Pauli rennt dann gleich hinterher. Ich hab den Eindruck, er guckt sich bei Sture aber auch jeden Blödsinn ab.«

Schmunzelnd und mit einem Kopfschütteln verschwand Momme im Haus. Kurz darauf winkte er den beiden Frauen noch einmal zu, schwang sich auf sein Fahrrad und radelte davon.

Erneut ertönte Stures durchdringendes klagendes Wiehern. »Bin schon unterwegs«, rief Louise laut. »Monsieur kann wirklich nicht warten. Nicht dass er tatsächlich ausbüxt und die frischen Triebe von deinen Pflanzen abknabbert. Dann können wir die Rosentage vergessen.«

Schon war sie im Schuppen neben dem Stall, um dem Grautier eine Schüssel mit einer Handvoll Gerste, Möhren und einem Apfel zu servieren. In einen kleinen Beutel packte sie eine Karotte und ein paar Brocken hartes Brot, denn auch Pauli liebte seinen Nachmittagsimbiss.

Seit einigen Wochen mischte sich immer öfter in Stures anklagenden Ton das Meckern von Pauli, der knuffigen Zwergziege, die in Wahrheit ein kastrierter Bock war. Eigentlich war Fine auf der Suche nach einem passenden Eselgefährten für Sture gewesen, als sie die Annonce entdeckte, in der Pauli angeboten worden war. Er hatte viele Jahre in der Nähe von Flensburg mit einem Esel verbracht, der im hohen Alter gestorben war. Nun suchte man für den achtjährigen Pauli einen neuen Gefährten. Da sein Halter ebenfalls schon hochbetagt war, gab er ihn mit Freuden an Fine ab. Im April war der kleine Kerl eingezogen, und die beiden Vierbeiner hatten nach zwei Tagen des misstrauischen Beschnupperns und Beäugens Freundschaft geschlossen.

Momme hatte Pauli Baumstämme und Steinbrocken zum Klettern hinter dem Stall aufgetürmt, die der kleine Ziegenbock gerne nutzte. Wie ein Seemann, der auf einem Schiff nach langer Fahrt auf dem Meer nach dem Land Ausschau hielt, stand Pauli auf seinem erhöhten Posten und spähte in alle Richtungen. Wenn er einen von Fines Katern auf der Weide entdeckte, die ihrerseits auf der Suche nach einer schmackhaften Maus waren, hopste er herunter und ging mit gesenktem Kopf auf die Stubentiger los. Allerdings waren Fiete und Piet clever, und noch bevor Pauli auch nur in ihrer Nähe war, hatten sie ihr Jagdrevier bereits verlegt.

Als Louise mit Stures grüner Futterschüssel bei der Weide ankam, erwarteten die beiden Vierbeiner sie bereits. Pauli blinzelte Louise vergnügt an, so kam es ihr jedenfalls vor, aus seinen klaren grünbraunen Augen zu und nahm gnädig seine Karotte und ein Stück hartes Brot an. Er kannte keinen Futterneid, und während Sture sich über sein Müsli hermachte, genoss Pauli die Streicheleinheiten von Louise.

Am Zaun hing bereits ein handgemaltes Schild *Bitte nicht füttern*, durften die Besucher der Rosentage doch auch in die Privatgärten, die geöffnet wurden, ausschwärmen, um sich an deren Rosenpracht zu erfreuen. Und wie Fine und Louise ihre Tiere kannten, würden die nichts unversucht lassen, um die Aufmerksamkeit der Gäste auf sich zu ziehen.

Als Louise zurückkehrte, saß Fine an dem runden Holztisch und studierte interessiert ein weiteres Rezept aus dem Rosenbüchlein. Sie sah auf.

»Apropos Theaterstück, Louise. Könntest du die Telefonliste noch schnell bei Thore vorbeibringen? Er nimmt seine Rolle als Regisseur ja ziemlich ernst. Wie er da in seinem Regiestuhl sitzt und uns alle herumkommandiert. Er hat sich das Ding extra im Internet bestellt. Ich hoffe nur, dass er uns nicht mitten in der Nacht aus dem Schlaf reißt, um uns seine neuesten Regieanweisungen durchzugeben, nachdem er alle Nummern in seinem Handy abgespeichert hat.« Fine schüttelte den Kopf.

Louise schmunzelte. »Fehlt nur noch ein Megafon, mit dem er seine Anweisungen herausbrüllt. Aber er macht seine Sache ganz gut. Ich glaube, unsere Aufführung wird ein voller Erfolg. Ich zieh mich nur schnell um, dann mach ich mich auf die Socken.«

Kapitel 4

Bremen

»Hat es mit dem Casting für die neue Krimiserie geklappt?«

Veronique Weidner zog sich ihre Jacke über und hielt
ihrem Kollegen die Tür auf. Ron Schubert stand in ge-
bückter Haltung da und band sich einen Schnürsenkel. Er
schaute auf.

»Ja, hat geklappt. Wollen wir noch einen zusammen trinken?«

Veronique schaute auf ihre Uhr. »Gerne, aber um halb
zwölf muss ich zu Hause sein, der Babysitter schreibt morgen eine Englischarbeit.«

Sie und Ron Schubert waren feste Mitglieder des Theater-
ensembles am Bremer *Theater am Goetheplatz*. Die Spielzeit
war zu Ende, der letzte Vorhang gefallen. Schillers *Wilhelm
Tell* war ein Garant für ein volles Haus, zumindest wenn das
Stück ganz klassisch inszeniert wurde, ohne Firlefanz und
Tamtam, wie Schubert es nannte. Außerdem stand der Tell als
Schulstoff in Deutsch an. Das hieß, zwei Extravorstellungen
für das Abiturpublikum.

Die Tische vor dem Lokal *Theatro* waren fast alle belegt.
Ron schob Veronique zu den letzten freien Plätzen, sehr

zum Ärger eines jungen Pärchens, das diese ebenfalls angesteuert hatte.

»Emilio, zwei Aperol Spritz«, bestellte der Schauspieler. Er nahm Platz und stöhnte leise auf. »Allmählich merke ich, dass ich älter werde. Apropos alt, wie alt sind deine Jungs jetzt? Toll, wie du das alles unter einen Hut bekommst. Die Proben, die Vorstellungen, zu Hause musst du auch noch ran und dann die beiden Racker.«

Die Getränke kamen, und die beiden prosteten sich zu. Veronique stellte das Glas ab. »Niko ist acht und Felix wird fünf. Zwei waschechte Rabauken. Du, ich hab doch seit einem halben Jahr eine Tagesmutter, das klappt also alles ganz gut. An den Wochenenden sind sie bei ihrem Vater, er ist ganz verrückt nach den beiden. Du wirst es sehen, wenn du selbst Papa geworden bist. Wann ist es denn so weit?«

Ron grinste über beide Ohren. »Oktober. Hätte ich nie gedacht, dass ich mal Vater werde. Aber nach dem ersten Schrecken fühlt es sich verdammt gut an.«

Veronique kramte eine Zigarettenschachtel aus ihrer Tasche. »Ist doch okay, wenn ich eine rauche? Du bist ja nicht schwanger, und keiner in der Nähe ist am Essen.«

»Klar. Wir sitzen hier ganz am Rand, wen soll es stören.«

»War schon ein Ding, als sich das rumgesprochen hat, du und deine Personal Trainerin, ein Paar. Da bekommt das Wort *Personal* mit einem Mal eine ganz andere Bedeutung.« Veronique schmunzelte und zog an ihrer Zigarette.

Ron boxte sie auf den Unterarm. »Du bist ganz schön frech. Aber das sind nun schon fast zwei Jahre. Wir passen eben toll zusammen, harmonieren ganz einfach. Sie ist sportlich, wunderschön.«

»So wie du?« Die Schauspielerin hob lachend ihr Glas.

»So wie ich. Prost.«

»Und jetzt erzähl. Wie war das Casting? Wer wird die Hauptrolle übernehmen?«

»Das ist noch nicht raus. Entweder Sebastian Koch oder Ben Becker. Ich würde mich freuen, wenn Ben das Ding macht, er ist ja ebenfalls ein Bremer Gewächs. Und über uns allen schwebt Maria Furtwängler als Chefin. Ich hoffe nur, es wird nicht so ein altmodisches Ding, so nach dem Motto, der Kommissar verlangt von mir *Ron, hol schon mal den Wagen*, und das war's dann.« Ron Schubert lachte laut und dröhnend. »Nein, ganz ehrlich, ist schon eine Bombenrolle, klein, aber fein. Es sind mindestens sieben Folgen geplant. Und dann mal schauen. Und du, wie sind deine Pläne für die nächsten Wochen?«

»Proben für den Herbst, Urlaub auf dem Bauernhof mit den Jungs, mehr ist nicht geplant. Niko ist total tierverrückt. Da ist der Bauernhof genau das Richtige. Kühe streicheln, Eier einsammeln, Ponyreiten. Apropos Ponyreiten. Wolltest du nicht auf Sylt an diesem Poloturnier teilnehmen? Ich hab gehört, Heino Ferch ist auch ein begeisterter Polospieler. Da bist du als reitender Schauspieler in bester Gesellschaft. Wird er auch dabei sein?«

»Keine Ahnung. Er gehört zumindest zu keinem der Teams, die angemeldet sind. Und was heißt, in bester Gesellschaft?«, brummte Schubert und leerte sein Glas.

»Hör ich da etwa einen Hauch von Eifersucht heraus?«, neckte ihn seine Kollegin. »Warte ab, durch die Fernsehserie wirst du so bekannt wie er und kannst dich vor Rollenangeboten kaum noch retten.«

Ron runzelte die Stirn. Wollte sich Veronique über ihn lustig machen? »Ganz ehrlich, teure Freundin, ich bin Mitte vierzig, was soll da noch groß kommen? Bis mich das TV-Publikum so richtig kennt, tauge ich nur noch für die Rollen des ältlichen Liebhabers oder pensionierten Lehrers.«

»Dummes Zeug. Du hast in der Anwaltsserie als Richter Wigbert Hölderlin einen tollen Job gemacht. Dich erkennt man mittlerweile doch auf der Straße.« Veronique sah auf ihre Armbanduhr. »Upps, ich muss los. Bist du morgen dabei, wenn wir Wulf besuchen? Ich glaube, es ist ordentlich was für den Präsentkorb zusammengekommen. Wulf wird sich garantiert freuen, wenn so viele wie möglich von uns kommen.«

Ron zuckte bedauernd mit den Schultern. »Nein, ich kann leider nicht. Theresa hat eine Ultraschalluntersuchung und will mich unbedingt dabeihaben.«

»Das kann ich verstehen. Es ist ja wirklich ein tolles Erlebnis, dieses kleine Wunder heranwachsen zu sehen. Ich werde Wulf Grüße von dir ausrichten.« Sie winkte Emilio, um zu bezahlen.

»Lass, Veronique, das übernehme ich. Und sag Wulf, er soll bald wieder auf die Beine kommen.«

Veronique steckte ihr Portemonnaie wieder ein. »Ich komme immer noch nicht drüber hinweg. Es hätte Wulfs Tod bedeuten können. Ganz ehrlich, die Regieidee, Tell die Freiheit auf dieser wackeligen Trittleiter verkünden zu lassen, war doch einfach nur blöde. Weißt du, wie viele Menschen beim Hausputz ums Leben kommen, wenn sie auf so einer wackeligen Leiter rumturnen? Ich hab mal irgendwo gelesen, das geht in die Tausende.«

»Du übertreibst«, brummte Ron und legte einen Geldschein unter sein Glas, als Emilio gerade am Nebentisch abrechnete. »Emilio, der Rest ist für dich«, rief er dem Kellner zu.

»Gut, vielleicht nur Hunderte, aber das reicht doch schon. Ich seh ihn noch vor mir, den armen Kerl. Kommt oben auf der Leiter an, reißt die Arme hoch und stürzt mit dem Kopf zuerst auf die Bretter. Ich dachte, der steht nicht mehr auf. Und dann war die Hüfte gebrochen.«

»Ist er aber. Wie gesagt, richte ihm Grüße aus. Wir sehen uns in ein paar Wochen wieder.«

Ron und Veronique erhoben sich, drückten sich gegenseitig Küsschen auf die Wangen, und jeder ging seiner Wege.

Kapitel 5

Pellworm

Louise hüpfte die Treppe hinunter und strich sich ihre dunklen Locken hinter die Ohren.

»Fine, was wollen wir heute Abend kochen? Ich kann auf dem Heimweg von Voltje noch was aus Thams Hofladen mitbringen«, rief sie, als sie ihre Patentante in der Küche hantieren hörte. Neugierig streckte sie den Kopf durch die Tür. »Oder bist du schon etwas am Vorbereiten? Es riecht nach Äpfeln. Vom Baum und aus der Erde.« Sie schnupperte.

»Vor dir kann man aber auch gar nichts geheim halten«, erwiderte Fine und hielt einen Apfel hoch. »Das sind die letzten Herbstäpfel vom vergangenen Jahr, sie müssen allmählich weg. Sind nicht ganz so lagerfähig. Es gibt heute Abend Kartoffelstampf mit Blutwurst und Äpfeln.«

Allein bei diesem Gedanken lief Louise das Wasser im Mund zusammen.

»*Boudin*, ich liiiebe es. Unsere französische *Boudin* ist zwar etwas anders als die deutsche Blutwurst, aber auch lecker. Geräuchert, mit ein wenig Speck drin, hmm. Ich sehe das Essen schon vor mir. Etwas Majoran, vielleicht noch saure Sahne an das Püree und ordentlich geschmorte Zwiebeln zur Blutwurst, wahrhaft eine göttliche Idee. Soll ich noch flink was helfen?«

Fine schüttelte den Kopf und legte das Stück Zeitungspapier, in dem sie die Apfelschalen gesammelt hatte, in einen Korb. Ein kleiner Snack zwischendurch für die Hühner. »Nein, das ist lieb, aber ich hab sonst nicht viel zu tun. Grüß Voltje von mir. Geht's um das Stück?«

»Ja, also eher um Sture. Sie will mir ein paar Tipps geben, was ich mache, falls unser Eselmann mal wieder auf die Idee kommt, die Arbeit zu verweigern. Stell dir vor, er bleibt einfach stehen, schreit in der Gegend herum und äppelt womöglich noch auf die Bühne. Immerhin hat Voltje Erfahrung mit Pferden, das wird dann wohl auch für einen Esel reichen.«

Fine lachte laut auf. »Hat er denn schon Schwierigkeiten gemacht? Du hast gar nichts davon erzählt.«

»Bis jetzt nicht. Ich befürchte, er ist so gerissen und wartet die erste Aufführung vor Publikum ab. Du kennst ihn doch, der Schalk sitzt doch zwischen den langen Ohren. Wenn er während der Proben schon seine Sturheit unter Beweis stellen würde, Thore hätte uns gleich wieder aus dem Ensemble geworfen. Aber es ist schon toll, was unser Regisseur in der kurzen Zeit auf die Beine gestellt hat.«

Thore Schlüter, seit vier Jahren Neu-Pellwormer, hatte fast sein halbes Leben lang die Urlaube auf der Insel verbracht, zuletzt in einer Ferienwohnung in Renates *Lüttem Töpferhus*. Fasziniert von der kleinen Insel und ihrer Geschichte und sich selbst schon lange als Insulaner betrachtend, hatte er sich entschlossen, nach seiner Pensionierung Pellworm zu seiner dauerhaften Heimat zu machen. Mittlerweile war er in das Inselleben integriert, und seine Idee, eine Laienspieltruppe auf die Beine zu stellen, hatte schnell Anklang gefunden. Und nun war man seit April mitten in den Proben zu einem Open-Air-Historienspektakel, wie Thore es nannte. Er führte dabei Regie, Dirk Claussen war sein erster Assistent, Momme das Mädchen für alles und Louises Patentante eine Art Privatsekretärin.

»Der August kommt schneller, als wir denken.« Fine seufzte. Auch sie hatte eine kleine Rolle übernommen. Sie würde hinter einem Marktstand stehen und zusammen mit ihrer Freundin, der Keramikerin Renate, irdene Töpferwaren feilbieten. Louise hatte auch gleich zugesagt, als Thore sie gefragt hatte. Sie und Sture wanderten zusammen mit Voltje in der einen oder anderen Szene im Hintergrund auf und ab, beide Frauen in langen bunten Gewändern, Sture beladen mit Reisigbündeln, so Thores Idee, von der der Esel allerdings noch nichts ahnte.

Als die Rollen zu vergeben gewesen waren, hatte ein enormer Andrang vor allem auf die männlichen Parts geherrscht, und Thore hatte sich tatsächlich gezwungen gesehen, ein Casting zu veranstalten. Besonders die Hauptrolle des Cord Widderich war heiß begehrt gewesen. Letztendlich ergatterte sie Keno Laurenz, Schatzmeister des Ringreitvereins, dessen Mitglieder äußerst brauchbare Weggefährten des Freibeuters abgeben würden, dessen Leben und Sterben auf die Bühne gebracht werden sollte. Keno, ein Bär von einem Mann, rühmte sich damit, nicht nur sattelfest zu sein, sondern sogar familiäre Beziehungen zu Cord Widderich zu haben, die er allerdings durch nichts belegen konnte.

29

Nur wenig wusste man über diesen Piraten, wie er landläufig tituliert wurde. Keno hatte es allerdings in kürzester Zeit geschafft, der Figur ein ganz neues Leben einzuhauchen, auch wenn dieses durch nichts zu beweisen war. Cord sei ein Rauf- und Saufbold gewesen, so Kenos Interpretation, wenn er polternd seine Kumpane herumkommandierte. Thore war hellauf begeistert von seinem Hauptdarsteller, der so tief in seine Rolle hineintauchte. Wie Kenos Ehefrau Irmgard Fine jedoch jüngst anvertraut hatte, tauchte er auch in die häuslichen Schnapsvorräte ein, um seinem Cord, wie er sagte, den notwendigen realistischen Touch zu geben. Doch wenn es niemandem auffiele ... Alle Verantwortlichen waren jedenfalls davon überzeugt, mit dieser Aufführung die Pellwormer, wie auch die Gäste der Insel, in den Bann der Geschichte um Cord Widderich zu ziehen.

Das Wenige, was man über seine Person wusste, hatten Thore und Dirk, der nicht nur Inselarzt, sondern auch Hobbyhistoriker war, zusammengetragen. Widderich, der zwischen 1375 und 1412 gelebt hatte, war demnach weniger ein echter Pirat als ein Heerführer gewesen. Er stammte aus Dithmarschen, war nach einigen Kriegszügen sesshaft geworden und verdiente sein Brot als Händler an der Küste des Nordmeeres. Doch eine Pilgerreise nach Mecklenburg, nicht Mekka, wie Dirk betonte, wurde ihm zum Verhängnis. An der Straße nach Lübeck ergriffen ihn die Männer des Grafen von Segeberg ob seiner alten Vergehen und machten kurzen Prozess, indem sie ihn am nächsten Baum aufknüpften.

Wie Dirk dozierte, als Thore seine Theaterpläne einer ersten interessierten Gruppe von Insulanern kundtat, wurde aus Cord Widderich erst sehr viel später ein Seeräuber. »Ehrenrührig«, befand der Arzt diesen Titel, denn Widderich war nichts anderes gewesen als ein Anführer der freien Dithmarscher, die sich gegen die Herzöge von Schleswig und Holstein und den dänischen König zur Wehr setzten.

Doch was hatte Cord Widderich mit Pellworm zu tun?, fragten einige erstaunt. Nicht jeder Pellwormer kannte die Geschichte, und Dirk war zur Höchstform aufgelaufen, sehr zum Ärger von Thore, der die Geschichte gerne selbst zum Besten gegeben hätte.

Wie der Inselarzt voller Inbrunst berichtete, war Widderich mit vier Schiffen auf Pellworm gelandet, hatte die Kirche beziehungsweise den damals noch nicht ruinösen Turm besetzt und ihn zu seinem Hauptquartier auserkoren, um von dort aus die nordfriesische Küste anzusteuern und auszurauben. Natürlich dienten diese Raubzüge einem guten Zweck, wie Dirk betonte. An diesem Punkt hatte sich dann der alte Pastor Jasper Jaspersen eingemischt und die gespannten Zuhörer darüber informiert, dass Cord sogar Kirchen bedacht habe, so die Fischerkirche auf der Insel Büsum, der er das kostbare Taufbecken aus der Pellwormer Kirche überlassen habe. Noch heute könne man es in der St.-Clemens-Kirche bewundern.

Das hatte zu einer angeregten Diskussion geführt, denn wo war der gute Zweck, wenn eine Kirche ausgeraubt wurde, um eine andere zu beschenken? Ob Widderich, weil er tragende Holzbalken verbrannt habe, auch für den Einsturz des Kirchturms die Verantwortung trage, darüber stritten sich die Pellwormer Hobbyhistoriker noch eine ganze Weile.

Letztendlich jedoch waren alle angetan von der Idee, den Mann durch ein Theaterstück wieder auferstehen zu lassen. An dieser Stelle merkte Jasper Jaspersen zwar an, nur der Herr sei auferstanden, aber sein Einwand hatte kein Gehör gefunden.

»Ich bekomme schon jetzt Schweißausbrüche, wenn ich an die Vorstellungen vor Publikum denke«, sagte Fine und wischte ihre Hände an einem Küchentuch ab. »Aber zuerst mal müssen wir uns um die Rosentage kümmern. Thore hat uns bis jetzt alle schon ganz schön auf Trab gehalten. Wir proben seit einem Vierteljahr zwei- bis dreimal die Woche. Die Ferienzeit beginnt, nicht jeder hat noch die Muße, regelmäßig zu den Proben zu erscheinen. Nun, es wird schon alles werden.« Sie rieb sich über die Wange und überlegte einen Moment. »Wenn du schon unterwegs bist, könntest du mir tatsächlich ein paar Kleinigkeiten besorgen.«

Sie nahm das Rosenbüchlein zur Hand, schlug es auf und tippte mit ihrem Finger auf zwei Rezepte, die Emmy Jensen liebevoll mit einer kleinen Zeichnung versehen hatte. Emmy, eine Künstlerin von gut über achtzig Jahren, war geradezu eine Institution auf Pellworm. Ihre Gemälde von der Insel waren weit über das Eiland hinaus bekannt geworden.

»Du hast all diese Köstlichkeiten schon ausprobiert und mir nicht das geringste Löffelchen davon übrig gelassen«, fügte Fine in gespielt vorwurfsvollem Ton hinzu. »Jetzt will ich doch wissen, wie das alles schmeckt.«

»Frauke und ich haben nichts übrig gelassen«, konterte Louise vergnügt. Frauke, ihre Freundin, betrieb das *Warft Café* auf Pellworm. Nach ihrer Ankunft auf der Insel hatte

Louise bei ihr ausgeholfen und dabei wieder die Liebe zur Kochkunst für sich entdeckt, die sie schon verflogen geglaubt hatte. »Das war, als du mit Momme in Kiel warst. Das Rezept für das Chutney hab ich übrigens von Maman.«

»Hast du ab und zu nicht ein bisschen Heimweh nach dem Elsass?«, fragte Fine vorsichtig, wohl wissend, wie viele auch schmerzliche Erinnerungen an Louises alter Heimat hingen.

»Ja, natürlich. Aber wie du weißt, fahre ich ja oft genug nach Riquewihr, und Papa und Maman waren für zwei Wochen im Januar hier, als sie das Hotel in den Winterschlaf gelegt hatten. Das Chutney hatte Maman rein zufällig entdeckt und zu Wachtelbrüstchen serviert. Ich muss ehrlich sagen, süß ist ja nicht so meins, und mit Rosenblättern hab ich noch nie gearbeitet. Aber die Ergebnisse haben mich dann doch sehr überrascht. Ich meine, wenn man Schokolade mit Meersalz oder Chili würzt, dann kann man auch Rosenblätter mit Ingwer oder grünem Pfeffer mischen. Lass mal schauen, was soll ich denn mitbringen? Warte, ich notier mir alles. Wann wollen wir das machen?«

Louise kramte einen Block und Stift aus der Küchenschublade und überflog das Rezept.

»Ich dachte an morgen Abend. Momme und Dirk sind da, und ich wollte noch Renate fragen.«

»Prima Idee. *Et bien.* Für das Chutney haben wir die Äpfel im Haus, Zwiebeln ebenfalls, Rotwein auch. Ich bring dann braunen Zucker mit, Ingwer. Statt Chili nehmen wir *Piment d'Espelette.* Das reicht für die Schärfe. Und was hast du noch ausgesucht? Ah, das Rosenpesto. Das nehmen wir zum Käse. Dann bring ich noch was von der

33

Inselkäserei mit. Einen schönen würzigen *Deichgraf.* Kürbiskerne und …«, Louise biss sich auf die Lippe und überlegte, »… und statt des Parmesans nehmen wir den *Rungholt.* Der ist zwölf Monate gereift und wunderbar pikant. Was haben wir denn an Ölen da?« Suchend glitt ihr Blick über das Regal neben dem Herd. »Versuchen wir es mit dem Walnussöl. Beim letzten Mal hab ich Kürbiskernöl benutzt. Im Rezept biete ich ja beide Alternativen an. Das Kürbiskernöl hat schon eine starke Farbe und einen sehr intensiven Geschmack«, meinte sie nachdenklich und vollendete ihre Einkaufsliste. »Apropos Rungholt. Wie geht es eigentlich Monika Klatte?«

Fine seufzte. »Jasper Jaspersen meinte neulich, eigentlich recht gut. Das Haus ist vermietet. Sie scheint sich in Husum wohlzufühlen. Wenn ich noch an die ganze Aufregung denke. Dass du und Momme mir bloß nie wieder so einen Schrecken einjagt.«

»Ach Fine, es wird sich hoffentlich wohl nicht jedes Jahr ein solches Drama auf Pellworm abspielen. Dirk meinte allerdings, ich würde das Unglück anziehen. Natürlich hat er das nicht ernst gemeint. Aber es ist schon merkwürdig. Kaum tauche ich hier auf, wird unser beschauliches Inselchen von solchen Verbrechen heimgesucht. Erst Klas Thams, dann diese Rungholt-Geschichte. Nun, jetzt ist ja Ruhe eingekehrt.«

»Und das bleibt hoffentlich so, nicht wahr, mien Deern?«

»Aber ja, allerliebste Fine. Wenn es nach mir geht, auf jeden Fall.«

Louise drückte ihrer Patentante einen Kuss auf die Wange und schnappte sich ihren Einkaufskorb. Mit dem

Rad ging es in Richtung Tammensiel, vorbei am Hofladen und der Inselkäserei. Von dort am Deich entlang. Ein sanfter Wind blies Louise entgegen, und die Schafe, die zufrieden auf der Deichkrone am Gras zupften, schienen sich in den wattigen Schönwetterwölkchen am blauen Himmel widerzuspiegeln. Louise grüßte jeden, den sie passierte, man winkte sich freundlich zu, wie es auf der Insel Sitte war.

Mit einem lauten »*Salut, Madame le commissaire*« radelte Louise an Solveig Olms vorbei. Die Inselpolizistin hatte offensichtlich zwei Wanderer ins Gebet genommen, die mit schuldbewussten Gesichtern am Wegesrand standen. Eine Frau hielt ein Büschel Pflanzen mit lilafarbenen Blüten in der Hand. Louise erkannte beim langsamen Vorbeiradeln, dass es sich um Knabenkraut handelte, eine geschützte wilde Orchideenart.

Solveig Olms war entweder zu beschäftigt oder hatte keine Lust, Louises Gruß zu erwidern. Im Rückspiegel sah Louise noch, wie die Orchideendiebin ihre Beute der Inselpolizistin aushändigte.

Nein, sie, Louise Dumas, und Solveig Olms würden wahrscheinlich in diesem Leben keine Freundinnen mehr werden. Mit diesem Gedanken fuhr sie auf Voltjes Hof.

Kapitel 6

Pellworm

Der Schweiß rann Louise den Rücken hinunter, als sie mit dem Fahrrad dem Bürgerhaus zustrebte. Im Gepäck hatte sie die letzten zwanzig Bücher der exotischen Rosengenüsse. Sie gehörten, neben den zahlreichen Rosenpflanzen, die es bei der traditionellen Tombola zu gewinnen gab, zu den Preisen an diesem letzten Nachmittag der Rosentage.

Louises und Angelas Rosenbüchlein hatte reißenden Absatz gefunden, eine neue Auflage war bereits geplant. Die Gartenbesitzer hatten voller Stolz ihre Paradiese präsentiert, in denen die Rosen, die auf Pellworm dank der besonderen Bodenverhältnisse ihre volle Pracht entfalteten, in allen Farben und Düften um die Wette eiferten. Rosenliköre wurden verkostet, selbst gebackene Kuchen und Torten mundeten auch den verwöhntesten Gaumen.

In Fines Garten hatten sich während der Festtage viele Kinder eingefunden, die mit ihren Eltern von fern und nah die Rosentage besuchten. Schnell hatte sich unter ihnen herumgesprochen, dass dort ein Esel und eine kleine Ziege lebten, die man auch streicheln durfte, ein Highlight vor allem für Stadtkinder. Jasper Jaspersen, der Enkel des alten

Inselpastors, hatte die Idee gehabt, für die Kleinen kurze Ausflüge auf dem Rücken von Sture zu organisieren. Fine und Louise waren zunächst skeptisch gewesen, zeigte sich Sture doch, wenn es um Arbeit ging, nicht immer von seiner besten Seite. Aber es war wie ein kleines Wunder. Schon beim ersten Proberitt, Jasper hatte seine vierjährige Cousine auf den Esel gesetzt, zeigte sich Sture als liebenswürdiges Reittier für die Kinder. Mit Pauli im Schlepptau, der dem Esel wie ein Hund folgte, marschierte er gemessenen Schrittes los, darauf bedacht, seine kleine Reiterin vorsichtig wie ein rohes Ei zu transportieren.

Louise ärgerte sich, dass sie die Strecke nun schon zum zweiten Mal zurücklegen musste, und das bei der Affenhitze. Aber sie war selbst schuld. Als sie endlich die beiden Kuchen von Fine verladen hatte, war sie losgestrampelt und hatte die Bücher prompt vergessen. Fines Torten, Stachelbeere mit Baiser und Käsecreme mit Apfelkompott, wurden mit anderen süßen Köstlichkeiten am Stand der Landfrauen für einen guten Zweck verkauft.

Louise hatte die Rosenbücher in buntes Geschenkpapier verpackt und mit einer Schleife umwunden, in die sie ein weißes Röschen hineingesteckt hatte. Sie stellte ihr Rad ab, schnappte sich die Tasche und eilte zum Gewinntisch, hinter dem Momme saß. Er fächelte sich mit seinem Strohhut, den ihm Fine aufgeschwatzt hatte, Luft zu. Momme fand, dass so ein Ding nicht auf die Insel passte, zu leicht erfasste die Kopfbedeckung eine steife Brise und wehte sie vom Kopf. Doch Fine hatte darauf bestanden. Es sei kein einfacher Strohhut, sondern ein Panamahut, und er sähe damit aus wie Sean Connery. Letzteres hatte Momme in der

Tat geschmeichelt. Und er musste zugeben, dass der luftige Hut nicht nur bequem auf seinem Kopf saß, sondern auch eine gewisse Kühlung brachte, ganz im Gegensatz zu seiner blauen Schiffermütze, die er auch im Sommer und überhaupt bei Wind und Wetter trug.

»Ah, die Bücher. Wird aber auch Zeit«, brummte Momme und nahm Louise die Tasche ab. »Sieht hübsch aus, mit den Röschen«, meinte er anerkennend und drapierte die bunten Päckchen neben kleinen Gemälden mit Schaf- und Leuchtturmmotiven, Getöpfertem von Renate und vielen Dingen mehr, die einen Bezug zur Insel verkörperten.

»Wann ist denn die Verlosung?« Ein junges Paar war herangeschlendert. »Wir haben zwanzig Lose gekauft. Da wird doch ganz sicher was dabei sein, oder?« Die Frau sprach mit einem Akzent, den Louise nicht so recht zuordnen konnte.

»Bloß nicht wieder fünf Rosensträucher wie im letzten Jahr«, meinte ihr Gefährte und rollte mit den Augen. »Was glauben Sie, wie mühsam es ist, die Dinger lebend bis nach Köln zu schaffen, wenn es so heiß ist wie heute?«

»Aber Rüdiger, wir haben doch eine Klimaanlage im Auto. Und außerdem hat meine Mutter sie sofort eingepflanzt. Sie sind eine Pracht geworden. Was ist denn in den kleinen Päckchen drin?«, fragte die Frau dann und zeigte auf eines der bunt verpackten Bücher.

»Das Buch *Exquisit – Die Rose in Küche und Kosmetik* «, antworteten Louise und Momme wie aus einem Mund.

»Ach, schade, das habe ich mir vorgestern gekauft. Wenn ich es heute gewinne, dann habe ich zwei«, schmollte die Kölnerin.

»Na, dann bekommt das andere eben deine Mutter. Zu Weihnachten. Dann brauchen wir uns nicht mehr den Kopf über ein Geschenk zu zerbrechen. Guck mal, es gibt noch von dem Stachelbeerkuchen. Wollen wir?« Die beiden nickten Momme und Louise zu und strebten zum Kuchenstand.

Dieser letzte Höhepunkt der Rosentage, die große Tombola, hatte noch einmal Einheimische und Gäste sich versammeln lassen. Gut gelaunt erwarteten sie alle die Verlosung, bei der es erstmals einen ganz besonderen Überraschungsgewinn geben würde. Er war von der Bürgermeisterin Freya Suthoff in einem großen goldenen Umschlag bei Momme abgeliefert worden. Der Umschlag prangte nun zwischen all den anderen Preisen, und jeder fragte sich, was wohl darin stecken mochte. Die Spekulationen gingen von einem Rundflug über die Insel, einem Jahr kostenloser Besuch der *Pelle Welle* bis hin zu einem Elektrofahrzeug einer deutschen Nobelmarke.

»Ich muss mal schnell aufs Klo. Ich bin total verschwitzt. Sag mal, im letzten Jahr war es aber nicht so heiß. Es geht ja noch nicht mal mehr ein Lüftchen.« Louise stand da in Shorts und einer ärmellosen roten Bluse mit gelben Punkten. Ihre Haare hatte sie zu einem Knoten auf dem Kopf festgesteckt, wobei sich eine dunkle Locke herausgewagt hatte, die sich in ihrem Nacken kringelte. Sie schaute auf ihre Füße, die in silberfarbenen Riemchensandaletten steckten. »Man erkennt kaum noch den Nagellack, meine Füße sind total eingestaubt. Wann hat es eigentlich zum letzten Mal geregnet?«

»Vor zehn Tagen. Aber schau mal, es braut sich was zusammen.« Momme nickte in Richtung Deich. Tatsächlich. Wo vorhin der blaue Himmel noch bis zum Horizont gereicht hatte, ballte sich an eben diesem etwas Dunkles zusammen.

»Meinst du, es gibt Sturm?«

»Nein, wohl keinen Sturm. Aber Regen, vielleicht auch ein ordentliches Gewitter.« Momme hob den Kopf und schnüffelte.

»Beeindruckend, Momme, das kannst du riechen?« Louise hob ebenfalls die Nase in Richtung Wasser. »Ich riech nix. Aber du lebst ja schon länger auf der Insel. Da hat man so was im Gefühl, vielleicht sogar im Blut, *n'est-ce pas?*«

Momme schmunzelte. Er zog sein Handy aus der Tasche, drückte ein wenig darauf herum und hielt Louise das Telefon hin. »Die Wetter-App ist absolut zuverlässig, mien Deern.«

Louise lachte und gab Momme einen Klaps auf seinen Hut. »Bin gleich wieder da. Ich will nicht verpassen, was sich in dem geheimnisvollen Umschlag verbirgt.«

Als Louise zurückkehrte, hatte die Bürgermeisterin sich bereits auf ihre Position begeben. Ein riesiges Gefäß mit den Losen war auf einem runden Tisch platziert worden. Sie begrüßte soeben die Pellwormer und alle Gäste, tat kund, wie erfolgreich und wunderschön die Rosentage auch in diesem Jahr wieder gewesen waren. Louise gesellte sich zu Fine, die neben den Tüten mit den Rosenpflanzen stand, die in diesem Jahr zu gewinnen waren. Der betörende Duft der *Madame Dubarry*, einer dunkelroséfarbenen Damaszenerrose, erfüllte ihre Nase. Sie umarmte Fine und drückte ihr zwei Küsschen auf die Wangen.

»Wie viele Lose hast du gekauft?«

»Zehn. Die Lose gingen weg wie warme Semmeln. Wir sollten überlegen, ob wir im nächsten Jahr nicht hundert oder zweihundert mehr in Umlauf bringen.« Fine nestelte aus ihrer Hosentasche einen kleinen Beutel. »Da sind sie drin. Ich behalte sie schon mal in der Hand, kann ja nicht mehr lange dauern.«

»Oh, *zut*, meine sind zu Hause«, jammerte Louise und schlug sich mit der Hand an die Stirn. »Ich hab sie vergessen. Sie liegen in der Obstschale auf dem Küchentisch. Ich hab sie erst heute Morgen auf den letzten Drücker gekauft und in die Hosentasche gesteckt. Weil es so heiß ist, hatte ich befürchtet, ich schwitze sie bei dem ganzen Hin- und Herfahren voll.«

»Ist doch nicht schlimm. Die Nummern, die sich jetzt nicht melden, werden doch veröffentlicht. Da kannst du morgen nachschauen, ob und was du gewonnen hast. Wie im letzten Jahr.«

»Stimmt, aber da waren meine Nummern nicht dabei. Letztes Jahr war ich keine Glückspilzin.«

Fine lachte schallend. »Eine Glückspilzin. Das hört sich aber nett an. Dann bist du eben in diesem Jahr eine.«

Momme trat zu ihnen, Renate hatte ihn zusammen mit Voltje am Stand abgelöst. Er küsste Fine mit einem dicken Schmatz.

»Gleich geht's los. Frau Bürgermeister macht es dieses Mal aber spannend. Schaut nur, wie ungeduldig die Leute ihre Lose in den Händen halten. Ich hol uns was zu trinken, das kann noch eine Zeit dauern.«

Als Momme mit drei Gläsern Bier zurückkam, hatte

Freya Suthoff dann doch die ersten Lose aus dem Riesentopf gezogen. Nach zwanzig Minuten näherte sie sich dem Höhepunkt, dem eleganten geheimnisvollen Umschlag. Die letzten Minuten hatte sie allerdings einen Zahn zugelegt. Ein immer stärker auffrischender Wind eilte auf die Insel zu, zerrte bereits an den Pavillons und ließ die Temperaturen merklich sinken. Gleichzeitig verzog sich die Sonne nach und nach hinter immer dichter werdenden Wolken.

»*La mère Gagache*«, stellte Louise mit einem Frösteln fest. »Sie bringt zwar im Herbst das kalte Wetter, aber das kommt dann genau so schnell wie gerade jetzt«, erklärte sie, als Fine fragte, wer das sei.

»So, liebe Freundinnen und Freunde der Rose. Und nun ist es so weit. Der Hauptgewinn …« Die Bürgermeisterin sah sich um, als warte sie auf einen Trommelwirbel. Es kam natürlich keiner, und so beendete sie ihren Satz mit einem lauten »Tataa«. Sie tauchte ihre linke Hand in den Topf und strich sich mit der rechten die Haare aus dem Gesicht, die das immer ungemütlicher werdende Lüftchen durcheinanderwirbelte.

»Unser Hauptgewinn geht an die Nummer hundertsiebenunddreißig. Nun, wer ist die oder der Glückliche?«

Fine wurde rot, dann blass, dann rief sie mit zittriger Stimme: »Ich glaube, das bin ich.«

»Fine Dierksen, na denn, herzlichen Glückwunsch!« Die Bürgermeisterin griff nach dem Umschlag und hielt ihn in die Höhe, sodass alle ihn sehen konnten. Dann riss sie ihn mit einer eleganten Bewegung auf und zog ein Blatt Papier heraus. Fast wäre es ihr aus der Hand geweht worden, als sie auch dieses triumphierend über ihren Kopf hielt.

»Fine, du hast …« Die Stimme der Bürgermeisterin wurde leise, erstarb geradezu.

»Lauter, wir hören nix«, erscholl es von den hinteren Reihen.

»Was hat denn nun unsere Fine gewonnen?« Ein Donnergrollen begleitete den lauten Ruf des jungen Jasper Jaspersen.

Die Bürgermeisterin räusperte sich. »Nun ja, Fine hat etwas ganz Außergewöhnliches gewonnen. Einen Aufenthalt für zwei Personen.«

Die ersten Tropfen fielen. Das Gewitter näherte sich mit großen Schritten. Fine strahlte Momme an.

»Hast du gehört, einen Aufenthalt für zwei Personen, Momme. Du und ich.«

»Wo soll's denn hingehen? Und bitte etwas lauter und Beeilung. Es wird so langsam ungemütlich.«

Die langen blonden Haare der Bürgermeisterin wehten nun in Richtung Inselzentrum. Mit letzter Kraft, so schien es, hauchte sie ins Mikrofon: »Ein Wochenende für zwei Personen auf der Insel Sylt, das gibt es für Fine.«

Einige applaudierten. Wie man vermuten durfte, waren es ein paar der auswärtigen Gäste. Ansonsten ungläubiges Staunen, gefolgt von Gemurmel, das zu Stimmengewirr anschwoll, das allerdings von einem Donnerschlag, dem bald darauf ein Blitz folgte, geradezu theatralisch übertönt wurde.

Kapitel 7

Pellworm

Die Aufregung um den Hauptgewinn von Fine hatte sich, Gott sei Dank, nach wenigen Tagen wieder gelegt. Das große Kopfschütteln war beendet, jedoch nicht das Rätselraten um den Stifter oder die Stifterin dieses merkwürdigen Preises. Merkwürdig nicht für die, die von außerhalb kamen, ausgenommen die Gäste, die eingefleischte Pellwormbesucher waren, aber unvorstellbar, unglaublich, geradezu frech für die Insulaner. Ein Wochenendtrip nach Sylt?! Wo man es doch hier auf Pellworm so schön hatte. Was konnte Sylt denn bieten? Jede Menge Sand und Strand, gut, akzeptiert. Ein paar Lokale mehr. Ging in Ordnung. Das Wetter zeigte sich hier wie da freundlich bis stürmisch, und die alles umgebende Nordsee zog sich im selben Rhythmus zurück, umspielte bei Flut sanft die Ränder oder tobte sich mit grauer Gischt um die Inseln aus. Was jedoch die beiden Eilande voneinander unterschied, waren die vielen wirklich Reichen, die auf Sylt ihren Urlaub verbrachten oder dort residierten. Sehen und gesehen werden, ein Motto, das Pellworm fremd war.

Louise hatte sich bis zu diesem Zeitpunkt noch nie Gedanken über die seltsam geformte Insel Nordfrieslands gemacht. Doch jetzt hatten Fine und Momme beschlossen, ihren Gewinn auch einzulösen und Sylt einen Besuch abzustatten. Auf der Nachbarinsel würde sich ihnen der Gönner dieser Reise offenbaren. Fines und Mommes Neugierde überwog, und ganz so unbereisbar, wie die eine oder der andere taten, war Sylt ja nun wirklich nicht. Louise hatte sich die ganze Aufregung zuerst nicht erklären können, bis Fine sie darüber aufklärte. Es sei ein wenig so wie die Geschichte vom Aschenputtel. Pellworm sei das Aschenputtel in dieser Story.

»Sylt ist also die böse Stiefschwester?«, hatte Louise gefragt.

»Nein, das nicht gerade. Aber die große Schwester, die sich ab und an für etwas Besseres hält oder genauer gesagt, die mehr hofiert wird. Sie hat die hübscheren Kleider und die eleganteren Verehrer, so in der Art. Aber Sylt ist zugegeben eine sehr schöne Insel, sie bietet viel, ist abwechslungsreich und nicht umsonst ein beliebtes Reiseziel, zieht die Schönen und Reichen an, ebenso Künstler aus allen Bereichen«, hatte Fine erklärt. Sie und Momme würden den Aufenthalt genießen, aber ganz sicher frohgemut wieder auf ihre kleine Insel zurückkehren. »Schließlich erwarten uns zwei Vier-Gänge-Menüs, Wellness mit Massagen, wobei wir uns den Wellnessaufenthalt zugunsten von Inselerkundungen schenken werden. Und zu guter Letzt noch eine Überraschung. Alles in unserem Gewinn drin, inklusive der Kurtaxe«, hatte Fine mit einem Augenzwinkern hinzugefügt.

An dieser Stelle hatte Momme gebrummt, es genüge ihm mit Überraschungen, Sylt als Hauptgewinn sei Überraschung genug gewesen. Dirk habe ihn gefragt, ob sie tatsächlich dorthin reisen wollten. Das *dorthin* habe er so betont, als ob er und Fine eine Reise in den Urwald von Borneo antreten wollten.

In Fines gut bestückter Bibliothek hatte Louise einen umfangreichen Reise- und Kulturführer zu den nordfriesischen Inseln entdeckt. Wie zu erwarten, nahm Sylt den größten Teil der Beschreibungen ein. Es folgten Föhr als nächstgrößere Insel und, obwohl kleiner als Pellworm, Amrum, das wie seine größeren Schwestern Dünen, Sandstrand und Waldflächen aufwies, Landschaften, mit denen sich Pellworm nicht schmücken konnte.

»Dafür hast du viele andere Vorzüge, meine kleine Insel«, murmelte Louise.

»Was hast du gesagt?«

»Pellworm hat andere Vorzüge«, wiederholte Louise. »Ich glaube kaum, dass ich so zur Ruhe gekommen wäre, wenn du auf Sylt leben würdest und ich dort gestrandet wäre, Fine.«

»Und ich hätte nie mein Finchen kennengelernt«, ergänzte Momme und goss sich und den beiden Frauen ein Glas Wein nach.

Louise legte den Reiseführer zur Seite und runzelte nachdenklich die Stirn. »Das ist schon ein merkwürdiger Zufall. Es kann sein, dass Michel im Sommer zu irgendeinem besonderen Event auf Sylt das Catering machen wird. Genaues weiß ich allerdings auch nicht. Er meinte nur, sein Hamburger Restaurant *Pintade aux points bleus* sei angefragt worden. Ich glaube, es handelt sich um eine Sportveranstaltung. Er hat mich angerufen und wollte wissen, ob ich im Juli vielleicht Kapazitäten frei hätte. Er hat sich aber seitdem nicht mehr bei mir gemeldet. Auf Sylt gibt es zwar einiges an Spitzengastronomie, wie ich gesehen habe, aber für diese Veranstaltung scheint man wohl etwas ganz Besonderes gesucht zu haben. Habt ihr eine Ahnung, was das sein könnte?«

Fine schüttelte den Kopf, während Momme sein Smartphone zückte und zu suchen begann.

»Hier, vielleicht das Poloturnier. Im letzten Jahr hat dort wohl auch ein auswärtiges Restaurant das Catering übernommen.«

»Louise, du könntest, falls Michel dich braucht, dort wieder an deine Karriere anknüpfen«, meinte Fine vorsichtig.

Louise schüttelte den Kopf. »Nein, so wie es im Moment läuft, ist es mir lieber. Ich werde von vielen Seiten angefragt. Denk doch nur an meine Anfänge bei Frauke oder den Auftrag in der *Nordsee Lodge*. Zuletzt der neunzigste Geburtstag von Opa Jasper. Drei Tage vorbereiten und kochen, und es hat einfach nur Spaß gemacht. Ich habe keine Zwänge mehr, muss mich nicht permanent mit Kritikern auseinandersetzen, auch nicht mit Neidern oder nörgelnden sogenannten Gourmets, die sich meist als Gourmands entpuppen. Nein, nein Fine, es ist alles gut so, wie es ist. Nichtsdestotrotz werde ich mal bei Michel nachhören, ob er bald zum Kochen nach Sylt reisen wird. Apropos reisen. Wie kommt man eigentlich von uns aus auf die Insel? Sylt hat einen Flughafen, wie ich vorhin gelesen habe. Würdet ihr vom Festland aus hinfliegen? Mit dem Auto müsstet ihr ja über Dänemark und dann mit der Fähre rüber, wenn mich nicht alles täuscht.«

Fine und Momme schüttelten die Köpfe. »Wir könnten natürlich von Husum aus über den Hindenburgdamm mit dem Zug reisen, werden aber an einem Donnerstag mit der *Adler-Express* von Pellworm rüberschippern und Montag wieder zurück. Das ist im Gutschein für unseren Aufenthalt mit drin.«

»Irgendwie freu ich mich schon darauf. Ist ja noch ein bisschen hin, aber so langsam kribbelt es mir im Magen, du und ich auf Sylt. Es wird schon schön werden.« Fine knuffte Momme in den Oberarm. »Und ich hab mal wieder einen Grund, nach Husum zu fahren und mich ein wenig chic einzukleiden. Louise, du kommst doch mit, um mich zu beraten?«

»Das brauchst du doch nicht, mien Finchen. Ich finde dich immer chic«, lächelte Momme und strich Fine sanft über die Haare.

Von so viel Zärtlichkeit war Louise ganz gerührt. Plötzlich vermisste sie ihren Freund Chris, der sich als rastloser Weltenbummler entpuppt hatte. Kaum war er von seiner Reise durch Südamerika, die ihn bis in die Staaten geführt hatte, zurück gewesen – noch hingen die Postkarten, die er ihr geschickt hatte an einer roten Kordel in Louises Zimmer –, war er mit einem Freund zu einer Wanderung über die Alpen aufgebrochen. Anfang Juli erwartete Louise ihn wieder zurück. Und er hatte schon wieder eine neue Idee im Kopf, die er mit ihr teilen und von der er sie überzeugen wollte.

Louise sah dem Ganzen mit gemischten Gefühlen entgegen. Sie hatte sich im letzten Jahr in Chris, den ehemaligen Betreiber einer Surf- und Segelschule auf Sylt, verliebt. Doch ganz allmählich wusste sie nicht mehr, ob das eine gute Idee gewesen war. Wenn man beim Sichverlieben überhaupt von einer Idee sprechen konnte.

»Ich werd mich dann mal in die Küche begeben«, teilte sie Momme und Fine mit. »Ihr habt die Wahl zwischen einer *Quiche Lorraine* und einem mediterranen Gratin mit Kartoffeln, Tomaten und einem Zucchino aus Fines Garten.«

»Mmh, hört sich beides verlockend an. Wenn ich mir nun den Speckkuchen wünsche, was ist dann mit dem Auflauf?«, fragte Fine schmunzelnd. Sie ahnte bereits die Antwort.

»Dann gibt es morgen keine Überraschung, sondern das, was ihr heute nicht wolltet.«

»Dann bitte den Auflauf«, entschied Momme kurzerhand. »Mir läuft jetzt schon das Wasser im Mund zusammen.«

Nach dem Abendessen zog sich Louise in ihr Zimmer zurück. Fine und Momme wollten sich noch einen uralten Film mit Humphrey Bogart und Lauren Bacall anschauen. Sie legte ihr Smartphone bereit, um beim Lesen des Nordfriesland-Reiseführers ein wenig Musik zu hören. Louise hatte sich eine Sammlung ihrer liebsten Chansons zurechtgebastelt, allen voran von Georges Moustaki, dem unsterblichen Barden, dessen Stimme sie einfach dahinschmelzen ließ wie eine *Mousse au Chocolat* an einem heißen Sommertag.

Kaum hatte sie mit der Betrachtung ihrer Lektüre begonnen, summte ihr Telefon. Louise wunderte sich schon lange nicht mehr über die Zufälle, die das Leben für sie bereithielt. Es war ihr Freund und Kochkollege Michel Bastien, und er hatte eine Bitte an sie, die Louise nicht ausschlagen konnte.

Kapitel 8

Pellworm – Sylt

Die Tage bis zum Aufbruch nach Sylt waren nur so dahin-
geflogen. Louise hatte Frauke im *Warft Café* unterstützt,
die Taufe einer Nichte von Renate kulinarisch gemanagt
und einen Kochkurs geleitet, den Angela, die Kräuterhexe,
und die Inselpastorin Wibke ins Leben gerufen hatten. Im
Bürgerhaus stand eine große Küche bereit, und Louise
hatte mit Fine, Angela, Wibke und zwei Damen des Land-
frauenvereins als Versuchskaninchen ihre erste Kochshow
abgehalten. Das Ergebnis war, dass die Leiterin der Tou-
risteninformation darauf aufmerksam geworden war und
Louise nun zu bereits festgesetzten Terminen von Juli bis
Ende September einen Kochkurs für Einheimische und
Gäste anbot. Mit großem Erstaunen hatte Louise eine
frühe Anmeldung für den letzten Kurs im September registriert – Solveig Olms, die Inselpolizistin, der sie so überhaupt nicht grün war. Was allerdings auf Gegenseitigkeit
beruhte. Dann noch ein letzter Kochevent zum Abschluss
der sieben Theateraufführungen bei der Alten Kirche, und
auch für Louise würde sich die Saison zum Ende neigen.

Thore hatte nur gequält gelächelt, als Louise ihm mitteilte, sie könne eine Woche lang nicht an den Proben teil-

nehmen, da sie auf Sylt sei, hatte er doch schon den tagelangen Ausfall von Fine und Momme verkraften müssen. Theatralisch hatte er die Arme in die Luft geworfen und gerufen: »Auch du, mein Sohn Brutus. Nicht, dass Fine und Momme mir schon den Dolch in die Brust gerammt haben, jetzt auch du noch. Ich werde es wohl verschmerzen müssen.«

Doch wer wollte schon im Pellwormer Sommer ewig ein langes Gesicht ziehen, und so beruhigte sich auch Thore wieder. Die Insel verwöhnte ihre Gäste mit Kaiserwetter, wie Louises Freund, der Hörgeräteakustiker und ambitionierte Hobbyfotograf Hubertus Schulte es nannte. Sehr zur Freude von Fine, Momme und Louise war er wieder samt Gattin auf der Insel eingetroffen. Und er würde, wie er freudestrahlend verkündete, fünf ganze Wochen bleiben. Seinen Hörgeräteladen übergab er peu à peu an den Sohn seines Cousins, und in den Sommermonaten war sowieso nicht viel zu tun. »Im Sommer hören die Leute sogar die Flöhe husten«, meinte er scherzhaft, als alle zusammen vor der *Schwarzen 8* bei Burgern und Bier saßen. Er würde diese fünf Wochen nutzen, die Insel zu jeder Tages- und Nachtzeit zu durchstreifen und nebenbei an einem Buch über Oskar Barnack, Erfinder der 35-Millimeter-Kleinbildkamera, schreiben. Seine Frau meinte zwar, bei einem solchen Thema würde es wahrscheinlich auch ein kleines, sprich dünnes Buch werden, doch von den Sticheleien seiner Angetrauten würde sich Hubertus Schulte ganz sicher nicht beirren lassen.

Louise genoss diese Wochen, radelte über die Insel, ließ sich den Wind durch die Haare wehen und hielt Ausschau nach Schafen, die, auf dem Rücken liegend, nicht mehr von alleine auf die Beine kamen. Schafe schubsen, ihnen wieder auf die vier Hufe helfen, dabei hatten sie und Hubertus ihre Freundschaft begründet. Wenn es ihre Zeit zuließ, trainierte sie mit Sture, der sich, je nach Laune, mehr oder weniger widerwillig von ihr durch die Gegend zerren ließ.

»Na hoffentlich wird das was, sonst wirft dich Thore doch noch raus«, meinte Jasper junior grinsend, als er auf Louise und das Grautier traf, das sich mit allen vier Beinen in den Boden stemmte und lauthals kundtat, doch lieber an den Grasbüscheln naschen zu wollen, statt einen vollgepackten Sack auf dem Rücken über die Insel zu tragen.

»Ich werde weiter mit ihm üben, wenn du weg bist«, versprach Jasper, der sich während Louises und Fines Abwesenheit um die Tiere in und um Fines Kate kümmern würde.

Am zweiten Donnerstag im Juli war es dann so weit. Momme, Fine und Louise gingen mit ihrem Gepäck an Bord der *Adler-Express*, die sie nach Sylt bringen würde. Momme und Fine zu ihrem Luxusdomizil mit Rundum-Verwöhnprogramm und der Lüftung des Geheimnisses um den edlen Spender, Louise, um an der Seite von Michel Bastien Gäste, Zuschauer, Reiter und alle anderen, die sich für den Polosport begeisterten, auf Sylt ein exklusives Catering zu zaubern. Momme hatte also mit seiner Vermutung, bei dem Sportevent könne es sich um das traditionelle Poloturnier handeln, recht behalten.

Um halb zehn am Vormittag ging die Fahrt in dem schnittigen weißen Schiff mit dem schwarzen Rumpf über Hallig Hooge los. Die *Adler-Express* durchpflügte das Wasser doppelt so schnell wie das Fährschiff Pellworm 1, das zwischen Pellworm und dem Festland verkehrte.

»Sie bringt zweiundzwanzig Knoten Maximalgeschwindigkeit«, tat Momme kund, während Louise das Spiel der sich ausbreitenden Wellen und der hoch spritzenden Gischt beobachtete.

Fines Wangen waren vor Aufregung gerötet, und Momme zog sich seine Schiffermütze tief ins Gesicht, um, wie er mit einem breiten Grinsen mitteilte, nicht erkannt zu werden, wenn er auf Pellworm ein Schiff bestieg, das ihn nach Sylt bringen sollte. Die beiden hatten zwei Rollkoffer dabei, um für jedes Wetter und die Restaurantbesuche gerüstet zu sein.

Louise wurde von Michel bereits sehnsüchtig erwartet. Das Turnier begann am Freitagnachmittag mit Trainingseinheiten und würde am Sonntagnachmittag mit dem Finale um den ersten und zweiten Platz enden. Die Vorbereitungen für das Catering waren schon Tage vorher getroffen worden, jetzt ging es in die heiße Phase. Louise freute sich auf ihre Aufgabe und auf Chris, der nach seiner Wanderung durch die Alpen direkt nach Sylt reisen würde. Beide wollten die Tage von Montag nach dem Turnier bis Donnerstag gemeinsam genießen. Wobei genießen, so befürchtete Louise nach ihrem Gespräch mit Chris, vielleicht nicht die richtige Beschreibung für dessen Pläne war.

Als Louise ihm von ihrem Einsatz während der hochkarätig besetzten Pferdesportveranstaltung erzählt hatte, war er sofort Feuer und Flamme gewesen, ihr das wahre Sylt, das er wie seine Westentasche kannte, zu präsentieren und ihr dabei seine vielen Freunde vorzustellen. Er war zwar geborener Pellwormer und liebte die »lütte Badewanne«, wie er die Insel nannte, von Herzen, doch ebenso hing er an Sylt, wo er mit dem Verkauf seiner Surf- und Segelschule an seinen Freund Tjark und zwei potente Geldgeber ein kleines Vermögen gemacht hatte.

Louise hatte Chris mit einem leichten Magenzwicken gesagt, sie würde sich darauf freuen, und vielleicht würden sie ja die Zeit finden, sich während des Poloturniers zu sehen. Sie sei zwar sehr eingespannt, aber ein paar Minuten könne sie sicher freischaufeln.

Leider hatte Chris mit Polo so gar nichts am Hut, wie er sich ausdrückte, aber Diana, eine uralte Sylter Freundin, die auf einer Anlage für Bogenschießen arbeitete, würde sie ganz sicher gerne endlich kennenlernen. Diana sei echt klasse und vollkommen unkompliziert. Und Tjark könne es kaum erwarten, Louise kennenzulernen, er sei gespannt wie ein Flitzebogen.

»Du wirst sie alle mögen, und dich werden sie lieben, versprochen.« Bei Diana war sich Louise da nicht so ganz sicher, denn die Bogenschützin und Olympiateilnehmerin war vor Louise ein paar Jahre mit Chris zusammen gewesen. Louise hatte daher auch abgelehnt, in der Superwohnung von Diana unterzukommen, wie Chris vorgeschlagen hatte. Er selbst hatte sein Appartement zusammen mit der Schule zu einem horrenden Preis verkauft. Louise zog es vor, in der angemieteten kleinen Pension in der Nähe des Turnierplatzes, in der auch Michel logierte, ein winziges Zimmer zu beziehen. Es wurde von den Auftraggebern bezahlt, Louise musste sich um nichts kümmern, nur noch einziehen und die Gästekarte erhalten, mit der sie Zutritt unter anderem zum Strand hatte.

»Endlich lernst du ein paar meiner Freunde von früher kennen«, hatte Chris gemeint, während Louise gehofft hatte, etwas Zweisamkeit mit ihm genießen zu können.

»Fine, ich hab überhaupt keine Lust darauf, von Chris von A nach B geschleppt zu werden. Die kurze Zeit, die wir zusammen haben, will ich nun wirklich nicht mit Menschen verbringen, die ich überhaupt nicht kenne«, hatte sie gejammert.

Doch Fine hatte auf ihre ruhige und diplomatische Art erklärt: »Er ist ganz einfach stolz auf dich, mien Deern, und will dich daher so vielen Menschen wie möglich vorstellen, die ihm etwas bedeuten. Und sooo groß ist Sylt nun auch wieder nicht. Seine Freunde leben maximal achtunddreißig Kilometer auseinander, denn das ist die größte Entfernung, die die Insel zu bieten hat.«

Fine hatte es mal wieder geschafft, Louise liebevoll auf den Pott zu setzen, wie sie zu sagen pflegte, und so trat sie die Reise mit großer Vorfreude und gespannt auf das, was sie erwartete, an.

Auf dem Schiff stachen Louise die Werbeplakate für das Poloturnier ins Auge.

Herzlich Willkommen zu den 24. Berenberg German Polo Masters. Erleben Sie den ältesten Mannschaftssport der Welt auf dem Keitumer Poloplatz. Dazu Fotos von galoppierenden Pferden auf einem Rasen und einem Team aus vier Männern, die, ihre Schläger über die Schultern gelegt, gemeinsam einen glänzenden Pokal hochhielten.

Louise hatte vom Polosport überhaupt keine Ahnung.

Vor Reisebeginn hatte sie sich deshalb schon einmal auf der Touristik-Informationsseite von Sylt im Internet ein wenig schlau gemacht und nachgelesen, dass sechs Poloteams aufeinandertrafen, die auf ihren meist argentinischen top ausgebildeten Poloponys die Zuschauer begeistern würden. Neben den Polospielen präsentierten Anbieter auf dem weitläufigen Gelände Sportkleidung, Strandkörbe, Autos und vieles mehr, und die Gastronomie verwöhnte Gäste wie Sportler mit frisch zubereiteten, lokalen Köstlichkeiten.

Und genau aus diesem Grund reiste sie nun nach Sylt. Allerdings hoffte Louise, auch einiges vom Turniergeschehen sehen zu können. Vielleicht würde sie ja aus der Beobachtung der Pferde etwas lernen, um aus Sture einen fleißigen und gehorsamen Esel zu machen. Bei diesem Gedanken musste sie grinsen und fragte sich, ob sie das überhaupt wollte.

Kapitel 9

Sylt

Ron Schubert stand am Spielfeldrand und beobachtete das Training der Mannschaft *Autohaus König München*. Sie hatten, so wie er es einschätzte, die besten Chancen, am Sonntag ganz oben auf dem Siegertreppchen zu stehen. Die beiden Argentinier Roberto Pedroza und Miguel Sanchez hatten ein Handicap von neun und sieben, da konnte er mit seinem Handicap null leider nicht mithalten. Aber egal. Ihm machte der Sport Spaß, die vier Pferde, die ihm zur Verfügung standen, waren hervorragend ausgebildet, und mit Alonso und Javier, beide mit Handicap fünf, an der Seite, war sein Team *Champagner Veuve Duhamel* zumindest nicht das schlechteste.

Hinter ihm herrschte in den weißen Pavillonzelten mit ihren orientalisch anmutenden spitzen Dächern reges Treiben. Die Aussteller wetteiferten mit hochpreisigen Poloshirts und Sportschuhen um die Gunst des Publikums. Ein Anbieter von Strandkörben hatte eben eine kleine Auseinandersetzung mit den Eltern eines verzogenen Sprösslings gehabt, der es sich partout mit einem Monsterschokoladeneis in einem blau-weiß gestreiften Korb bequem machen wollte. Es herrschte fröhliche Ferienstimmung, das

Publikum war kunterbunt gemischt, und Einheimische wie Gäste verfolgten die Trainingseinheiten auf dem großen Rasenplatz. Dabei traf man sich auf ein Getränk bei den Bierzeltgarnituren oder auf ein Glas Champagner an den hohen, mit weißem Leinen bedeckten Stehtischen.

Der Schimmel von Pedroza preschte im Abstand von fünf Metern an Ron vorbei, ein Grasbüschel, von den Pferdehufen aus der Erde geschleudert, traf ihn an der Hose. Er trat einen Schritt von der niedrigen Umrandung des Spielfeldes, die aus einfachen Holzbrettern bestand, zurück. Pedroza schwang seinen Schläger, Sanchez, der in dieser Trainingseinheit als gegnerischer Reiter fungierte, hakte mit seinem Stick ein, der Schlag Pedrozas ging am Ball vorbei. Ein erstklassiger *Hook*, dachte Ron und klatschte.

Vor sieben Jahren hatte er mit dem Polosport begonnen. Tennis, Golf, Segelfliegen, all das lag hinter ihm. Dieser Sport hier hatte eine lange Tradition, erschien Ron geradezu archaisch. Irgendwo hatte er gelesen, dass es bei den Mongolen vor Hunderten von Jahren die Köpfe toter Gegner statt eines Balls ins Ziel zu schlagen galt. Er hatte vorher keine Ahnung davon gehabt, wie riesig ein solches Polofeld war. Mit dreihundert mal zweihundert Yards war es mehr als doppelt so groß wie ein normales Fußballfeld. Engländer hatten den Sport nach Europa gebracht, und so verwunderte es nicht, dass Englisch die Sprache war, in der man alles benannte. Die Umzäunung waren die *Boards*, die hier in Keitum von einer Seite mit Werbebannern ausgestattet waren, die noble Wagen, teuren Champagner und edle Klamotten anpriesen. Der Einwurf des Balls wurde

Throw in, das Einsetzen des Poloschlägers, um ein Foul anzuzeigen, *Appealing* genannt.

Die Torseiten waren lediglich durch Linien im Gras markiert, und ähnlich wie im Skisport beim Slalom gaben die Torpfosten, die genau acht Yards auseinanderstanden, nach, um die Verletzungsgefahr bei Reiter und Pferd, falls sie dagegendonnerten, zu minimieren.

Gerade traf der weiße Ball, den ein Spieler von seinem Fuchs aus geschlagen hatte, aus einer enormen Entfernung mitten ins Tor. Ein Superschlag. Spontan applaudierte Ron wieder. Der Fuchs war ein wunderbares Tier. Sein Fell glänzte wie Kupfer in der Sonne, der Kopf war wohlgeformt. Ron wusste, dass ein Pferd mit solchen Topqualitäten locker siebzigtausend oder noch mehr Euro kosten würde. Gemessen an einem Springpferd, das bei Olympia zum Einsatz kam, vielleicht noch ein Schnäppchen, aber im Moment nicht unbedingt Rons Portemonnaie angemessen. Zwei seiner Pferde ritt er auf Leihbasis, Chantal und Satchmo gehörten ihm. Satchmo war mittlerweile schon siebzehn, für ihn musste er so langsam nach einem Ersatz suchen.

Die Reiter zügelten ihre Pferde, legten die Schläger über die Schulter, das Training war beendet. Samstag begann das Turnier. Gelassen schritten die Pferde vom Platz, wo sie von ihren Betreuern, den *Grooms*, in Empfang genommen wurden. Trocken geführt würde man ihnen in den luftigen Stallzelten die Schweife wieder lösen, die, um zu vermeiden, dass sich der Poloschläger beim *Full swing*, beim Ausholen, darin verfing, bandagiert wurden. Gebürstet und mit gesäuberten Hufen würde man sie dann ihrer wohlverdienten Ruhe und ihrem Futter überlassen.

»Hallo Ron, nicht schlecht, was die Jungs da gezeigt haben.« Eine Pranke legte sich auf Rons Schulter und quetschte sie unsanft zusammen.

»Du willst mich wohl kampfunfähig machen. Mit einer kaputten Schulter kann ich nicht aufs Pferd«, gab Ron mit kaum verhohlenem Ärger zurück.

»Jetzt hab dich mal nicht so. Trinken wir ein Glas? Ich lad dich ein.«

Rons Gegenüber verzog entschuldigend das Gesicht. Sein Handicap lag bei eins, was Ron wurmte. Sie waren schon öfter bei Turnieren in einer Mannschaft gestartet, aber so richtig warm geworden war er mit Nils Stapelbeck bisher nicht. Der Typ war ein waschechter Selfmade-Millionär. Angefangen hatte er als Elektroingenieur in einer kleinen Firma für Heizlüfter. Er hatte sie übernommen und zu einem der führenden Unternehmen in allen Belangen der Heiztechnik in Norddeutschland gemacht. Und bald würde er sich das einzige Unternehmen, das ihm Konkurrenz machte und in Schweinfurt in Süddeutschland ansässig war, einverleiben. Was man Nils lassen musste: Er war mit beiden Beinen auf dem Boden geblieben. Wahrscheinlich war es genau das, was Ron so störte. Auf der einen Seite der immense Reichtum dieses Mannes, auf der anderen Seite diese Bescheidenheit, die, wie Ron insgeheim mutmaßte, aufgesetzt war, um so seinen Reichtum noch zu unterstreichen. Mit Schauspielerei kannte er sich schließlich aus. Auf dem Polofeld war Nils allerdings ein klasse Teamplayer, das musste man ihm lassen.

Die beiden Männer drehten dem Polofeld den Rücken zu.

»Bier oder Schampus?«, fragte Nils und klopfte Ron zwischen die Schulterblätter.

Ron war kurz davor zu explodieren. Konnte dieser Mann nicht dieses ewige Antatschen sein lassen? Aber er sagte nichts.

»Nun, was denn?«

»Bier«, brummte Ron. »Ist mir bei der Hitze lieber.« Er rückte ein Stück von Nils ab, sonst käme der noch auf die Idee, ihm womöglich zusätzlich einen Klaps auf den Hinterkopf zu geben.

»Na, was ist denn mit dem Fernsehprojekt? Claudia hat mir erzählt, in der *Luxor* stand, dass man dich demnächst in einer Krimiserie als Ermittler sehen kann. *Zwei aus einem Holz,* oder so. Spielst du dann gar nicht mehr auf der Theaterbühne?«

Ron antwortete nicht direkt.

»Oder war das eine Ente? Ich meine allerdings, dass du in einer solchen Rolle eine gute Figur machen würdest. An der Seite von der Furtwängler würde ich auch sofort ins Filmgeschäft einsteigen.« Nils grinste, und ehe Ron sichs versah, hatte ihm sein Teamkollege in die Rippen geboxt.

Mittlerweile waren sie an einem Bierstand angekommen. Umgehend kam eiligst ein Kellner angeflitzt, der die beiden als durstige Sportler identifizierte.

»Für mich ein Weizen«, orderte Nils.

Ron hob die Hand. »Für mich auch. Wenn möglich, mit einer Zitronenscheibe.«

»Na, was ist nun mit der Krimiserie?«, hakte Nils nach, als die beiden Biere auf dem Tisch standen. Er trank einen ordentlichen Schluck und wischte sich den Schaum von der Lippe.

»Der Vertrag ist noch nicht unterschrieben«, räumte Ron ein. »Meine Agentin ist noch am Verhandeln. Die wollen im nächsten Januar mit den Dreharbeiten beginnen. Die erste Leiche wird laut erster Skriptidee aus einem zugefrorenen See gefischt. Meine Spielzeit in Bremen beginnt im September mit dem *Woyzeck*, im März hatte ich noch eine Premiere mit dem *Tell*. Und neben dem *Woyzeck* gibt es noch ganz was Modernes. Ein Dreipersonenstück, alle haben einen Knacks, psychisch wie körperlich. Das Stück ist der Knackpunkt. Ich muss schauen, das heißt Verena muss das hinbiegen, dass ich alles unter einen Hut bekomme. Den *Woyzeck* spiel ich dir mit links, das neue Stück ist halt sehr, sehr neu. Ehrlich gesagt, es ist noch nicht mal fertig geschrieben. Ganz experimentell das Ganze. Läuft auch nur viermal. Und dazwischen noch dreimal der *Tell*.«

Nils hob sein Glas, prostete und leerte es dann in einem Zug. Er rülpste leise. »Pardon. Aber du bist ja echt ein gefragter Mann. Nun, ich wünsche dir auf jeden Fall, dass es mit der Fernsehkarriere klappt. Du hattest doch mal diese Rolle als Richter. War das nicht mit der Speidel als unausstehlicher Ziege, die dir das Leben schwer gemacht hat? Wie alt bist du jetzt eigentlich? Gibt ja viele Spätberufene in dem Metier, oder?« Nils lachte dröhnend. »Dann wär die Rolle vom *Alten* doch auch was für dich.«

Ron wurde rot. Er, der so gerne mit seinem Alter kokettierte, um dann die erstaunten Ausrufe *Wie bitte, das hätte ich doch nie und nimmer gedacht* entgegennahm, konnte es auf den

Tod nicht ausstehen, wenn andere ihn darauf aufmerksam machten, dass er nicht mehr der Jüngste war.

»Es ist eine Rolle für einen Mann im besten Alter. Daher hat man mich zum Casting gebeten«, erwiderte er bissig. »Die werden wohl ihre Gründe gehabt haben. Und außerdem ist es nicht meine erste Fernsehrolle, wie du genau weißt. Und die Speidel war überhaupt nicht zickig.«

Nils seufzte. »Ja, ich leiste Abbitte. Du hast doch auch diesen Inselarzt gespielt. Doktor Mertens, stimmt's? Claudia mochte die Serie sehr. Könnte mal wiederholt werden. Also, mein Alter, ist doch alles gut. Ich wollte dich nur ein wenig foppen. So wie du im Sattel sitzt und Polo spielst, kann sich manch jüngerer Reiter noch eine Scheibe von dir abschneiden«, brummte Nils versöhnlich. Er zeigte auf die leeren Gläser.

Ron schüttelte den Kopf. »Nee, lass mal. Ich geh zurück zum Hotel. Ich hab Theresa versprochen, sie anzurufen. Im Moment macht ihr die Schwangerschaft ziemlich zu schaffen.«

Wieder lachte Nils laut. »Du bist mir ja einer. Reihst dich in eine Reihe mit George Clooney ein. Der war schon über fünfzig, als er zum ersten Mal Vater wurde. So ein bisschen der Typ bist du ja. Dann nehm ich noch eins.« Er hob sein leeres Glas und winkte damit in Richtung Theke. Der Mann dahinter nickte.

Ein Typ wie George Clooney. Okay, so alt war er tatsächlich noch nicht, aber das ging Ron doch jetzt runter wie Öl.

»Grüß Theresa von mir. Wir sollten uns mal alle privat treffen, wär doch schön.«

Bevor Nils ihm jetzt noch freundschaftlich das Schulterblatt brechen konnte, erhob sich Ron.

»Bis morgen. Training um neun. Verschlaf nicht.«

Rons Hotel lag dreihundert Meter vom Poloplatz entfernt. Das reetgedeckte luxuriöse Landhotel war seine erste Adresse, wenn er sich auf Sylt aufhielt. Auf der Hotelterrasse saßen die Gäste entspannt und plaudernd unter riesigen weißen Sonnenschirmen. Die meisten erwiderten seinen freundlichen Gruß, als er sich zwischen den Tischen hindurchbewegte. Hörte er nicht da ein Flüstern: *Das ist doch Ron Schubert?*

Kurz bevor er die breite Treppe, die zum Foyer führte, erreichte, hielt er verdutzt inne. Sein Blick ging nach links zum Ende der Terrasse. Am letzten Tisch saß eine Person, die er kannte und die er augenblicklich zum Teufel wünschte. Er wollte sich eben abwenden, der Anblick war kaum zu ertragen, als die Person ihr Glas hob und ihm zuprostete. Ron erstarrte und ballte die Fäuste. Eine plötzliche ohnmächtige Wut überkam ihn. Wann würde sie endlich aus seinem Leben verschwinden? Er schloss die Augen, zählte langsam bis fünf, öffnete sie wieder, aber der Albtraum war immer noch da, saß vergnügt am Tisch und schien ihm spöttisch zuzulächeln.

»Entschuldigen Sie bitte, Herr Schubert, aber Sie stehen ein ganz klein wenig ungünstig. Unsere Servicekräfte haben heute viel zu tun.«

Mit einem Blick, der um Verzeihung bat, war der Oberkellner zu Ron getreten. Er zuckte zusammen. »Wie? Was? Ach ja, natürlich, pardon, ich stehe im Weg herum.«

Obwohl er selbst Berührungen dieser Art nicht ausstehen konnte, klopfte er dem Mann im weißen Hemd und schwarzer Hose jovial auf die Schulter und setzte seinen Weg ins Hotel fort.

Als Ron in den Fahrstuhl stieg, war seine Wut verflogen, hatte einer Übelkeit Platz gemacht, die sich bis in seine Gedärme ausbreitete. Hoffentlich bedeutete der missliebige Gast keinen Ärger.

Kapitel 10

Sylt

Michel Bastien hatte Louise, Fine und Momme vom Hafen Hörnum abgeholt. Auf der Fahrt zum Landhotel, in dem die beiden Glückspilze wohnen sollten, drückte sich Louise, die neben Michel saß, wie ein kleines Kind fast die Nase an der Fensterscheibe platt.

»Hier geht es ja wirklich schnurstracks geradeaus. Und der Leuchtturm von Hörnum sieht aus wie unser Leuchtturm, nur ist dieser hier unten schwarz und unserer weiß.«

Michel grinste. »So ist es. Einfach geradeaus, über zwanzig Kilometer. Das ist die Rantumer Straße, sie führt bis Rantum, allerdings wechselt sie in der Mitte den Namen, dann heißt sie Hörnumer Straße, weil sie in der Gegenrichtung nach Hörnum führt. Aber schau nur, wie grün alles links und rechts ist. Und hinter den Dünen gleich die Nordsee. Gleich links könntest du die Tetrapoden sehen. Riesige Betondinger, um die Südspitze von Sylt zu schützen. Und je weiter wir fahren, desto abwechslungsreicher wird es.«

»Woher weißt du das alles. Du bist doch selbst erst seit ein paar Tagen auf Sylt, und jetzt kommst du mir schon vor wie ein Reiseführer.« Louise streckte den Arm aus und strubbelte Michel durch die Haare.

»Was glaubst du denn? Dass ich zwölf Monate im Jahr in Hamburg sitze? Nein, ich hab schon einige Urlaube hier verbracht. Ich mag die Insel total gerne.«

»Während einer Sturmflut vor vielen Jahren waren Hörnum und die Südspitze von Sylt sogar mal vorübergehend von der übrigen Insel getrennt«, steuerte Momme, der mit Fine im Fond saß, zur Unterhaltung bei. »Die Insel ist eben verdammt schmal, das kann immer mal wieder vorkommen. Und diese Tetrapoden sollen dafür sorgen, dass die Fluten zurückgehalten werden und nicht den ganzen Sand mit sich nehmen. Das Problem haben wir ja nicht. Und mit dem Leuchtturm hast du verdammt recht, Louise. Unser Leuchtturm ist einer von drei baugleichen Türmen, neben dem von Hörnum gibt es noch den auf Eiderstedt, den Leuchtturm Westerheversand.«

Fine hatte schmunzeln müssen, als Louise *unser Leuchtturm* gesagt hatte. »Michel hat recht, wart's ab, die Insel verändert immer wieder ihr Gesicht. Man mag kaum glauben, dass wir so dicht beieinanderliegen. Sylt hat eine vollkommen andere, merkwürdige Form. Es gibt ihren Umriss als Autoaufkleber, vielleicht ist es dir schon mal an einem Wagen aufgefallen. Aber die Form macht nicht allein den Unterschied, die beiden Inseln sind einfach grundverschieden. Wir haben unsere Deiche und darauf die Schafe, Sylt hat seine Sandstrände, die Dünen und noch ein paar andere Dinge mehr, die diese Insel von Pellworm unterscheiden. Doch ich würde für kein Geld der Welt tauschen wollen.«

Momme brummte bestätigend, und Louise genoss die Fahrt in dem leisen Elektroauto, das Michel sich für die Zeit seines Aufenthaltes auf Sylt gemietet hatte.

Der Spitzenkoch hatte Louise bei ihrer Ankunft auf Sylt fest in die Arme geschlossen, Momme mit einem Handschlag begrüßt und Fine auf die Wangen geküsst. »Endlich lerne ich Sie kennen.«

»*Dich* kennen«, hatte ihn Fine zum Du ermuntert.

Momme hatte sofort den kleinen weißen Wagen inspiziert, als er das E für Elektro auf dem Nummernschild entdeckte, und Fine hatte Louise zugeflüstert: »Sehr charmant, Michel.«

»Ja, und vor allem ein begnadeter Koch«, hatte Louise mit einem leisen Schmunzeln geantwortet.

Die Landschaft links und rechts der Straße über den nadelschlanken Teil der Insel besaß durch das Flachhügelige der Dünen einen anmutigen Charakter, und Louise spähte die ersten Kilometer vergeblich nach dem dahinterliegenden Wasser. Doch dann erstreckte sich die Nordsee plötzlich auf ihrer rechten Seite und glitzerte unter dem strahlend blauen Himmel.

»Da also ist das Wattenmeer, und von mir aus gesehen links, also im Osten, sind die Strände«, folgerte sie.

»Genau. Wir sind jetzt zwar schon vorbei, aber im Hafen von Hörnum liegen Muschelkutter. Du wirst die Miesmuscheln noch kennenlernen. Sie werden gezüchtet und geerntet, und sie sind so groß.« Michel machte eine Faust. »Vielleicht etwas kleiner«, schmunzelte er dann. »Aber so köstlich. Das Wasser hat hier ideale Temperaturen, somit genügend Plankton, um sie zu ernähren. Wir werden sie die nächsten Tage überbacken anbieten. Dazu ein Glas Weißwein.« Er schloss für einen Sekundenbruchteil entzückt die Augen.

»Apropos Muscheln. Ich hab gelesen, dass die Austern-
zucht auf Sylt große Erfolge verzeichnet. Ob wir uns das
mal anschauen können?«, fragte Louise.

Michel hob entschuldigend die Schultern. »Ich schaffe es
zeitlich wohl nicht. Aber wenn du noch länger auf der Insel
bist. Es ist die Lister Royal, ein schicker Name für eine vor-
zügliche pazifische Auster. Habe ich natürlich ebenfalls ge-
ordert.« Er zwinkerte Louise zu. »Sie wird im Wattenmeer, in
der Blidselbucht vor List, auf Tischkulturen großgezogen.«

»Ah, in *Poches* auf Gestellen vom Wasser durchspült, sehr
schön. Ich bin gespannt.«

Momme ließ von der Rückbank eine Art Schnauben
ertönen. Austern waren nicht sein größter Favorit. »Und
wenn du genug von den Austern hast, Louise, dann lohnt
die Weiterfahrt zum Ellenbogen. Den könnten wir auch
besuchen, Fine.«

Fine stieß einen leisen Seufzer aus. »Momme, wir sind
drei Tage hier. Wir haben schon so viele Ideen, was wir unternehmen wollen. Aber Momme hat recht, Louise, es ist
der nördlichste Punkt Deutschlands.«

»So wie die *Pointe du Raz* der westlichste Flecken Frank-
reichs ist?«

»Genau. Der Ellenbogen ist eine Halbinsel, sehr präg-
nant. Du hast es bestimmt auf der Karte von Sylt gesehen.
Sie ist in Privatbesitz und komplett ein Vogel- und Natur-
schutzgebiet.«

Louise genoss die Fahrt und nahm sich vor, nach und
nach Sylt von Süden bis Norden zu erkunden. Nachdem sie
Rantum passiert hatten, wies das Ortsende-Schild bereits
auf Westerland hin.

»Wo wir eben vorbei sind, ist ebenfalls alles Naturschutz-gebiet, es sind die Rantumer Dünen und das Rantum-becken«, wusste Michel weiter zu berichten. »Ab dort wird Sylt breiter.«

»Und wenn sich die See Sylt irgendwann krallt, ist der schmale Teil der Insel zuerst weg«, fügte Momme hinzu, was ihm einen Knuff in die Rippen von Fine einbrachte. Er lachte gutmütig. »Das ist so, wie wenn man zu schlank ist, da hat man nichts zuzusetzen.«

»Meine Rede.« Michel lachte und klopfte sich auf den Bauch. »Und wir sorgen dafür, dass es was zum Ansetzen gibt, nicht wahr Louise?«

Louise grinste und nickte, dann widmete sie sich wieder der Betrachtung der Insel. Bald bot ein Nadelbaum-wald entlang der Straße mit Fichten und Kiefern dem Auge etwas Abwechslung. Bevor sie Westerland erreich-ten, verwandelte sich der Wald in flaches Gestrüpp, und Michel bog nach rechts ab. Nach wenigen Minuten hat-ten sie ihr Ziel, Fines und Mommes Hotel in Keitum, erreicht.

»Was für ein wunderschönes Hotel«, rief Louise be-geistert. »Überhaupt, was ich bis jetzt von Keitum gese-hen habe, gefällt mir. Gepflegte alte Häuser, diese kleinen Rosen überall, ich hoffe, ich habe die Zeit, mir den Ort ein wenig genauer anzuschauen.«

Michel packte die beiden Rollkoffer aus dem Auto und wollte sie für Fine und Momme ins Hotel bringen.

»Das schaffen wir schon, vielen Dank, Michel. Wir wer-den uns jetzt erst mal mit allem vertraut machen und spa-zieren dann zum Poloplatz. Dort können wir ein Glas zusammen trinken, wenn es eure Zeit zulässt.« Fine schnappte sich ihren Rollkoffer und schob Momme den seinen zu.

Louise sah Michel fragend an.

»Das lässt sich bestimmt einrichten. Morgen geht's so richtig los, die ersten Vorbereitungen sind schon getroffen. Und nun, wo ich Louise an meiner Seite habe, kann sowieso nichts mehr schiefgehen.« Er zwinkerte Louise zu, die sich gerade von Fine und Momme verabschiedete. Just in diesem Augenblick kam ein junger Mann aus dem Hotel geeilt.

»Frau Dierksen, Herr Mommsen? Ihre Koffer bitte«, sagte er und griff schwungvoll nach den Gepäckstücken. »Wenn Sie mir bitte folgen wollen. Wir haben Sie bereits erwartet. Sie werden sich in unserem Haus ganz sicher sehr wohlfühlen.«

Und schon marschierte er mit dem Gepäck zum Hoteleingang. Momme und Fine blieb gar nichts anderes übrig, als ihm zu folgen.

»Nett, er hat nichts davon gesagt, dass sie diesen Aufenthalt gewonnen haben, und behandelt sie wie ganz normale zahlende Gäste. Ich glaube, dass es nicht gerade billig ist, hier zu nächtigen«, meinte Louise und stieg wieder ins Auto.

»Hier ist in der Saison überhaupt nichts preiswert«, erwiderte Michel und startete den Wagen. »Wir fahren direkt zum Poloplatz, dein Gepäck bringen wir später in die Pension. Oder möchtest du dich zuerst noch frisch machen?«

»Nein, nicht nötig. Höchstens mal auf die Toilette. Ich war ja nicht Stunden unterwegs. Ich bin gespannt auf das alles.« Louise tippte mit ihrem Finger ein paarmal auf die Fensterscheibe. »Alles ist also in Zelten untergebracht?

Dann muss man wohl vorher mit bestem Wetter gerechnet haben.«

»Das Wetter bleibt die nächsten Tage so wie heute. Sonne pur und sommerliche Temperaturen. Du wirst es sehen, das Cateringzelt lässt nichts zu wünschen übrig. Es gibt vor allem kalte Küche, alles, was warm ist, wird in der Outdoor-Küche zubereitet. Riesige Gasgrills stehen bereit, auf denen auch gekocht wird.«

»Mit wie vielen Gästen wird gerechnet?« Louise holte ihre Sonnenbrille aus ihrer Tasche und setzte sie auf.

»Also, Zuschauer werden mehr als zwölftausend erwartet. Gäste, die wir bewirten, werden um die tausend sein. Hatte ich dir das nicht am Telefon gesagt? Wir sind das VIP-Catering. Es sind die Sponsoren, ihre Gäste, die Sportler, Angehörige und auch solche, die sich VIP-Karten gekauft haben, um alle Annehmlichkeiten zu genießen.«

»Ah, du sprichst aber nicht von Snobs?«

Michel lachte. »Der eine oder andere mag darunter sein. Vielleicht sogar eine Snobin.« Jetzt lachte er schallend. »Aber ich kann dich beruhigen, die meisten von ihnen sind ganz normale Leute, nur mit ein wenig mehr Geld und ein wenig mehr Einfluss. Gestern gab es bereits ein Buffet für Sponsoren und erste Gäste. Bis auf ein, zwei Ausnahmen alles angenehme Zeitgenossen und auf dem Teppich geblieben. Und während der *Chukker* unterscheidest du sie nicht von den anderen Besuchern. Nicht in der Kleidung, nicht beim Anfeuern ihrer Mannschaften. Und in den Pausen laufen sie genauso auf dem Rasen herum und stopfen die Löcher, die die Pferdehufe hinterlassen haben, wie alle anderen. Dieses Rasenstopfen ist das berühmte *Tread in*, du wirst es sehen.«

Mittlerweile waren sie auf dem Pologelände angekommen. Das Cateringzelt stach zwischen den weißen Pavillonzelten heraus, es war höher und größer.

»Möchtest du dir zuerst deinen Arbeitsplatz anschauen oder dich noch ein wenig über das Polospiel informieren? Ich kann dir eine kleine Führung anbieten.«

»Gerne eine kleine Führung. Du scheinst ja bereits etwas Ahnung davon zu haben, und ich bin wirklich neugierig auf dieses Spiel. Vielleicht ist es ja was für mich und Sture. Ich sehe mich schon auf seinem Rücken über die Insel holpern und mit Fines altmodischem Teppichklopfer einen Ball vor mir hertreiben.«

Louise grinste und hakte Michel unter.

»Schade, im Moment trainiert niemand. Ich schätze, die Pferde werden jetzt von den *Grooms* versorgt und ruhen sich für ihren Einsatz morgen aus.«

»*Grooms?* Was ist das denn?«

»Louise, du musst wohl noch einiges lernen. Ein *Groom* ist ein Pferdebetreuer, eine äußerst wichtige Aufgabe.«

»Aha, also eine Art Stalljunge oder auch ein Pferdemädchen. Ich hab gelesen, dass hundertzwanzig Pferde im Einsatz sind. Wo sind sie denn untergebracht? Ich würde sie mir gerne mal anschauen.«

»Das ist sicher möglich. Ich glaube, es gibt extra Führungen dazu. Sie leben in Stallzelten, die, wie alles hier, nach dem Turnier wieder abgebaut werden. Und das hier ist das Spielfeld. Ganz schön groß, nicht wahr? Die Pferde brauchen natürlich Platz zum Rennen, da würde ein Fußballfeld gar nicht ausreichen. Schau, hier ist die Anzeigentafel. Auf der stehen die Namen der Mannschaften und die Spielstände.«

»Und wie viele sind das?«

»Es spielen immer zwei Mannschaften zu vier Spielern, an den Wettkampftagen werden zwei bis drei Spiele ausgetragen, und am Ende kämpft man um den ersten Platz, ganz einfach.«

»Und welches Wort hast du vorhin benutzt? Tschakka, so wie, das schaffst du?«

»Da liegst du gar nicht so verkehrt. *Chukker* ist der Zeitabschnitt, in dem gespielt wird. Ich glaube, er dauert sieben Minuten, und ein Spiel hat bis zu acht solcher *Chukker*.«

»Puh, das ist aber eine ganze Menge. Ich habe mir bei YouTube ein paar Minuten von einem Polospiel angeschaut, um ungefähr zu wissen, was da auf dem Feld passiert. Die Pferde sind ganz schön gefordert. Und das dann über eine Stunde? Ist das nicht ein wenig zu anstrengend? Überleg mal, es kann in den Sommermonaten verdammt heiß werden.«

»Da mach dir mal keine Sorgen, Louise. Die Pferde sind das Kapital dieser Reiter. Die sind top ausgebildet, da gehen die Reiter kein Risiko ein, dass ihnen etwas passiert. Dir ist doch bestimmt aufgefallen, dass zum Beispiel die Schweife komplett eingebunden sind. Wie schnell können sich die langen Haare im Schläger verfangen und ausgerissen werden. So sind sie geschützt. Und die Zeiten, in denen sie eingesetzt werden, sind eingeschränkt. Kein Pferd darf in zwei aufeinanderfolgenden *Chukker* laufen. Daher reisen die Spieler mit wenigstens zwei Pferden an. Die Profis, sie kommen allesamt aus Argentinien, haben vier, fünf Pferde im Gepäck. Und wenn nur eines der Tiere während des Spiels in irgendeiner Form gefährdet erscheint, unterbricht der Schiedsrichter sofort.« Michel grinste. »Allerdings wird das Spiel nicht gestoppt, wenn ein Reiter stürzt, dann läuft alles weiter. Es sei denn, es handelt sich um einen schweren Sturz, dann gibt es natürlich eine Unterbrechung. So Mademoiselle Dumas, ich denke, das reicht fürs Erste. Wollen wir uns nun in die Küche begeben? Ich stelle dich meinen anderen Köchen vor, und dann geht's ans Schnippeln.«

Kapitel 11

Sylt

Die Arbeiten am Vorabend für das Mittagscatering am nächsten Tag waren gegen elf Uhr beendet. Louise und Michel waren voll im Treiben und mussten notgedrungen Fine und Momme absagen. Die beiden nahmen es gelassen, sie würden sich auf der Hotelterrasse einen Schluck gönnen.

Krabben und Lachs standen kurz nach elf vorbereitet in der Kühlung, um dann auf Gurkenscheiben, in kleinen Gläsern zusammen mit Dips oder auf winzigen Brotscheiben angerichtet zu werden. Kaviar und Creme fraîche würden in zweieurostückgroße Tartelettes wandern, elegante schlanke Gemüse- und Fleischterrinen in Scheibchen geschnitten dekorativ auf den silbernen Tellern präsentiert werden. Mittags wie am Abend wurde ein warm-kaltes Buffet angeboten, Grillspezialitäten vor den Augen der hungrigen Gäste zubereitet, während sommerfrische Salate und mediterrane Antipasti mit klassischem *Gratin dauphinois* auf ihre Abnehmer warteten.

Kurz vor Mitternacht lag Louise in ihrem Bett in der Pension hinter dem Friedhof der St.-Severins-Kirche. Die Matratze war etwas hart, aber davon bemerkte Louise schon nach zehn Minuten nichts mehr. Sie fiel in einen tiefen Schlaf, aus dem sie nur einmal kurz aufschreckte, als ein Tier, vielleicht eine Katze, draußen schrie.

Vor dem Zubettgehen hatte sie nur kurz auf die Whats-App von Chris geantwortet, der ihr schrieb, es täte ihm leid, er könne erst übermorgen auf Sylt sein. Er schicke tausend Küsse, und sobald er auf der Insel wäre, gäbe es mehr davon. Louise hatte nur geseufzt und sich gefragt, wann und ob überhaupt Chris einmal zur Ruhe käme. Sie sendete ihm eine Nachricht *Tu as des fourmis dans le pantalon*. Wenn er gleich eine Übersetzung finden würde, wüsste er, dass er Hummeln im Hintern hatte. Sie setzte noch ein Küsschen dahinter.

Am nächsten Morgen erwachte sie munter und fühlte sich gut ausgeschlafen. Sie machte sich in dem winzigen Bad frisch, band ihre dunklen Locken zu einem Pferdeschwanz, schlüpfte in bequeme Kleidung und machte sich auf den Weg zum Landhotel, um mit Fine und Momme zu frühstücken, bevor es schon wieder an die Arbeit ging. Zwischen den Buffets am Mittag und am Abend würde sie hoffentlich ein wenig Zeit finden, sich wenigstens ein oder zwei *Chukker* anzuschauen.

Allerdings musste sie noch vor dem Treffen mit Fine und Momme unbedingt Michel Bescheid sagen, dass in der Gemüsekühlung die Chilis abhandengekommen waren. Zu den zahlreichen Dips und Soßen beim Grillbuffet gehörte unter anderem ein Chili-Dip, den Louise am Vormittag frisch zubereiten wollte. Als sie sich die Zutaten gestern schon einmal zusammensuchen wollte, fand sie, neben

Koriander, Knoblauch und roter Paprika nur ganz wenige der feurigen Tabasco-Chilis, die Einzug in ihren Dip à la Harissa halten sollten. Der war nichts für schwache Geschmacksnerven, wie auf einem der bunten Hinweiskärtchen stand, die zu den verschiedenen Würzsoßen bereitliegen sollten. Doch mit den drei Schoten, die in der Kühlung lagen, würde aus dem scharfen Dip lediglich ein lächerlich würziges Sößchen werden.

»Michel, ich bin's Louise. Bist du schon auf den Beinen? Ah, sehr gut. Dann versuch, jemanden loszuschicken wegen der Tabasco-Chilis, sie sind in meinem Rezept für die Harissacreme aufgeführt. Es sind aber nur drei mickrige Schoten in der Tüte im Vorrat. Damit kommen wir nicht weit. Ich wollte es dir schon gestern sagen, ist mir aber irgendwie aus dem Kopf gekommen. Zur Not tun es auch Jalapenos, die sind ja sicher auf der Insel aufzutreiben. *À bientôt.* Ich bin um halb neun da.«

Michel bedankte sich für den Hinweis, versprach, sich um die heißen kleinen Schoten zu kümmern, jedoch nicht ohne seinem Erstaunen Ausdruck zu verleihen, er habe doch mindestens ein halbes Pfund besorgt.

Es war halb acht, die Terrasse war leer, und ein Hauch von Feuchtigkeit lag auf den Tischen und Sitzgelegenheiten. Louise betrat den Frühstücksraum und schaute sich um. An einem Tisch am Fenster saßen bereits Fine und Momme und winkten ihr zu. Zwei Tische weiter saß ein sonnengebräunter Mann mit lichtem blondem, kurz geschnittenem Haar und ein zweiter mit dunklem Teint und fast schwarzen, lockigen Haaren. Auf Louise wirkte er auf den ersten Blick südländisch. Vielleicht einer der argentinischen Polospieler, folgerte sie. Sie sah sich die beiden Männer genauer an. Tatsächlich, sie trugen weiße Reithosen und Sportschuhe. Die beiden unterhielten sich angeregt, wandten nur ganz kurz die Köpfe und nickten, als Louise freundlich einen Guten Morgen wünschte.

Am Buffet bediente sich eine Familie mit zwei kleinen Mädchen. Zwillinge. Beide trugen rosa Bermudashorts und T-Shirts, auf denen sich bunte Einhörner tummelten. Alles Frühaufsteher, dachte Louise. Sie musste zur Arbeit, Fine und Momme nutzten jede Minute ihres Aufenthaltes, Sylt zu erkunden, und kleine abenteuerlustige Mädchen hielt es in den Ferien ganz sicher nicht lange in den Federn.

Ein junger Mann eilte auf Louise zu, fragte nach ihrem Getränkewunsch. Sie bestellte einen doppelten Espresso.

»Sie sind Gast in unserem Haus?«, fügte er noch fragend hinzu.

»Das nicht, aber ein Gast von Gästen, das geht doch sicher in Ordnung?«

»Aber natürlich. Sie sind uns willkommen. Der Kaffee kommt sofort.«

»Bleibt sitzen, ihr zwei«, begrüßte sie Fine und Momme, bückte sich zu ihnen herab und drückte jedem einen Kuss auf die Wange. »Gut geschlafen?«

»Wie in Abrahams Schoß«, erwiderte Louises Patentante gut gelaunt. »Und du, mien Deern? Viel Arbeit?«

»Danke der Nachfrage, ebenfalls geschlafen wie ein Stein. Michel hat jede Menge Personal, die Arbeit teilt sich wunderbar auf. Ich bin für das Fingerfood und die Grillsoßen zuständig. Ich habe auch nicht so viel Zeit für unser Frühstück. Ich sehe, ihr habt euch schon bedient. Hm, der

Lachs sieht köstlich aus. Ah, wunderbar, es gibt eine frische Meerrettichsoße dazu. Ich glaube, davon nehme ich auch. Ein frisches Brötchen, ein Croissant, das wird genügen. Ich koste schließlich auch noch von meinen Häppchen.«

Louises kleiner starker Kaffee wurde serviert, sie bediente sich am Frühstücksbuffet und ließ sich die erste Mahlzeit für den Tag mit großem Appetit schmecken.

»Was habt ihr heute vor?«, fragte sie und nippte an ihrem Espresso.

»Momme und ich haben beschlossen, dass wir einfach draufloslaufen. Nach Westerland und dort an den Strand. Aber nicht zum Baden, einfach ein wenig auf dem Sand am Wasser entlanglaufen. Das ist ja nun auf Pellworm so nicht möglich, also genießen wir mal diese Abwechslung. Statt des einen Menüs bekommen wir vom Hotel ein schönes Lunchpaket für ein Picknick mit. Inklusive einer Flasche Champagner. Wir machen es uns dann in den Dünen gemütlich. Am Nachmittag kommen wir zum Poloplatz. Wir haben übrigens von der Direktion zwei VIP-Karten bekommen.«

»Wunderbar, dann sehen wir uns dort. Und welches Programm hat das Hotel sonst für euch vorgesehen? Und wann gibt es die Auflösung, wer den Preis gesponsert hat?« Louise pickte den letzten Krümel ihres Croissants auf.

»Wellness im Spa. Aber da haben wir keine Lust zu. Wir wollen was von der Insel sehen. Ich war zuletzt vor zwölf Jahren hier. Es hat sich bestimmt das eine oder andere verändert. Und die Geheimnistuerei mit dem Preis hätte man sich auch sparen können. Der Hoteldirektor hat uns gestern Abend noch mit einem Glas Champagner begrüßt. Es war seine Idee. Auf allen nord- und ostfriesischen Inseln gibt es irgendwann ein Fest mit Tombola. Nötig hat er es mit seinem Hotel in Keitum zwar nicht, aber er hat einen solchen Preis wie unseren in diesem Jahr von Borkum bis Wangerooge, auf Pellworm, Amrum und Föhr gestiftet. Nicht zum Abwerben, einfach so zum Spaß, hat er gesagt. Ehrlich, mir erschließt sich das Ganze nicht, aber einem geschenkten Gaul schaut man bekanntlich ja nicht ins Maul«, schnaubte Momme.

»Wir werden es genießen, und du hast bestimmt recht, ganz sicher hat sich die Insel in den letzten Jahren verändert«, stimmte Fine zu. »Vor allem die Preise. Ich hab gelesen, es ist kaum noch möglich, auf Sylt zu leben. Also für die Mitarbeiter der Hotels oder so. Sie pendeln mittlerweile oft vom Festland her und wieder zurück. Ein ganz schöner Aufwand. Hoffen wir, dass es auf Pellworm nicht auch irgendwann so weit kommt.«

»Das kann ich mir nicht vorstellen«, sagte Momme im Brustton der Überzeugung. »Aber apropos hohe Preise. Fine, wir könnten auch nach Kampen wandern. Vorbei am *Weißen Kliff*, wirklich imposant. Und bei Ebbe siehst du das Wrack der *Mariann* vor dem Strand Braderup. Und in der Braderuper Heide machen wir unser Picknick. Es ist landschaftlich wirklich schön dort, Louise. Die Heideblüte im Sommer, ein Traum in Lila. Wenn du Zeit hast, gönn dir auch diesen Spaziergang.«

»Ein Piratenschiff? So was bräuchten wir für unsere Cord-Widderich-Aufführung. Wie alt ist es denn? Kann man noch auf das Schiff drauf?«, fragte Louise neugierig. Sie sah auf ihre Uhr. »Oje, in zehn Minuten spätestens muss ich los. Sonst gibt's Ärger mit dem Chef.«

Momme lachte. »Nix da mit Piraten. Das Schiff liegt erst seit 1961 da. Es sollte eine Art Eventschiff werden. Ein Café im Munkmarscher Hafen. Dort durfte die *Mariann* aber nicht bleiben und ging dann zwischen Munkmarsch und Braderup vor Anker. Dann sollte, glaube ich, ein Kabarett oder so rein.«

Fine nickte zustimmend. »Ja, aber das wurde auch nicht erlaubt. Wenn mich nicht alles täuscht, wurden noch Partys dort gefeiert, und dann hat es irgendwann gebrannt. Seitdem liegt das Wrack da.«

»Ist dabei jemand ums Leben gekommen?«

Fine rollte mit den Augen, und Momme musste lächeln.

»Also wirklich, Louise, was du schon wieder denkst. Nein, nicht dass ich wüsste. Also, kein *cold case* für dich. Wir haben es Fine doch versprochen. Kein Kriminalisieren mehr.« Momme legte seine Pranke auf die Hand von Louise und drückte sie ein wenig. »Wir wollen doch nicht, dass Fine sich Sorgen um uns machen muss.«

»Nein. Was soll hier auch schon passieren? Aber was hast du vorhin mit den hohen Preisen und Kampen gemeint?«

»Wenn du dich ein wenig näher mit Sylt beschäftigst, stolperst du darüber. Kampen ist der teuerste Flecken auf Sylt, ach, was sage ich, der teuerste Flecken in ganz Deutschland. Dort leben Millionäre und Milliardäre, die Schönen und Reichen, wie man so sagt. Leute vom Film, Musiker, Schriftsteller. Aber es ist wirklich eine wunderschöne Ecke dort. Hätten wir uns mal vor siebzig Jahren dort was gekauft, Finchen, dann wären wir gemachte Leute.«

»Erstens waren wir da noch gar nicht auf der Welt, und wenn wir es gewesen wären und hätten uns etwas gekauft, wären wir ganz sicher damals schon erwachsen gewesen und daher zweitens heute leider schon nicht mehr unter den Lebenden. Dann ist es mir so doch viel lieber. Unsere Häuschen sind auch nicht zu verachten, und unser Inselchen ebenso wenig.« Fine lächelte Momme zärtlich an.

In diesem Moment betraten weitere Gäste den Frühstücksbereich. Ein verliebtes Paar steuerte umgehend das Buffet an, sich immer wieder küssend, was einen älteren Herrn, der ihnen auf den Fersen folgte, zu einem Kopfschütteln bewegte, dem die beiden Turteltauben allerdings keine Beachtung schenkten. Am Buffet schenkte soeben der blonde Polospieler zwei Gläser Orangensaft ein, als ein weiterer Gast sich direkt neben ihm eine Müslischale griff, in die die Frau mit viel Schwung Haferflocken hineinlöffelte.

Fine hatte dem verliebten Paar, das nun mit einem Brotkörbchen und zwei Tellern mit Rührei und Speck einen Tisch ansteuerte, versonnen nachgeblickt.

»Das ist doch Ron Schubert«, sagte sie plötzlich mit gesenkter Stimme. »Natürlich, das ist er, schau mal, Momme. Ich hab doch recht, oder?«

»Wer, der junge Mann mit dem Rührei? Wer ist Ron Schubert?«, flüsterte Louise.

»Aber nein, der mit dem Orangensaft. Er saß bei dem Dunkelhaarigen dahinten. Schubert ist ein bekannter Schauspieler. Momme, wir haben ihn doch in Bremen als Nathan bewundern können. Im Fernsehen sieht man ihn auch. Das war doch in einer Arztserie vor ein paar Jahren, wenn ich mich nicht irre.«

»Kenn ich nicht.«

»Wie auch, Louise. Er gehört zum festen Ensemble des *Theaters am Goetheplatz* in Bremen, da warst du noch nie. Und ich kann mir nicht vorstellen, dass diese Arztserie, es waren auch gar nicht so viele Folgen, es ins französische Fernsehen geschafft hat.«

»Maman und Papa haben auch das deutsche Programm, vielleicht kennen die ihn. Aber mir sagen weder Name noch Gesicht etwas. Nun, ist ja auch egal.«

»Schubert ist übrigens gut mit unserer Bürgermeisterin bekannt. Sie sind sogar irgendwie miteinander verwandt, wenn ich mich nicht irre. Cousin und Cousine, glaube ich«, gab Momme zum Besten.

»Lebt dieser Schubert auch in Kampen?«, fragte Louise und beobachtete interessiert die Szene, die sich soeben vor ihren Augen am Buffet abspielte.

»Nein, so weit hat er es noch nicht gebracht, schätze ich mal«, brummte Momme. »Warum sollte er dann hier frühstücken? Sieh mal, er hat doch eine Reithose an. Sehr ungewöhnlich, um diese Uhrzeit und überhaupt in einer Reithose hier zu erscheinen.«

»Hab ich auch schon bemerkt, der andere Typ am Tisch hat auch Reitkleidung an. Ich vermute, das ist ein Argentinier. Michel sagte mir, die Mannschaften haben alle mindestens einen Südamerikaner im Team, es sind die besten Polospieler der Welt«, ergänzte Louise. »Was ist denn da nur los?«

»Dass jemand am frühen Morgen eine Sonnenbrille trägt, ist aber auch nicht gerade normal. Es sei denn, man hat eine Bindehautentzündung oder die Nacht durchgemacht. Schsch, guck jetzt nicht so auffällig rüber. Ich hab den Eindruck, sie streiten wegen irgendwas. Vielleicht hat sie Schubert versehentlich geschubst und sein Saft ist aus dem Glas geschwappt. Ja, sieht für mich ganz so aus«, folgerte Momme und gab sich Mühe, nicht ebenfalls in die Richtung zu starren.

»Sie reden miteinander, Schubert scheint mir ziemlich aufgeregt. Da, er geht zu seinem Tisch zurück«, flüsterte Louise.

»Ach was, das war doch kein Streit. Oder die Frau ist eine Verehrerin von Schubert. Sie wollte vielleicht ein Autogramm und ist zudringlich geworden.«

»Jetzt ist aber mal gut, ihr zwei«, sagte Fine leicht verärgert. »Müsst ihr permanent dahin starren. Was wittert ihr denn schon wieder? Seht nur, alles wieder ruhig.«

Tatsächlich kehrte der Schauspieler mit wütender Micne an seinen Tisch zurück. Er knallte das Glas auf die Platte und ließ sich auch von dem zweiten Mann, der ganz offenbar beruhigend auf ihn einredete, nicht besänftigen. Als der Argentinier ihn am Arm zurück auf seinen Stuhl ziehen wollte, riss sich Ron Schubert los und verließ mit hochrotem Kopf den Raum.

»Der ist ja ziemlich schnell auf hundertachtzig«, brummte Momme und sah dem Mann nach.

Louises Blick wanderte unterdessen zurück zum Buffet. Was hatte Ron Schubert nur so wütend gemacht? Gerne hätte sie noch die Reaktion der Frau beobachtet, mit der er sich offensichtlich gestritten hatte, doch die war spurlos verschwunden.

Kapitel 12

Sylt

Drei Stunden später war das Catering, dank der minutiösen Vorbereitungen am Tag zuvor, für den Mittagstisch fertiggestellt. Michel hatte keine scharfen Chilis auftreiben können, und so hatte sich Louise mit einem Chipotle-Pulver beholfen. Die Jalapenos waren zwar nicht so scharf wie die gewünschten Schoten, doch das Räucheraroma, das Louise dem Dip nun hatte angedeihen lassen, gab der cremigen Würzsoße eine ganz besondere Note.

Nur wenige Polospieler fanden sich zur Mittagszeit ein, dafür standen die VIPS an jeder Ecke Schlange, sei es bei den Salaten, dem geräucherten Fisch oder vor den riesigen Grills, auf denen Steaks und Gemüse ihr köstliches Aroma verströmten. Das Nachtischbuffet war im Nu geplündert. Louise hatte Ricarda, die für die Süßspeisen zuständig war, unter die Arme gegriffen und in weiser Voraussicht fünfzig Portionen mehr anrichten lassen. Auch diese verschwanden in null Komma nichts. Nachschub musste her, um für den Abend gewappnet zu sein, und das Dessertbuffet mit Mousses und Cremes, Eis und Kuchen und frischem Obstsalat zu bestücken.

»Michel, Ricarda lässt fragen, ob noch genügend Sahne

und Schokolade da ist. Wir brauchen auch noch Trauben und frische Mango.«

»Keine Sorge, ich hab es mir schon gedacht. Alfred ist unterwegs. Am Nachmittag ist alles wieder vorrätig. Hast du eigentlich deine Chilis wiedergefunden? Die können doch nicht einfach verschwunden sein.«

»Keine Ahnung, ich kann mir zwar kaum vorstellen, dass jemand die scharfen Dinger weggenascht hat. Wir sollten aber vielleicht beobachten, wer heute das Wasser literweise in sich hineinkippt, dann haben wir unseren Chili-Dieb«, grinste Louise und stellte sich vor, wie sich jemand über die Wassereimer für die Pferde beugte und sie auf einen Zug leerte.

»Du bist schon wieder in deinem Element, Mademoiselle Dumas. Wenn es kein Verbrechen gibt, erfindest du einfach eins.« Michel wuschelte seiner Kollegin liebevoll durch die Haare. »Nachher setzt du aber wieder dein Kochmützchen auf, *ma chère*, du siehst allerliebst damit aus.«

»Allerliebst, das hat mir noch niemand gesagt.«

Eine Glocke ertönte, und ein großer Teil der nun gesättigten Gäste strömte Richtung Polofeld. Der erste Durchgang begann.

»Wenn im Moment nicht so viel zu tun ist, würde ich mir gerne das erste *Chukker* ansehen. Ist das für dich in Ordnung?«

»Klar, geh nur, ich kontrolliere nur noch kurz die Kühlung und komm dann nach. Einen *Chukker* können wir uns gerne gönnen.«

Tausende von Menschen, so schien es Louise, hatten den Weg zum Pologelände gefunden, standen plaudernd an den

Getränkeständen und säumten das Spielfeld. Ein angenehmer Wind scheuchte die Schönwetterwölkchen über einen strahlenden Sommerhimmel. Sie sog tief die würzige Luft ein, und ein ihr angenehmer Geruch, eine Mischung aus Salzluft und Pferdeschweiß, kitzelte ihre Nase.

Die beiden gegnerischen Mannschaften waren bereits eingeritten und hatten sich aufgestellt. Zwei Schiedsrichter in gestreiften Poloshirts folgten ihnen, ebenfalls zu Pferd. Die Pferde der Spieler standen wie angegossen auf dem Rasen. Hier und da zuckte eins mit dem Ohr oder bewegte seinen fest eingebundenen Schweif im Bemühen, eine Fliege abzuwehren.

Louise erkannte Ron Schubert und den anderen Mann aus dem Frühstücksraum. Erst jetzt bemerkte sie, wie klein diese Pferde waren. Kein Wunder, dass man sie als Pony bezeichnete. Schubert war so groß, dass seine Steigbügel unterhalb des Pferdebauches hingen. Wie die anderen Spieler hatte er den Schläger über die Schulter gelegt. Seine Mannschaft trug rosafarbene Poloshirts, während die Hemden der Gegner blau-weiß gestreift waren.

Ein älterer Mann gesellte sich zu Louise.

»Ah, Ihnen haben wir die Köstlichkeiten von eben zu verdanken«, sagte er und wies mit einem zusammengerollten Heft auf Louises grüne Kochjacke mit dem Stehkragen und der verdeckten Knopfleiste. Lediglich der oberste Knopf aus Perlmutt war sichtbar.

»Das nehme ich doch glatt als Kompliment, vielen Dank. Und Sie sind ein Verehrer des Polosports?«

Louise musterte den Mann lächelnd. Auf seinem Kopf thronte ein Panamahut, unter der beigen Hose lugten elegante Lederslipper hervor, eine dunkelblaue Clubjacke mit silbernen Knöpfen und ein weißes Hemd machten das sportlich-elegante Outfit komplett.

»Ja, Polo ist meine Leidenschaft. Bis vor ein paar Jahren bin ich noch selbst mitgeritten. Darf ich mich vorstellen, Hans von Wildeck, ich sponsere das *Team Wildeck*. Sie sind im nächsten Durchgang an der Reihe. Und für Sie ist Polo Neuland?«

»Allerdings. Ich selbst besitze einen Esel, ich befürchte, er ist dem Polo und überhaupt dem Sport im Allgemeinen nicht sehr zugetan.«

Hans von Wildeck lachte schallend. »Sie haben Humor, das gefällt mir. Sie sind also für Michel Bastien tätig?«

Louise nickte. »Ja, aber auch nein. Ich lebe auf Pellworm, und ich bin eine, wie soll ich sagen, eine Mietköchin? Michel ist ein alter Freund, er hat mich gebeten, ihn diese Tage auf Sylt zu unterstützen.«

»Das hört sich interessant an. Ich gebe Ihnen meine Karte. Im nächsten Jahr werde ich siebzig, ein Riesenevent, sagt meine Frau und läuft jetzt schon zur Höchstform bei den Planungen auf. Ich werde Sie empfehlen. Ah, es geht los. Schauen Sie sich das an, Roberto Pedroza, in meinen Augen der beste Spieler der Welt. Dieses Jahr wird sein Handicap noch auf zehn klettern, da bin ich mir ganz sicher.«

In diesem Moment holte Pedroza mit seinem Schläger aus, der Ball flog hoch und weit und landete im Ziel. Von Wildeck schob das Programmheft in seine Jackentasche und applaudierte begeistert.

»Absolute Weltklasse. Mensch, der Schubert, nicht schlecht, nicht schlecht. Aber was macht er denn da?«

Louise hatte ebenfalls gespannt die Aktion von Ron Schubert verfolgt. Im Galopp war er an die Seite eines Gegners gesprintet, wollte eben zum Schlag auf die Kugel ausholen, als sein Pferd plötzlich scheute, kehrtmachte und stieg. Aus dem Raunen im Publikum entwickelte sich ein Aufschrei, als der Reiter aus dem Sattel fiel und reglos auf dem Rasen liegen blieb. Der Schiedsrichter unterbrach sofort das Spiel, die Reiter zügelten ihre Pferde, alle Augen waren auf den gestürzten Mann gerichtet. Es dauerte keine dreißig Sekunden und zwei Sanitäter und eine Frau mit einem Notarztkoffer waren bei ihm.

Louise starrte ihren Nachbarn entsetzt an. »Haben Sie das gesehen? Warum hat das Pferd gescheut? Ich dachte, diese Poloponys bringt nichts aus der Ruhe?«

»Hoffentlich ist Ron nichts passiert. Er liegt immer noch da und regt sich nicht.« Von Wildecks Stimme zitterte. »Und ja, Sie haben recht. Ein Polopony scheut nicht einfach so mir nichts dir nichts. Ich habe auch nicht gesehen, dass Ron sein Pferd irgendwie ungeschickt gelenkt hätte, es dabei ins Straucheln gekommen sein könnte oder Ähnliches. Auch das gegnerische Paar hat nichts damit zu tun gehabt. Die Pferde sind es gewohnt, eng beieinander zu laufen. Vielleicht hat ihn eine Wespe in die empfindliche Partie um das Maul gestochen. So etwas habe ich schon einmal erlebt. Das Jagdpferd meiner Frau. Wie von Sinnen ist es davongerast. Meine Frau hat sich tapfer oben gehalten, und als sie Cornelius endlich zum Stehen brachte, war seine Nase schon total angeschwollen. Schlimm, schlimm. Oha, da kommt die Trage.«

Gleichzeitig mit den Notfallhelfern war auch ein älterer

Mann in Jeans und Stiefeln auf das Polofeld gerannt und hatte sich des Pferdes angenommen, das immer wieder seinen Kopf schüttelte und mit den Vorderhufen wild ins Gras schlug. Der *Groom*, so hatte Louise es gelernt, schien beruhigend auf das Tier einzureden und führte es vom Platz. Gespannt verfolgte sie das weitere Geschehen. Ron Schubert wurde auf die Trage gebettet, und man trug ihn davon.

»Gott sei Dank, Ron lebt.« Von Wildeck seufzte erleichtert. »Da schauen Sie, er winkt sogar. Na, das nenn ich mal Glück. Ah, da kommt schon Hendrik. Er ist der Ersatzspieler für Schuberts Team. Kein schlechter Mann, hat wie Ron Handicap null. Weiter geht's.« Er rieb sich die Hände.

»Das Spiel wird also nicht abgebrochen?«

»Aber nein, warum denn? Ron lebt ja noch. Das ist alles, was zählt. Das Spiel geht weiter. Oder haben Sie schon mal gesehen, dass man ein Fußballspiel abbricht, nur weil sich jemand das Wadenbein gebrochen hat? Nix da, Sport ist Sport, und Polo ist nix für Weicheier. Ron würde toben, wenn er mitbekäme, dass man wegen seines Sturzes das Spiel beendet. Tss, auf welche Ideen Sie kommen.«

»Und was ist mit dem Pferd. Wer kümmert sich um das Pony?«

»Für das ist gesorgt. Der Mann, der es abgeholt hat, ist einer der *Grooms* des Teams. Er wird es untersuchen und wenn nötig den Tierarzt dazuholen. Sie haben gesehen, es ist munter vom Platz gegangen, hat nicht gelahmt. Das ist wichtig, dass die Beine keinen Schaden genommen haben. Und so wie es den Kopf geschüttelt hat, wahrscheinlich tatsächlich ein Insektenstich.«

Louise nickte zufrieden. Das eigentliche Spiel war für sie nun zweitrangig geworden. Vielleicht hatte sich die Wut von Ron Schubert, die er am Morgen gezeigt hatte, ja auf das Pferd übertragen. Wenn sie mit Sture loszog und hatte mal, was selten vorkam, schlechte Laune, spürte ihr Esel das sofort. Dann hatte er noch weniger Lust mitzulaufen als sonst.

»Ron Schubert hat sich heute früh furchtbar aufgeregt. Und sein Pony hat das womöglich mitbekommen, also, er saß vielleicht zu angespannt im Sattel, und das Pferd ist nervös geworden, was meinen Sie?«

»Hm? Nervös, weil Ron wütend war? Nun, das kann schon sein. Pferde sind hochsensible Tiere.«

Eine Lautsprecherstimme ertönte, gab den augenblicklichen Spielstand durch, der auch auf der Anzeigetafel erschien, und verkündete, Ron Schubert gehe es gut. Offensichtlich nur eine leichte Gehirnerschütterung, man wünsche ihm gute Besserung, auf dass er bald wieder im Sattel sitze. Das Publikum applaudierte, und das Spiel wurde fortgeführt.

»Ah, mein lieber Hans. Das war schon eine Schrecksekunde, als unser Ron aus dem Sattel geplumpst ist. Er ist aber auch ein Pechvogel. Kaum auf den Beinen, schon liegt er wieder auf der Nase.«

Ein korpulenter Mann in karierter, wadenlanger Hose hatte sich zu Louise und ihrem Gesprächspartner gesellt.

»Fräulein, Sie stehen da wie gerufen. Würden Sie bitte mir und meinem Freund ein Glas Champagner bringen.«

Louise drehte sich um die eigene Achse. Aber da stand niemand, den der Herr hätte meinen können. Er hatte ganz offensichtlich also sie angesprochen. Hans von Wildeck war die Situation eindeutig peinlich.

»Ähm, Klaus, das ist keine Servicekraft, das ist eine der Damen, die uns diese wunderbaren Köstlichkeiten zubereitet haben. Deinen Champagner holst du dir am besten selbst an der Bar, und mir kannst du ein Bier mitbringen.«

Klaus hatte den Anstand, rot zu werden. Er murmelte eine Entschuldigung und machte auf dem Absatz kehrt.

»Entschuldigen Sie, Frau, ach herrje, ich weiß ja noch nicht einmal, wie sie heißen«.

Nun war es an Louise, sich zu entschuldigen. Sie hatte es glatt versäumt, sich vorzustellen.

»Louise Dumas. Alles in Ordnung. Wie sollte Ihr Freund das auch wissen. Aber apropos Köstlichkeiten. Ich muss dann mal wieder zurück. Sonst gibt es heute Abend nichts für Sie und Klaus. Und noch viel Spaß. Hoffen wir, dass es bei dem einen schweren Sturz bleibt.«

Louise reichte Hans von Wildeck die Hand und verabschiedete sich. »Es war nett, Sie kennenzulernen. Ich habe ja Ihre Karte. Leider habe ich nichts dabei. Aber sollten Sie auf meine Kochkünste zurückgreifen wollen, rufen Sie im *Pintade aux Points Bleus* an, Michel wird mich informieren.« Schon wollte Louise den Rückweg antreten, als sie innehielt.

»Eine Frage habe ich noch, Herr von Wildeck. Ihr Freund meinte eben, Ron Schubert sei ein Pechvogel. Wie hat er das gemeint?«

Hans von Wildeck kratzte sich nachdenklich am Kinn.

»Im April hatte er einen Unfall. Keinen Reitunfall. Er ist von einem Auto angefahren worden. Soweit ich weiß, war er auf dem Weg vom Theater zu seiner Wohnung. Er muss wohl bei Rot über eine Kreuzung gegangen sein, ein Auto hat ihn gestreift, und er ist gestürzt. Hat sich den Kopf ziemlich angeschlagen. Der Wagen ist einfach weiter, vielleicht hat der Fahrer es noch nicht mal bemerkt. War stockdunkel um diese Zeit. Ron meinte, er hätte die Ampel bei Grün überquert, aber wie das so ist, als abbiegender Autofahrer muss man schon die Augen aufhalten. Egal, wie es nun war, er lag fast zwei Wochen im Krankenhaus. Wer weiß, vielleicht ist er auch deswegen vom Pferd gefallen. Kann schon sein, dass er seitdem nicht mehr der Alte ist, Schwindelanfälle hat oder Ähnliches. Nun, ich weiß es auch nicht. Jedenfalls ist er ein Pechvogel, da hatte Klaus schon recht.«

Louise bedankte sich für die Auskunft. Auf dem Weg zum Zelt sah sie erneut das aufgeregte Pferd vor sich und Ron Schubert, der aus dem Sattel flog. Schon sehr merkwürdig. Heute Morgen war er wutentbrannt aus dem Frühstückssaal gerannt, und jetzt lag er mit einer Gehirnerschütterung danieder. Und vor ein paar Monaten war er angefahren worden. Ein wahrer *malchanceux*, dieser Ron Schubert.

Kapitel 13

Sylt

Um halb zwölf saßen nach getaner Arbeit Louise, Michel, Fine und Momme noch auf ein letztes Glas vor dem Küchenzelt.

»Polo ist also schon ein gefährlicher Sport, was du so berichtest, Louise. Ron Schubert war ja Gott sei Dank schnell wieder einigermaßen auf den Beinen. Als wir zum Hotel kamen, um uns ein wenig frisch zu machen, lag er ganz entspannt im Liegestuhl auf der hinteren Gartenterrasse. Fine hat ihn vom Balkon aus gesehen«, meinte Momme, als sie alle die Erlebnisse des Tages Revue passieren ließen.

»Und was habt ihr erlebt?«, wollte Louise wissen. »Wen habt ihr in Kampen so getroffen?«

»Niemanden. Die Schönen und Reichen waren heute alle hier und haben sich das Polo angeschaut. Hast du denn niemand Prominenten gesehen, Louise?« Momme schmunzelte.

»Nein, wie sollte ich auch. Ich kenne keine deutschen Promis. Da muss schon Jean Reno oder Catherine Deneuve an mir vorbeilaufen, damit ich eine Berühmtheit erkenne. Wer ist denn so auf Sylt?«

»Wie ich schon sagte, Fernsehmoderatoren, Sportler,

einige, die man über die deutschen Bildschirme flimmern sieht. Aber du hast nichts verpasst, wenn du nicht auf sie aufmerksam geworden bist.«

»Und wir haben auch keine Ausschau nach ihnen gehalten«, ergänzte Fine. »Aber Kampen ist wirklich schön. Stattliche Häuser, wunderbar gepflegt alles. Momme, wie heißt noch die Straße, die angeblich die teuerste in ganz Deutschland ist?«

»Hobokenweg«, brummte Momme.

»Hoboken, hört sich an wie ein Pirat. Käpt'n Hoboken.« Louise schenkte sich ein alkoholfreies Bier ein. Der Tag war anstrengend gewesen, und schon das eine Glas Weißwein machte sich bemerkbar.

»Aber nein, kein Pirat. Der Mann war Musikwissenschaftler, habe ich nachgelesen. Er hat das Werksverzeichnis der Werke von Joseph Haydn zusammengestellt. Hoboken besaß in der Straße ein Haus, daher wurde sie nach ihm benannt. Nachdem wir uns also umsonst die Augen aus dem Kopf geschaut hatten …«, schmunzelte Momme, »… sind wir in eine tolle Ausstellung gegangen. Wenn ihr noch die Zeit finden solltet, ein echter Genuss. Storms *Schimmelreiter* ist das Thema. Gezeigt werden wunderbare Radierungen von Alexander Eckner und Otto Beckmann, ganz spannend.«

»Diese Stelle im *Schimmelreiter*, als der Knecht das weiße Pferd sieht, da aber nur die bleichen Knochen eines Tieres liegen … Das ist so schaurig, diese Szene hat sich mir regelrecht eingebrannt. Die Ausstellung würde ich mir wirklich gerne anschauen.« Louise unterdrückte ein Gähnen. Es war an der Zeit für sie, ins Bett zu kriechen. »Ich glaube, ich mach mich auf den Weg in die Pension. Morgen wird wieder ein langer Tag werden. Was habt ihr beiden vor?«

Noch ehe Fine oder Momme antworten konnten, summten mehr oder weniger gleichzeitig drei Handys.

»Wer schickt denn um diese Zeit eine WhatsApp?«, wunderte sich Fine.

Louise war die Erste, die die Nachricht öffnete.

»Ach herrje, es betrifft unsere Theatergruppe. Keno ist beim Heckenschneiden von der Leiter gestürzt. Er fällt für die Rolle des Cord Widderich aus. Thore sucht verzweifelt jemanden, der einspringen kann. Er befürchtet, dass keiner von denen, die gerne den Widderich gespielt hätten, dazu in der Lage ist, so kurzfristig den umfangreichen Text zu lernen.«

Kapitel 14

Sylt

Die letzten Tage, die Louise mit Chris auf Sylt verbracht hatte, waren für sie voller Eindrücke gewesen. Nachdem Fine und Momme wieder die Rückfahrt nach Pellworm angetreten hatten, musste sie sich auch von Michel und seiner Küchencrew verabschieden.

Sie hatte die Schimmelreiter-Ausstellung im *Sylt Museum* besucht, das in einem alten Kapitänshaus aus dem Jahr 1759 seine Heimat gefunden hatte. Schon der Zugang auf das Grundstück oberhalb des Grünen Kliffs in Keitum durch einen Unterkieferknochen eines Finnwals war faszinierend. Ähnlich wie im Inselmuseum auf Pellworm informierten Trachten, Handwerkszeug und Möbel über das Leben in den vergangenen Jahrhunderten auf Sylt, und die geologische Abteilung ließ Louise an der Entstehungsgeschichte der Insel teilhaben. Fotos von im Watt entdeckten Megalithgräbern, Zeugen frühester Besiedlungen, erinnerten sie an die Tagung der *Rungholt-Freunde* im letzten Jahr auf Pellworm und damit an das Verschwinden des jungen Journalisten Adrian Willner.

Mit dem Rad war sie anschließend nach Kampen gefahren und, ohne einen Promi identifizieren zu können, durch den Ort gestreift. Später hatte sie bei *Gosch*, der Name war offenbar in aller Munde, und diese Lokalitäten musste man ganz einfach besucht haben, so hatte Louise es gehört, im *Lister Fischhaus* Flusskrebse mit Bratkartoffeln gegessen, eine zugleich einfache wie auch raffinierte Köstlichkeit. Kurzum, Louise hatte zumindest einen Teil des Sylt-Besuchsprogramms absolviert, der ein unbedingtes Muss war.

Am Montagabend endlich war Chris dann auf der Insel gelandet, braun gebrannt, fröhlich und voller Energie und Tatendrang. Am nächsten Morgen waren die beiden früh aus den Federn, auch deshalb, weil es in Louises Bett in der kleinen Pension verdammt eng geworden war. Nach einem ausgiebigen Frühstück begann Chris' Zug über die Insel. Louises anfängliche Sorge, er würde sie von Kumpel zu Kumpel schleppen, uralte Erinnerungen, mit denen sie nichts gemein hatte, auffrischen und sie würden keine Zeit füreinander haben, hatte sich als unbegründet erwiesen. Chris hatte ein Programm für sie zusammengestellt, das sehr abwechslungsreich war: eine Wanderung oberhalb des Roten Kliffs mit einem Freund, der Führungen auf der Insel veranstaltete, ein Picknick am Strand, Besichtigung des Hünengrabs Denghoog bei Wenningstedt und wohl dosierte Besuche bei seinen alten Weggefährten.

Auch wenn Louise vielleicht ein etwas langsameres Tempo bevorzugt hätte, so machten ihr die Touren mit Chris kreuz und quer über die Insel viel Spaß. Es gab kaum einen Ort, an dem er nicht mit einem *Moin, du wieder mal hier?* von irgendeinem Bekannten begrüßt worden wäre. Er musste auf Sylt bekannt sein wie der sprichwörtliche bunte

Hund oder wie die Franzosen sagten: wie *le loup blanc*, wie der weiße Wolf.

Am nächsten Tag stand ihre erste Surfstunde bei Tjark an. Chris hatte sie geneckt, als sie fassungslos vor dem Neoprenanzug stand, den sein Kumpel für sie bereitgelegt hatte.

»Komm schon, Louise, wer in einer Lederkombi auf einem Motorrad durch Europa braust, kann sich ganz sicher auch auf einem Surfbrett auf dem Wasser halten«, hatte er grinsend gemeint und schleppte die Bretter samt Louise zum Strand. Nach ein paar Trockenübungen gingen sie aufs Wasser, und Chris zeigte sich von Louises Körperbeherrschung auf dem Brett beeindruckt. Es war ein ruhiger, warmer Tag, und der Wellengang bot nichts Aufregendes, also genau richtig für eine Anfängerstunde. Allerdings hatte Louise nicht damit gerechnet, dass ein entfernt dahinrasendes Motorboot die See durchaus etwas durcheinanderbringen konnte, und so war sie, eben noch sicher über eine brave Welle gleitend, ins Schlingern geraten und trotz der Fußschlaufen vom Brett gefallen. In diesem Moment musste sie sich eingestehen, dass sie alles andere als eine Wasserratte war. Natürlich konnte sie schwimmen, doch als die Meereswellen über ihr zusammenschlugen, war ihr doch ziemlich mulmig geworden.

»Nicht so dein Ding«, bemerkte Chris lachend, als sie Hand in Hand durch den warmen Sand zurück zur Surfschule wanderten.

Am letzten gemeinsamen Nachmittag hatte er sich mit Louise bei Diana angekündigt, der olympischen Bogenschützin. Louise war bereits sehr gespannt auf Chris' Ex-Freundin. Irgendwie stellte sie sich eine Amazone vor, in geflecktem Ganzkörperanzug und mit einer spitzen Mütze auf dem Kopf. Natürlich wusste Louise, dass dies Unsinn war, doch der Begriff Bogenschützin war bei ihr untrennbar mit dem Volk der Skythen verbunden, über die sie bei Arte vor nicht allzu langer Zeit einen interessanten Bericht gesehen hatte. Schlanke Frauen, die hoch zu Pferde freihändig ritten und dabei ihre Pfeile treffsicher auf ein Ziel abschossen.

Doch Diana entsprach absolut nicht diesem Klischee. Sie war nicht größer als Louise, pummelig und mit einem offenen Lachen auf ihrem sommersprossigen Gesicht. Die roten krausen Haare waren zu einem langen Zopf geflochten, und sie umarmte zuerst Louise und dann Chris herzlich.

»Mensch, dass du hier mal wieder aufkreuzt. Und schön, dich kennenzulernen Louise. Chris scheint auf die Kurzen zu stehen«, fügte sie mit einem Lachen hinzu, als sie und Louise sich auf Augenhöhe begegneten. »Kommt mit, ich hab uns auf der Terrasse gedeckt. Eine kleine Erfrischung, und wenn ihr mögt, zeige ich Louise unseren Bogenplatz. Du kannst dich gerne mal im Bogenschießen versuchen, wenn du Lust dazu hast«, plauderte Diana und führte ihre Gäste um ein großes Haus herum, hinter dem auf einer riesigen Wiese weiße Pagodenzelte standen.

Zwischen zwei Zelten wehte ein Banner mit der Aufschrift *Kyūdō*. Als Louise das Wort vor sich hinmurmelte, erklärte ihr Diana, es sei das japanische Wort für die Kunst des Bogenschießens.

»In Japan ist diese Tradition sehr alt, und wir fühlen uns den Traditionen verpflichtet«, fügte sie hinzu und bat ihre Gäste, Platz zu nehmen.

»Und das gehört alles dir?«, fragte Louise.

»Aber nein. Hat Chris dir das nicht gesagt? Die Anlage gehört Bengt Fuhrmann. Er ist der Chef. Ich bin nur eine Angestellte. Also, ich gebe Kurse für Fortgeschrittene und arbeite in der Werkstatt mit, in der wir Bögen herstellen und auch Workshops anbieten. Bengt hat mich nach den Olympischen Spielen in London 2012 eingeladen, die Anlage auf Sylt zu besuchen, und ich bin hängen geblieben. Weißt du, es ist eine Sportart, in der man nicht wirklich reich wird, nicht wie im Fußball, Golf oder Tennis. Mir macht die Arbeit hier Spaß, ich habe eine schöne kleine Wohnung«, Diana zeigte hinter sich und deutete auf das zweite Stockwerk, »und kann alle Annehmlichkeiten genießen, so wie hier mit euch auf der Terrasse zu sitzen. Und jetzt will ich wissen, wie ihr euch kennengelernt habt.«

Louise und Chris gaben abwechselnd die Geschichte zum Besten, der Geburtstag von Klas Thams auf Pellworm, dessen Ableben und Louises Mördersuche. Am Ende saß Diana einigermaßen sprachlos da. »Unser Kennenlernen, Chris, war da aber weit weniger spektakulär. Ein Drink in der *Sansibar*, mehr ist da nicht zu erzählen. Wie sieht's aus? Möchtest du ein wenig von *Kyūdō* sehen?«, bot Diana dann an, als sie ihre Gläser geleert hatten.

»Unbedingt. Erstaunlich, auf welch alten Traditionen so viele Sportarten fußen. Wusstet ihr, dass der erste deutsche Poloclub 1898 in Hamburg gegründet wurde. Kein Wunder also, dass Michel das Catering übernommen hat«, sagte Louise grinsend. »Michel hat mir schon einiges erklärt, und Hans von Wildeck hat sogar, obwohl er nicht mehr reitet, ein eigenes Team.«

102

»Adel verpflichtet eben«, sagte Diana mit einer gewissen Ironie in der Stimme.

»Wenn unter den englischen Offizieren Männer von Adel waren, dann passt es ja. Sie haben nämlich dreißig Jahre zuvor Polo aus Indien mitgebracht. Aber es war immer ein Sport für die Oberschicht, schnell, elegant und teuer. Ich hab zwar gelesen, dass die Mongolen mit Menschenköpfen einen ähnlichen Sport betrieben haben«, Louise schüttelte sich, »aber die ersten echten Polospiele fanden in Persien statt zum Trainieren der Elite. Dann kam Polo nach China und Tibet, und dort nannte man es *pulu*. Weiter nach Indien, *et voilà*, nun gibt es Polo auf der ganzen Welt. Da kannst du mit deinem Surfbrett nicht mithalten«, neckte sie Chris.

Der schnaubte empört. »Jetzt hör sich mal einer diese freche Mademoiselle an. Surfen oder Wellenreiten, wie es früher genannt wurde, eigentlich gefällt mir der Begriff viel besser, ist über viertausend Jahre alt. Also, wer vertritt hier bitte die ältere Sportart. Polo ist, wie hast du gesagt, zum Trainieren von Eliten erfunden worden, wahrscheinlich sogar für den Krieg. Da ist Wellenreiten ein ganz anderer Schnack. Wie das Bogenschießen in Japan hat es, zumindest früher, eine spirituelle und kulturelle Bedeutung. Zuerst noch ohne Brett, sind die Menschen mit ihrem Körper auf den Wellen geglitten, dann haben sie sich auf gebundenen Binsen oder Holzplanken vorwärtsbewegt. Auf dem Brett zu stehen, ist dann eine Weiterentwicklung von Tahiti aus.« Chris bekam glänzende Augen. »Für mich ist das Surfen vor Hawaii der absolute Höhepunkt. Es gab früher dort ein Fest, das *Makahiki-Fest*, da wurde sage und schreibe drei Monate nicht gearbeitet, nur gefeiert, getanzt, gegessen, getrunken und gesurft. Ein echt paradiesischer Zustand.« Er seufzte verträumt, während sie sich dem Bogenschießplatz näherten.

»Ich muss da an diese alte Fernsehserie denken, *Magnum*. In meiner Erinnerung waren sie dort permanent bei irgendwelchen Surfwettbewerben«, sagte Diana.

Chris lachte. »Meine absolute Lieblingsserie, ich hab mir sämtliche Staffeln auf DVD zugelegt. Der Club, in dem Magnum und seine Freunde gerne sitzen, ist der *King Kamehameha Club*. Diesen König gab es wirklich, er starb Anfang des 19. Jahrhunderts und war *der* Wellenreiter. Mit seinem Tod zog das Christentum ein, und damit war vorerst mal Ende mit Surfen und Feiern. Erst knapp hundert Jahre später wurden erste hawaiianische Surfclubs gegründet, und seitdem gibt's kein Halten mehr.«

»Was, so lange wird in Deutschland schon gesurft?«, fragte Louise ungläubig.

»Aber, nein. Bei uns erst seit den Fünfzigern. Aber die Wiege steht hier auf Sylt, als die Rettungsschwimmer ihre ersten Rettungsbretter bekamen. Die waren allerdings nicht so ganz geeignet zum Wellenreiten. 1966 wurde dann der *Surfing Club Sylt* gegründet. Und in dieser Tradition stehe … stand ich, und jetzt Tjark. Nicht übel, was?«

»Deine Geschichte oder unsere Bogenschießanlage?« Diana knuffte Chris spielerisch in die Seite.

»Beides natürlich«, gab er grinsend zurück.

»*Ouahou*, das ist wirklich schön hier. Ein richtiges Paradies, so inmitten der Weiden und Bäume«, entfuhr es Louise. »Und ganz schön groß.«

»Ja, wir haben hier mehr als tausend Quadratmeter zur

Verfügung. Hier rechts ist die kleine Schießbahn mit acht Zielscheiben. Dort beginnen die Anfänger aus einer Entfernung von zehn Metern auf die Scheiben zu schießen, da hinten ist der große Platz mit Zielscheiben in unterschiedlichen Entfernungen, maximal fünfzig Meter. Da siehst du die Holzpferde, auf denen kannst du dem Gefühl nachspüren, den Bogen zu Pferd zu bedienen, und seit Kurzem stehen auch 3-D-Tiere herum, vom Hasen bis zum Dinosaurier.«

»Jetzt weiß ich also, wer sie ausgerottet hat«, lachte Louise.

»Saurier werden gerne zum Trainieren genommen. Es gibt ganze Saurierparcours.«

»Die sind für die kurzsichtigen Bogenschützen, die treffen nichts Kleineres«, unkte Chris.

»So, nun zeige ich euch noch unsere Werkstatt.« Diana schaute auf ihre Uhr. »Und dann muss ich euch leider alleine lassen. In einer halben Stunde beginnt mein Kurs.«

In der Werkstatt roch es angenehm und würzig nach Holz. In einem Schaukasten waren Fotos angepinnt, auf denen sich Leute im Bogenbau übten. Louise trat näher heran. *Oops*, den Typen kannte sie doch.

»Hier seht ihr die verschiedenen Hölzer, mit denen wir arbeiten. Manau, also Rattan, es ist sehr biegsam und daher für Anfänger geeignet, Hickory, ein amerikanischer Nussbaum, der nach dem Fällen nur sehr langsam trocknet. Wenn der Bogen dann geformt und getrocknet ist, behält er seine Form und bleibt sehr lange stabil. Und das ist Eibe, sozusagen der Klassiker unter den Bogenhölzern«, schloss Diana die kleine Führung ab.

Bevor die drei die Werkstatt wieder verließen, blieb Louise nochmals kurz vor dem Schaukasten stehen.

»Sag, das ist doch Ron Schubert, der Schauspieler, nicht wahr? Hat er hier auch einen Kurs besucht?«

Mit einem unüberhörbaren Grimm in der Stimme antwortete Diana: »Ja, vor ein paar Jahren hat er mit ein paar Kollegen vom Theater einen Kurs gebucht. War mir gar nicht bewusst, dass gerade das Foto noch hier hängt.«

»Er war wohl nicht dein beliebtester Kursteilnehmer?«, fragte Louise vorsichtig.

»Nein, war er nicht. Ach, was soll ich da lange um den heißen Brei rumreden. Schau ihn dir mal an, echt attraktiv, der Typ. Und da war die Trennung von Chris ...«, Diana zuckte wie entschuldigend mit den Achseln, »... gerade mal ein paar Wochen her. Schubert hatte mich in null Komma nix um den Finger gewickelt. Und nach vier, fünf Monaten hat er mir den Laufpass gegeben. Ich hatte schon bei Bengt gekündigt, um mir in Bremen was Neues zu suchen, als Schubert mich abserviert hat. Ich konnte von Glück sagen, dass ich bei Bengt bleiben konnte. Ein absolut arrogantes Arschloch, der Ron Schubert. Wenn er auf Sylt ist, schaue ich immer, dass ich einen großen Bogen um ihn mache. Aber das ist Schnee von gestern.«

Chris räusperte sich, sagte aber nichts. Louise sah ihn fragend von der Seite an, doch er reagierte nicht. Sie überlegte kurz, ob sie Diana erzählen sollte, dass der Schauspieler am Poloturnier teilgenommen hatte und vom Pferd gefallen war, ließ es dann aber bleiben. Wie hatte Diana gesagt: Schnee von gestern.

Mittlerweile hatten sie wieder den Platz zwischen den Pagodenzelten erreicht.

»Da hinten stehen schon meine Schüler. Also, war schön mit euch. Und du Louise, wenn du dich mal im Bogenschießen versuchen möchtest, nur zu.«

Diana drückte Chris und Louise zum Abschied kurz und trabte zu ihrer Kursgruppe.

Die nächsten Stunden vergingen wie im Flug, und am Donnerstag brachte die *Adler-Express* Louise zurück auf ihre geliebte kleine Insel, während Chris noch ein paar Tage Tjark unterstützen wollte, dem ein Surflehrer krankheitsbedingt abhandengekommen war. Louise hatte diese Entscheidung mit einem tiefen Seufzer zur Kenntnis genommen, und als Chris mit einem treuen Augenaufschlag kundtat, seine Freunde könnten sich eben hundertprozentig auf ihn verlassen, hatte sie sich insgeheim die Frage gestellt, was denn eigentlich mit ihrer beider Freundschaft war.

Kapitel 15

Pellworm

»Ob das wirklich eine so gute Idee war, Ron Schubert zu bitten, den Cord Widderich zu spielen?«, fragte Fine zweifelnd und schenkte sich noch einen Becher Kaffee ein. »Der Mann vergisst ganz, dass wir eine Laienspieltruppe sind. Er scheucht uns nicht nur durch die Gegend, ständig flickt er Thore am Zeug. Momme sagte gestern, Dirk wirft alles hin, wenn Ron nicht so langsam mal auf den Pott gesetzt wird.«

»Pott?« Louise zeigte grinsend auf Fines Kaffeebecher, von dem sie ein Schaf auf der Deichkrone aus anglotzte. »Bisschen klein, so ein Pott.«

Fine starrte auf ihren Becher und lachte. »Nein, der wäre für Rons Hintern nicht groß genug. Mal sehen, wie's heute läuft. Wollen wir?«

Als Louise und Fine an der Alten Kirche ankamen, hörten sie schon von Weitem Ron Schuberts mächtige Bassstimme.

»Nein, nein Kinderchen, so geht das nicht. Momme Mommsen, da ist dein Platz, und wenn ich von links auftauche, gehst du einfach einen Schritt zurück, sonst wird das zu eng zwischen dir und dem Pferd. Hab ich nicht gesagt, dass das Pferd zu klein ist, habt ihr denn nichts Größeres auf eurer Insel? War ja klar, Mini-Insel, Mini-Pferd.«

Louise knuffte Fine in die Seite und grinste.

»Ich kann mir Thore im Augenblick lebhaft vorstellen, der rastet gleich aus. Überredet Voltje, ihren treuen Haflinger zur Verfügung zu stellen, und dem Herrn Hoftheaterschauspieler ist der zu klein.«

»Nun, Ron ist aber auch ein großer Kerl. Wir sollten mal vorschlagen, ob wir nicht den alten Kaltblüter von Wimmers Schwager bekommen.«

»Dieses Riesentier mit dem breiten Rücken? Da sitzt Ron dann aber drauf wie ein Gartenzwerg auf einem Schaf.«

In diesem Moment kam ihnen Dirk entgegen. Der Arzt rollte mit den Augen. »Wessen Idee war das noch mal, uns diesen Blödmann als Cord Widderich vorzuschlagen? Den ramm ich irgendwann ungespitzt in den Boden.«

Louise lachte, bis ihr die Tränen kamen. »Dirk, du weißt genau, dass es Momme war. Ist es heute schon wieder so schlimm?«

»Schlimm ist noch milde ausgedrückt. Der Typ macht uns alle wahnsinnig. Ich muss Thore bewundern. Er bleibt erstaunlich gelassen. Nun, es bleibt uns auch nichts anderes übrig, als mit ihm auszukommen. Das muss man ihm einfach lassen, er hat die Rolle ratzfatz gelernt, und er macht keine schlechte Figur dabei. Und eigentlich ist es ja ganz nett von ihm gewesen, so kurzfristig einzuspringen. Immerhin hätte er seine freien Tage auch nutzen können, um mal gar nichts zu tun.«

»Er macht doch hier sozusagen Urlaub. Urlaub und ein wenig eine Laienspieltruppe zur Weißglut bringen. Das scheint ihm zu gefallen«, erwiderte Fine trocken. »Wie es heißt, kommt seine Frau in ein paar Tagen nach Pellworm. Vielleicht macht ihn das ein wenig ausgeglichener.«

»Oder er wird noch nervöser. Immerhin ist sie schwanger, und er wird zum ersten Mal Vater«, steuerte Louise bei.

»Hallihallo, wollen die Damen vielleicht einmal die Güte besitzen und sich zum arbeitenden Volk gesellen?« Thore fuchtelte mit den Armen.

»Er meint uns, Fine. Dann mal los. Ist Renate denn schon da?«

Fine reckte den Hals und beschirmte die Augen. »Da hinten, sie packt gerade ein paar Töpferwaren aus. Sie nimmt das, was beim Brand einen Sprung bekommen hat. Ich geh schon mal zu ihr rüber und helfe ihr.«

»Und du, Louise, heute ohne deinen Sturkopfesel?«, fragte Dirk und sah sich suchend um. »Oder kommt er von ganz alleine hinter euch hergetrottet?«

»Ich hab es jetzt Jasper komplett überlassen, ihn für die Aufführungen fit zu machen. Er zeigt einen großen Respekt vor dem Jungen. Jasper macht etwas, was er Clickertraining nennt. Wenn Sture etwas machen soll und es auch tut, klickert Jasper genau in dem Moment und schiebt ihm ein Leckerchen ins Maul. Ich hoffe nur, dass Sture nicht auf Klickern und Leckerchen besteht, wenn er auf der Bühne seinen Einsatz hat. Musst du schon los?«

Dirk nickte. »Ja, ein kleiner Notfall, nichts Ernstes, sonst würde ich nicht noch hier rumstehen und mit dir plaudern. Die alte Nelli meint, sie hätte einen Gichtanfall. Das kenn ich schon, aber es ist natürlich besser, wenn ich mir das anschaue. Bis dahin soll sie sich die Fußgelenke kühlen. Sie ist jetzt schon mal beruhigt, und ich habe einen Grund gehabt, diesem Tyrannen zu entkommen. Unser Auftritt besteht sowieso nur darin, dumm rumzustehen, die Lanzen zu kreuzen und zu Widderich zu sagen: *Halt, hier geht es für dich nicht weiter.* Das kriegt Momme heute auch mal alleine hin. Na denn, tschüss. Und viel Spaß, lass dich nicht zu sehr nerven und rumkommandieren.«

Louise entdeckte Voltje Rickmers, bereits im Gewand einer Marketenderin und eben damit beschäftigt, den Haflinger grasen zu lassen.

»Moin, Voltje, hat er schon wieder an Hansi herumgemäkelt?«

»Moin, Louise, er lässt kein gutes Haar an meinem Schatz. Wenn Ron so weitermacht, kann er sich ein anderes Pferd suchen. Wir haben zwar ein paar, die uns Ringreitern gehören, aber nur wenige geben ihre Pferde an einen fremden Reiter weiter. Okay, der Mann kennt sich mit Pferden aus, ist ein geübter Reiter, doch das ist schon eine große Vertrauenssache, sein geliebtes Tier jemand anderem zu überlassen.« Sie klopfte Hansi den Hals, der schüttelte den Kopf und graste weiter.

»Manu, wo ist denn Manu? Wenn man sie braucht, ist sie nicht da. Mein Wams, die Schnürung sitzt nicht richtig, das muss geändert werden, ich ersticke ja fast. Und Edgar, so geht das nicht. Renates Stand ist viel zu sehr in den Vordergrund gerückt.«

Voltje grinste. »So geht das schon, seit wir mit der Probe angefangen haben. Hinter jedem brüllt er her, dies passt ihm nicht, das passt ihm nicht. Ich dachte immer, das wäre so ein dummes Geschwätz, dieses divenhafte Getue von

Stars und Schauspielern, aber Ron ist wirklich der beste Beweis dafür, dass es stimmt. Der Klas war da ganz anders.« Plötzlich klang die eben noch fröhliche Stimme der jungen Frau rau.

»Ich hab ihn ja nur kurz gekannt, aber er war mir sympathisch. Vielleicht ein klein wenig überkandidelt, wenn ich so an seine Showauftritte denke, aber irgendwie doch mit beiden Beinen auf dem Boden.«

»Schon ein Ding, dass du damals seinen Mörder entlarvt hast. Das war ganz großes Kino. Was ist eigentlich mit Chris, ihr seid doch noch zusammen, oder?«

»Mehr oder weniger«, erwiderte Louise und seufzte tief. Dabei dachte sie: *Zusammen sein kann man nur, wenn der andere auch da ist.* »Chris ist noch auf Sylt. Tjark, der Freund, der seine Surfschule übernommen hat, brauchte für einen seiner Surflehrer einen Ersatz, und Chris springt ein. Für mindestens noch eine Woche. Tja, und danach geht es schon wieder auf große Tour. Irgendwie ist er ein Junge geblieben. Immer auf Abenteuer aus, die Welt erkunden. Ich weiß nicht, ob ich das auf Dauer mitmachen kann.«

Louise war über sich selbst erstaunt. Sie hatte keine engen Freundinnen auf Pellworm, die meisten Frauen kannte sie von ihren Kocheinsätzen oder den Landfrauenabenden, die bei Fine oder anderswo stattfanden und zu denen sich Louise ab und zu gesellte. Und zu denen gehörte Voltje, die sie öfter um Rat fragte, wenn Sture ihr Rätsel aufgab. Dass sie nun Voltje ihr Herz öffnete, erstaunte sie selbst. Aber vielleicht musste es einfach mal raus, ihr Gefühl.

Fine ahnte es wohl schon länger. Als sie ohne Chris nach Pellworm zurückgekehrt war, hatte Fine sie gefragt, ob sie sehr traurig darüber sei. Louise hatte abgewunken, sie wollte nicht, dass ihre Patentante sich nach der unglücklichen Geschichte mit Thierry Sorgen um ihr Liebesleben machte. Fine hatte sie nur lange angeschaut und irgendwie wissend genickt. Und dann war da gestern dieser Anruf von Chris gewesen. Er sei fix und fertig, ihm sei am Vormittag fast ein Surfanfänger ertrunken. Es war alles gut gegangen, aber Chris' Bemerkung, für andere Verantwortung tragen zu müssen, sei irgendwie nicht mehr sein Ding, hatte Louise nachdenklich werden lassen. Sie musste sich definitiv der Beziehung stellen und sich ein paar Gedanken dazu machen. Doch nicht gerade jetzt.

Louise und Voltje standen am Rand der Bühne und warteten auf Thores Zeichen für ihren Auftritt. Plaudernd und scherzend sollten sie im Hintergrund auf und ab gehen – Louise Sture, der heute pausierte, hinter sich herziehend – und ein paar neckische Bemerkungen mit Cords Weggefährten austauschen. Voltje würde von ihrem Ehemann Tyll, der einen der Kumpanen des Freibeuters darstellte, einen Klaps auf den Hintern bekommen, dann war schon wieder Abgang bis zur nächsten Szene. Thore war sehr detailverliebt und sogar der Klaps auf den Po musste an der richtigen Stelle sitzen.

Nach der Rückkehr von Sylt probten sie nun schon seit zwei Wochen auf Hochtouren. Samstag sollte die Premiere sein, sieben weitere Aufführungen würden folgen. Wenn das Projekt ein Erfolg werden sollte, wovon alle ausgingen, könnte man sich überlegen, es im nächsten Jahr mit ein paar Vorstellungen mehr zu wiederholen.

Nach dem Ausfall von Keno war guter Rat teuer gewesen,

doch Mommes Idee, Ron zu fragen, war auf fruchtbaren Boden gefallen. Zunächst hatte der Theaterschauspieler gezögert, doch nachdem ihn seine Cousine, Pellworms Bürgermeisterin, lange genug umschmeichelt hatte, sagte er zu. Die Spielzeit in Bremen begann erst wieder im September. Natürlich könne es sein, wäre sogar wahrscheinlich, dass er eine Zusage für eine Fernsehproduktion erhalte, doch die Dreharbeiten würden erst im Januar beginnen. Thore hatte ihm nur noch klarmachen müssen, dass er für seinen Auftritt kein Geld bekommen würde.

»Und wovon bitte soll ich leben?«, hatte Ron theatralisch gebrüllt. Doch auch für dieses Problem hatte Thore eine Lösung parat. Wohnen und essen könne er bei seiner Cousine Freya. Die hatte zwar vorab nichts von ihrem Glück gewusst, doch dann dem Plan zugestimmt. Was opferte man nicht alles als Bürgermeisterin für die eigene Insel. Als dann allerdings Rons Agent einen Job für ihn als Synchronsprecher für einen Zeichentrickfilm an Land gezogen hatte, war der Einsatz des Theatermannes wieder fraglich geworden. Mit großem Geschick hatte Thore es verstanden, die Probenzeiten für Ron so zu legen, dass dieser in einem Hamburger Studio dem Froschmännchen Froggy drei Tage lang seine Stimme leihen konnte.

Kurzum, Ron Schubert war einerseits eine Bereicherung für das Ensemble und das Stück, andererseits hielt er alle auf Trab mit seinem Besserwissen. Auch jetzt stand er auf der Bühne, nahm sie geradezu ein. Die Arme in die Seiten gestemmt, verfolgte er den Aufbau des Galgens, an dem er am Ende des Stücks baumeln sollte. Lange waren er und Thore uneins gewesen, wie diese Szene dargestellt werden sollte. Thore hatte für eine Art Dummy plädiert, der aufge-knüpft wurde, während Ron großzügig angeboten hatte, die Leiter zum Galgen zu besteigen und sich selbst die Schlinge um den Hals zu legen. Dann Vorhang.

Momme war von der Idee nicht begeistert gewesen. »Wenn die Leiter kippt oder wegrutscht, haben wir ein Problem, dann hängt Ron da und verletzt sich womöglich noch.«

Fine hatte die rettende Idee. Schlinge um den Hals ja, aber zwischen Schlinge und Strick nur ein dünner Näh-faden. Falls das Szenario eintreten würde, das Momme vor Augen hatte, würden die beiden Teile auseinandergerissen werden.

Louise und Voltje schlenderten Arm in Arm an Ron »Cord« vorbei, kicherten und steckten die Köpfe zusam-men, wie es ihre Rolle vorgab. Allerdings entging Louise nicht der Blick, den Ron ihr und Voltje zuwarf. Er musterte sie von Kopf bis Fuß und schnarrte dann: »Ein wenig ko-ketter könntet ihr schon daherkommen. Louise, schürz mal dein Kleid ein wenig, damit man die Knöchel sieht, und du, Voltje, leg das Schultertuch etwas lockerer. Keiner ver-langt, dass man dir in den Ausschnitt glotzen kann, aber ein wenig musst du schon vom Hals abwärts preisgeben. Ihr seid Marketenderinnen und keine Klosterschülerinnen.«

»Da hat Ron allerdings mal recht«, ertönte Thores Stimme neben dem Galgen.

Louise und Voltje nahmen die Regieanweisungen gelas-sen. Louise raffte das Kleid bis zu den Waden, und Voltje zog ihr Tuch ein wenig herunter.

»Hast du gewusst, dass er bald Vater wird?«, fragte Voltje

unvermittelt und knotete sich das Schultertuch dann endgültig um die Hüften. Sie zupfte ein wenig an ihrem Ausschnitt herum.

»Ja. Und seine Frau kommt offenbar bald nach Pellworm. Wie findest du ihn eigentlich, ich meine so als Mann?«

Die beiden Frauen wanderten nun entlang des hinteren Bühnenrandes auf und ab.

»Eigentlich finde ich ihn ganz sympathisch, aber er ist trotz fester Beziehung kein Kostverächter. Ist zumindest mal mein Eindruck. Er hat Angela zum Essen eingeladen, sie hat aber abgelehnt«, wusste Voltje zu berichten. »Bei mir würde er es nicht wagen, Tyll würde ihm was anderes erzählen. Hat er dir noch keine Avancen gemacht?«

Louise lachte. »Nein. Aber ganz ehrlich, mir ist das noch gar nicht aufgefallen. Ich finde, er wirkt sehr diszipliniert, vor und hinter der Bühne.«

Voltje zog Louise ein Stück näher zu sich heran. »Ich muss dir was sagen, aber behalte es für dich. Es gäbe ein Mordstheater.« Sie musste unwillkürlich bei diesem Wort kichern. »Er hat sich auf Pellworm jemanden angelacht, jemanden, der verheiratet ist«, raunte sie.

Louise konnte solches Getratsche eigentlich nicht leiden, aber ihr kam plötzlich die Szene im Frühstücksraum auf Sylt in den Sinn. Ron, der wütend den Saal verließ. Vielleicht hatte sie die Situation vollkommen falsch gedeutet. Nicht die Frau hatte etwas von Ron gewollt, sondern er von ihr. War dann abgeblitzt und mit angekratztem Ego von dannen gezogen. Nun doch neugierig geworden, hakte sie nach. »Wen hat er sich denn geangelt?«

»Hilla«, hauchte Voltje. »Ich vermute mal, Ron hat's mit

116

sportlichen Frauen. Die, mit der er jetzt zusammen ist, war oder ist immer noch seine Personal Trainerin. Davor war er mit einer Olympiateilnehmerin liiert.«

Louise unterbrach sie. »Was? Das weißt du?«

Voltje zuckte mit den Schultern. »Aber ja doch. Stand damals in den Frauenblättchen. Das muss eine sehr unschöne Trennung gewesen sein. Tante Gertie hat in der Zeit auf Sylt gearbeitet. Das war ein echter kleiner Skandal. Sie, ich komm nicht auf ihren Namen, hat ihn in der Nacht mit einem gespannten Bogen vor eine Schießscheibe gezwungen. Er war splitterfasernackt, hat sie erzählt. Gertie hat es zwar nicht mit eigenen Augen gesehen, aber sie hat so was gehört. Sie hat ihm aber nichts getan, also die Geliebte, die Polizei ging dazwischen. Schubert hat dann behauptet, es wäre ein Sexspielchen zwischen ihnen gewesen.« Voltje wurde rot. »Und das war's. Dolle Geschichte.«

Louise nickte. Chris hatte davon gewusst. Daher dieses merkwürdige Räuspern. Doch er hatte dazu geschwiegen, hatte es ihr nicht erzählt. Okay, es war natürlich auch eine recht unrühmliche Aktion von Diana gewesen, hochnotpeinlich.

»Und was ist mit Hilla?«, fragte sie.

»Ach ja, Hilla. Was sagte ich noch mal? Ach so, ja er hat's mit sportlichen Frauen. Ich meine, das passt zu ihm. Polo ist ein echt harter Sport, für Pferd und Reiter, ich weiß, wovon ich spreche. Und Hilla war im letzten Jahr unsere Ringreitkönigin. Ich kann mir vorstellen, dass die beiden über die Pferde ins Gespräch gekommen sind. Ich hoffe nur, Edgar hat nichts mitbekommen. Aber der Ehemann erfährt es ja meist zuletzt. Und im Gegensatz zu …«

Den Rest ihres Satzes verschluckte Voltje, da soeben Ron Schubert vor den Galgen trat, den Edgar, der für die Kulissen zuständig war, genau auf Position gerückt hatte.

»Mein Fluch soll euch treffen, Klaus von dem Damme. Als Pilger ward ich unterwegs, als Eure Schergen meiner habhaft wurden. Kein Gericht fällte dieses Urteil, der Spruch des elenden Henri von Segeberg ward Euch Gesetz. Verflucht seid Ihr und Eure Nachkommenschaft.« Ron spuckte gekonnt vor Wimmer, Inselbriefträger und sich in seiner Rolle als Henker sichtlich wohlfühlend, aus. Der feuchte Fleck landete direkt vor Wimmers Stiefelspitzen. Dann erklomm Ron die Leiter, fegte mit einer energischen Kopfbewegung Wimmers Schergen hinfort, der ihm den Knebel, der nur locker um seine Handgelenke lag, lösen sollte.

»Eine letzte Bitte hab ich. Wenn schon kein Priester dabei ist, so möge eine holde Jungfer diese Bande lösen.«

Thore bekam einen roten Kopf. »Das ist nicht verbrieft, wie kommst du denn auf diese Idee?«

Doch Ron ließ sich nicht beirren. »Jungfer Ranghilt, erweist mir die Erfüllung dieser meiner letzten Bitte.«

Hilla kam etwas unsicher zum Galgen, sah fragend zu Thore, der nickte.

Sie machte sich am Knebel zu schaffen, löste ihn, und Ron beugte sich spontan zu ihr herab und küsste sie auf den Mund.

»Danke, du holde Maid, nun sterbe ich mit dem süßesten Kuss auf den Lippen.«

Louise liefen die Lachtränen über die Wangen, während Thore wie ein Maikäfer, der gleich abheben wollte, pumpte. »Die Jungfrau spielt nicht mit, Ron«, brüllte er.

»Entweder die Schlussszene so oder ich verschwinde, du kannst es dir überlegen«, tönte es von der Leiter, und Ron legte sich den Strick um den Hals.

»Vorhang«, erscholl Mommes Stimme, während Fine und Renate lautstark applaudierten. Nach und nach fielen die anderen Akteure ein. Nur Edgar hielt sich mit undurchdringlicher Miene zurück.

»Ist doch ein versöhnliches Ende, finde ich. Mit dem Kuss einer Frau auf den Lippen zu sterben«, ließ sich Momme vernehmen.

Thore gab sich geschlagen, er hatte dem nichts mehr entgegenzusetzen.

Kapitel 16

Pellworm

Tag der Generalprobe.

Ron war erstaunt, wie viel Spaß ihm die Proben mit der Pellwormer Laienspieltruppe machten. Eigentlich hatte er die Bitte, als Hauptdarsteller einzuspringen, ablehnen wollen. Doch seine Cousine Freya hatte ihn letztendlich überredet und ihm, dessen war er sich bewusst, einen ganzen Topf Honig ums Maul geschmiert.

»Du musst das so sehen, mein lieber Ron. Du bist Professor Henry Higgins in Pygmalion. Du kannst aus dieser Truppe ein wirklich gutes Theaterensemble formen.«

Er hatte den Köder geschluckt. Einige der Darsteller zeigten sogar ganz besondere Qualitäten. Die einen mehr im schauspielerischen Bereich, die andere ... Edgar hatte offenbar keine Ahnung von den Qualitäten seiner Frau Hilla, sonst hätte die es gewiss nicht nötig, mit ihm ein paar Stunden im Bett zu verbringen. Wobei, im Bett war nicht möglich. Seiner Cousine Freya wollte er das nun nicht antun, seine Gespielin in ihr Gästebett zu locken. Und bei Hilla ... Das hatte sie sich verbeten, sogar als der dämliche Edgar einen ganzen Tag in Husum gewesen war.

Die Scheune hinter der Kuhweide war gar nicht so

schlecht. Das Stroh piekte, es roch nach Vieh, aber es hatte etwas von einem Abenteuer an sich, einem Abenteuer, das nach der letzten Aufführung beendet sein würde. Heute noch die Generalprobe, sieben Aufführungen, sieben Vorhänge, und dann ab nach Bremen. Vorbereiten auf den *Woyzeck*, Drehbücher lesen und auf den Nachwuchs warten.

Ron war es gleich, ob es ein Junge oder ein Mädchen sein würde. Theresa hatte es nicht wissen wollen, ihm war es recht gewesen. Seine Frau hatte vor ein paar Tagen begonnen, sich auf die Suche nach einem geeigneten Haus zu machen, mindestens hundertfünfzig Quadratmeter Wohnfläche und ein großer Garten waren die Anforderungen. Das Preislimit lag bei sechshunderttausend Euro. Der Markt war in diesem Segment in Bremen wie leer gefegt, zumindest in den Wohngebieten, die er und seine Frau bevorzugten. Nun, wie in allen Dingen des Lebens, mussten sie sich eben in Geduld üben. Seine Wohnung würde auf jeden Fall für drei Personen am Anfang noch groß genug sein.

Fröhlich vor sich hin pfeifend, machte er sich auf den Weg zur Alten Kirche. Ein leichter milder Wind fuhr ihm durch die blonden Haare, die er für seine Rolle als Cord Widderich hatte ein wenig wachsen lassen. Wahnsinn, was da in drei Wochen so spross. Er genoss die Strecke unterhalb des Deichs, auf dem die Schafe grasten und ihn nicht im Geringsten beachteten. Ein einzelnes Tier hob den Kopf, glotzte ihn aus seinem langen Gesicht an und gab ein kurzes Blöken von sich.

»Ah, gnädige Frau erkennt mich. Das ist ja schön, dass unter euch dummen Schafen wenigstens eines etwas von der

Hochkultur Ahnung hat.« Er verbeugte sich vor dem Schaf, zog einen imaginären Hut und marschierte weiter. Eigentlich keine schlechte Idee, sich vielleicht auf Pellworm ein Ferienhäuschen oder eine kleine Wohnung zuzulegen. Fipsi oder Fipsa, wie er und Theresa das Baby nannten, würde hier herrliche Ferien verbringen, inmitten der unberührten Natur, fernab aller Schlechtigkeiten der Menschheit.

Allmählich wurde ihm warm. Ron zog seine Jacke aus und legte sie sich über den Arm. Dann krempelte er die Hemdsärmel hoch und lockerte den Kragen. Vielleicht hätte er seinen Hut mitnehmen sollen. Die Sonnenstrahlen hatten jetzt schon eine ziemliche Kraft entwickelt, und die Gehirnerschütterung, die er sich bei seinem Sturz zugezogen hatte, machte sich ab und an durch Kopfschmerzen bemerkbar. Wie jetzt.

Was war nur mit dem Pferd los gewesen? So kannte er Satchmo überhaupt nicht. Er hatte umgehend auf der Entlassung aus dem Krankenhaus bestanden und den Rest des Tages dösend auf der Terrasse und in seinem Zimmer verbracht. Nobbi, der sich um die Pferde kümmerte, hatte ihm eine WhatsApp geschickt, Satchmo gehe es gut. Keine Verletzung, auch kein Insektenstich, nichts, er könne sich nicht erklären, warum das Pferd so plötzlich gescheut habe. Gleich am nächsten Morgen hatte er seinen beiden Pferden einen Besuch abgestattet. Ruhig standen sie im Stallzelt, knabberten am Heu. Er hatte Satchmo eingehend untersucht. Doch da war wirklich nichts. Nirgendwo auch nur die Spur einer Verletzung, keine Schwellung an den Beinen, auch der Rücken war vollkommen unempfindlich. Er steckte den beiden Pferden eine Karotte zu, grübelte noch ein wenig, kam jedoch zu keinem vernünftigen Ergebnis. Am nächsten Tag war die Anfrage von Momme Mommsen gekommen, ob er für diesen Keno einspringen könne und wolle.

Ron grüßte die Spaziergänger und Radfahrer, die ihm begegneten. Ein älteres Paar stutzte kurz und steckte die Köpfe zusammen. Wahrscheinlich fragten sie sich, woher sie das Gesicht kannten, vermutete Ron. Eine ältere Frau schaute ihm nach, wie er bemerkte, als er sich kurz umdrehte. Aber niemand sprach ihn an. Er seufzte. Man musste schon aussehen wie Jürgen Vogel mit seiner auffälligen Zahnlücke oder eine Stimme haben wie Til Schweiger mit seiner dämlichen Lache, um sofort erkannt zu werden. Er hatte ganz sicher kein Allerweltsgesicht, aber ihm so ganz aus dem Kontext Bühne oder Bildschirm heraus zu begegnen ... Da konnte man den Menschen keinen Vorwurf machen. Er selbst hatte einmal eine Stunde im Restaurant am Tisch neben Sebastian Bezzel gesessen. Erst als eine Frau diesen um ein Autogramm bat, war ihm klar geworden, dass er neben einem Kollegen saß.

Ron sah auf seine Rolex. Noch eine halbe Stunde bis zur Probe und die Alte Kirche war keine zehn Minuten mehr entfernt. Kurz entschlossen öffnete er das Gatter, das den Zugang auf den Deich ermöglichte, und stieg, mehreren Haufen Schafscheiße ausweichend, nach oben. Die nächstgelegene Bank war frei. Er setzte sich und starrte auf das Wasser, das sich weit zurückgezogen hatte. Die Menschen nutzten die Ebbe, um nach Muscheln oder sonst was zu suchen.

Eine Stimme riss ihn aus seinen Betrachtungen.

»Darf ich?«

Ron drehte den Kopf zur Seite. Ein Mann stand neben der Bank, er schätzte ihn irgendwo in den Dreißigern. Dreitagebart, Jeans, Polohemd, blaue Leinenschuhe. Die Augen konnte er nicht erkennen, eine Sonnenbrille verbarg sie. Das dunkle Haar war wellig.

Ron hatte zwar keine Lust auf Gesellschaft, aber er rückte trotzdem ein Stück zur Seite. Der Mann setzte sich und musterte ihn.

»Sie sind doch Ron Schubert, der Schauspieler?«

Ein breites Grinsen überzog augenblicklich Rons Gesicht. Jovial streckte er die Hand aus. »Allerdings.«

Zögerlich ergriff der Mann diese, als scheue er sich vor der Berührung.

»Sie machen Urlaub auf Pellworm?«, fragte Ron, als der Mann keine Anstalten machte, ein Gespräch zu beginnen. Es war ihm herzlich egal, was der Typ hier auf der Insel machte, aber dieses Schweigen war ihm irgendwie unangenehm.

»Ja, ich bin seit ein paar Tagen hier. Sie sind mir schon beim Bäcker aufgefallen. Ich hab mir gesagt, das ist doch Ron Schubert. Ich hab Sie vor zwei Jahren in einem Theaterstück gesehen. *Warten auf Godot*. Sie haben mir als Estragon wirklich imponiert. Und jetzt spielen Sie die Hauptrolle in diesem Laienspielstück?«

Das hörte sich an wie eine Degradierung. Ron räusperte sich. Er war dem Typen zwar keine Rechenschaft schuldig, aber klarstellen sollte er die Umstände schon. »Ein Gefallen. Meine Cousine ist hier Bürgermeisterin, der Hauptdarsteller ist ausgefallen, und ich habe übernommen. Ein Gefallen an die Pellwormer. Unentgeltlich, einfach der Freude am Spiel wegen.«

Meine Güte, warum nur hatte er eine so ausschweifende Erklärung abgegeben?

Der Mann schob seine Sonnenbrille auf den Kopf und betrachtete ihn eindringlich. Irgendetwas kam Ron an ihm bekannt vor.

»Das ist ja sehr nett von Ihnen«, sagte er. Sonst nichts.

Ein unangenehmes Schweigen breitete sich aus. Was hätte Ron antworten sollen? *Ja, finde ich auch?* Der Mann war auf jeden Fall kein Autogrammjäger. Und wie es ihm vorkam, war er noch nicht mal, trotz des Lobes für seine Rolle als Estragon, ein Theaterfan. Eine plötzliche Erkenntnis durchzuckte Ron. Natürlich, der Typ war von der Presse. Wollte ihn aushorchen, etwas über seine nächsten Projekte erfahren, vielleicht auch, wann das Baby da sein würde. Wahrscheinlich einer der armen Tropfe, die sich für nichts zu schade waren, um einem Promi aufzulauern und ihm die Würmer aus der Nase zu ziehen.

»Schreiben Sie für die *Luxor* oder für *Lisamarie* oder für das *Goldene Herz*? Dann wenden Sie sich bitte an meine Agentur. Die Adresse finden Sie im Internet. Dann können wir vielleicht einen offiziellen Termin vereinbaren«, verkündete er mit einem Maximum an Arroganz in der Stimme. »Und wer sind Sie überhaupt? Es ist äußerst unhöflich, sich nicht vorzustellen.« Jetzt hörte er sich in seinen eigenen Ohren an wie seine Mutter, die ihn immer in einem solchen nörgelnden Ton gemaßregelt hatte.

Die Sonnenbrille wurde wieder vor die Augen gerückt. Ein Lächeln umspielte nun die Lippen des Mannes.

»Sie halten mich für einen Klatschreporter? Ron Schubert, so interessant sind Sie nun auch wieder nicht. Die paar kleinen TV-Rollen. Keine der Serien hatte doch mehr als sechs, sieben Folgen, wenn ich mich nicht irre. Haben Sie sich nie darüber Gedanken gemacht, warum das so war?«

Ron holte tief Luft. Es zuckte in seinem Arm. Am liebsten hätte er dem Mann seine Faust ins Gesicht gerammt. Er erhob sich, wollte gehen, doch der Mann hielt ihn am Oberarm fest, zog ihn zurück.

»Sorry, das war nicht ganz fair von mir. Die Speidel hat's ja auch nicht rausgerissen. War eben ein ganz schlechter Stoff, da kann man sich als Schauspieler noch so abrackern. Und Sie haben recht, es ist total unhöflich von mir, mich nicht mal vorzustellen. Aber mein Name tut nichts zur Sache.«

Ron war vollkommen perplex. Was war das denn für einer? Doch er fasste sich ganz schnell wieder.

»Sie sind also kein Journalist?«, fragte er bemüht höflich.

Der Mann schüttelte den Kopf. »Nein.« Unvermittelt erhob er sich und wandte sich zum Gehen. Dann drehte er sich noch einmal kurz um. »Wir sehen uns wieder.«

Verblüfft sprang Ron ebenfalls auf. »Moment mal, was soll das Ganze denn? Wer sind Sie, und was wollen Sie? Und was heißt, wir sehen uns wieder?«

Der Mann machte einen Schritt auf ihn zu. »Du erinnerst dich wirklich nicht? Mein Gesicht sagt dir nichts? Dann gib dir mal ein wenig Mühe.«

Mit diesen kryptischen Worten ließ der Mann ihn stehen.

Kapitel 17

Pellworm

Wenn die Premiere so verlaufen würde, wie es die Generalprobe versprach, wäre die Theaterinszenierung über das Leben des Cord Widderich der Knaller.

Thore hatte einen Teil des Geschehens außerhalb der eigentlichen Bühne verlegt. Die Turmruine im Hintergrund der Bühne war so angeleuchtet, dass Louise ein kalter Schauer über den Rücken lief. Geheimnisvoll reckte sie sich in den Himmel. Der Beleuchter hatte etwas, das wie winzige Lichtschwerter aussah, entwickelt, die über die alten Steine tanzten. Hier in diesem Turm hatten sich Cord und seine Gefolgsleute niedergelassen, die Schwerter symbolisierten Widderich und seine Männer.

Ein paar neugierige Zuschauer hatten sich bereits eingefunden und beäugten interessiert das Geschehen. Jasper hatte ein Schild gemalt mit der Aufschrift *Theaterprobe. Bitte nicht stören und nicht kiebitzen, morgen sind Sie alle als Zuschauer herzlich willkommen.* Einige Leute konnten allerdings entweder nicht lesen, verstanden kein Deutsch oder es war ihnen egal. Sie saßen gemütlich auf den bereits in mehreren Reihen verteilten Stühlen und verfolgten die Proben. Da es noch keine Handvoll war, sah Thore großzügig darüber hinweg. Als aus der Reihe der kleinen Zuschauerschar ein erster kurzer Applaus ertönte, war es Thore sogar ganz recht, denn immerhin bedeutete ihre Reaktion bereits einen gewissen Gradmesser, wie die Inszenierung beim Publikum ankam.

Ein Mann mit Glatze hatte offenbar besonders großes Gefallen an dem gefunden, was er sah. Er sprang alle paar Minuten auf, schrie *Bravo*, setzte sich wieder hin und diskutierte offenbar ganz lebhaft mit einer älteren Frau, die neben ihm saß. Vielleicht Mutter und Sohn, vermutete Louise, die ihn mit einem gewissen Vergnügen beobachtete.

Der Einzige, dem es offiziell gestattet worden war, sich inmitten der Proben aufzuhalten, war Hubertus Schulte, der Fotos von allen und allem aus den unterschiedlichsten Blickwinkeln schoss.

Ein mittelalterlicher Markt war auf der linken Seite der Bühne entstanden, grob gezimmerte Stände mit irdenen Gefäßen, Stoffballen und Esswaren, rechts der Bühne gab es einen Viehmarkt. Wimmers Zwerghühner in großen geflochtenen Käfigen, Pauli und Sture in einem Pferch, daneben zwei Schafe. Jasper hatte den Esel mittlerweile so weit, dass dieser sich, am Kopf ein Knotenhalfter, an einem Strick herausführen ließ und Louise brav auf Schritt und Tritt folgte. Seitlich versetzt grasten drei Pferde, mehr war auf der Fläche nicht zu verkraften. Ursprünglich sollte Widderich einreiten, doch mit dem Haflinger hatte er sich bis zum Schluss nicht anfreunden können, und das Kaltblut von Wimmers Schwager war einfach zu schwer. Aber als Beiwerk, wie sie so über ihren Heuballen standen und genüsslich kauten, machten sie sich sehr gut.

Der Raub der Bronzetaufe durch Cord Widderich war das Highlight der Inszenierung. Der Pellwormer Pastor, der den Raub zu verhindern suchte, wurde einfach in ein Fass gesteckt. Eine Szene, die ebenso wenig authentisch war wie der Kuss am Galgen, doch Ron ließ auch in diesem Punkt nicht mit sich verhandeln. »Den Pfaffen ins Fass«, ließ er seine Weggefährten skandieren, und alle mussten zugeben, dass es eine mitreißende Szene war. Rons ursprüngliche Idee, den Gottesmann kopfüber ins Fass zu packen, wurde jedoch vom Pastorendarsteller höchstselbst abgelehnt, da er unter Bluthochdruck leide und kopfüber gar nicht ginge. Dafür wurde der Vorschlag Wimmers, das Fass mit Wasser zu füllen, angenommen.

Alles lief wie am Schnürchen, Akustik und Beleuchtung wurden perfekt abgestimmt, Manu legte letztmalig Hand an die Kostüme. Hier eine offene Naht, da ein fehlender Knopf. Renate hatte noch moniert, ein Knopf gehöre in eine Schlaufe und nicht in ein Knopfloch in dieser Zeit, doch Dirk konnte mit seinem Wissen Entwarnung geben, der Knopf mit Knopflöchern sei bereits im 13. Jahrhundert erfunden worden, und das, man höre und staune, in Deutschland.

Der Galgen stand verdeckt durch eine große breite Baumattrappe aus Holz, die Sören geschaffen hatte. Die Eiche stand auf Rollen und konnte einfach beiseitegeschoben werden. Nachdem im letzten Sommer der Tod seiner Tochter Inken aufgeklärt werden konnte, woran Louise nicht unerheblichen Anteil gehabt hatte, fing Sören nach und nach wieder an, am Leben auf Pellworm teilzunehmen. Noch war der Tischler nicht so weit, seine Werkstatt wieder zu eröffnen, aber immer öfter nahm er handwerkliche Aufgaben an, ersetzte hier eine kaputte Tür, stellte da eine neue Tischplatte her. Er hatte auch die Schwerter geschnitzt, die an den Gürteln von Cord und seinen Kumpeln hingen. Metallicfarben lackiert behinderten die leichten Holzschwerter die Schauspieler nicht zu sehr in ihrer Bewegung.

Mit großer Erleichterung applaudierte nach der Schlussszene zuerst Thore seiner Truppe. Er bedankte sich bei allen Teilnehmenden und wünschte für den nächsten Tag toi, toi, toi, allen Akteuren Hals- und Beinbruch.

Louise hatte zur Feier der gelungenen Generalprobe ein einfaches kleines Buffet zusammengestellt, und bei einem Glas Wein und Bier stießen sie auf die Aufführung am morgigen Tag an.

»Hals- und Beinbruch, ich habe es ja schon mal gehört, aber es ist schon ein drolliger Ausdruck. Er soll doch wohl so viel bedeuten wie viel Glück, oder?« Louise biss in eine gefüllte Pastete. Quiches als Fingerfood, mundgerecht in kleine Stücke geschnitten, Schinken, um frisch gebackene Mürbeteigstangen gewickelt, Platten mit Rohkost und Schüsselchen mit verschiedenen Dips, zum Nachtisch kleine Gläser mit *Mousse au Chocolat*. Louise, Fine und Frauke vom *Warft Café*, die als Souffleuse bei der Aufführung dabei war, hatten den ganzen Vortag gebacken und alles für das Buffet vorbereitet.

Momme schluckte einen Zipfel Schinken hinunter. »Ja, es kommt glaube ich aus dem Jüdischen, frag mich aber nicht nach dem genauen Ursprung. Wie würde man denn in Frankreich sagen?«

130

»*Bonne chance?* Ganz einfach: viel Glück«, nuschelte Louise und biss erneut von ihrer Selleriestange ab.

»Wie, ihr habt kein besonders Wort dafür, den Theaterleuten Glück für ihr Spiel zu wünschen? Einfach nur viel Glück?« Momme griff erstaunt nach einem Stück Quiche, die Fine mit roten Zwiebeln, eingelegten Tomaten und Ziegenkäse bestückt hatte.

Louise schmunzelte. »Doch, das gibt es schon. Ist aber noch kürzer und einfacher. Man sagt einfach *merde.*«

Momme verschluckte sich fast an einem Krümel. »Aber *merde* heißt doch Scheiße, warum das denn?«

»Nun, ganz einfach. Weil Scheiße Glück bringt. Früher fuhren die Zuschauer mit ihren Pferdekutschen zum Theater. Und wenn dann vor dem Haus Unmengen an Pferdeäpfeln lagen, also alles voll Scheiße war, bedeutete das, dass viele Karten verkauft worden waren. Ein Glück für das Theater. Ist doch eine nette Geschichte.«

»Stimmt.« Momme lachte schallend.

Fine und Renate schlenderten zu ihnen, und Momme tat sein neu erworbenes Fachwissen kund. Die Stimmung war entspannt, jeder freute sich auf den morgigen Tag.

Thore kam mit einem Glas Bier heran. »Ganz toll, Louise, ich danke euch für dieses wunderbare Essen.« Suchend schaute er sich um. »Wo steckt denn der Meister?«

»Ron? Keine Ahnung. Er wird doch nicht schon nach Hause gegangen sein? Er war heute ein wenig merkwürdig, vielleicht fühlte er sich nicht so gut. Lampenfieber?«

Das glaube ich nicht, dachte Louise und ersparte sich eine Bemerkung. Sie dachte an das, was Voltje ihr erzählt hatte. Ron hatte sich wahrscheinlich mit Hilla verkrümelt. Plötzlich tat ihr die Frau leid. Sie musste doch wissen, auf was sie sich da einließ. Mittlerweile wusste doch jeder, dass er Vater wurde. Nach der letzten Aufführung würde der Mime von der Insel verschwinden. Zurücklassen würde er ein gebrochenes Herz.

Louise wusste, wovon sie sprach. Wegen eines solchen war sie schließlich auf der Insel gelandet. Aber nicht nur ein gebrochenes Herz. Was war mit Hillas Mann? Sollte er jemals Wind davon bekommen, wäre auch seins im Eimer. Pellworm war nicht groß, schnell sprach sich so etwas herum. Und wenn Voltje davon wusste, dann mit Sicherheit auch noch andere. Sie musste etwas unternehmen.

»Ich schau mal nach, wo er steckt«, sagte sie leichthin.

»Mach das, mien Deern.« Fine nickte Louise zu, und etwas an ihrer Mimik verriet ihr, dass auch Fine Bescheid wusste.

Einem Instinkt folgend, schlug sie den Weg hinter dem Alten Turm ein. Dort war es nicht ungefährlich, die Steine der Ruine saßen nicht mehr fest im Gemäuer, und nicht selten löste sich einer und fiel aus großer Höhe herab.

»Ach, Louise, du? Wo willst du denn hin?«

Hilla war wie aus dem Nichts aufgetaucht. Sie hatte eine Fahne, und ihre Sprache war verwaschen. »Wenn du den Piratenboss suchst, der Scheißkerl treibt sich da hinten irgendwo rum. Keine Ahnung mit wem, aber es gibt Stress. Geschieht ihm ganz recht.« Hilla kicherte, bekam einen Schluckauf und stakste auf unsicheren Beinen davon.

Louise schüttelte den Kopf. Also war heute Abend gar nichts zwischen Ron und Hilla passiert. Sie ging hinter ihr her zurück zu den anderen. Fine sah sie fragend an, und Louise zuckte mit den Schultern.

»Also blinder Alarm«, flüsterte ihre Patentante. »Es wäre aber auch zu schäbig von den beiden, Edgar hier und jetzt Hörner aufzusetzen.«

Aha, Fine wusste tatsächlich Bescheid.

»Blinder Alarm, was Hilla angeht«, flüsterte Louise zurück. »Er scheint sich aber mit jemand anderem verabredet zu haben. Hilla hat so was gesagt. Aber woher wusstest du?«

Fine winkte ab. »Reiner Instinkt. Aber du meine Güte. Auf wen hat er es denn jetzt abgesehen?« Sie musterte die weiblichen Akteure. »Da fehlt niemand, alle da. Vielleicht hat sich Hilla ja getäuscht. Oder er ist gar nicht erschienen, und sie ist gekränkt, behauptet deswegen, er sei mit jemand anderem zusammen.«

»So hat sie das nicht ausgedrückt, sie hat gesagt, es gäbe Stress.«

»Dann ist es ja gut, dass Ron bald wieder von unserer Insel verschwindet, dann herrscht wieder Ruhe. Apropos, wo mag er nur sein? Das ist doch wirklich zu merkwürdig. Er lässt sich doch sonst so gerne feiern.« Fine schaute sich suchend um, aber immer noch war kein Ron Schubert zu sehen. »Ah, Renate will was von mir. Ich denke, wir sollten uns bald auf den Heimweg machen, Louise. Komme schon«, rief sie Renate zu und eilte zu ihrer Freundin.

Louise stand einen Moment unschlüssig herum. Genau, wo mochte Ron wohl sein? Ein unheimliches Gefühl beschlich sie. Sie ging den Weg entlang des Alten Turms wieder zurück, in die Richtung, aus der Hilla gekommen war.

Ein Geräusch ließ sie zusammenfahren, doch es war das Krächzen eines Rabenvogels gewesen, das ihr eine Gänsehaut verursachte.

»Ron?«, flüsterte sie. Warum flüsterte sie? Nun lauter: »Ron, wo bist du? Die anderen suchen dich schon. Das Buffet ist gleich geplündert. Und es ist kaum noch *Mousse* da«, versuchte sie, den Mimen zu locken. Es war nicht zu übersehen gewesen, dass Ron Schubert sich erst gar nicht mit den herzhaften Häppchen aufgehalten, sondern sofort bei der Schokoladencreme zugelangt hatte. Gleich zwei Gläser hatte er sich gegriffen und sehr schnell ausgelöffelt. Als er Louise bemerkte, die ihn beobachtete, hatte er nur gemeint, er sei eben ein Süßschnabel und diese Schokomousse sei die beste, die er je genascht habe, und er habe schon sehr viel genascht.

Wohl eher vernascht, hatte Louise nur gedacht und ihm einen bösen Blick zugeworfen, als er sich das dritte Glas geschnappt hatte.

»Ron?« Das merkwürdige Gefühl war nun einer unerklärlichen Angst gewichen. Warum reagierte er nicht auf ihr Rufen? Etwas raschelte hinter ihr, und sie drehte sich erschrocken um. Eine Maus, nur eine kleine Maus, die sich in Sicherheit brachte, bevor ein Raubvogel zuschlagen konnte.

Mittlerweile war die Nacht über sie hereingebrochen. Louise fummelte ihr Handy aus der Hosentasche. Sie schaltete die Lampenfunktion ein und leuchtete die nähere Umgebung ab. *Zut,* was war das? Hinter einem Grabstein lag jemand, ausgestreckt zwischen zwei kräftigen Chrysanthemenbüschen.

Louise rannte los. Erschrocken hielt sie inne und schlug

die Hand vor den Mund. Ron Schubert! Er lag mit dem Rücken zwischen den Blumen, aus seiner Brust ragte ein Pfeil. Neben seiner rechten Hand lag ein Glas, in dem noch ein kleiner Rest der *Mousse au Chocolat* klebte, der Löffel lag neben seiner Linken. Ron war mausetot, daran gab es für Louise keinen Zweifel. Irritiert betrachtete sie seinen Mund, an dessen Oberlippe ein dunkler Klecks der Mousse klebte, dann rannte sie los.

Kapitel 18

Pellworm

Momme Mommsen – einmal Inselpolizist, immer Inselpolizist – übernahm umgehend das Kommando. Als
Louise atemlos zurückkehrte, das Generalprobenfest war
immer noch in vollem Gange, hatte sie Momme so ruhig
wie möglich zur Seite genommen und ihm von ihrem Fund
berichtet. Allerdings war auch Wimmer mittlerweile fast
über die Leiche gestolpert, als er sich zum Pinkeln hinter
dem Friedhof in die Büsche schlagen wollte. Im Gegensatz zu Louise kam er mit einem Riesengepolter angerannt.

»Ron, tot, auf dem Grab von Onkel Hinnerk«, keuchte
er und stemmte atemlos die Hände in die Hüften.

Und noch ehe Momme die Meute aufhalten konnte,
rannte ein Teil der Anwesenden zum Ort des Geschehens,
während andere fassungslos herumstanden. Hier und da
vernahm man *Mein Gott, was ist los? Ron tot, das gibt's doch
nicht.* Lediglich Hilla stieß einen spitzen Schrei aus und sah
verängstigt in Louises Richtung.

Momme, der eben hinterhersetzen wollte, wurde von
Louise kurz an der Schulter gepackt. »Momme, bevor ich
ihn entdeckt habe, kam mir Hilla entgegen. Ziemlich genau
aus der Richtung, wo Ron liegt.«

Momme nickte nur und eilte davon. Fine und Renate nahmen Louise kurz in den Arm.

»Was ist da passiert?«, fragte Fine voller Sorge.

»Ich weiß es nicht. Er ist tot, mehr kann ich euch nicht sagen. Ich lauf mal eben Momme hinterher, vielleicht kann er mich brauchen.«

Fine setzte schon an, etwas zu sagen, doch sie ließ es sein und nickte nur.

Dirk Claussen war natürlich bereits vor Ort und konnte Momme gegenüber Louises Vermutung nur bestätigen. Allerdings war Ron Schubert nicht einfach nur tot, er war, wie Dirk kundtat, mit an Sicherheit grenzender Wahrscheinlichkeit ermordet worden.

Wie Louise bewundernd feststellte, hatte Momme nichts von seiner alten Professionalität verloren. Mit einem Flatterband ließ er das Grab, auf dem Ron Schubert lag, weiträumig absperren. Er hatte es aus dem Bauwagen, der hinter der Turmruine stand und in dem Teile der Requisiten, Schminkutensilien und anderer Kram lagen, geholt. Vorher hatte er alle Anwesenden wieder in Richtung Bühne zurückgescheucht.

»Komm, Louise, gehen wir zurück. Hier können wir nichts tun. Und für die Ermittler wird es schwer genug werden, jetzt noch brauchbare Spuren zu entdecken.«

Konfus und durcheinanderredend standen jetzt alle ums Buffet herum. Auf einen Wink von Momme hin verstummten sie.

»Leute, ich brauche euch nicht zu sagen, dass Ron Schubert tot ist. Die meisten von euch haben ihn da liegen sehen. Es handelt sich wahrscheinlich um ein Kapitalverbrechen. Ron ist, soweit wir es erkennen konnten, mit dem Pfeil einer Armbrust getötet worden. Ich bitte alle, euch nicht mehr in der Nähe der Requisiten aufzuhalten. Thore hat den Bauwagen nun verschlossen. Ihr könnt jetzt nach Hause gehen. Personalien brauchen wir ja nun wirklich nicht aufzunehmen.«

»Er ist wieder ganz in seinem Element«, flüsterte Fine Louise zu.

»Nur schade, dass er es nicht bleiben kann«, wisperte Louise zurück.

»Macht euch schon mal ein paar Gedanken, wann ihr Ron zum letzten Mal gesehen habt, die Kripo wird euch danach fragen. Ich werde jetzt Frau Olms über sein Ableben informieren. Dann sehen wir weiter. Thore, Dirk, Wimmer und ich bleiben noch hier. Der Rest kann sich nun ins Bett legen. Alles bleibt hier, wie es ist. Gut, das war's dann.«

Thore war an Mommes Seite getreten. Er hob gebieterisch die Hand. »Einen Augenblick noch. Es ist ganz schlimm, was hier heute Abend passiert ist. Ron, der so wunderbar und uneigennützig unser Ensemble verstärkt hat, ist tot. Bis wir das alles wirklich begriffen haben, wird noch einige Zeit vergehen. Ich denke, ich spreche jetzt im Namen aller Verantwortlichen, wenn ich sage, dass die Vorstellung morgen nicht stattfinden wird. Wir haben unseren hochgeschätzten Hauptdarsteller verloren, und überhaupt können wir nicht so mir nichts dir nichts zur Tagesordnung übergehen. Warten wir bitte diese Woche ab, dann setzen wir uns zusammen und entscheiden, wie es weitergeht. Ich hoffe, ihr seid damit einverstanden. Die Gäste, die in absehbarer Zeit unsere Insel wieder verlassen, können die Karten natürlich zurückgeben und bekommen ihr Geld wieder«, fügte Thore hinzu.

Zustimmendes Gemurmel war von allen Seiten zu hören. Dann machten sich die Ersten auf den Heimweg, der Rest trottete wie eine Herde Schafe gesenkten Hauptes hinter ihnen her. Keinem war mehr nach Schwatzen zumute.

»Louise, Fine, ihr könnt auch nach Hause gehen«, brummte Momme, als er sah, dass zumindest Louise noch etwas unschlüssig herumstand. Er zog sein Handy aus der Hosentasche und wandte sich ein Stück ab.

»Die Olms ist in ein paar Minuten da«, verkündete er. »Sie wird die Kollegen vom Festland umgehend benachrichtigen.«

Mommes Handy klingelte. »Ja, Frau Oberkommissarin?« Er lauschte eine Minute. »In Ordnung.« Er wandte sich an Thore. »Hast du mal eine große Plane? Die Kollegen vom Festland kommen morgen früh mit allem rüber. Heute Nacht wird das nix mehr. Wir sollen die Leiche abdecken. Der Leichenwagen kommt dann gleich mit.« Er schaute auf seine Uhr. »Die Sonne geht um sechs auf, dann fangen sie umgehend mit der Spurensicherung an. Das ist in etwas mehr als sechs Stunden. Wir bleiben so lange hier und passen auf, dass niemand sich herumtreibt. Wimmer, Thore, Dirk und ich wechseln uns ab, dann kann jeder mal eine Mütze Schlaf nehmen, ist ja nicht lange bis dahin«, entschied Momme bestimmt. Die anderen nickten zustimmend.

»Momme, ich kann auch bleiben, wenn du möchtest. Ich bin es gewohnt, lange aufzubleiben. Ich koch uns allen einen Riesenpott starken Kaffee …«

»Louise, wir vier Männer bleiben hier. Klar?«

Louise sah Hilfe suchend zu Fine, doch die schüttelte nur den Kopf. *Du kommst ganz brav mit nach Hause,* sagte ihr Blick. Doch Louise gab sich nicht so leicht geschlagen.

»Fine, wir müssen noch die Lebensmittel in die Kühlung bringen. Das ist doch sicherlich in Ordnung. Morgen früh ist alles verdorben oder hat die Ratten angezogen.«

Momme seufzte ergeben. »Macht nur. Falls du mit dieser Aktion allerdings Zeit schinden willst, Louise, um noch wenigstens so lange zu bleiben, bis Oberkommissarin Olms eintrifft, habe ich also nichts dagegen. Du kannst von mir aus warten, bis sie kommt. Ist ja nicht mehr lange hin. Schließlich hast du die Leiche entdeckt. Sie wird ganz sicher deine Aussage aufnehmen wollen, auch wenn sie den Fall dann an die Kripo Flensburg abgibt. Aber den Rest überlässt du den Profis, klar?«

Louise nickte. Sie zog Momme ein Stück zur Seite. »Hättet ihr nicht wenigstens Hilla in Gewahrsam nehmen sollen? Ich meine, sie kam direkt von dort.«

»Louise, wie du weißt, haben wir noch nicht mal eine Arrestzelle auf der Insel. Lass mal, Hilla ist zu Hause gut aufgehoben.«

»Sie könnte mit der ersten Fähre die Insel verlassen, dann ist sie weg.«

»Das wird sie nicht tun, warum auch?«

»Momme, was ich dir jetzt sage, muss absolut unter uns bleiben. Es ist ja auch nur so ein Gerücht. Aber angeblich hatte Hilla was mit Ron Schubert.« Louise wurde rot. Das war nun gar nicht ihre Art, einen solchen Klatsch von sich zu geben. Doch es war nun mal eine Tatsache, dass Hilla aus der Richtung gekommen war, wo der tote Ron lag. Sie biss sich auf die Unterlippe.

»Donnerwetter, das ist ja ein Ding. Du hast mit sonst niemandem darüber gesprochen?«

»Nein, nur mit Voltje, von der weiß ich es. Und Fine hat es auch geahnt.«

Momme kratzte sich am Kinn. »Ich kann es mir zwar nicht vorstellen, wie soll so ein Persönchen sich eine Armbrust schnappen, mit ihr ungesehen zum Friedhof wandern, die Waffe spannen und auch noch treffen? Um eine solche Armbrust zu bedienen, muss man sich doch mit ihr auskennen.«

Louise runzelte die Stirn. »Na, so schwierig ist es nun auch wieder nicht. Die Handhabung ist doch selbsterklärend, inklusive der Sicherung beziehungsweise Entsicherung. Das hat doch die kurze Einführung in die Technik, die Ron gegeben hat, gezeigt.«

»Ja schon, trotzdem. Die kleine Hilla, ich kenn sie schon, seitdem sie so groß war.« Momme hielt seine Hand in Kniehöhe. »Sie ist ein liebes Ding. Aber wenn es so ist, wie du sagst, werden wir morgen die Flensburger über deine Beobachtung informieren.«

»Die Flensburger?«

Momme nickte. »Unserer Oberkommissarin traue ich zu, dass sie Hilla aus dem Bett holt und in Handschellen abführt. Nein, du kennst mich, Louise, ich bin … war durch und durch Polizist, so was wie ein Bauchgefühl hab ich mir, im Gegensatz zu dir, nie erlaubt. Heute ist es das erste Mal. Wir warten ab, bis die Kripo da ist.«

»Louise, Momme, was habt ihr denn die ganze Zeit zu

tuscheln? Ich hab schon fast alles eingepackt.« Fine war da-zugekommen und beäugte die beiden misstrauisch. Wenn sie miteinander flüsterten, war es meist vonnöten, argwöh-nisch zu werden.

»Wir tuscheln nicht, wir unterhalten uns und warten auf Frau Olms. Louise soll noch kurz ihre Aussage machen. Also schildern, wie sie Ron entdeckt hat. Wird schnell gehen, sie hat ja nicht viel zu berichten, nicht wahr, Louise?«

Louise nickte. »Nein, das geht ganz fix. Und dann ab ins Bett, aus dem wir schließlich unsere Inselpolizistin ge-rissen haben.«

Wie auf Kommando blendeten Scheinwerfer auf, und der Wagen von Solveig Olms parkte neben dem Pick-up von Mommes Schwester, den sie Louise und Fine für den Transport der Esswaren ausgeliehen hatte. Thore erhob sich von der Deichsel des Bauwagens, wo er gesessen und, in Gedanken versunken, eine Zigarette geraucht hatte. Wimmer hatte bereits die erste Schicht angetreten und es sich in Thores Regiesessel außerhalb des Flatterbandes bei der Grabstelle bequem gemacht.

Solveig Olms stieg aus. Ihr Haar war verstrubbelt, und unter ihren Augen lagen dunkle Schatten. Noch hatte sie Louise nicht erspäht, die soeben mit Fine die letzten Kühl-boxen auf den Pick-up lud.

»Moin, Momme. Ron Schubert ist also tot. Ist ja ein Ding«, sagte sie, trat kopfschüttelnd auf Momme und Thore zu und gab ihnen die Hand. Dann zeigte sie auf den Alten Turm. »Da also. Ich schau's mir gleich mal an. Und wer hat ihn ge-funden?«

»Ich hab ihn gefunden.«

Solveig Olms erstarrte. Sie drehte sich langsam um. Dann schloss sie die Augen, vermutlich in der Hoffnung, dass die Person, die vor ihr aufgetaucht war, wieder verschwunden wäre, wenn sie sie wieder öffnete.

Louise stand abwartend da.

»Louise Dumas. Direkt vor Ort, direkt am Tatort. Findet die Leiche. Warum wundert mich das so gar nicht?« Ein tiefer Seufzer entrang sich der Brust der Inselpolizistin.

Kapitel 19

Pellworm

»Dann kommen Sie mal mit und erzählen mir, was passiert ist und was Sie gesehen haben, Frau Dumas.« Die Inselpolizistin zog fröstelnd den Reißverschluss ihrer Jacke bis unters Kinn hoch, obwohl es eine milde Nacht war.

Der kleine Tross setzte sich in Bewegung. Solveig Olms und Louise gingen voraus, Momme und Dirk hinterher. Thore und Fine blieben etwas zurück.

»Nun, da gibt's nicht viel zu erzählen. Irgendwer hat gefragt, wo Ron Schubert sei. Ich hab mich auf die Suche nach ihm gemacht und ihn dort auf dem Grab entdeckt.« Louise wies auf die dunkelgrüne Plane, die die Leiche des Schauspielers abdeckte. Wie ein flaches Zelt lag sie da, etwas aufgewölbt an der Stelle, an der in Rons Brust der Pfeil senkrecht steckte.

»Ich bin dann näher an ihn heran, habe aber sofort bemerkt, dass er nicht mehr lebt.«

Solveig Olms stieß hörbar die Luft aus. »Das scheint ja eine Ihrer Spezialitäten zu sein.«

»Nein, da irren Sie sich. Ich persönlich habe noch nie eine Leiche entdeckt, das waren immer andere. Das ist das erste Mal, und es hat mich tief erschüttert. Dirk Claussen hat dann seinen Tod festgestellt.«

Die Polizistin sagte nichts dazu. Sie waren mittlerweile am Grab angekommen. Sie lupfte ein wenig die Plane hoch und schaute darunter.

»Da gibt es nun wirklich nicht mehr viel für mich zu tun«, murmelte sie. Bedauern schwang in ihrer Stimme mit. Sie ließ die Plane wieder los und schaute auf ihre Uhr. »In ein paar Stunden sind die Kollegen da. Sie werden den Leichnam umgehend aufs Festland bringen lassen und hier mit der Spurensuche beginnen. Haben Sie einen Verdacht, was sich hier abgespielt haben könnte?«

Louise schüttelte den Kopf. »Nein. Wir hatten eine sehr gelungene Generalprobe, haben hinterher noch ein wenig zusammen gefeiert und auf eine tolle Vorstellung morgen, das heißt heute, angestoßen. Alle waren vergnügt und gespannt, wie viele Zuschauer wir haben würden und wie sie das Stück aufnehmen würden. Alle bester Laune, kein Streit, keine Auseinandersetzung, nichts.«

Sie zögerte den Bruchteil einer Sekunde. Was war mit dem Stress, den Ron angeblich mit jemandem gehabt hatte? Hilla hatte doch so etwas erwähnt. Doch wenn sie dies jetzt an Solveig Olms weitergeben würde, hätte die ganz sicher umgehend Hilla am Wickel, also schwieg Louise dazu. Die Festlandpolizei würde sicherlich jeden befragen, der an diesem Abend anwesend war, und dann könnte Hilla ihnen ihre Beobachtung selber mitteilen.

»Zumindest nichts, was Sie mitbekommen haben. Wie sagt man doch, verborgen ist das, was hinter den Kulissen geschieht«, unterbrach die Polizistin Louises Gedanken.

Sie hatte von einem solchen Spruch zwar noch nie etwas gehört, aber Solveig Olms hatte natürlich recht. Hinter den Kulissen, genau da hatte sich alles abgespielt.

»Nun gut, die Befragung aller Anwesenden wird vielleicht etwas ergeben. Thore?«

Solveig Olms drehte sich um, Thore und Fine standen etwas abseits.

»Ja?«

»Wir brauchen eine Liste von allen Leuten, die heute Abend hier waren.«

»Wird erledigt. Bekommt ihr so schnell wie möglich.«

»Dann können Sie und Fine jetzt nach Hause. Hier gibt's für Sie nichts mehr zu tun. Und noch eins, es gibt auch in Zukunft in dieser Angelegenheit nichts für Sie zu tun. Hab ich mich da klar ausgedrückt? Haben Sie mich verstanden, Frau Dumas?«

Erst jetzt fiel Louise auf, dass Solveig Olms mittlerweile fast jeden duzte, einschließlich Momme und Thore, bei ihr aber immer noch beim Sie blieb.

»Das habe ich verstanden, Frau Olms. Wenn Sie den wahren Täter schnappen, werde ich mich natürlich raushalten, versprochen.«

Vielleicht war die Inselpolizistin zu müde, um die Zweideutigkeit in Louises Antwort zu registrieren. Oder sie hatte es bemerkt, ignorierte sie aber. Ganz gleich, Louise würde die Augen aufhalten und wachsam die Ermittlungen verfolgen.

»Louise, wollen wir dann mal?« Fine hatte sich genähert, blieb aber mit einigem Abstand zum Grab stehen.

»Ich sagte ja, Sie können gehen. Wir sehen uns dann

morgen wieder. Ihre Aussage machen Sie dann bei mir im Büro, wenn der Flensburger Kollege da ist. Ich gebe Ihnen rechtzeitig Bescheid.«

Louise und Fine machten sich auf den kurzen Heimweg. Von der Alten Kirche bis zu Fines Kate am Nordermitteldeich waren es gerade mal knapp sieben Kilometer. Die Fahrt verlief ohne große Worte. Fine hatte die Augen geschlossen.

»Ein ziemlich strammer Tag ist das gewesen. Zuerst die Generalprobe, dann unsere kleine Feier und jetzt Ron Schuberts Tod. Alles ein bisschen viel für mich«, sagte sie müde, als Louise vor dem Haus anhielt.

»Deshalb gehst du mal schleunigst ins Bett, meine liebe Fine. Ich räume alles aus und schau noch nach Sture und Pauli. Jasper wollte sie noch mit Futter versorgen.«

»Nein, ich kann noch nicht direkt schlafen. Ich nehme schon mal eine der Kühlboxen mit. Ich mach uns noch einen Erdtee, er wird uns ein wenig Ruhe bringen. In der Zeit kannst du alles wegräumen.«

Der Erdtee war eine ganz besondere Mischung Fines aus den Pflanzen, die in ihrem Garten wuchsen. Sie schwor auf ihn, es war ihr Zaubertrunk, der gegen alles half. Kopfschmerzen, Erkältungen, Schlafstörungen und vieles mehr.

Keine zehn Minuten später hatte Louise die Essensreste verstaut und nach den Tieren gesehen. Die Kater waren noch unterwegs, das Federvieh hatte sich in seinen Hühnerstall zurückgezogen, während Pauli und Sture gemütlich auf ihrer Weide lagen.

Fine saß in der Küche. Auf dem Tisch dampfte aus zwei Bechern der aromatische Tee.

»Puh, gleich zwei Uhr. Nach dem Tee geht's aber ins Bett. Ich muss morgen früh raus, und du schläfst dich aus. Jasper hat die Tiere gut versorgt. Im Stall liegt noch ein ganzer Berg Heu. Das reicht für die nächsten Tage.«

»Mien Deern, du schläfst dich auch aus. Du hast das ganze Essen vorbereitet, dann die anstrengende Probe, und zu guter Letzt findest du auch noch eine Leiche. Also, keine Widerrede, der Wecker bleibt auch bei dir aus. Den Tieren fehlt es an nichts, wie du selbst gesehen hast.«

»Ja, aber die Hühner. Die erwarten spätestens um sieben ihr Frühstück.«

»Louise Dumas, die Hühner können auch mal eine halbe Stunde später ihre Körner aufpicken. Ich weiß genau, was du vorhast. Aber glaub mir, die Kripoleute vom Festland werden nicht sehr begeistert sein, wenn du ihnen auf die Finger schaust.«

»Solveig Olms hat mich gebeten zu kommen«, gab Louise halb empört zurück. »Keine Angst, ich lass die Leutchen schon ihre Arbeit machen. Aber sag mal Fine, was sollen wir von der Sache mit Ron und Hilla halten?«

Fine runzelte die Stirn. Sie leerte ihren Becher, stand auf und packte ihn in die Spülmaschine. »Ich weiß nicht, was und ob überhaupt etwas zwischen ihnen gewesen ist, es ist vor allem aber eine Angelegenheit zwischen Hilla und Edgar. Aber was meinst du damit, was wir von der Sache halten sollen?«

»Fine, du hast doch selbst gesagt, dein Instinkt hätte dir gesagt, dass da was zwischen Hilla und Ron läuft. Und Hillas Reaktion, als sie mir über den Weg gelaufen ist, hat sie auch verraten. Ich frage mich ganz einfach, was vorher, also bevor Hilla wieder zur Feier zurückgekehrt ist, passiert ist.«

»Louise, die Polizei wird es herausfinden. Mich beschäftigt im Moment vor allem der Gedanke, dass das Baby nun ohne Vater aufwachsen wird. Das Kind und eine Witwe, die gemeinsame geplante Zukunft ist verloren.«

»Ja, es ist eine echte Tragödie.« Louise stellte ihren Becher neben den von Fine. Dann drückte sie ihre Patentante fest an sich.

»Und wegen mir mach dir mal nicht zu viele Gedanken. Ich weiß ja, dass ich nicht herumschnüffeln soll. Aber du musst schon zugeben, die letzten Morde auf der Insel wären ohne Momme und mich nie aufgeklärt worden.«

»Stimmt, das war wohl so. Und mit Momme werde ich auch noch ein ernstes Wörtchen reden. Ihr beide seid raus aus den Ermittlungen. Schlaf schön.«

Fine gab Louise einen Kuss auf die Wange und verschwand in ihrem Schlafzimmer.

Louise lag noch einige Zeit wach. Sobald herauskäme, dass Hilla eine Affäre mit Ron gehabt hatte, würde es gleich zwei Verdächtige geben. Hilla, die Ron ganz sicher sitzen gelassen hätte, immerhin warteten Frau und ein zukünftiges Baby auf ihn, oder Hillas Mann Edgar, der vielleicht hinter den Ehebruch gekommen war und sich seinen Nebenbuhler vom Hals geschafft hatte. Mithilfe einer Armbrust, einer Waffe, die von jedermann einfach zu bedienen war. Wenn man wollte, konnte man sich im Internet jede Menge Videos dazu anschauen.

Kapitel 20

Pellworm

Tatsächlich hatte Louise den Wecker brav aus gelassen. Sie hatte geschlafen wie ein Stein, und erst das Duett von Pauli und Sture, die, trotz des sättigenden Heubergs, ihr Morgenmüsli vermissten, weckte sie auf.

Fine war schon in der Küche zugange, der Kaffee tropfte in die Glaskanne, der Raum war erfüllt von seinem kräftigen Aroma.

»Gut geschlafen?« Sie drückte Louise einen Kuss auf die Wange.

»Ja, wie eine Tote. Ach herrje, was sag ich denn da? Gibt's schon Neuigkeiten? Die Kripo vom Festland müsste doch schon ihre Arbeit machen.«

»Nein, ich weiß noch nichts. Aber jetzt setz dich erst mal hin. Momme war eben da, wir haben schnell einen Tee getrunken, dann ist er zur Alten Kirche. Frau Olms hat ihn angerufen, sie wollen seine Expertenmeinung hören. Du glaubst nicht, wie glücklich Momme darüber war.« Fine lächelte zärtlich. »Die Tiere sind übrigens schon versorgt. Ich vermute mal, das Geschrei der beiden Vierbeiner hat dich aus dem Schlaf gerissen?«

»Das kannst du mal laut sagen. Hat jemand auch meine

Expertenmeinung angefordert?«, fragte Louise mit einem schelmischen Grinsen und schnitt zwei Brötchen auf. Das eine bestrich sie dick mit Butter und krönte es mit einem Esslöffel von Fines Kirschmarmelade mit Schwips.

»Ja, du sollst dich um halb elf im Büro unserer Inselpolizistin einfinden. Kriminalhauptkommissar Duve erwartet dich wegen deiner Aussage.«

»Wie, nicht vor Ort?« Louises Stimme klang enttäuscht.

»Louise Dumas, da gibt es nichts mehr zu sehen. Ron Schubert dürfte schon auf dem Festland sein. Und dort, wo die Spurensicherung arbeitet, hast du nichts verloren.«

»Da hast du auch wieder recht. Ich spaziere trotzdem mal vorbei. Aber ich werde Abstand halten, versprochen. Hat Momme irgendwas darüber gesagt, ob sich schon jemand gemeldet hat? Ich meine ein Zeuge oder so?«

»Nein, hat er nicht. Und wenn sich jemand gemeldet hätte, wäre Momme wahrscheinlich nicht die erste Adresse, der man es auf die Nase bindet. Louise, Momme ist in Pension, auch wenn es ihn im Moment noch so wurmt. Aber er hat mit Hilla gesprochen«, fügte sie leise hinzu.

»Ach was. Und was sagt sie?« Louise trank einen ersten heißen Schluck Kaffee und verbrannte sich prompt die Oberlippe.

»Nun, er hat ihr geraten, in sich zu gehen und, wenn nötig, reinen Tisch zu machen. Es Edgar zu gestehen, wenn sie eine Affäre mit Schubert hatte, und dies auch der Polizei mitzuteilen. Und ihnen zu sagen, dass sie sich in der Nähe des Grabes aufgehalten hat. Momme hat versucht, ihr klarzumachen, mit der Wahrheit herauszurücken. Wenn sie schwiege, und die Polizei käme dahinter, würde sie sehr schnell als Mordverdächtige dastehen.«

Louise schluckte den Rest ihrer zweiten Brötchenhälfte – Mettwurst mit körnigem Senf und einer Scheibe Tomate – hinunter.

»Und was hat Hilla dazu gesagt?«

»Nicht allzu viel. Zumindest hat sie die Affäre zugegeben. Momme hat schon in aller Herrgottsfrühe mit ihr telefoniert. Sie muss danach wohl mit ihrem Mann geredet haben, jedenfalls hat der sie erst mal rausgeworfen. Aber das wird sich ganz sicher wieder einrenken. Hilla ist vorläufig bei Voltje untergekommen. Renate hat mich angerufen, sie hat Hilla dorthin gefahren. Hilla war vollkommen fertig mit den Nerven.«

Louise schaute fassungslos auf die Küchenuhr. »Und das alles ist passiert, als ich geschlafen habe? Gut, dann werde ich mich mal frisch machen. Wenn du nichts Großes für mich zu tun hast, werde ich schon mal losziehen.«

Auch Fines Blick glitt zu der Uhr mit dem blau-weißen Delfter Muster. Streng sagte sie: »Mien Deern, es ist gerade mal halb neun. Bis zu deiner Verabredung hast du noch eine Menge Zeit.«

Louise wurde ein wenig rot. »Ja, ich weiß. Ich habe mir überlegt, ob ich nicht mal nach Hilla sehe. Sie ist in einer schwierigen Situation, ich kann das sehr gut nachfühlen. Vielleicht hat sie Lust, mir ihr Herz auszuschütten. Fine, ich meine das wirklich ernst. Ich gebe zu, eine gewisse Neugier treibt mich auch, aber es geht mir vor allem darum, ihr meine Solidarität zu bekunden. Ich weiß, wie das ist, wenn ein Mann Versprechungen macht und dich dann wie eine heiße Kartoffel fallen lässt. Es tut verdammt weh.«

»Entschuldige, Louise, du hast recht. Sie braucht jetzt einige starke Schultern. Du glaubst also, sie ist nicht die Mörderin von Ron?«

Fine begann, den Tisch abzuräumen. Fiete kam mit hoch erhobenem Schwanz in die Küche stolziert. Er maunzte laut und forderte, man möge seinen Napf umgehend mit Nahrung bestücken. Louise öffnete eine Dose Katzenfutter und schaufelte zwei Esslöffel in den Keramiknapf, den Renate in Form einer Pfote modelliert hatte. Sie füllte den Napf mit Wasser auf, damit Fiete auch genügend Flüssigkeit zu sich nehmen konnte.

»Ich weiß nicht, Fine. Ich kann mir Hilla nicht als Mörderin vorstellen. Und Momme ja wohl auch nicht. Wann schätzt du, hat die Affäre begonnen? Doch erst, als Ron Schubert auf Pellworm eintraf. Nicht schon am ersten Tag, das glaube ich einfach nicht. Er hat sie umgarnt, hat seinen Charme spielen lassen, hat den Schauspieler- und TV-Starbonus voll ausgenutzt. Und Hilla? Die Frau, die sich von morgens bis abends um den Hof und ihr Biogemüse kümmert, ist darauf reingefallen. Andererseits ist sie eine Person, die eher rational ist. Ich kenne sie nun auch schon geraume Zeit. Wenn jemand im Landfrauenverein etwas klar zu sagen hat, ist sie es. Wenn Ruhe zu bewahren ist, steht sie da wie ein unbeugsamer Baum im Sturm. Nein, weißt du, was ich glaube? Hilla hat sich einfach mal eine Auszeit gegönnt. Hat sich ein wenig umwerben lassen, ein wenig Sex mit Schubert, und ihr war ganz sicher klar, dass er nach seinem Aufenthalt hier ohne sie wieder weiterziehen würde. Das ist es, wovon ich überzeugt bin. Und der Hof? Hilla hat ihn von ihren Eltern geerbt. Hast du nicht mal gesagt, er sei seit vier Generationen in der Familie? So was gibt man nicht auf. Nein, dazu ist sie zu bodenständig. Für mich scheidet sie als Täterin aus.«

»Fünf Generationen. Ich sehe es genauso, Louise. Ich kenne Hilla mein Leben lang. Seit ihrer Geburt. Ron war ganz sicher ein Ausrutscher, den sie bitter bereut. Na, dann mach dich mal auf den Weg. Und grüß die beiden von mir.«

Eine halbe Stunde später stellte Louise ihr Fahrrad vor der Gartentür zu Voltjes reetgedeckter Kate ab. Hinter dem Haus wieherte ein Pferd. Neben ihrem Haflinger besaß Voltje zwei Ponys, auf denen sie Kindern Reitunterricht erteilte. Die Haustür öffnete sich, und Voltje trat mit einem Einkaufskorb vor die Tür.

»Du kommst wie gerufen. Ich wollte nur schnell ein paar dringende Besorgungen machen. Fine hat mir gesagt, dass du auf dem Weg hierher bist. Ich hatte sie angerufen und nach dir gefragt. Ich soll Hilla nämlich im Moment nicht alleine lassen. Du hast es sicher schon gehört. Edgar hat sie rausgeworfen. Ich denke zwar, die beiden werden sich wieder zusammenraufen, aber Hilla bleibt erst mal hier, bis die Wogen sich wieder geglättet haben. Vorhin war übrigens schon Momme da. Er hat ihr wohl noch einmal ziemlich ins Gewissen geredet. Nachher kommen noch die Olms und der Kommissar vom Festland vorbei. Ich schätze mal, Momme hat Hilla auch auf den Besuch vorbereitet, ich war in der Küche, hab nicht alles mitbekommen. Aber ich finde es schon mal gut, dass Hilla nicht in Olms Büro antanzen muss. Dirk hat ihr strenge Ruhe verordnet. Er hat sogar angeboten, bei dem Verhör dabei zu sein. Wollte Hilla aber nicht. Geh einfach rein. Ich glaube kaum, dass sie jetzt endlich schläft. Ist also gut, wenn sie ein wenig Gesellschaft hat. Sag ihr, ich bin spätestens gegen zehn wieder da.«

»Klar, mach ich. Glaubst du, sie verdächtigen Hilla?«

Voltje zuckte mit den Schultern. »Ich weiß es nicht. Dirk hat ihr übrigens ein Schlafmittel dagelassen. Sie sollte es nehmen, aber sie will nicht. Vielleicht kannst du sie ja später dazu überreden. Also, bis gleich, ich beeil mich. Sie ist im Gästezimmer oben. Fritz leistet ihr derweil Gesellschaft.«

Louise schmunzelte. Fritz als Aufpasser. Ob der freche kleine Terrier sich darüber im Klaren war, welche wichtige Aufgabe er heute zu erfüllen hatte? Sie schlich die Treppen hinauf und klopfte leise an die Tür. Ein schwaches *Herein* ertönte. Hilla lag auf dem Bett, Fritz zu ihren Füßen, zusammengerollt sah er aus wie eine Fellkugel. Es war duster im Zimmer, jemand hatte die Rollläden halb heruntergelassen.

»Moin, Hilla, ich bin's Louise.«

»Moin. Voltje hat schon gesagt, sie würde dich bitten, nach mir zu gucken. Ich weiß nicht, was ihr im Kopf herumgeht. Als ob ich einen Aufpasser brauche. Zuerst Fritz, und jetzt auch noch du. Habt ihr Angst, ich bring mich um oder suche das Weite?« Hillas Stimme klang halb verärgert, halb resigniert.

Louise setzte sich auf die Bettkante und streckte ihre Hand aus, die Hilla ergriff und drückte.

»Nein, das ganz sicher nicht. Aber etwas Zuspruch kannst du ganz bestimmt gebrauchen. Ich weiß noch, als sich bei mir eine schwierige Trennung anbahnte, war ich so froh, mit jemandem darüber reden zu können. Es war meine Mutter, die alles natürlich viel rationaler gesehen hatte als ich damals. Sie war mir eine große Hilfe.«

Hilla lächelte schwach. »Und jetzt bist du meine Mama, sehe ich das richtig? Dann hab ich schon zwei. Voltje und dich. Aber, wie meinst du das mit der Trennung? Von Ron? Glaubst du etwa, er hat mir den Laufpass geben wollen? Ich hatte genug von ihm, so sah's aus. Louise, was hab ich meinem Edgar nur angetan? O nein, du meinst Edgar, die Trennung von ihm.«

Hilla, die eben noch zusammengerollt auf dem Bett lag, richtete sich plötzlich auf. Tränen traten ihr in die Augen und sie schluchzte laut. »Edgar hat zu mir gesagt, er braucht für ein paar Tage ein wenig Abstand. Das ist doch keine Trennung. Oder wisst ihr etwa mehr? Hat er Momme gesagt, er will sich scheiden lassen? O mein Gott, was hab ich da nur angerichtet.« Sie zog sich die Bettdecke bis unters Kinn.

Louise zupfte ein Papiertaschentuch aus einer Box, die auf dem Nachttisch stand, und reichte es Hilla, die kräftig hineinschnäuzte.

»Nein, davon weiß ich nichts. Das ist eine Sache zwischen dir und deinem Mann, es geht uns doch alle nichts an. Aber es wird schon alles wieder gut werden.« Louise tätschelte Hillas Hand.

»Meinst du wirklich?«, schniefte die.

»Ja, das meine ich. Ihr seid so ein harmonisches Paar«, versuchte Louise, Hilla zu trösten. Etwas unwohl fühlte sie sich dabei schon. Sie konnte doch gar nicht wissen, wie es um die Ehe stand. Und wie nachtragend Edgar tatsächlich war. Immerhin war ein Seitensprung keine Kleinigkeit.

»Nachher kommt noch die Polizei vorbei. Momme meinte, ich sei wieder so stabil, dass ich mit denen reden kann. Er hat mich heute Morgen ganz schön ins Gebet genommen.«

»Ich weiß. Was hat er denn gesagt?«

»Er sagte, ich soll alles beichten. Sowohl die Affäre mit Ron und auch, dass ich fast über seine Leiche gestolpert bin. Und weißt du was? Ich bin jetzt echt erleichtert. Es hing wie ein Mühlstein um meinen Hals, das alles. Dass ich mich mit Ron eingelassen habe, ich weiß bis jetzt nicht, wie das überhaupt passieren konnte. Er wollte sich in der Nacht mit mir treffen. Ich hab mir ziemlichen Mut angetrunken, weil ich mich dazu entschlossen hatte, ihm zu sagen, dass es aus ist zwischen uns. Ich bin ja nicht blöde, die Beziehung hätte nie und nimmer eine Zukunft gehabt. Hast du gewusst, dass er Vater wird? Edgar und ich probieren schon eine ganze Weile, ein Baby zu bekommen. Als ich davon erfuhr, dass seine Frau ein Kind erwartet, hat mir das die Augen geöffnet. Ich meine, ich hab erkannt, wie sehr ich Edgar liebe. Und was für ein widerlicher Drecksack Ron ist«, fügte sie mit brechender Stimme hinzu.

Erneut schossen Hilla Tränen in die Augen. Sie zitterte am ganzen Körper. Louise kam sich total hilflos vor.

»Kannst du mir ein Glas Wasser bringen?«, bat sie, nachdem sie sich wieder beruhigt hatte. »Ich muss ja fürchterlich aussehen.«

»Es geht.« Louise lächelte. »Ich hab schon Schlimmeres gesehen. Warte, ich bin gleich wieder da.«

Sie kehrte mit einem Glas Wasser zurück, und Hilla trank es mit kleinen Schlückchen leer.

»Also, du wolltest die Affäre beenden«, knüpfte Louise wieder an das Gespräch an. »Nur hat Ron es nicht mehr erfahren, weil er da schon tot war.«

Hilla nickte und stellte das Glas auf dem Nachttisch ab. Vorher rieb sie noch den Boden mit einem Zipfel der Bettdecke trocken.

»Nicht dass es auf dem schönen Holz noch einen Rand gibt«, erklärte sie. »Ja, er war schon tot. Ich weiß auch nicht, warum ich es dir nicht gleich gesagt habe. Ich hatte zu viel getrunken, ich stand einfach neben mir. Tut mir leid.«

»Und was hast du damit gemeint, es gäbe Stress? Kannst du dich daran erinnern?«

»Das habe ich gesagt?« Hilla schaute Louise ungläubig an. »Das war vorher gewesen, also bevor er tot war natürlich. Eigentlich wollte ich schon vorher mit Ron reden, obwohl er sagte, dass wir uns um halb zwölf treffen. Das war so seine Art, er gab das Kommando, und man musste springen. Aber das wollte ich nicht mehr. Also bin ich ihm nach, als ich sah, dass er hinter der Turmruine verschwinden wollte. Ich dachte, er geht vielleicht pinkeln. Aber als ich um die Ecke kam, stand er mit jemandem da, und sie stritten miteinander. Die andere Person habe ich nicht erkennen können, sie war hinter dieser Zypresse, die neben dem Grab gepflanzt ist, verborgen. Zuerst dachte ich, es wäre sogar noch jemand Drittes in der Nähe, ich hatte schon befürchtet, es könnte Edgar sein. Aber da muss ich mich wohl getäuscht haben. Es war ja auch so duster. Nun, Ron war jedenfalls ziemlich aufgebracht. Da bin ich lieber weg, solche Auseinandersetzungen und womöglich noch Handgreiflichkeiten mag ich nämlich überhaupt nicht. Und als ich dann wieder hin bin, zur vereinbarten Zeit, da war er tot. Mein Gott, dann hat ihn vielleicht diese Person ermordet. Und wenn sie mich gesehen hat? Aber nein, das kann eigentlich nicht sein. Ich war ganz leise und bin sofort wieder zurück.«

»Und du hast echt keine Ahnung, worum es ging und wer diese andere Person war?«

Hilla schloss die Augen und runzelte die Stirn. Sie zögerte einen Moment.

»Nein, absolut keinen Schimmer. Ich könnte noch nicht mal sagen, ob es ein Mann oder eine Frau gewesen ist«, sagte sie energisch.

Eine merkwürdige Nuance in ihrer Stimme ließ Louise aufhorchen. Verschwieg sie irgendetwas? Als sie eben nachhaken wollte, klingelte es an der Haustür. Hilla zuckte zusammen.

»Das wird wohl die Polizei sein«, folgerte sie und richtete sich wieder auf.

»Willst du sie im Bett empfangen, oder kommst du runter?«, fragte Louise.

»Ich komm runter, muss mich aber noch frisch machen und was anziehen. Kannst du sie vielleicht reinlassen und ihnen sagen, ich sei gleich unten?« Hilla schälte sich aus dem Bett.

»Klar, mach ich. Soll ich während der Befragung bei dir bleiben?«

»Nein, das ist lieb von dir, aber ich komm schon alleine klar. Hat gut getan, mit dir zu reden, ich fühl mich schon viel besser.«

Louise zögerte noch einen Moment, dann ging sie hinunter und öffnete die Tür.

»Das glaub ich jetzt aber nicht. Frau Dumas, was machen Sie denn hier?« Solveig Olms schob ihre Pilotenbrille mit den dunkelgrünen Gläsern aufs Haar und sah Louise entgeistert an. »Aber eigentlich hätte ich es mir denken können. Wenn Sie jetzt bitte gehen würden. Wir haben nämlich zu arbeiten. Und denken Sie daran, um halb elf in meinem Büro.«

Schon wollte sich die Inselkommissarin an Louise vorbei ins Haus schieben, als ihr Begleiter sie zurückhielt.

»Warten Sie, Frau Kollegin, wir gehen gemeinsam hinein. Sie sind also Louise Dumas. Ich bin Marten Duve, Momme hat mir heute früh schon so einiges über Sie erzählt. Sie kochen nicht nur die tollsten Gerichte, Sie haben auch noch eine Spürnase, die jeden Jagdhund neidisch werden lässt.«

Duves graue Augen blitzten vergnügt, und er streckte Louise die Hand zur Begrüßung hin. Verdutzt griff sie zu. *Was für ein angenehmer Polizeibeamter,* fuhr es ihr durch den Kopf. So ganz anders als seine Kollegin. Aber wie Solveig Olms würde auch er sich ganz sicher nicht gerne von ihr ins Handwerk pfuschen lassen.

»Ach, Momme übertreibt ein bisschen. Ja, dann will ich mal. Hilla wird gleich runterkommen. Hilla … Ah, da kommt sie schon.«

Noch immer hielt Duve Louises Hand. Als sie einen Schritt zu Seite machte, um den Weg ins Haus freizugeben, ließ er los.

»War nett, Sie nun auch persönlich kennenzulernen, Louise Dumas. Ich schätze, wir werden uns in den nächsten Tagen wohl öfter über den Weg laufen. Spätestens um halb elf im Büro meiner Kollegin.« Er lächelte und zeigte dabei ein makelloses Gebiss.

Louise wusste nicht, was sie von alldem halten sollte. War dies nun eine Warnung? Wahrscheinlich teilte er ihr durch die Blume mit, sie solle gefälligst genau das Gegenteil von dem machen, was er eben gesagt hatte. Ihm also nicht über den Weg laufen. Ganz sicher waren seine Worte so gemeint. Louise seufzte ganz leise. Nein, es war keine Einladung an Mademoiselle Dumas, sich doch bitte rege an der Aufklärung des Mordfalls zu beteiligen. Dass man dankend auf sie verzichtete, daran ließen auch die letzten Worte von Solveig Olms, die Louises Ohren erreichten, bevor sie sich endgültig verabschiedete, keine Zweifel.

»Wenn Sie auch nur einmal versuchen, mir in die Suppe zu spucken …«, zischte sie so leise, dass Marten Duve, der schon im Flur stand, es wahrscheinlich überhaupt nicht hörte. Jedenfalls reagierte er überhaupt nicht darauf.

»*Cette soupe c'est la terre et la mer en petit calibre*«, fauchte Louise leise zurück und stolzierte hoch erhobenen Hauptes über den Gartenweg zur Straße. Da konnte sich die Madame mal ein paar Gedanken drüber machen. Louise grinste bis über beide Ohren, denn das, was sie spontan geantwortet hatte, war nichts anderes als ein Satz, den einer ihrer Ausbilder, Guy Savoir, zu einem Suppengericht geäußert hatte. Einer Suppe, deren Zutaten grüne frische Erbsen und Lachsrogen waren. Wenigstens das Wort *soupe* würde Solveig sofort identifizieren können. Der Rest würde wahrscheinlich für immer ein Geheimnis für sie bleiben.

Kapitel 21

Pellworm

Louise radelte am Deich entlang in Richtung Tammensiel. Heute hatte sie keinen Blick für die Schönheiten in ihrer Umgebung. Nicht für den strahlend blauen Himmel, nicht für die Möwen, die in der Entfernung schreiend über dem Hafenbecken kreisten und den Kutter mit den frischen Krabben begrüßten, nicht für die Enten, die in einem der vielen Fethinge, Wasserlöcher für das Vieh, herumpaddelten. Ihre Gedanken waren bei ihrem Fall, nur durfte sie das niemanden wissen lassen. Ein Radfahrer klingelte sie von hinten an. Louise erschrak, bremste und kam doch tatsächlich mit ihrem Rad ins Straucheln. Nur dank ihrer Körperbeherrschung durch ihre jahrelange Erfahrung als Motorradfahrerin entging sie einem Sturz.

»Sorry, mein Fehler. Nur gut, dass nichts passiert ist. Hätte ich geahnt, dass die Klingel der Leihfahrräder so durchdringend ist ...«

Louise stieg ab, strich sich eine Locke aus dem Gesicht und funkelte den Mann an. Er sah irgendwie verwegen aus. Seine Jeans war über den Knien löchrig, sein Shirt betonte den muskulösen Oberkörper, und der Mehrtagebart stand ihm gut.

»Moin, ich bin Hagen. Tut mir echt leid. Aber ich kenn dich doch«, sagte er und verzog seinen Mund zu einem verlegenen Lächeln. Dann grinste er plötzlich. »Stimmt, du bist die, die mit dem Esel über die Bühnenbretter zieht. Ich hab die Tage eure Proben beobachtet. Scheint mir ein unterhaltsames Stück zu sein. Gibt's noch Karten dafür?«

Louise musste, obwohl sie sich über ihn geärgert hatte, unwillkürlich schmunzeln. Wie er da so stand, breit grinsend auf den Lenker seines Rades gestützt und sie, so kam es Louise zumindest vor, unverhohlen bewundernd betrachtete. Sie war doch tatsächlich ein wenig geschmeichelt, hatte man sie doch auch in Zivil erkannt, und das ohne ihr Markenzeichen, den störrischen Sture.

»Hallo, moin, ich bin Louise.« Mit einem Schlag wurde ihr bewusst, dass dieser Typ keine Vorstellung sehen konnte, niemand würde einer Premiere beiwohnen, zumindest nicht heute oder morgen. »Tut mir leid, dich enttäuschen zu müssen. Es gab einen Todesfall in unserem Ensemble. Unser Hauptdarsteller Ron lebt nicht mehr. Wir haben das Stück auf unbestimmte Zeit verschoben.«

»Ron Schubert ist tot?« Der Mann, der sich als Hagen vorgestellt hatte, riss die Augen auf. »Was ist denn passiert? Ein Herzinfarkt?«

Louise zuckte mit den Schultern. Wahrscheinlich wusste es außer Hagen sowieso schon die ganze Insel. »Nein, der Pfeil einer Armbrust hat ihn getroffen.«

»Ach, du meine Güte. Also ein Arbeitsunfall.«

»Nein, jemand hat ihn wohl absichtlich erschossen.«

Louise beobachtete, wie sich die Hände von Hagen um die Griffe seines Lenkers krallten. »Schlimm«, sagte er dann tonlos. Und dann unvermittelt, ohne weitere Fragen zu stellen: »Na, dann will ich dich nicht länger aufhalten. Schönen Tag noch und fahr schön vorsichtig.«

Hagen stieg auf sein Rad, trat in die Pedale und sauste an Louise vorbei. Nachdenklich setzte sie ihren Drahtesel in Gang. Eine merkwürdige Reaktion war das gewesen. Jeder andere hätte versucht, seine Neugierde zu befriedigen, aber nicht so dieser Hagen.

Als sie Tammensiel erreichte, hatte sie immer noch eine halbe Stunde Zeit bis zu ihrem Besuch im Büro der Inselpolizistin. Ihre Gedanken schweiften von der Begegnung mit Hagen ab. Wie war das noch mal gewesen? Der Kommissar schien einen guten Draht zu Momme zu haben. Vielleicht tauschte er sich sogar mit ihm, einem ehemaligen Kollegen, aus. Wer kannte denn hier auf Pellworm jeden, wusste über alle Belange der Insulaner Bescheid, wenn nicht Momme Mommsen? Vielleicht hatte er sogar schon weiterführende Informationen erhalten. Die er mit ihr teilen würde.

Kurz entschlossen radelte Louise zu Mommes Haus. Sie hatte Glück, ihr Freund buddelte soeben im Vorgarten herum. Zwei Rosenstöcke, die etwas verkümmert aussahen, standen in Töpfen neben dem Beet.

»Moin, Momme, na, fleißig bei der Gartenarbeit?«

Momme, der mit dem Rücken zu Louise gegraben hatte, richtete sich auf.

»Ich hab die beiden Rosen vollkommen vergessen. Es sind noch Gewinne von den Rosentagen. Ich hab sie hinterm Haus stehen gehabt. Gott sei Dank hat es in den letzten Wochen auch mal geregnet, sonst wären mir die armen

Dinger glatt verdurstet. Erzähl das bloß nicht Fine. Ich hab sie jetzt ordentlich gewässert und die Löcher schon gegraben. Willst du mir eben zur Hand gehen?«

Louise lehnte ihr Rad an den niedrigen Holzzaun, schnappte sich die erste Rose und zog sie mit dem Ballen aus dem Plastiktopf.

»Arme *Madame Dubarry*, das hast du wirklich nicht verdient, du Schöne.«

»Tss.« Momme schüttelte den Kopf. »Mach hinne, setz die Madame in die Erde und gieß Wasser an«, kommandierte er.

Madame Dubarry und ihre Schwester wurden gepflanzt, Louise knipste noch ein paar eindeutig abgestorbene Triebe ab.

»So, das fällt nun gar nicht mehr auf, dass die beiden so stiefväterlich behandelt worden sind. Morgen recken sie schon wieder ihre Köpfchen«, meinte sie zufrieden. »Und Fine wird nichts davon merken. Ich werde auf jeden Fall schweigen wie ein Grab, dass du sie vergessen hast.«

»Und was willst du dafür, wenn du schweigst?«

»Einen Schluck Kaffee?«

»Aha«, brummte Momme. »Zuerst Hände vorreinigen.«

Eine grüne Gießkanne war noch zur Hälfte mit Wasser gefüllt. Louise und Momme gossen sich gegenseitig Wasser über die Hände. Er hielt ihr einen Lappen hin, an dem sie sich die Hände etwas abtrocknen konnte, während er sich seine an den Hosenbeinen abwischte. »Die muss sowieso in die Wäsche«, teilte er mit und hielt Louise die Haustür auf.

In Mommes Wohnküche herrschte penible Ordnung, was durchaus auf Fines Einfluss zurückzuführen war, wie

Louise wusste. Neben der steinernen Spüle lag ein kariertes Tuch. Momme wies auf das Stück Kernseife auf dem gerippten Feld an der Spüle.

Schon bald zog der Duft von Kaffee durch den Raum. Momme stellte einen Teller mit Keksen auf den Tisch und goss zwei Becher mit Kaffee voll.

»So, nun mal Butter bei die Fische. Was kostet dein Schweigen?« Momme grinste von einem Ohr zum anderen. »Ich kenne dich, Louise Dumas.«

Louise nippte an ihrem Kaffee und knabberte ein Stück Gebäck weg, während Momme geduldig wartete.

»Du kennst Duve schon länger?«, begann sie ihre Befragung.

»Wir sind uns schon ein paarmal über den Weg gelaufen. Er ist ein netter Kerl. Sehr umgänglich, im Gegensatz zu unserer Inselpolizistin. Warum fragst du?«

»Er meinte, ihr hättet euch schon über mich unterhalten, über meine Kochkunst und die da.« Louise tippte sich an die Nase.

»Ja, hat sich so ergeben. Er hat natürlich schon längst davon Wind bekommen, dass die einzig legitime Erbin von Miss Marple auf Pellworm lebt. Aber, meine liebe Louise, hier gibt es für dich diesmal nichts zu ermitteln. Es handelt sich eindeutig um Mord. Und den Täter wird Duve ganz alleine finden, mach dir da mal bloß keine Sorgen. Oder eher, mach dir mal keine großen Hoffnungen.« Momme schmunzelte, wurde aber im nächsten Moment wieder ernst.

»Louise, wenn er nicht schon längst die Insel verlassen hat, läuft ein Mörder auf Pellworm herum. Also, halt dich zurück. Wenn du ihm in die Quere kommst ...«

»Keine Sorge, Momme. Ich kann schon auf mich auf-passen.«

Er runzelte die Stirn. »Ach ja? Und was ist dir damals bei der Alten Kirche passiert? Das war ganz schön knapp. Du weißt also, was es bedeutet, einem Killer zu nahe zu kommen.«

Louise nickte betreten. »Du hast ja recht. Aber ein, zwei Fragen hab ich trotzdem. Wenn du sie nicht beantworten möchtest, kann ich das verstehen.«

»Gut, dann schieß mal los.«

Louise goss sich einen zweiten Becher Kaffee ein und sortierte ihre Gedanken. »Ich zerbreche mir schon die ganze Zeit darüber den Kopf, wann ich Ron zum letzten Mal gesehen habe. Er wollte sich mit Hilla treffen, aber das weißt du ja bereits.«

Momme nickte. »Es ist gut, dass ich mit ihr geredet habe. Sie wollte ihm sagen, die Affäre sei beendet. Und sie hat einen Streit gehört.«

»Ich weiß«, unterbrach ihn Louise. »Ich war vorhin bei ihr, sie hat mir alles erzählt.«

»Wen wundert's«, brummte Momme. »Die Affäre ist auch der Grund, warum Edgar seine Frau im Moment auf Abstand hält.«

»Meinst du, das wird wieder?«

»Keine Ahnung, ich hoffe es. Aber wer kann schon in die Köpfe der Menschen schauen. Die beiden kennen sich von Kindesbeinen an. Es muss eine Art Kurzschlusshandlung von Hilla gewesen sein, sich mit diesem Schauspieler ein-zulassen. Dann wollte sie die Notbremse ziehen, und nun ist Ron tot.« Momme biss sich auf die Lippe.

»So wie du das sagst, könnte man meinen, Hilla oder Edgar könnten etwas damit zu tun haben? Oder irre ich mich?«

Momme blickte nachdenklich an die Küchendecke. »Louise, unsere Polizei ist nicht von einem anderen Stern. Hilla wird ihre Affäre gegenüber Frau Olms und Duve eingestehen. Sie wird ihnen sagen, dass sie mit Ron Schluss machen wollte. Doch was liegt für einen Ermittler näher als der Verdacht, der Täter könnte der gehörnte Ehemann sein. Andererseits, was ist, wenn Hilla überhaupt nicht Schluss machen, sondern Ron die Beziehung beenden wollte? Wir haben nur Hillas Wort, sie sei die treibende Kraft gewesen. Ron serviert sie ab, und Hilla nimmt Rache. Genau diese beiden Szenarien werden als erste durchleuchtet werden.«

Louise nickte. Genauso hatte es sich auch in ihrem Kopf abgespielt. »Traust du es einem von beiden zu?«

Erneut starrte Momme zur Decke, als suche er dort oben eine Antwort. »Ich hab dir schon gesagt, ich kenne Hilla, und natürlich auch Edgar, schon eine gefühlte Ewigkeit. Aber ich kann nur wiederholen, wir können nicht in die Köpfe schauen. Mein Bauchgefühl sagt mir, nein, es war keiner von beiden. Aber sie sind die ersten Verdächtigen. Der Todeszeitpunkt kann auf etwa eine Dreiviertelstunde eingegrenzt werden. Thore hat noch mit Ron gesprochen, bevor der, weil er angeblich pinkeln musste, verschwunden war. So ziemlich fünfundvierzig Minuten später bist du fast über die Leiche gestolpert. Edgar war dabei, noch etwas an den Kulissen zu machen. Er hat noch etwas am Galgen verändern wollen, wie er sagte. Jasper ist ihm dabei kurz zur Hand gegangen. Aber so wie's aussieht, hat er für knapp eine Viertelstunde kein Alibi.«

»Woher weißt du das schon alles?« Louise zog erstaunt die Brauen hoch.

»Edgar hat es mir selber gesagt. Nachdem ich mit Hilla gesprochen habe, bin ich zu ihm. Er war fix und fertig und hatte schon ganz schön was intus. Ich wollte einfach nur ein wenig die Wogen glätten und ihn ermahnen, nichts Unbedachtes zu tun. Ganz gleich in welcher Art. Aber er war erstaunlich vernünftig. Ich musste ihn noch nicht mal danach fragen, wo er vor beziehungsweise in dem fraglichen Zeitraum von Rons Ermordung gewesen war. Olms und Duve waren ebenfalls bei ihm. Edgar hat mich direkt danach angerufen. Er darf die Insel nicht verlassen, steht aber nicht offiziell als Verdächtiger da. Nun, mehr kann ich dir nicht berichten.«

Momme goss sich den letzten Tropfen Kaffee ein. »Puh, ist der bitter geworden.« Er schob den Becher von sich weg.

Louise nagte an ihrer Unterlippe. »Und beide hätten die Armbrust handhaben können, das steht für mich außer Frage. Nur, wie ist der Mörder überhaupt an die Waffe gekommen? Ich dachte, Thore hat sie immer unter Verschluss im Bauwagen? Ist doch sehr merkwürdig. Weißt du, ob Fingerabdrücke drauf sind?«

»Nein. Die Kriminaltechnik hat mich nicht informiert. Ich bin raus aus dem Geschäft, wie du weißt. Und wie der Täter an die Armbrust gekommen ist, muss noch geklärt werden. Sie muss ja wohl irgendwann für alle zugänglich gewesen sein. Darüber wird Thore noch Rechenschaft ablegen müssen.«

»Dumm, dass der Bauwagen so steht, dass man etwas wegnehmen oder wieder hineinlegen oder hinhängen kann, ohne gesehen zu werden«, überlegte Louise laut. »Meinst du, du könntest vielleicht über deine Verbindung zu Duve das eine oder andere in Erfahrung bringen?«

»Mien Deern, schau mich nicht so hoffnungsvoll an. Natürlich nicht. So, und jetzt muss ich los. Ich bin mit Dirk verabredet.«

»Und Dirk weiß auch nichts Genaueres?«

»Louise, was kannst du so hartnäckig sein. Nein, der weiß auch nichts. Er meinte lediglich, der Pfeil muss ihn aus nächster Nähe getroffen haben. Die Leiche von Ron Schubert ist auf dem Festland in der Gerichtsmedizin, und wir werden hier vorerst so gut wie nichts erfahren. Jetzt lass mal gut sein.« Momme erhob sich, und auch Louise stand auf. Sie stellte die Becher in die Spüle.

»Was meinst du, Momme, wenn es weder Hilla noch Edgar waren, wer könnte dann der Mörder sein?«

»Glaub mir, Louise, die Frage hab ich mir auch schon gestellt. Im Moment will mir aber partout niemand einfallen. Wir können uns unsere Gedanken machen, aber ermitteln werden andere. Sag Fine, ich komme heute Abend zum Essen. Die Reste müssten weg, meinte sie, und du würdest ganz sicher daraus noch etwas Wunderbares zaubern.«

»So, so, das sagt Fine.« Louise lachte. »Dann will ich mal sehen, was ich tun kann. Du, Momme, noch eine allerletzte Sache. Dieser Unfall von Ron während des Poloturniers. Ob das vielleicht schon ein Mordanschlag war?«

Momme runzelte die Stirn. »Louise, wie soll das denn

funktionieren? Das Pferd hat gescheut und Ron abgeworfen. Das war garantiert nicht sein erster Sturz vom Pferd.«

»Hm, da wirst du wohl recht haben. Und nun die allerletzte kleine Frage. Die Szene auf Sylt am Frühstücksbuffet, als Ron ziemlich ungehalten reagiert hat. Da war diese Frau. Was meinst du dazu?«

Momme nickte. »Ich erinnere mich. Ich glaube, Fine hat das ganz richtig interpretiert. Ein Fan, der einfach zu aufdringlich geworden ist.«

Louise kratzte sich an der Nase. »Ja, das könnte natürlich sein.« Ihr Blick fiel auf die Wanduhr in Mommes Küche. »*Mon Dieu*, schon so spät. Madame und Duve erwarten mich im Büro. *À bientôt*, Momme. Und heute Abend wird gezaubert.«

Kapitel 22

Pellworm

Bevor Louise das Büro von Solveig Olms betrat, holte sie ein letztes Mal tief Luft. Sie würde sich nicht provozieren lassen, aber auch sie selbst würde die Contenance bewahren. Es war der Job der Inselpolizistin, ihr Fragen zu stellen, und die würde sie nach bestem Wissen und Gewissen beantworten. Außerdem war Kriminalhauptkommissar Duve mit von der Partie. Duve war schließlich der Hauptermittler, wahrscheinlich würde er sowieso die Fragen stellen.

Sie klopfte an die Tür. Eine Männerstimme bat sie herein. Hinter dem Schreibtisch von Solveig Olms saß Duve, die Polizistin lehnte am Fensterrahmen. Drei Tassen, aus denen es bereits dampfte, standen auf einem halbhohen Aktenschrank. Es roch nach Kaffee, und in einem Körbchen lagen Butterhörnchen.

»Wunderbar, da sind Sie ja, Frau Dumas. Kollegin Olms, wenn Sie so nett wären, ich habe doch Servietten gesehen, die Butterhörnchen bitte ...«

Louise stockte der Atem. Kaffee war vorbereitet, ein Snack in Form von frischen Croissants, und Solveig Olms spielte die Rolle einer Sekretärin? Das war keine gute Idee. In einer unerklärlichen Form von Solidarität empfand Louise Mitleid mit der Inselpolizistin. Ihr derart das Heft aus der Hand zu nehmen. Und wenn Duve wieder verschwunden wäre? Diese Szene würde Solveig Olms nicht vergessen, und Louise wäre dann bei ihr ganz unten durch, so ihre Befürchtung.

»Danke, keinen Kaffee und auch kein Hörnchen. Ich habe eben erst ein zweites Frühstück eingenommen. Vielen Dank, Frau Oberkommissarin Olms, Sie brauchen sich wegen mir nicht zu bemühen.«

Duve räusperte sich und wirkte einen Moment lang verunsichert, während Solveig Olms den Mund öffnete, wieder schloss und Louise unmerklich zunickte. Sie hatte offenbar erkannt, was in Louise vorging. Sie trat zum Aktenschrank, nahm zwei Tassen, stellte Duve eine hin und den Korb mit dem Gebäck. Sie selbst nahm nichts davon.

Duve schob die Tasse, ohne einen Schluck zu trinken, von sich. »Frau Dumas, Sie haben sich auf die Suche nach Ron Schubert gemacht und seine Leiche entdeckt. Wir haben zwar bereits Ihre mündliche Aussage, aber wir werden sie natürlich schriftlich festhalten. Kollegin Olms?«

Die Angesprochene zog sich einen Stuhl heran und bedeutete Louise, sich auf den dritten Stuhl, der an der Ecke des Schreibtischs stand, zu setzen. Sie zückte ein Formblatt, griff zum Stift und wartete ab.

»Nun, das war also folgendermaßen.« Louise schilderte den Vorgang, wie sie es bereits in der Nacht zuvor getan hatte. Diesmal allerdings erwähnte sie Hilla.

»Warum haben Sie Hilla Tedsen nicht schon bei Ihrer ersten Aussage gegenüber meiner Kollegin erwähnt?«, fragte Duve und verschränkte die Finger ineinander.

Louise entschloss sich bei der Wahrheit zu bleiben. »Als

sie mir begegnete, wusste ich noch nicht, dass Ron Schubert tot ist. Ich wusste allerdings, dass die beiden etwas miteinander hatten. Hilla war angetrunken, aber ganz ehrlich, ich hätte, auch wenn ich von Schuberts Tod gewusst hätte, nie und nimmer den Eindruck gehabt, dass Hilla soeben als Mörderin an mir vorbeilief. Sie wirkte eher erschrocken oder verunsichert, aber nicht wie eine Mörderin, die sich vom Tatort entfernt. Weil ich dem keine Bedeutung beigemessen habe, habe ich nichts gesagt, ich wollte Hilla nicht in Schwierigkeiten bringen. Allerdings bin ich sehr froh, dass sie von alleine geredet hat.«

»Dann lassen wir das mal so stehen, Frau Dumas. Ich hätte es begrüßt, wenn Sie es meiner Kollegin sofort erzählt hätten, aber wir haben ja nun die Aussage von Frau Tedsen. Frau Dumas, Sie sind eine gute Beobachterin. Wir haben die Armbrust sichergestellt, mit der Herr Schubert erschossen worden ist. Sie ist zwar eine Requisite, aber durchaus einsatzfähig, wie wir gesehen haben. Einer der Gefährten von Cord ... wie heißt er noch mal?«

»Widderich«, antworteten Louise und Solveig Olms gleichzeitig.

»Cord Widderich, genau. Also einer seiner Gefährten, gespielt von Wimmer Wilkens, trägt die Armbrust. Haben Sie zufällig beobachtet, wer sie vielleicht einmal in die Hand genommen oder sogar ausprobiert hat?«

Louise brauchte nicht lange zu überlegen. »In der Hand hatten wir sie alle mal. Wir dachten, es wäre wirklich ein antikes Stück. Sie sieht alt aus, ist aber für eine Wilhelm-Tell-Inszenierung am Bremer Theater gebaut worden. Das Stück ist abgelaufen, die Armbrust ist dort in den Fundus gewandert. Ron Schubert durfte sie entleihen. Mehr weiß ich auch nicht. Er meinte, eine Armbrust würde mehr hermachen als eine Lanze oder so.«

»Also war der Einsatz der Armbrust nicht von Anfang an geplant?«, schob Solveig Olms ein.

»Doch eigentlich schon, aber wir, das heißt Thore, hatten nirgendwo eine auftreiben können. Moderne Waffen schon, die gibt es im Internet zu kaufen. Aber es sollte eine Armbrust sein, die so altmodisch wie möglich aussieht, also in die Zeit von Widderich passt. Was die Waffen anging, hatten sich sowieso die Geister geschieden.«

»Wie meinen Sie das?« Duve sah interessiert auf, nachdem er nun doch einen Schluck Kaffee zu sich genommen hatte.

»Nun, Thore hat anfangs auf Langgewehren bestanden, die zumindest dekorativ irgendwo an einer Wand lehnen sollten. Bis Dirk darauf hinwies, dass diese Art von Waffe zu Zeiten Widderichs noch gar nicht im Einsatz war. Einschneidige Schwerter ja, Fußspieße und Kusen, die Vorläufer der Hellebarde, auch, Gewehre nein, und wenn es so richtig passen sollte, was schließlich das Ziel war, also so authentisch wie möglich zu sein, brauchten wir eine Armbrust oder gar mehrere. Was das größte Problem darstellte, war die Beschaffung der Waffe, die in dieser Periode des späten vierzehnten und frühen fünfzehnten Jahrhunderts dominierte. Noch bevor Ron Schubert eingesprungen war, hat Thore es in verschiedenen Museen versucht, doch keins der Häuser war bereit, ein Exponat an eine Schauspieltruppe auf Pellworm auszuleihen. Sie seien zu kostbar.«

»Was ja durchaus verständlich ist«, warf Duve ein.

175

»Ja, das schon. Mit Ron Schubert kam dann aber die rettende Idee. Wie ich vorhin schon sagte, hat das Theater am Goetheplatz in Bremen den *Wilhelm Tell* inszeniert. Schubert spielte den Tell. Dazu waren Nachbauten von Armbrüsten gefertigt worden, und sie lagerten nun im Depot des Theaters. Ron hat seine Kontakte spielen lassen und ist zur dritten Probe mit einer Armbrust im Gepäck aufgetaucht. Tatsächlich war die Waffe einsatzbereit, schließlich muss im Theater alles so echt wie möglich wirken. Aber ähnlich wie im Film, wenn eine Platzpatrone in einen Revolver eingelegt wird, damit nichts passiert, war die Armbrust gesichert. Eine zweite Armbrust, die Ron dann später noch mitgebracht hat, ist gar nicht zum Einsatz gekommen. Sie war kaputt, der rechte Flügel, oder wie man das nennt, war gebrochen.«

»Wie bitte? Es gibt noch mehr davon? Das hat niemand erzählt. Wo ist die jetzt?« Ärger schwang in Duves Stimme mit.

»Immer noch von Thore Schlüter im Bauwagen verwahrt«, sagte Solveig Olms und wurde rot. »Außerdem gibt es keinen Zweifel, dass der Pfeil von der Armbrust abgeschossen worden ist, die wir konfisziert haben, der von Wimmer Wilkens. Wie Frau Dumas eben sagte, die zweite war überhaupt nicht einsatzbereit. Als Deko hätte man sie vielleicht noch nutzen können, aber nicht als Mordinstrument«, verteidigte sich die Inselpolizistin.

Louise nickte. »Wir haben für die Generalprobe nur eine Waffe benutzt.«

»Trotzdem, unsere Spurensicherung wird sich auch die andere vorknöpfen. Gibt es sonst noch was, was ich nicht weiß, Frau Dumas, Kollegin Olms?«

»Das kann ich Ihnen nicht sagen, Herr Kriminalhauptkommissar, da ich nicht weiß, was Sie sonst noch wissen wollen.« Das war Louise einfach so herausgerutscht.

Duve zog kurz verärgert die Augenbrauen hoch. »Nun, wenn das alles ist, was Sie uns zu berichten haben, dann können Sie jetzt gehen«, meinte er dann schmallippig. »Was die Waffen angeht, wir werden gleich mit Herrn Schlüter sprechen. Er wird wohl das bestätigen können, was Sie uns gesagt haben?«

Louise zuckte mit den Schultern. »Da gehe ich mal von aus. Dann *au revoir*. Sie wissen ja, wo Sie mich finden, wenn Sie noch Fragen haben.«

Duve nickte nur. Als Louise das Büro verließ, hatte sie das Gefühl, Solveig Olms schicke ihr ein Lächeln hinterher. Ein freundliches Lächeln.

Kapitel 23

Pellworm

Vor dem Amtshaus wartete bereits Thore. Er zog an seiner E-Zigarette und kam Louise sichtlich nervös vor.

»Moin, Thore, ist gar nicht so schlimm da drin.«

»Moin, Louise. Das ist alles so ein Schiet. Die ganzen Proben, alles umsonst. Ein toter Hauptdarsteller, nicht nur tot, sondern ziemlich berühmt und tot. Hatten wir doch schon mal. Kommen die Stars auf die Insel, um zu sterben?«

Thore spielte auf das Ableben des berühmten Barden Klas Thams an, erstickt an einem Krabbenbällchen.

Louise wurde rot. »Das stimmt schon, aber ich kann nichts dafür.«

»Mensch, Louise, so war das auch nicht gemeint. Ron war doch der Cousin der Bürgermeisterin. Sie ist total fertig, natürlich. Aber weißt du, was sie auch gesagt hat? Nein, wie solltest du auch. Sie meinte, Ron sei als Kind nicht sonderlich beliebt gewesen. Er hätte sie mal vom Heuboden geschubst. Wenn nicht die Ballen darunter gelegen hätten, wäre sie im zarten Alter von neun Jahren schon nicht mehr unter den Lebenden gewesen. Das waren Freyas eigene Worte. Wer weiß, vielleicht hat sich Ron in den folgenden Jahren jede Menge Feinde gemacht. Freya meinte, sie kenne da niemanden, aber es würde sie nicht unbedingt überraschen.«

»Hat die Polizei schon mit ihr gesprochen?« Louise vernahm ein merkwürdiges Grummeln aus der Magengegend. Hunger oder Bauchgefühl, das sie geradezu animierte, unbedingt kriminalistisch tätig zu werden?

»Ja, hat sie. Ich hab erst danach mit ihr geredet. Natürlich wollten Duve und die Olms wissen, wer zu diesen Feinden«, er setzte das Wort mit den Fingern in Anführungszeichen, »gehört haben könnte. Aber Freya ist niemand eingefallen. Sie selbst hatte, wie sie sagte, den Dummejungenstreich fast schon vergessen und sich mit dem erwachsenen Ron recht gut verstanden. Soll ich dir was sagen? So wie Ron sich während der Proben gebärdet hat, würde es mich nicht wundern, wenn er auch in Bremen oder sonst wo mal einem Kollegen auf den Schlips getreten ist. Vielleicht so fest, dass er sich ihn zum Feind gemacht hat. Oder es waren mehrere Schlipse im Laufe der Jahre, dann suchen die Ermittler nach der Nadel im Heuhaufen.«

»Du glaubst wirklich, man kann sich unter Schauspielkollegen so spinnefeind werden, dass man tötet?«

Thore steckte seine E-Zigarette ein, nicht ohne einen missbilligenden Blick auf den Ersatzglimmstängel zu werfen. »Was weiß ich. Na, dann will ich mal. Wahrscheinlich geht's um die Waffen.«

Louise nickte. »Ja, die Armbrust. Ach so, Duve wollte wissen, wo die andere ist. Solveig Olms hat ihm gesagt, du hättest sie sicher verwahrt.«

»Hab ich auch. Mit der ist nicht geschossen worden, die

ist doch kaputt. An der ganzen Misere ist Wimmer schuld. Er hat die Armbrust einfach draußen an den Bauwagen gehängt, und plötzlich war sie weg. Er dachte, ich hätte sie genommen und weggesperrt. Hab ich aber nicht.« Thore raufte sich die Haare. »So ein Döskopp.«

»Also an einer Stelle, wo jeder unbemerkt an sie drangekommen wäre? Allerdings steht der Wagen aber auch so, dass man, wenn man es darauf anlegt, unbemerkt rein und raus kann.«

Thore nickte unglücklich. »So sieht's aus. Gut, ich geh dann mal. So ein Riesenschiet.«

Louise sah dem Mann nach, wie er mit gesenktem Kopf im Amtshaus verschwand. Sie überlegte einen Moment. Hier residierte die Bürgermeisterin. Ob sie mal ein Wort mit ihr wechseln sollte? *Nein Louise, sollst du nicht. Es ist ein Mordfall, der von Experten aufgeklärt werden wird. Du hast da nichts drin herumzufuhrwerken.* Das Bauchgrummeln war ganz sicher von einem Hungergefühl ausgelöst worden. Schließlich hatte sie auf ein butterköstliches Hörnchen verzichtet. Nun, das würde sie nachholen. In *Cornilsens Inselcafé* gab es noch mehr davon. Dazu einen Cappuccino und danach würde sie sich zu Hause der Resteverwertung des Buffets von gestern widmen.

Der Duft von Frischgebackenem zog Louise förmlich in das Café. Butterhörnchen waren aus, aber die Mohnwölkchen lachten sie dafür an. Sie bestellte dazu einen Cappuccino und setzte sich an einen Tisch direkt am Fenster mit Blick auf das *Schipperhuis*, in dem vor ein paar Wochen eine kleine Buchhandlung eingezogen war.

Am Nebentisch saß eine ältere Dame, die ihr freundlich zunickte. Sie zeigte auf ihren leeren Teller und dann auf Louises Kuchenstück. »Das habe ich eben auch genossen. Einfach köstlich. Entschuldigen Sie meine Neugier, aber sind Sie nicht eine der Schauspielerinnen? Ich habe gestern Abend ein wenig zugeschaut. Ich weiß, das sollte man eigentlich nicht, aber es war einfach zu schön. Wie ich eben hörte, findet die Aufführung aber gar nicht statt. Ein Todesfall im Ensemble?«

Louise rührte Zucker in ihren Cappuccino und nickte. Da sie nicht so laut im Café reden wollte, zeigte sie auf den Stuhl neben sich. »Setzen Sie sich doch zu mir.«

Die Frau sah sie etwas erstaunt an. Dann stand sie auf, nahm ihre Tasse und gesellte sich zu Louise. »Nun ja, ich will auch nicht aufdringlich sein. Aber gerne. Wann kommt man auch mal mit einer echten Schauspielerin in Kontakt? Es war einfach zu nett, wie Sie mit Ihrer Freundin, Sie sind Marketenderinnen, nicht wahr?, gescherzt haben und hin und her geschlendert sind. Und die ältere Frau am Stand mit den irdenen Waren. Als wäre sie dem Mittelalter eben entsprungen. Aber wie unhöflich von mir, ich habe mich überhaupt nicht vorgestellt. Adele Hornung, ich verbringe ein paar Urlaubstage auf Pellworm.«

Sie reichte Louise über den Tisch hinweg die Hand.

»Louise Dumas. Ich lebe hier.« Wie herrlich sich das anfühlte zu sagen: Ich lebe hier.

»Haben Sie ein Glück. Es ist einfach wunderbar. Ich glaube, man kann sich hier bestens erholen. Es ist mein erster Besuch auf Ihrer kleinen Insel, aber es wird bestimmt nicht mein letzter sein.«

»Hat Ihr Sohn Sie dazu gebracht, Ihren Urlaub bei uns

zu verbringen?«, fragte Louise und schob sich ein Stück Kuchen in den Mund. Sie erinnerte sich an den Mann, der neben der älteren Frau gesessen hatte.

Louise betrachtete Adele Hornung näher. Sie trug ihr graues Haar zu einem kinnlangen Bob geschnitten. Auf dem Kopf thronte ein altmodisches Hütchen, eine *cloche*, ein Glockenhut aus Filz, wie Louise wusste, trug ihre Großmutter Clothilde doch immer ein solches Teil, wenn sie den Gottesdienst besuchte. Zahlreiche Fältchen umspielten ihren Mund. Über die Augen konnte Louise nichts sagen, Adele Hornung trug eine Brille mit ziemlich dicken Gläsern, die ihre Augen stark verkleinerten. Louises Maman hatte ihr einmal gesagt, die Falten am Hals verrieten das wahre Alter, doch um den von Frau Hornung war ein buntes Tuch geschlungen. Sie saß aufrecht. Ihre Hand zitterte, als sie ihre Tasse zum Mund führte, der Kaffee schwappte gefährlich an den Rand. Winzige braune Fleckchen sprenkelten die Haut.

Wie bei grand-père, dachte Louise. Bei ihrem Großvater war es die Parkinsonerkrankung gewesen. Letztendlich hatte sie zu seinem Tod geführt.

»Das Alter«, sagte Adele Hornung in diesem Moment und stellte die Tasse vorsichtig wieder zurück. Dann schmunzelte sie. »Das war nicht mein Sohn, er war eine zufällige Bekanntschaft. Sie meinen doch den Mann, der neben mir saß? Wir haben uns kurz über das Stück unterhalten, und nachdem er Ihnen schon ordentlich Beifall gezollt hatte, ist er gegangen. Er wolle sich die Spannung aufheben, hat er gesagt. Nun, daraus wird jetzt ja nichts mehr. Aber sagen Sie, sind Sie alle Laiendarsteller? Das kann ich nämlich kaum glauben, es wirkte alles dermaßen professionell, zumindest kam es mir so vor. Wissen Sie, ich war Lehrerin, am Gymnasium habe ich regelmäßig eine Theater-AG geleitet. Daher glaube ich, dies ein klein wenig beurteilen zu können.« Sie lächelte bescheiden. »Nun, was rede ich da und stehle Ihre kostbare Zeit. Doch eine Frage habe ich noch, bevor ich mich zurückziehe. Das war doch der berühmte Ron Schubert in dem Kostüm mit dem grünen Wams? Ich kenne ihn aus dem Fernsehen.«

Louise nickte. »Ja, das war er. Wir hatten die große Ehre, dass er die Hauptrolle übernommen hat. Und nun ist er tot. Sein Name steht noch auf den Plakaten, die überall aushängen. Unser erster Hauptdarsteller war erkrankt, und Ron ist eingesprungen.«

»Ach, die habe ich natürlich gesehen. Aber entschuldigen Sie, es hört sich jetzt doch ein wenig arrogant an. Ich habe mich nämlich gefragt, ob das wirklich *der* Ron Schubert sein kann oder vielleicht eher nur ein Namensvetter, der auf Pellworm lebt. Das ist mir jetzt sehr unangenehm.«

»Das braucht Ihnen nicht unangenehm zu sein. Ich wusste vorher gar nicht, wie berühmt er ist. Ich komme aus dem Elsass, und dort ist er mehr oder weniger gar nicht bekannt. Also, es war schon etwas Besonderes, dass er uns zu Hilfe geeilt ist.« Louise schob die letzten Krümel auf die Gabel. »Leider muss ich jetzt los, war schön, Sie kennengelernt zu haben, Frau Hornung. Ich wünsche Ihnen noch erholsame Tage auf unserer bezaubernden Insel.«

Die Dame tätschelte Louises Hand. »Danke, die werde ich haben, mein Kind. Ich werde noch einen kleinen Spaziergang machen und mich dann ein wenig ausruhen. Die wunderbare Seeluft tut unendlich gut, ermüdet mich aber auch.«

Adele Hornung erhob sich und reichte Louise die Hand zum Abschied.

»Vielleicht treffen wir uns ja mal wieder, Frau Dumas. Und falls Sie noch einen Tipp für mich haben, was ich mir anschauen sollte …«

Louise überlegte nicht lange. »Haben Sie vielleicht Freude am Töpfern?«

»Ich habe es noch nie ausprobiert. Aber warum nicht? Gibt es hier einen Kurs?«

Louise strahlte. »Die Frau, die die Töpferwaren hergestellt hat, die Sie auf dem Marktstand in unserem Stück gesehen haben, bietet ab nächster Woche einen Kurs an. Immer vormittags, ich glaube ab zehn Uhr. Wenn Sie dann also noch auf Pellworm sind.«

»Danke für den Tipp, liebe Frau Dumas. Das werde ich mir überlegen. Eigentlich wollte ich Sonntag wieder zurück. Aber als Pensionärin habe ich alle Zeit der Welt. Ja, genau, warum nicht? Und wo finde ich den Kurs?«

Louise beschrieb Frau Hornung den Weg zu Renates *Lüttem Töpferhus* und verabschiedete sich. Zeit, sich um die Resteverwertung zu kümmern.

Kapitel 24

Pellworm

Als Momme eintraf, hatten Fine und Louise den Tisch gedeckt, und im Kühlschrank wartete eine Platte mit Schinkenröllchen, die Louise mit einer Mischung aus dem restlichen Kräuterdip, geriebenem Rungholt-Käse und winzig gewürfelten Cornichons gefüllt hatte, in kleine Dreiecke geschnittene Quiches und Häppchen von geräuchertem Lachs, der zusammen mit einem Apfelmeerrettich auf in Olivenöl geschmorten Auberginenscheiben thronte. Aus dem Rohkostgemüse hatte Louise eine *Soupe au Pistou* kreiert, eine Suppe, in die sie garantiert nicht hineinspucken würde. Bei dem Gedanken musste sie grinsen. Ob Solveig Olms sich tatsächlich an die Übersetzung des Satzes gemacht hatte? Wahrscheinlich nicht, ganz sicher hatte sie ihn schon vergessen, als Louise noch nicht aus der Tür von Voltjes Haus getreten war.

Die *Soupe au Pistou* war eine bunte Gemüsesuppe, in die man eigentlich alles hineinpacken konnte, wobei Bohnen, ganz gleich welcher Art, ein Muss waren. Dazu hatte Louise Zucchini und Tomaten gegeben, auf die sättigende Nudeleinlage verzichtete sie. Die Krönung des Gerichts war das *Pistou*, eine Creme aus Basilikum, gehackter Tomate, Knob-

185

lauch und Olivenöl, einem Pesto, wie Momme, der sich einen zweiten Teller mit der schmackhaften Suppe füllte, mit Kennermiene feststellte.

Die drei waren eben beim Nachtisch angelangt, auch von der Mousse war etwas übrig geblieben, als es an die Haustür klopfte, und schon stand Renate kreidebleich in der Stube. Ihre Haare standen wirr vom Kopf ab, denn der Wind, der am Tag noch ein laues Lüftchen gewesen war, hatte in der letzten Stunde ordentlich zugelegt.

»Entschuldigt, dass ich einfach so unangemeldet reinplatze. Aber ich denke, das müsst ihr erfahren. Hilla hat gestanden. Und nicht nur das.«

Noch ehe Renate mit ihrem Bericht fortfahren konnte, redeten die drei am Tisch auch schon auf sie ein.

»Was, Hilla hat gestanden? Das kann doch nicht sein«, rief Momme und sprang auf, um Renate einen Stuhl an den Tisch zu rücken. »Ich hab doch heute noch mit ihr gesprochen, das hätte ich doch gemerkt, wenn sie irgendwas mit der Tat zu tun gehabt hätte.« Er raufte sich sprichwörtlich die Haare.

»Ich war auch bei ihr. Dafür gab es überhaupt keine Anzeichen«, ergänzte Louise und starrte Renate fassungslos an.

Diese ließ sich schwer auf den Stuhl fallen, während Fine ebenfalls aufstand, »O Gott, o Gott« rief und aus dem Buffet vier Gläser nahm.

»Louise, den *Schimmelreiter Köm* aus dem Kühlschrank«, befahl sie und stellte die Gläser auf den Tisch.

Sie wurden gefüllt, man prostete sich wortlos zu, und mit einem Schluck war der hochprozentige Schnaps verschwunden.

»Du hast gesagt, das sei noch nicht alles«, erinnerte sich Fine plötzlich und schenkte die zweite Runde ein.

Renate nickte. »Das ist so unfassbar. Edgar hat ebenfalls gestanden, er hätte Ron Schubert mit der Armbrust erschossen. Er ist ins Amtshaus, direkt zur Olms und dem anderen Polizisten, hat sich hingestellt und gesagt: *Ich war's, ich hab den Schubert erschossen. Der Mann hat mich zum Hahnrei gemacht.*«

»Zum was? Zum Hahnrei?«, echote Louise.

»Ja, das ist ein Wort für einen Ehemann, der von seiner Frau betrogen wurde, einer, dem man Hörner aufgesetzt hat«, erklärte Fine und schüttelte ungläubig den Kopf.

»Das passt doch nicht zusammen. Wenn er es schon vorher gewusst hat, dann hätte er doch Hilla auch schon früher aus dem Haus geworfen, so wie er es dann auch gemacht hat, nachdem sie es ihm gestanden hat. Und dann hat Hilla auch noch den Mord zugegeben? Haben beide ihn zusammen getötet? Ich versteh jetzt überhaupt nichts mehr«, erklärte Momme. »Und woher weißt du das überhaupt alles?«

»Von Freya. Sie kam vollkommen aufgelöst bei mir vorbei. Sie erreicht die Witwe von Ron Schubert nicht. Die arme Frau weiß noch gar nichts vom Schicksal ihres Mannes, ist zu befürchten. Die Polizei in Bremen, die sie aufsuchen wollte, um ihr die traurige Nachricht zu überbringen, stand vor verschlossenen Türen. Die Nachbarn vermuten, dass sie verreist ist. Vielleicht ist sie auf dem Weg nach Pellworm. Dann kommt sie hier fröhlich an und reist als Witwe wieder ab. Aber deswegen war Freya eigentlich nicht bei mir, es geht um Hillas Hof. Wenn Edgar und Hilla jetzt zusammen in Untersuchungshaft auf dem Festland sind, muss sich doch jemand um alles kümmern. Im Moment ist nicht viel zu tun, die erste Ernte ist vorbei, die zweite steht im September an. Und weil ich aus der Landwirtschaft komme und mit meiner Töpferei einigermaßen flexibel bin, kümmere ich mich um alles. Edgar hatte es vorgeschlagen. Freya sagte, er habe alles minutiös geplant.«

»Den Mord?«, fragte Fine und schüttelte ungläubig den Kopf.

»Nein, was mit dem Hof passiert in den nächsten Tagen. Er hat einen genauen Tagesplan geschrieben, und auch Jasper wird helfen. Der Junge hat noch Ferien.«

Louise biss sich auf die Unterlippe. »Wisst ihr, wie sich das alles für mich anhört? Beide könnten ein Motiv haben, Hilla, weil Ron sie sitzen lässt. Oder umgekehrt ebenfalls Hilla, aber weil sie ihm den Laufpass gibt und er sich an ihr rächen will, indem er Edgar alles brühwarm erzählen will. Das kann Hilla nicht zulassen, bei beiden Versionen wird sie zur Mörderin im Affekt. Edgar hat ein Motiv, Mord aus Eifersucht, weil er zu einem Hahnrei gemacht wurde. Gefällt mir aber alles nicht. Ich denke, Hilla hat die Schuld auf sich genommen, weil sie befürchtet, ihr Mann könnte Ron erschossen haben, und Edgar, weil er glaubt, Hilla wäre es gewesen. Schuldeingeständnisse aus Liebe.«

Fine und Renate nickten heftig.

»Genauso muss es gewesen sein. Das heißt aber, es war jemand anders«, bekräftigte Renate Louises Plädoyer.

»Moment mal«, wandte Momme ein. »Das würde mir auch gefallen, wenn beide unschuldig sind. Aber zunächst mal haben sie den Mord auf sich genommen. Die Ermittler sind ja nicht blöde, ein solches Szenario werden sie ebenfalls durchleuchten. Und dann kommen entweder beide wieder auf freien Fuß, oder einer von ihnen wird des Mordes überführt werden. Bis dahin warten wir ab und hoffen, dass beide bald wieder auf Pellworm sind.«

»Also werden im Moment die Ermittlungen ruhen, weil sie zwei Geständige haben. Und wenn sie es nicht waren, war es jemand anders, wie Renate ganz richtig erkannt hat, und diese Person läuft nun frei herum.«

Fine sah ihre Patentochter streng an. »Mien Deern, komm mir nur nicht auf dumme Gedanken. Aber das mit dem doppelten Geständnis erinnert mich an etwas. Gab es da nicht mal einen Film, einen amerikanischen Justizthriller, in dem am Ende beide freigekommen sind, weil man keinen als Täter festnageln konnte, oder so ähnlich?«

»Ich glaube, den hab ich auch gesehen. War aber ein Film aus Schweden, auf den Titel komme ich allerdings auch nicht. Aber Film beiseite. Wäre es nicht einfacher gewesen, wenn sich Hilla und Edgar gegenseitig ein Alibi gegeben hätten? Dann wären sie doch aus dem Schneider.« Renate schaute nachdenklich in die Runde.

»Das wäre schwierig geworden, Renate.« Momme genehmigte sich noch einen Köm, während die Frauen abwinkten. »Der Zeitraum, in dem Ron erschossen wurde, ist auf eine Dreiviertelstunde eingrenzbar. Hilla war in dieser Zeit zumindest für ein paar Minuten verschwunden, und soweit ich mich erinnere, war Edgar höchstens mal für ein paar Minuten weg. Kaum ausreichend, um in dieser Zeit die Armbrust zu nehmen und zu laden, Ron zu suchen, zu finden und abzudrücken. Das werden die Richter am Ende genauso sehen. Und was die beiden Geständnisse an sich angeht, ist es sowieso nicht ausgeschlossen, wenn man bei Gericht keinen der beiden schuldig spräche. Die Richter würden im Rahmen der Beweiswürdigung das jeweilige Geständnis auf seine Glaubwürdigkeit hin überprüfen. Wie ich es eben schon bei Edgar andeutete. Kommt es bei beiden Geständigen nicht zur Überzeugung, dass sie für die Tat infrage kommen, wird es beide *in dubio pro reo,* also im Zweifel für die Angeklagten, freisprechen. Wenn sie Pech haben, ist es allerdings auch denkbar, dass Hilla und Edgar in getrennten Verfahren auf Grundlage ihres Geständnisses wegen der Tat verurteilt werden. Aber von einem solchen Fall habe ich noch nie gehört. Bemerkenswert wird die ganze Sache vor allem dann, wenn einer tatsächlich Ron erschossen hat und, *in dubio pro reo,* beide freigesprochen werden. Wenn das vor Gericht Schule macht, wäre das perfekte Verbrechen ganz leicht möglich.«

Die drei Frauen hatten Mommes Ausführungen fasziniert gelauscht. Dann meldete sich Fine zu Wort. »Sie waren es aber nicht. Wisst ihr, was ich komisch finde? Hilla will einen Streit zwischen Ron und einer zweiten Person gehört haben. Wenn es schon diesen Unbekannten gibt und Edgar nach menschlichem Ermessen für die Mordtat ausscheidet, warum geben dann beide ein Verbrechen zu, das sie nicht begangen haben? Ganz ehrlich, ich verstehe das alles nicht. Da passt doch nichts zusammen. Und warum hat Ron nicht um Hilfe gerufen, als sich Hilla oder Edgar mit der Armbrust genähert hat. Er muss doch jemanden gesehen haben, schließlich ist der Pfeil doch aus der Nähe abgeschossen worden. Er hätte doch auch hinter dem Grabstein Schutz suchen können? Nee, ich verstehe das alles wirklich nicht«, wiederholte Fine mit einem tiefen Seufzer.

»Das wird niemand verstehen.« Momme tätschelte Fines Hand. »Aber das hast du gut kombiniert, mien Finchen. Alles wird sich aufklären. Da bin ich mir sicher. Die beiden sind schneller wieder auf Pellworm, als ein Huhn ein Ei legt.«

»Irgendwie merkwürdig dein Vergleich, Momme Mommsen, aber wenn du damit sagen möchtest, dass sie bald wieder da sind, finde ich ihn sehr passend.« Fine legte nun ihre Hand auf die Pranke von Momme. »Und Renate, wenn du irgendeine Hilfe brauchst, wir Landfrauen stehen zusammen.«

Die vier saßen noch eine gute Stunde beieinander, ihr Gespräch drehte sich unaufhörlich um Hilla und Edgar, angefangen von Erinnerungen an die beiden, als sie noch kleine *Schietbüdel* waren, bis hin zu Anekdoten, als Hilla Edgar den Rang als bester Ringreiter streitig gemacht hatte, bis hin zur großen Hochzeit, bei der gefühlt halb Pellworm zu Gast gewesen war. Umso größer war bei Renate, Fine und Momme am Ende ihrer Reise in die Vergangenheit erneut das Unverständnis, dass Hilla sich überhaupt mit Ron Schubert eingelassen hatte.

»*Nee, nee, so en dösig Frunsminsch*, eigentlich gehört Hilla gehörig der Kopf gewaschen«, verabschiedete sich dann Renate.

Auch Momme machte sich bald auf den Heimweg, und Fine und Louise fielen, jede mit den unterschiedlichsten Gedanken, in ihre Betten.

Kapitel 25

Pellworm

Um fünf Uhr am Morgen hielt Louise nichts mehr in den Federn. Ihre letzten Gedanken vor dem Einschlafen hatten natürlich Hilla und Edgar gegolten, und mit dem untrüglichen Bauchgefühl, dass sie nichts mit dem Mord zu tun haben konnte, war sie in einen tiefen, traumlosen Schlaf gefallen.

Der Wind hatte sich in der Nacht zu einem Sturm entwickelt, der sich zwar am frühen Morgen wieder abschwächte, dem es aber gelungen war, einen Blecheimer hinter dem Haus übers Pflaster rollen zu lassen. Das Scheppern hatte Louise unsanft aus dem Schlaf gerissen. Im Haus war es still. Sie ging aufs Klo, schlich die Treppe hinab in die Küche. Einmal knarzte eine der Stufen, doch aus Fines Schlafzimmer drang kein Zeichen, dass sie davon wach geworden wäre. Louise brühte sich einen Tee auf und nahm ihn mit nach oben. Mit ihrem Notebook kuschelte sie sich gemütlich aufs Bett, daneben legte sie einen Schreibblock und einen Stift. Ihre Ermittlungsarbeit konnte beginnen. Und sie versprach den nicht anwesenden Fine und Momme hochheilig, kein Risiko einzugehen und ihre Erkenntnisse Solveig Olms oder Duve zu übergeben, falls gewünscht.

Für ihren ersten Fall auf Pellworm, Aufdecken der Hintergründe des Todes von Klas Thams, hatte sie sich damals ein Whiteboard aus der Rückseite von Fines Rest einer Blümchentapete gebastelt und an die Wand gepinnt. Irgendwann hatte sie vor lauter roten Strichen und Querverbindungen zwischen den verschiedenen Personen, die in der dubiosen Geschichte eine Rolle spielten, überhaupt nicht mehr durchgeblickt.

Louise starrte das leere Blatt Papier an, dann schrieb sie RON SCHUBERT, darunter *erschossen mit einer Armbrust*. Nachdenklich knabberte sie am Ende ihres Stiftes. Sie schloss Hilla und Edgar nun einfach als Täter aus. Hilla hatte ihr gegenüber gesagt, sie sei mit Ron verabredet gewesen, und der Schauspieler war ohne Argwohn zum Treffpunkt gegangen, hatte sich sogar eine weitere Portion *Mousse au Chocolat* mitgenommen. Schubert hatte die Uhrzeit für das Treffen vorgegeben. Halb zwölf. Hilla hörte einen Streit, aber der war vorher gewesen.

Louise notierte *Ron Streit mit wem? Noch eine weitere Person anwesend?* Demnach kämen für den Mord zwei noch nicht identifizierte Personen infrage. Nach kurzem Grübeln, ihr wollte im Moment partout niemand einfallen, der Ron erschossen haben könnte, notierte sie *Motiv: Eifersucht, Geld, Rache,* die drei Klassiker.

Das, was Fine gestern gesagt hatte, klang in Louises Ohren nach. Sie musste schmunzeln. Wie hatte Momme gemeint? *Gut kombiniert, mien Finchen.* Wie also konnte man sich das Szenario vorstellen?

Louise schloss die Augen und ließ die Überlegungen ihrer Patentante noch einmal Revue passieren. Nach allem, was sie wussten und was der gesunde Menschenverstand hergab, war Edgar ganz sicher nicht der Mörder. Hilla traute sie den Mord auch nicht zu, aber was wusste sie denn tatsächlich von der Frau, von ihren Gefühlen? Und wenn der Streit, den der Schauspieler mit jemandem ausgefochten hatte, gar nicht stattgefunden hatte? War die dritte Person eine Sinnestäuschung, wie Hilla dann selbst vermutet hatte? Nur, warum hatte Hilla, nachdem Edgar geständig gewesen war, sich plötzlich selbst der Tat bezichtigt? War es Wiedergutmachung an Edgar, den sie betrogen hatte? Von Schuldgefühlen überwältigt gestand sie einen Mord, den sie begangen hatte oder auch nicht, um ihrem Mann das Gefängnis zu ersparen.

Louise schrieb dick und fett nun doch die Namen der beiden auf ihren Ermittlungszettel, setzte zwei Fragezeichen dahinter, und weil ihr das noch nicht genügte, fügte sie je einen Pfeil von Ron hinunter zu Hilla und Edgar hinzu. Nur kam sie so nicht weiter. Sie musste das Pferd von hinten aufzäumen, bei Schuberts Unfällen beginnen. Sein Sturz vom Pferd und das, was Hans von Wildeck zu ihr auf Sylt gesagt hatte. Der Unfall im April, ein Wagen hatte ihn angefahren, Fahrerflucht. Louise war sich sicher, dies waren bereits Versuche gewesen, den Schauspieler zu töten. Wer also konnte Ron Schubert so hassen?

Sie blätterte eine neue Seite ihres Notizblocks auf. *WER IST RON SCHUBERT?* Sie musste sich in die Vergangenheit des Schauspielers begeben. Sie gab seinen Namen in die Suchmaschine des weltweiten Internets ein. Aha, ein Eintrag bei *Wikipedia.* Allerdings ein ziemlich magerer. Noch nicht mal ein Geburtsdatum stand dabei. Geboren wurde er als Ronald Schubert in Worpswede, Abitur am Hermann-Böse-Gymnasium, Bundeswehr, Schauspielschule Bochum und Rostock, verschiedene Engagements deutschlandweit, zuletzt festes Engagement am Theater am Goetheplatz in Bremen. Nominiert für den Emder Schauspielpreis 2017 in seiner Rolle als Richter Wigbert Hölderlin in der Anwaltsserie *Justitias Waagschale*, den er aber ganz offensichtlich nicht bekommen hatte. Neugierig suchte Louise nach dem Preisträger des Jahres. Ulrich Tukur. Ja, von dem hatte sie schon mal etwas gehört. Über Schuberts Privatleben nichts.

Ob etwas über den Autounfall in der Zeitung gestanden hatte? Fehlanzeige. Zwar wurde über angefahrene Fußgänger oder Radfahrer im *Weser-Kurier*, der Tageszeitung für Bremen und Umland, berichtet, aber der Name Ron Schubert oder der Hinweis auf einen Schauspieler, der Opfer eines Unfalls geworden war, tauchte nicht auf. Vielleicht könnte Momme seine Kontakte nach Bremen spielen lassen, um Näheres zu erfahren. Nein, keine gute Idee, besser keine schlafenden Hunde wecken.

Louise kehrte zu den drei häufigsten Motiven für einen Mord zurück: Eifersucht, Geld, Rache. Geld schloss sie erst einmal aus. Wer sich zwei Polopferde leisten konnte, war kein armer Tropf. Oder lebte Schubert auf Pump? Also doch nicht vorschnell die finanzielle Seite ausschließen. Rache und Eifersucht, beides würde auf Hilla und Edgar zutreffen. Aber beide kamen nicht infrage. Schon gar nicht, was Rons Sturz vom Pferd auf Sylt anging. Den Unfall in Bremen konnte Louise dagegen nicht ausschließen, doch der lag über ein halbes Jahr zurück, zu diesem

Zeitpunkt waren Hilla und Ron noch nicht amourös verstrickt gewesen. Wenn Louise also den Unfall und den Sturz als Attentatsversuche kategorisierte, war das Ehepaar nun endgültig für sie raus.

Entschlossen strich sie ihre Namen durch. Sie musste einfach mehr über den Schauspieler erfahren, um ergründen zu können, wer ihm hätte nach dem Leben trachten wollen.

Sie stieß auf Unmengen an Einträgen, die sich mit Schubert als Polospieler und als Schauspieler beschäftigten. Louise beschränkte sich auf die Artikel etwa ein halbes Jahr vor dem Unfall in Bremen. Er wurde lobend in einer Kritik einer Theaterzeitschrift erwähnt, tauchte in der Besetzungsrolle als Synchronsprecher auf, wurde als Nachfolger des Kapitäns auf dem *Traumschiff* gehandelt, aber nur ganz kurz, die Rolle hatte dann ein Sänger übernommen. Jede Menge Artikel über die Hochzeit von Ron mit Theresa Wagenfeld. Ein schönes, strahlendes Paar.

Nein, so kam sie nicht weiter, zumal sie noch nicht einmal genau wusste, wonach sie eigentlich suchte. Unschlüssig drehte sie ihren Stift zwischen den Fingern hin und her und sah auf die Uhr. In einer halben Stunde würde sie die Tiere füttern und Frühstück machen. Bis dahin könnte sie sich mit den Rollen, die Ron Schubert in den letzten Jahren angenommen hatte, beschäftigen. Vielleicht kam sie seiner Person ja so etwas näher? Aber das war doch Unsinn. Der Intendant oder sonst wer bestimmte, welches Stück auf die Bühne kam, und suchte sich seine passenden Darsteller heraus. Andererseits musste die Rolle doch zu der Person passen. Aber ein Schauspieler war wandlungsfähig, ein guter Mime konnte in jede Rolle schlüpfen.

Louise strich sich mit einem Prusten eine Locke aus dem Gesicht, diese ganzen Überlegungen waren müßig und überflüssig. Trotzdem scrollte sie sich durch das Archiv der Besetzungslisten am Bremer Theater. Merkwürdig. Ron Schubert hatte bis vor zwei Jahren jede Menge Hauptrollen übernommen, dann trat er zurück in die zweite Reihe, die männlichen Sahnestückchen erhielt ein Wulf Wittekind. Und dann erst in diesem Jahr wieder Ron Schubert, als Tell und Woyzeck. Hatte Wittekind das Theater verlassen?

Louise gab den Namen ein. Ein kurzer Artikel im Bremer Theatermagazin. Wittekind war bei den Proben zum Tell von einer Leiter gestürzt, und die zweite Besetzung, Ron Schubert, hatte den Hauptpart übernommen. Wulf Wittekind. Hatte er es Schubert übel genommen, dass dieser die Hauptrolle übernommen hatte? So etwas kam doch immer mal wieder vor. Allerdings, wenn Ron etwas mit dem Unfall von Wittekind zu tun gehabt hätte? Was hatte Thore noch gesagt? So wie Ron sich während der Proben gebärdet hatte, würde es ihn nicht wundern, wenn er in Bremen einem Kollegen auf den Schlips getreten war.

Louise biss sich auf die Unterlippe. Das wäre doch ein sehr starkes Motiv. Der Name des auf der Leiter verunfallten Mimen wanderte auf ihren Notizzettel, und ganz plötzlich durchzuckte sie ein weiterer Gedanke. *Zut.* Nicht nur eine verlassene Geliebte oder ein gehörnter Ehemann konnten vor Eifersucht rasend töten. Was war mit Ron Schuberts Frau? Der werdenden Mutter? Käme sie nicht genauso infrage? Was war mit Theresa Wagenfeld?

Das Zuschlagen einer Zimmertür riss Louise aus ihren Überlegungen. Fine war schon auf dem Weg in die Küche.

Dabei wollte sie doch das Frühstück für ihre Patentante bereiten. Und vorher die Tiere versorgen. Louise legte ihre Notizen zur Seite, verstaute das Notebook in ihrer Tasche, machte sich schnell ein wenig frisch, sprang in Jeans und Bluse und düste nach unten.

Kapitel 26

Pellworm

Fine und Louise räumten gerade das Frühstücksgeschirr in die Spülmaschine, als es kurz an der Tür klopfte und Momme in die Küche trat, gefolgt von zwei hungrigen Katern, die sich miauend vor den Schrank mit den Katzenfutterdosen stellten.

»Moin, ihr zwei.« Momme küsste Louise zur Begrüßung auf die Wange, und Fine bekam einen dicken Schmatzer auf den Mund. »Versorgt erst mal die Mäusejäger da und wenn ihr noch einen Kaffee für mich hättet. Ich habe Neuigkeiten.« Mit undurchsichtiger Miene ließ er sich auf einen Stuhl fallen.

Louise und Fine sahen sich fragend an. Louise füllte schnell die Näpfchen mit Futter und Wasser, während Fine frischen Kaffee aufbrühte.

»Nun, mach's nicht so spannend, Momme, was ist passiert? Hilla und Edgar? Möchtest du noch was essen?«

»Nein, danke, hab schon gefrühstückt. Und nein, von denen gibt es nichts Neues. Also, nicht dass ich wüsste. Gestern hätten wir die Premiere gehabt. Und jetzt …« Momme kratzte sich nachdenklich am Kinn. »Aber ich komme wegen etwas ganz anderem. Theresa Wagenfeld ist auf Pellworm, und das schon seit gestern.«

»Theresa Wagenfeld? Wer ist das denn?«, fragte Fine und setzte sich an den Tisch.

»Theresa Wagenfeld ist die Frau von Ron Schubert, das heißt, jetzt seine Witwe«, brummte Momme und zog sich schon einmal die Zuckerdose heran.

Das konnte doch kein Zufall sein, fuhr es Louise durch den Kopf. Hatte sie nicht eben noch die Frau von Schubert als Verdächtige auf ihre Liste geschrieben? Und tatsächlich war sie jetzt auf Pellworm. Seit gestern? Vielleicht sogar schon länger? Sie sagte nichts und wartete ab, was Momme sonst noch zu berichten hatte.

»Sie kam gestern Nachmittag mit der Fähre und hat sich sofort zu ihrem Ferienappartement begeben.«

»Warum ist sie nicht zu Freya? Sie muss doch gewusst haben, wo ihr Mann während der Proben wohnte?«, unterbrach Fine ihn.

»Das hat sie auch. Sie wollte Ron überraschen, sagt sie. Also, jetzt unterbrecht mich mal nicht dauernd. Nun, sie kam also an, ist in die Ferienwohnung, hat sich hingelegt, weil es ihr nicht so gut ging. Deswegen war ihr Handy auch auf leise gestellt. Sie wollte Ron erst nach der Premiere überraschen. Er sei abergläubisch gewesen, Glückwünsche vor der Premiere würden Unglück bringen.«

»Pff, Unglück bringen. Das hat er nun ja gehabt«, konnte sich Louise nicht verkneifen. »Aber erzähl weiter, Momme. Was ist dann passiert?«

»Sie hat eine Kleinigkeit zu Abend gegessen, ist dann zurück in die Wohnung und hat sich erneut etwas hingelegt. Allerdings war sie so erledigt, dass sie eingeschlafen und erst gegen ein Uhr in der Nacht wieder wach geworden ist. Sie hat Ron angerufen, und als er sich nicht gemeldet hat, ihm eine WhatsApp geschrieben. Die ist auch auf Rons Telefon zu finden. Die Nachricht von Freya hat sie ignoriert. Sie dachte, die abzuhören, hätte Zeit bis zum nächsten Morgen. Wie sie sagt, macht ihr im Moment die Schwangerschaft ziemlich zu schaffen, und sie ist danach gleich wieder zu Bett. Als sie heute Morgen aufwachte, war immer noch keine Nachricht von ihrem Mann da, was sie dann doch verwundert hat. Und dann endlich hat sie Freyas Nachricht abgehört, die sie bat, sich dringend zu melden. Nun, so hat sie erfahren, dass ihr Mann tot ist«, schloss Momme ernst.

»Grundgütiger, und nun? Wie hat sie es aufgenommen?«, stöhnte Fine.

»Es geht ihr den Umständen entsprechend gut, sagt Dirk. Sie hatte einen Schwächeanfall. Freya hat Dirk sofort angerufen, der war in drei Minuten da. Frau Wagenfeld ist jetzt bei unserer Bürgermeisterin im Haus. Sie muss ruhen und soll auch in den nächsten Tagen nicht reisen. Das Baby ist wohlauf und hat auch nicht vor, früher auf die Welt zu kommen. Frau Wagenfelds Freundin, sie ist auch ihre Hebamme, trifft im Laufe des Tages auf Pellworm ein und will sie dann, sobald es ihr besser geht, zurück nach Bremen begleiten.«

»Uff, das sind ja wirklich Neuigkeiten.« Louise goss sich ebenfalls noch eine Tasse Kaffee ein. »Die arme Frau. Sie wird wohl hoffentlich noch nichts vom Seitensprung ihres Mannes erfahren haben?«

Momme schüttelte den Kopf. »Nein, das hat ihr niemand gesagt. Sie hat es so schon schwer genug, dann muss man sie nicht auch noch damit belasten. Wahrscheinlich wird sie es irgendwann doch hören, ich nehme an, Duve wird mit ihr sprechen wollen. Aber Dirk und Freya haben geschwiegen.«

Louise kam ins Grübeln. Theresa Wagenfeld konnte mit dem Mord an ihrem Mann also nichts zu tun haben. Sie war zu der Zeit in Bremen gewesen, Ron und Hilla hatten ihre Affäre hier begonnen, wie sollte sie davon Wind bekommen haben?

»Louise, ich hab dich was gefragt«, riss Fine ihre Patentochter aus ihren Gedanken.

»Hm? *Pardon*, was hast du gesagt?«

Fine kniff ein wenig die Augen zusammen. Den Blick kannte Louise mittlerweile, Misstrauen pur. Sie lächelte breit.

»Ich hatte gefragt, ob wir beide vielleicht schon heute Renate und Jasper zur Hand gehen wollen.«

»Das können wir gerne machen. Aber lass du mal, ich radle zu Renate und bespreche mit ihr zunächst mal, was in den nächsten Tagen ansteht. Und wenn heute schon was zu tun ist, packe ich mit an. Wenn nicht, bin ich gegen Mittag wieder da. Ich hab mein Kochbuch schon so lange sträflich vernachlässigt. Ich nehme mir die Ordner mal wieder vor und versuche, ein wenig Struktur in meine Ideen zu bekommen.«

Fine seufzte erleichtert, und Momme grinste zufrieden.

»Hast du schon versucht, einen Verlag für dein Projekt zu finden?«, fragte er.

»Bis jetzt noch nicht. Dazu ist mir alles noch zu wenig ausgegoren. Ich habe zwar mittlerweile fast dreihundert

Stillleben aus allen Epochen der Kunst zusammengetragen und auf jedem Gemälde Unmengen an Lebensmitteln präsentiert bekommen, doch jetzt muss ich mir dazu raffinierte Rezepte überlegen und ausprobieren. Erst wenn die meine Erwartungen erfüllen, werde ich mich mit einem Verlag beschäftigen. Das wird noch dauern.«

Die Idee, ein Kochbuch nach Stillleben von der Renaissance bis ins 21. Jahrhundert zu kreieren, war Louise im letzten Herbst gekommen, nachdem sie die Bremer Gemälderestauratorin Christine Evers kennengelernt hatte, die ein wunderbares Stillleben der Künstlerin Clara Peeters besaß. Darauf waren Austern und Käse so naturalistisch dargestellt, als könne man die Delikatessen von der Leinwand klauben.

»*Alors*, dann mache ich mich mal fertig und fahre zu Renate. Ich ruf dich dann kurz an, wie die Lage ist, Fine. Bis denn, tschüss.«

Louise erhob sich und verließ die Küche. Hätte sie sich umgedreht, wären ihr die beiden besorgt blickenden Augenpaare nicht entgangen.

Kapitel 27

Pellworm

Als Louise ihr Fahrrad vor Renates *Lüttem Töpferhus* abstellte, war es Viertel vor neun. Eigentlich war um diese Zeit Renates kleines Ladengeschäft noch nicht geöffnet, in dem sie ihre meist bunt glasierten Schüsseln und Becher und die fröhlichen Gartenobjekte anbot, die auch ihren eigenen Vorgarten schmückten. Farbenfrohe Fantasievögel in allen Größen, die einen saßen auf dem Rand von allwettertauglichen Tränken, andere waren aufgespießt auf Metallstangen, die man in die Erde stecken konnte. Ein junges Paar verließ eben das Lädchen mit einer Papiertragetasche, auf der Renates reetgedecktes Häuschen abgebildet war.

Louise öffnete die Tür, und eine Keramikglocke bimmelte.

»Moin, Renate, ich wollte mal nachhören, ob du heute schon Hilfe von uns gebrauchen kannst. Wieso hast du schon geöffnet?«

»Moin, Louise. Die zwei jungen Leute haben sich für den Kurs anmelden wollen. Ich hatte gerade die Werkstatt aufgeschlossen, als sie ankamen. Und wenn sie schon mal hier sind und etwas kaufen wollen, da sag ich doch nicht nein. Lieb von euch, gleich mit anpacken zu wollen. Aber es ist nicht nötig. Jasper, der gute Junge, hat ein paar Freundinnen und Freunde von der Landjugend organisiert. Sie fahren zusammen mit Wimmers Schwager über die Felder und schauen nach dem Rechten. Die Frühkartoffeln sind schon lange raus, und die nächste Ernte ist erst im September. Dann erst kommt der Kohl. Wenn Sellerie, Rote Bete und die Steckrüben dran sind, sind die beiden längst wieder zu Hause. Aber sag mal, was ist das denn für eine Geschichte, die Frau von Ron Schubert ist auf Pellworm. Hat sich mittlerweile auf der ganzen Insel rumgesprochen. Die arme Deern, und das Kleine wächst jetzt ohne Vater auf. Schlimm, ganz schlimm.«

Louise konnte das nur bestätigen. Renate verfügte über keinerlei weitere Informationen, und so wollte sich Louise gerade schon verabschieden, als ihr etwas einfiel.

»Sag mal, Renate, hat sich eine Touristin bei dir gemeldet wegen einer Teilnahme am Töpferkurs? Ich habe sie im Café kennengelernt, eine ältere Dame, und ihr deinen Kurs empfohlen.«

Renate nickte vergnügt. »Danke dafür, ja, sie war hier und meinte, eine entzückende junge Frau mit französischem Akzent hätte sie auf mein Atelier aufmerksam gemacht. Sie hat extra ihren Urlaub verlängert, sie ist Rentnerin und flexibel, meinte sie. Morgen Vormittag geht's los mit dem Kurs. Ich kann nun auch wieder besser über meine Zeit verfügen. Wimmer hat mir einen Teil der Verantwortung abgenommen, und unsere geplanten Vorstellungen sind ja nun auch nur noch Geschichte. Das ist alles so unglaublich. Deswegen bin ich auch froh, dass mein Töpferkurs so kurzfristig zustande kommen konnte. Alice hat in der Touristinfo flink meine Flyer ausgelegt. Das Paar von eben ist morgen dabei, die Frau von Hubertus Schulte und deine Bekannte, Adele Hornung. Mehr als vier Teilnehmer verkraftet meine Werkstatt sowieso nicht.«

»*Et bien*, dann mache ich mich mal wieder auf den Weg. Ich werde Fine Bescheid sagen, dass wir im Augenblick nicht gebraucht werden. Sollte sich das ändern, meld dich einfach.«

»Klar, mach ich. Dann grüß mal alle schön. Und wenn ihr Neuigkeiten habt …«

»Dann melden *wir* uns«, versprach Louise und verabschiedete sich.

Draußen kramte sie ihr Smartphone aus der Tasche, um Fine zu informieren, doch die nahm das Gespräch nicht an. Louise hinterließ eine Nachricht und teilte ihr mit, sie würde noch spontan einen Abstecher zu Voltje machen. Insgeheim hoffte sie, dass Fine nicht schon wieder Verdacht schöpfte, hatte sie doch vor, Voltje über die letzten Stunden zu befragen, die Hilla in deren Haus verbracht hatte. Wie hatte Hilla von Edgars Geständnis erfahren, wie war ihre Reaktion darauf gewesen?

Louise radelte am Deich entlang, ließ den Untjehörnweg im wahrsten Sinne des Wortes links liegen. Die nächste Abbiegemöglichkeit in den Westerweg, an dem Voltjes kleiner Hof lag, wäre die ihre.

Louise bremste ab, als sie über sich einen heiseren Schrei hörte. Einer der beiden Seeadler, die in der Vogelkoje im letzten November ihren Horst bezogen hatten, kreiste majestätisch über ihr. Noch war der Tag diesig, doch die Sonne begann soeben, sich Bahn zu brechen, während der Wind ganz leicht auffrischte und bis zum Mittag auch das allerletzte Grau vom Himmel geputzt hätte. Ein Glücksgefühl durchströmte Louise, als sie den mächtigen Vogel beobachtete, der offenbar nach einem leckeren Happen Ausschau hielt.

Hinter ihr klingelte es, und ein Fahrradfahrer bremste scharf neben ihr ab. »Moin, Louise. Das ist ja ein dicker Hund. Ich wollte mich schon längst gemeldet haben. Ron Schubert tot, erschossen mit einer Armbrust, ich kann es nicht fassen. Wann genau ist das denn passiert?«

Hubertus Schulte stand nun neben Louise, sein Blick ging ebenfalls zum Himmel. Der Seeadler kreiste immer noch über ihren Köpfen, nun ein gutes Stück höher als eben noch. Mit ausgebreiteten Flügeln, er erreichte immerhin eine Spannweite von über zwei Metern, nutzte er die Thermik und glitt elegant dahin.

»Oh, moin, Hubertus. Ich weiß gerade nicht, wo mir der Kopf steht. Ich hätte dich längst anrufen sollen, bitte entschuldige. Ja, wir können es alle noch nicht fassen. Als du gefahren bist, stand er noch gesund und munter am Buffet und hat eine *Mousse au Chocolat* nach der anderen gefuttert. Keine Dreiviertelstunde später war er tot. Wie hast du es denn erfahren? Ach, was frag ich denn so dumm. Du wolltest ja mit Thore noch besprechen, welche Szenen du bei der Premiere fotografieren solltest. Also weißt du es von Thore, nehme ich an.«

Hubertus bestätigte das, und Louise kam eine Idee. »Hubertus, wäre es möglich, dass ich mir die Fotoserie vom Abend der Generalprobe anschauen kann?«

»Du meinst, du siehst darauf vielleicht etwas, was dir verdächtig vorkommt?«, antwortete er schmunzelnd.

Louise wurde ein wenig rot. »Ja, so in etwa. Wir, also zumindest Momme, Fine und ich, glauben nicht, obwohl jeder Einzelne von ihnen gestanden hat, dass Hilla oder Edgar etwas mit dem Mord an Ron zu tun haben. Überhaupt, der Gedanke, es könnte jemand aus der Theatertruppe gewesen sein … Nein, ich kann es mir einfach nicht vorstellen. Da proben wir seit geraumer Zeit zusammen, und just an diesem Abend erschießt jemand vom Ensemble oder von den Helfern Ron mit der Armbrust. Warum gerade in dieser Nacht? Hätte es nicht bessere Möglichkeiten gegeben, wenn man ihn loswerden wollte?« Louise biss sich auf die Unterlippe und runzelte fragend die Stirn.

»Nun, ich kenne weder Hilla noch Edgar so gut wie du. Aber wenn es nun die spontane Tat eines gehörnten Ehemanns war? Wenn Edgar erst an diesem Abend von der Affäre erfahren hat, dann stellt sich die Frage schon nicht mehr, warum nicht früher?«

Louise nickte. »Stimmt. Ich wünsche mir eben, dass es niemand von uns war. Aber Hass, Wut oder Eifersucht machen natürlich keinen Unterschied, wen sie befallen wollen.«

Hubertus lächelte. »Das hast du sehr schön ausgedrückt. Es ist wie eine Krankheit, die einen plötzlich erwischt, jedes dieser drei Gefühle.« Er räusperte sich. »Möchtest du dir die Fotos jetzt anschauen? Sind ja alle in meiner Kamera gespeichert.«

»Gute Idee. Eigentlich wollte ich noch bei Voltje vorbei, aber das kann auch warten. Setzen wir uns doch auf den Deich bei der Gedenkstele.«

Louise wies nach oben, und Hubertus nickte zustimmend. Die beiden schoben ihre Räder noch ein Stück des Weges in Richtung Kaydeich und stellten sie dann am Rand ab. Ihr Blick ging gleichzeitig zu den Schafen, einige schauten neugierig auf, doch die meisten knabberten unverdrossen an den Grashalmen. Auf der Deichkrone thronte ein kleiner weißer Kutter mit dem Namen *Pellworm Hever*, in den eine Bank zum Verweilen eingebaut war. Daneben ragte die steinerne Gedenkstele auf. Hubertus beschirmte seine Augen.

»Einfach grandios. Wenn die Sonne sich auf den Weg macht und die ersten Strahlen aufs Wasser treffen. Wie ruhig heute die See daherkommt, geradezu friedlich liegt sie da, während sie dir morgen schon wieder wie ein gefräßiges Ungeheuer begegnen kann, das an den Deichen nagt.«

»Das passt doch zu dem, was wir eben sagten. Heute ist noch alles eitel Sonnenschein, morgen schlägst du in unbändiger Wut zu. Das ist eben die Natur, die des Menschen und überhaupt die Natur im Allgemeinen.«

Hubertus und Louise schwiegen eine Weile gemeinsam und starrten auf das Wasser.

»Sag, möchtest du auf See bestattet werden?«, fragte Louise plötzlich und wies auf die Gedenkstele.

»Da hab ich mir noch nie Gedanken drüber gemacht, aber so ganz spontan, eher nein. Aber schön, dass man der Toten hier gedenken kann. Seit wann werden denn die Seebestattungen angeboten, hast du eine Ahnung?«

»Ja, hat mir Fine erzählt. Seit 2009 macht die NPDG diese speziellen Beisetzungsfahrten. Vor Kurzem wurde sogar jemand aus München auf dem Wasser beigesetzt. Also natürlich die Asche. Aber da du dann keinen Ort zum Trauern und Andenken hast, hat die Schifffahrtsgesellschaft diesen Gedenkstein entwerfen lassen. Du hast doch schon durch das Loch im Stein durchgeschaut? Dann siehst du den Punkt, wo in etwa die Urnen dem Meer übergeben werden.«

»Natürlich hab ich das gemacht. Ich finde den Spruch auf dem Stein auch sehr passend. *Auf den Flügeln der Zeit fliegt die Traurigkeit dahin*«, zitierte Hubertus. »Aber jetzt zurück zu den Fotos. Setzen wir uns auf die Bank im Schiff. Aber ich muss dich warnen, es sind mehrere Hundert Bilder geworden. Ich hab noch gar nicht die Zeit gehabt, sie alle zu sichten. Und ich befürchte …« Hubertus sah zum Himmel, »… die Sonne steht jetzt etwas ungünstig. Du wirst Schwierigkeiten haben, die Fotos genau zu betrachten.«

»Wir können es ja versuchen«, erwiderte Louise und näherte sich dem Schiffchen. »Wenn uns die Sonne in die Quere kommt, können wir zu Fine fahren und dazu noch einen Kaffee oder Tee trinken.«

»Na, das lass ich mir nicht zweimal sagen. Gerne doch. Was meinst du, ist das kleine Schiff tatsächlich auf dem Wasser gewesen, oder ist es nur ein reines Dekorationsobjekt?«

Louise zuckte mit den Schultern. »Ganz ehrlich, das weiß ich nicht. Aber es sieht doch aus, bis auf die Tür am Heck, als wäre es mal funktionstüchtig gewesen. Auf jeden Fall macht es sich sehr gut an dieser Stelle.«

Sie entriegelte die kleine Tür und stieß einen Schrei aus.

»*Mon Dieu*, da liegt einer drin. Hab ich mich erschrocken. Hallo, Sie da, geht's Ihnen nicht gut?«

Hubertus spähte ebenfalls hinein. »Sieht aus, als würde der Mann seinen Rausch ausschlafen.«

Aus dem Inneren drang ein säuerlicher Geruch. Der Mann auf dem Holzboden lag vor der Bank auf der Seite, die Beine waren angewinkelt, und der Kopf war auf seinen linken Arm gebettet. Eine Baseballkappe saß auf den dunklen Haaren, der Schirm verbarg das Gesicht. Im Bug lag eine leere Flasche, in der ehemals hochprozentiger Korn gewesen war, wie Louise am Etikett erkannte. Es roch penetrant nach Alkohol.

»Hallo, Sie da«, wiederholte Hubertus Louises Worte, doch der Mann gab immer noch keinen Ton von sich. »Da stimmt was nicht, Louise. Warte, ich schau mal nach.«

Hubertus stieg in das Schiffsinnere, bückte sich, hielt ein Ohr an die Brust des Mannes, fühlte seinen Puls. Dann schob er die Kappe ein Stück zurück und näherte sich seinem Gesicht.

»Louise, ich glaube, er ist tot«, flüsterte er mit vor Schreck geweiteten Augen.

Louise hatte jede Bewegung von Hubertus verfolgt. Als ihr Freund die Kappe des Mannes zurückschob, stockte ihr der Atem. Sie war dem Toten am Tag nach Ron Schuberts Ermordung begegnet. Es war Hagen, der Typ, der etwas merkwürdig reagiert hatte, als sie ihm von Rons Tod erzählte.

Kapitel 28

Pellworm

Louise und Hubertus warteten auf Kriminaloberkommissarin Solveig Olms und den Inselarzt. Louise hatte ihren Freund gebeten, die Polizistin zu benachrichtigen.

»Wenn ich sie anrufe, bekommt sie einen Schock, ganz sicher. Schon wieder hat Louise Dumas es mit einer Leiche zu tun. Das ist wirklich nicht mehr normal, Hubertus. Warum immer ich?«

»Vielleicht ahnen die Toten, dass du ihnen zur Gerechtigkeit verhelfen wirst? Deswegen lenkt dich irgendeine Macht und führt dich zu ihnen«, antwortete Hubertus geradezu philosophisch. »Und was den Schock angeht, den wird sie auch haben, wenn sie dich hier leibhaftig vorfindet.«

Die beiden seufzten einträchtig und schwiegen, bis nur wenige Minuten später der Wagen der Inselpolizistin und der von Dirk Claussen zeitgleich eintrafen. Am liebsten hätte Louise sich irgendwo versteckt und Hubertus alleine vorgeschickt.

Als Solveig Olms sie entdeckte, presste sie nur die Lippen zusammen und bekam einen hochroten Kopf. Das Erste, was sie sagte, war »Moin«, gefolgt von »Gnade Gott der Person, die sich in Ihrer Nähe befindet, Louise Dumas.

Und Sie, Herr Schulte? Haben Sie ihn entdeckt oder beide zusammen, und was machen Sie da überhaupt?«

Die Polizistin kam Louise eindeutig etwas verwirrt vor, sie hatte noch keinen einzigen Blick in das Schiff geworfen, in dem die Leiche lag. Inzwischen hatte auch Dirk den Deich erklommen. Er setzte seine Arzttasche ab, grüßte die Anwesenden, grinste Louise eine Sekunde lang an, um sofort professionell mit seiner Arbeit zu beginnen. Er bestieg das Innere des Schiffes und öffnete seine Tasche. Mehr als ein Grummeln war nicht zu hören. Währenddessen begann Solveig Olms mit ihren Fragen.

Louise und Hubertus sahen sich an, Hubertus nickte Louise zu, das Zeichen, dass sie antworten sollte.

Nach wenigen Minuten hatte die Polizistin alles notiert.

»Sie sind also zunächst davon ausgegangen, dass der Mann betrunken ist. Und dann haben Sie festgestellt, dass er tot ist«, fasste sie noch einmal zusammen.

Louise und Hubertus nickten.

»Und Sie, Frau Dumas, sind ihm schon mal begegnet. Hagen. Mehr nicht?«

»Nein, nur Hagen. Und mehr als eine kurze Begegnung war es auch nicht. Eine zufällige Begegnung«, konkretisierte Louise.

»Irgendetwas Auffälliges in der Nähe?«, wollte die Polizistin wissen.

»Auffälliges? Nein. Alles wie immer an so einem Tag. Ist ja noch recht früh. Ein paar Menschen gesehen, die am Wasser entlanggelaufen sind.« Hubertus zuckte mit den Schultern. »Wie meinen Sie die Frage überhaupt? Inwiefern denn auffällig?«

»Glauben Sie denn, es liegt ein Verbrechen vor?«, ergänzte Louise Hubertus' Frage.

Solveig Olms gab darauf keine Antwort. Erst jetzt trat sie zu dem Schiff und schaute hinein. Dirk richtete sich auf.

»Nun? Was kannst du mir sagen?«

Dirk sah fragend in Richtung Louise. Das konnte die Olms doch nicht wirklich wollen, dass er vor den beiden seine Einschätzung kundtat, sagte sein Blick.

Die Polizistin registrierte sein Zögern. Mit Resignation in der Stimme sagte sie: »Nur los, Dirk, Frau Dumas wird es doch so oder so erfahren. Nicht wahr? Ist Hagen ein Fall für die Spurensicherung?«

Inzwischen hatten sich ein paar Neugierige eingefunden, die aus einigem Abstand beobachteten, was da vor sich ging.

Dirk ließ seine Tasche zuschnappen und trat zurück auf den Deich. »Bevor ich mich dazu äußere, solltest du dir als verantwortliche Amtsperson die Leiche anschauen.«

Solveig Olms erstarrte für einen Moment, dann schob sie den Arzt zur Seite. Nach wenigen Minuten verließ sie das Schiff. In der Hand hielt sie eine braune kleine Ledermappe.

»Danke«, sagte sie zu Dirk, und zum Erstaunen von Louise und Hubertus fügte sie hinzu: »Ich muss mich entschuldigen, aber dass ich mal wieder zu einer Leiche im Dunstkreis von Frau Dumas gerufen werde, hat mich wohl etwas aus dem Konzept gebracht.« Sie grinste schief und war Louise in diesem Augenblick doch tatsächlich sympathisch.

»Der Tote heißt Hagen Reinert und stammt aus Bremen. Auf den ersten Blick sehe ich nichts, was auf ein Kapitalverbrechen hindeutet. Wie ist deine Einschätzung, Dirk?«

»Keine äußeren Verletzungen, ebenfalls auf den ersten Blick. Keine Blutspuren. Wenn er die Flasche Hochprozentigen komplett und alleine geleert hat …« Was er daraus vielleicht schloss, ließ Dirk Claussen offen. »Er hat sich übergeben. Der Mann liegt da, als wäre er eingeschlafen und nicht wieder aufgewacht. Woran er letztendlich verstorben ist, wird eine Obduktion zeigen. Das erklärt wohl auch, dass niemand es bisher gemeldet hat. Gut, es ist noch recht früh, aber der eine oder andere mag vielleicht schon hier vorbeigekommen sein. Diejenigen, die einen Blick ins Schiff geworfen haben, sind wohl davon ausgegangen, dass hier ein Betrunkener seinen Rausch ausschläft.«

Solveig Olms nickte. »Möglich. Es wäre typisch für unsere Gesellschaft. Sich bloß nicht einmischen. Ich bin vor einiger Zeit, es war noch vor Pellworm, in eine Wohnung gerufen worden. Eine Tote. Sie muss hilflos ein paar Tage vor ihrem Bett gelegen haben, dann ist sie einsam gestorben. Niemand aus der Nachbarschaft hatte sie vermisst. Nun, das ist allerdings eine andere Geschichte.«

Die vier schwiegen kurz einträchtig. Dann räusperte sich Louise und hob wie eine Schülerin die Hand.

»Frau Dumas?«

»Als ich Hagen Reinert begegnet bin, haben wir uns kurz über den Tod von Ron Schubert unterhalten. Er hat merkwürdig darauf reagiert.«

»Merkwürdig? Wie meinen Sie das?« Solveig Olms kramte wieder ihren Notizblock aus der Tasche.

Louise zuckte mit den Schultern. »Das kann ich nicht genau sagen. Es ist mehr so ein Gefühl. Zuerst hatte ich den Eindruck, dass er erstaunt war, dann hat er …« Louise überlegte.

»Hat er was?«

»Er hat seine Hände richtiggehend um den Lenker gekrallt. Bis die Knöchel ganz weiß waren. Hat aber überhaupt keine Fragen mehr gestellt, keinerlei Neugierde gezeigt.«

»Nun, Neugierde ist ja auch nicht jedermanns Sache.« Die Polizistin lächelte süffisant, und mit dem kurzen Gefühl der Sympathie war es bei Louise schon wieder vorbei.

»Solveig, wir können den Mann nicht noch stundenlang hier liegen lassen«, mahnte der Arzt.

»Nein, natürlich nicht. Ich werde alles Weitere veranlassen. Ich werde ihn von Tamme mit dem Krankenwagen abholen lassen und versuchen, seine Angehörigen ausfindig zu machen, und nachhaken, wo er auf Pellworm gewohnt hat. Danke, Frau Dumas, danke, Herr Schulte, das war's dann so weit. Sie können Ihrer Wege gehen.«

Louise blieb unschlüssig stehen, doch Hubertus nahm sie an der Hand und zog sie mit sich fort.

»Das glaube ich nicht, dass er sturzbetrunken eingeschlafen ist, um nie wieder aufzuwachen«, sagte Louise, als sie bei ihren Rädern ankamen.

»Du hast doch gehört, was Dirk gesagt hat. Keine Verletzungen, nichts.«

»Und warum hat er so komisch reagiert, als er hörte, dass Ron tot ist? So reagiert man nicht, wenn man nicht diese Person gekannt hat, da bin ich mir sicher«, folgerte Louise im Brustton der Überzeugung.

»Was willst du damit sagen? Dass er etwas mit dem Tod des Schauspielers zu tun hat?« Hubertus' Handy klingelte. »Ach herrje, meine Frau. Ist es schon so spät? Wir wollten heute zum Deichkonzert mit Brunch. Wir müssen unsere Fotobetrachtung leider verschieben, Louise. Morgen Vormittag vielleicht? Meine Frau ist dann bei Renate im Töpferkurs.«

»Ja, gerne. Bei uns zu Hause, gegen zehn?«

Hubertus nickte, schwang sich aufs Rad und winkte Louise zum Abschied zu. Er fuhr zur Seite, als ihm der Krankenwagen mit Blaulicht entgegenkam und ein paar Meter hinter Louise hielt. Tamme und sein Mitarbeiter sprangen heraus, grüßten kurz und rannten den Deich hinauf. Kurz überlegte Louise noch, auf Dirk zu warten, doch der hatte wahrscheinlich schon alles Wichtige gesagt. Sie würde wohl die Obduktion abwarten müssen. Hagen Reinert hieß also der Tote. Aus Bremen. Wie Ron und seine Witwe. Ein Zufall? Es konnte auf jeden Fall nichts schaden, der Person Hagen Reinert über das Internet ein wenig näher zu kommen.

In Gedanken versunken radelte Louise nach Hause. Erst als sie die Klöntür öffnete, fiel ihr ein, dass sie eigentlich zu Voltje gewollt hatte.

Mit gemischten Gefühlen schob sie die Küchentür auf. Ihre Patentante würde ganz sicher nicht begeistert sein, dass sie schon wieder über eine Leiche gestolpert war. Außerdem musste sie umgehend Momme informieren.

»Fine, wo steckst du denn?«

»Wir sitzen hier draußen, Momme und ich.«

Fines Stimme hörte sich nicht gerade besonders fröhlich an.

Kapitel 29

Pellworm

Fine und Momme saßen im Garten. Fine palte Erbsen, Momme hockte über einem Kreuzworträtsel. Beide sahen auf und erwiderten Louises »Moin«. Sie ließ sich in einen Korbstuhl fallen. »Ihr glaubt nicht, was passiert ist.«

»Doch, wissen wir.« Fine legte die letzte leere Schote auf den Haufen. »Dirk hat natürlich umgehend Momme benachrichtigt. Buschtrommeln können nicht schneller sein.«

»Und, mien Deern, es ist nichts, was dich interessieren sollte, soll ich dir von Dirk ausrichten«, brummte Momme und zwinkerte Louise vergnügt zu. »Er vermutet Tod durch Alkoholabusus. Kann vorkommen. Alles Weitere ergibt die Leichenschau.«

Louise sah ein, dass Momme ihr allen Wind aus den Segeln genommen hatte. Besser war es, einfach mal den Mund zu halten.

»Na, dann ist ja alles gut«, zwitscherte sie und erntete aus zwei Augenpaaren einen misstrauischen Blick. »Fine, was kochen wir heute? Wir könnten mit den Erbsen ein Risotto machen. Von dem Rungholt-Käse ist noch ein Stück da. Was meint ihr? Ich arbeite jetzt ein wenig an meinem Kochbuch. Ob es Stillleben mit Erbsen gibt? Ist mir noch nie eins begegnet. Merkwürdig«, plapperte sie weiter. Ob sie damit den Verdacht von Momme und Fine, sie könne wieder am Kriminalisieren sein, weggeplappert hatte, wagte Louise allerdings zu bezweifeln. Die beiden kannten sie einfach zu gut. Aber sie sahen sich nur an und nickten.

»Erbsenrisotto, eine gute Idee. Im Kühlschrank ist noch von dem geräucherten Bauchspeck. Den könnten wir noch würfeln und hineingeben«, meinte Fine, packte die Zeitung, auf der die Schoten lagen, und brachte sie zum Hühnerstall, während Momme sich wieder konzentriert seinem Kreuzworträtsel widmete. Louise wartete noch einen Augenblick ab, vielleicht gab Momme ihr ja noch ein Zeichen.

»Ähm.«

»Ist noch was, Louise?«

»Nein, eigentlich nicht. Ich dachte nur, du wolltest vielleicht noch ein wenig mehr erfahren. Weißt du, ich habe Hagen Reinert vorher schon einmal getroffen.«

»Aha.« Mehr sagte Momme nicht.

Louise sah ein, dass es keinen Zweck hatte, sich mit ihm austauschen zu wollen. Ganz sicher befürchtete er, ansonsten ziemlichen Ärger mit Fine zu riskieren.

Sie zog sich ins Haus zurück und trollte sich zuerst ins Badezimmer, um sich ein wenig frisch zu machen. Auf den zwei letzten Kilometern hatte die Sonne sich doch tatsächlich entschlossen, gegen das Grau des Himmels die Oberhand zu gewinnen, und Louise war in ihrem Kapuzenpullover und der Regenjacke, die sie vorsichtshalber übergezogen hatte, gehörig ins Schwitzen gekommen.

Eine Viertelstunde später saß sie an ihrem kleinen Schreibtisch, ihr Notebook vor sich. *Hagen Reinert, Bremen.*

Aha, der Mann war Architekt gewesen. Es gab einige Einträge über ihn. Vor ein paar Wochen hatte er für die gelungene Instandsetzung einer Kaufmannsvilla in Bremen einen Preis gewonnen. Er war im Vorstand der Architektenkammer und beteiligt an einem großen Wettbewerb um den Neubau eines Klinikums in Oldenburg. Nicht schlecht, fand Louise. Er hatte es schon recht weit gebracht. Das mochte aber vielleicht auch daran liegen, dass er, wie Louise der Homepage des Büros *Reinert, Wolf und Engelbrecht* entnehmen konnte, ein Reinert in der dritten Generation von Architekten gewesen und die Firma von seinem Großvater gegründet worden war.

Auf der Homepage gab es Angaben zu aktuellen und zurückliegenden Renommierprojekten, das Archiv reichte über fünfzig Jahre zurück. Louise klickte im Menü das *Team* an. Die Familie Reinert: Roger Reinert, der Vater, Hagen Reinert und Sven Reinert. Er sah seinem Bruder ähnlich, das Foto wirkte etwas altertümlich, neben Svens Namen gab es den Hinweis auf das Jahr seiner Geburt und das seines Todes. Louise schluckte. Sven Reinert war keine dreißig Jahre alt geworden. Was für eine Tragödie. Vor fast zwanzig Jahren war der älteste Reinert-Sohn gestorben und nun Hagen. Wie konnte eine Familie nur mit so schlimmen Verlusten leben? Zwei Frauen und ein weiterer Mann ergänzten das Team. Miriam Wolf, Thomas Wolf und Theodor Engelbrecht.

Wie Sven Reinert wohl ums Leben gekommen war? Louise gab den Namen ein, dazu die Begriffe *Bremen* und *Architekt*. Sie musste tatsächlich nicht lange suchen. Ihr stockte der Atem. Während der erste Artikel, den sie aufrief, von einem tragischen Unfall mit Todesfolge sprach, aber nicht näher auf die Umstände einging, war in dem zweiten Zeitungsbeitrag Näheres zu erfahren. Sven Reinert war auf einem Parkplatz tot aufgefunden worden. Die Umstände waren nicht zu klären gewesen. Man ging davon aus, dass er von einem Fahrzeug auf dem Parkplatz überrollt worden war. Ob ein Unfall oder ein Verbrechen, konnte bis zu diesem Zeitpunkt nicht ermittelt werden. Außerdem hatte Sven Reinert unter Drogeneinfluss gestanden.

Sven Reinert, überfahren. Architekt aus Bremen. Ron Schubert mit einer Armbrust erschossen. Schauspieler aus Bremen. Hagen Reinert, Tod auf Pellworm. Todesursache noch unklar. Architekt aus Bremen, Bruder von Sven. Merkwürdige Reaktion auf die Nachricht von Rons Ableben.

Schnell brachte Louise ihre Gedanken zu Papier. Zwei Geständige im Mordfall Schubert, von denen mindestens eine Person, wenn nicht sogar beide, wohl unschuldig war.

Sie nahm sich ihre Notizen vor. Zuletzt hatte sie versucht, Ron Schuberts Vergangenheit zu durchforsten, in ihr einen Grund zu entdecken, warum er sterben musste. Theresa Wagenfeld war dabei in den Kreis von Verdächtigen geraten. Zweifelnd murmelte Louise den Namen vor sich hin. Eine werdende Mutter. War sie in der Lage, heimlich die Armbrust an sich zu nehmen und abzudrücken? Aber nein. Die Witwe war zu dieser Zeit noch in Bremen gewesen. Louise fügte ihren Notizen den Namen der Witwe hinzu, versah ihn jedoch mit einem fetten Fragezeichen.

Weiter zurück also in die Vergangenheit. Was war mit Diana, der Bogenschützin? Erst jetzt fiel Louise auf, dass

Diana in der römischen Mythologie die Göttin der Jagd war. Ein wirklich passender Name, den die Sportlerin trug. Immerhin hatte sie eine unglückliche Liebschaft mit Schubert gehabt.

In Windeseile hatte sich Louises Ermittlungspapier mal wieder in ein Chaos aus Strichen und Pfeilen verwandelt.

»*Bordek*«, murmelte sie. »So ein Durcheinander.« Aber hatte es nicht immer so begonnen? Zuerst verlor sie fast den Überblick, dann klärten sich nach und nach die Zusammenhänge und Beziehungen.

»Louise, wollen wir anfangen? Ich hab schon mal die Zwiebeln geschält und geschnitten. Wollen wir Knoblauch an das Risotto geben?«

Fines Stimme drang über die Treppe in Louises Zimmer. Sie legte den Stift zur Seite und schaltete ihr Notebook aus.

»Bin sofort da.« In Gedanken versunken stieg Louise die Treppe hinunter.

Neunzig Minuten später schoben Fine, Momme und Louise zufrieden ihre Teller zurück. Das Risotto war eine Offenbarung gewesen. Die frischen grünen Erbsen in dem cremigen Reis, der würzige Speck, der harmonisch den kräftigen Rungholt-Käse ergänzte. Louise und Fine hatten einen leichten Weißwein dazu getrunken und Momme ein würziges Pils. Zufrieden strich er sich über den Bauch.

»Ich bin eigentlich kein Reisfan, wenn ich wählen sollte, was ich als Beilage haben möchte, würde ich immer die Kartoffel bevorzugen. Aber das, Louise, war ganz große Klasse. Und dabei so simpel.« Momme wusste, wovon er sprach. Immerhin hatte er den Speck in Würfel geschnitten und den Käse gerieben.

»Ich glaube, ein *Schimmelreiter* zur Verdauung wäre nicht schlecht.«

Louise und Fine winkten ab. Momme füllte sich ein Gläschen mit dem Korn. Als er es eben zum Mund führen wollte, klingelte sein Handy.

»Da hat Dirk aber Glück, dass wir mit dem Essen fertig sind«, brummte er und nahm das Gespräch an.

»Moin, Dirk, was liegt an?« Er runzelte die Stirn, nickte ein paarmal. »Hab ich es mir doch gedacht. Und wann? Ach was. Ja, danke für die Information. Und jetzt? Oha. Ja, mach ich, richte ich aus.«

Mit jedem Wort hatten Fine und Louise gespannter gelauscht.

»Was ist los?«, fragten sie gleichzeitig.

»Puh, so einiges.« Momme nahm sein Schnapsgläschen und leerte es in einem Zug. »Hilla und Edgar sind schon wieder auf freiem Fuß. Sie sind noch auf dem Festland. Beide haben ihre Geständnisse widerrufen. Es ist, wie wir vermutet haben. Hilla hat den Mord an Ron auf sich genommen, weil sie dachte, es sei Edgar gewesen, und umgekehrt. Nachdem sie mit ihren Anwälten gesprochen haben, sind sie zur Besinnung gekommen. Wurde aber auch Zeit. Dirk hat es von Solveig Olms erfahren. Er hat sich Sorgen wegen Edgar gemacht. Der ist seit einiger Zeit bei Dirk in Behandlung, ich weiß tatsächlich nicht, warum. Nun, Dirk wollte wissen, wie es ihm geht, und Solveig hat ihm gesagt, er brauche sich keine Gedanken zu machen, Edgar und Hilla seien bald wieder zu Hause. Und Duve hat es wohl auch keine Ruhe gelassen, diese doppelte Selbstbezichtigung. Er ließ sie gehen.« Momme schenkte sich einen zweiten kleinen Schluck ein.

»Und nun? Gibt es weitere Verdächtige?«

»Bisher wohl nicht. Sie ermitteln natürlich in Schuberts persönlichem Umfeld. Ob er Schulden hatte, sonst jemandem Hörner aufgesetzt hat, das ganze Programm eben.«

»Ron war in einer Beziehung mit Diana Trampert, einer Bogenschützin, die in London bei Olympia dabei war. Die beiden waren ein paar Monate zusammen, nachdem sie und Chris sich getrennt hatten.« Louise teilte den Rest Wein zwischen sich und Fine auf.

»Ach, woher weißt du das denn?«, fragte Momme mit hochgezogenen Brauen.

»Von ihr selbst. Chris und ich haben sie auf ihrer Anlage besucht. Aber das ist nun auch schon ein paar Jahre her.«

Momme nickte bedächtig. »Diana, Göttin der Jagd, wie passend. Nun, das ist alles, was ich von Dirk erfahren habe.«

»Eigentlich hat sie sich schon an Ron gerächt, nachdem er die Beziehung wohl ziemlich abrupt beendet hat.«

Louise gab die Geschichte, die sie von Voltje gehört hatte, zum Besten.

Fine musste wider Willen lachen. »Das muss man sich mal vorstellen. Aber ich finde, wenn Diana ihn schon einmal so vorgeführt hat, warum sollte sie ihn dann mitten in der Nacht auf Pellworm erschießen?«

»Fine, jetzt fängst du auch schon an. Wir alle lassen die Polizei ihre Arbeit erledigen«, sagte Momme streng.

»Machen wir ja, aber trotzdem kann man sich doch Gedanken über ein Motiv machen«, entgegnete Louise. »Und jetzt behaupte nicht, dass dich der Fall nicht interessiert.« Liebevoll knuffte sie Momme in die Seite.

»Schon. Aber jetzt warten wir erst mal ab. Hilla und

Edgar sind raus aus der Geschichte, und das ist wichtig und gut. Wollen wir uns ein wenig in den Garten setzen?«, lenkte er ab.

»Ich werde noch ein wenig arbeiten«, entschuldigte sich Louise und begann, den Tisch abzuräumen.

»An deinem Kochbuch?«, fragte Fine.

Hörte sie da etwa einen leisen Zweifel in der Stimme ihrer Patentante?

»Aber ja doch. Wenn ich in dem Schneckentempo wie bisher weitermache, bin ich runzelig wie ein Herbstapfel, den du vergessen hast. Außerdem bin ich noch auf der Suche nach einem passenden Erbsenstillleben.«

»Hätte Hubertus dieses schöne Risotto fotografiert, dann hättest du schon dein Stillleben. Dann arbeite mal ein wenig, aber nicht so lange, das Wetter verspricht heute Nachmittag wunderschön zu werden.«

»Vielleicht ein Stündchen, dann leg ich mich in die Sonne. Noch etwas Vitamin D tanken und die Reserven auffüllen, bevor der Herbst kommt«, sagte Louise und marschierte nach oben. Dabei summte sie die Melodie eines albernen Liedes, das sie schon seit Kindesbeinen kannte, vor sich hin. *Ah, les petits pois*, ah, die kleinen Erbsen. Sie hatte keinen Schimmer, von wem dieses Chanson stammte.

Schweren Herzens hatte Louise ihre Notizen ignoriert und sich stattdessen tatsächlich mit der Erbse und dem Interesse, das die Kunst an ihr hegte, beschäftigt. Doch sie konnte sich einfach nicht konzentrieren. Nach einer Stunde brach sie ihre Erbsenrecherchen ab und legte sich mit einem Krimi aus Fines Bibliothek in den Liegestuhl im Garten. *Der Malteser Falke* aus der Feder von Dashiell Hammett. Ein Klassiker der Kriminalliteratur. Louise kannte nur die Verfilmung mit Humphrey Bogart und war gespannt auf die Lektüre.

Fine und Momme waren zum Schwimmen in die *Pelle-Welle* geradelt, und der angenehm warme Spätsommertag ließ Louise nach wenigen Minuten trotz der spannenden Geschichte einschlummern. *Er sah aus wie ein eigentlich ganz umgänglicher, blonder Satan*, das waren die letzten Worte, die ihre Augen wahrnahmen, bevor sie zufielen.

Eine Biene, die sich direkt neben Louise in einer späten aufgeblühten Rose niedergelassen hatte, summte energisch, ein Geräusch, das Louise aus einem Traum riss, der sich verlor, kaum dass sie die Augen geöffnet hatte.

»Mien Deern, wir haben Kuchen mitgebracht. Bienenstich.« Wie auf Kommando sauste die Biene aus der Blüte und trudelte davon. »Oh, haben wir dich geweckt?«

Fine war um die Hausecke gebogen und stand mit einem in Papier gehüllten Kuchenpaket vor ihr.

»Ja, nein, ich glaube, ich war schon wach. Wie lange hab ich denn geschlafen?« Louise sah auf ihre Uhr. »Was, fast zwei Stunden. Wie war's im Schwimmbad?«

»Voll, aber erfrischend. Tut den alten Knochen ganz gut. Ich hab Momme und mich ab der nächsten Woche für die Wassergymnastik angemeldet. Er ist zwar nicht sehr begeistert, aber wir können es ja mal ausprobieren.«

»Nicht sehr begeistert ist gut. Ich weiß nicht, warum ich einfach so im Wasser rumstrampeln soll. Strecken zurücklegen, Tauchen, das macht Sinn. Aber wenn Fine sich mal was in den Kopf gesetzt hat …«, brummte Momme, der nun ebenfalls im Garten aufgetaucht war. Er ließ sich neben Louise in einen Korbstuhl plumpsen und steckte sein Handy ein.

»Dann koch ich uns mal einen schönen Kaffee. Was wollte Dirk schon wieder?«

»Buschtrommeln. Die Geschichte mit dieser Diana. Die Bogenschützin ist nun wohl in den Fokus der Ermittlungen gerückt. Es scheint so, als sei sie im Moment die Verdächtige Nummer eins.«

Kapitel 30

Pellworm

Louise erreichte Chris am späten Abend auf dem Handy, als dieser gerade irgendeinen Gipfel in Griechenland erklommen und wieder herabgestiegen war. Er musste davon unterrichtet werden, dass Diana als Verdächtige im Mordfall Ron Schubert galt. Doch zuerst ließ Chris sie überhaupt nicht zu Wort kommen.

»Du glaubst nicht, wie grandios die Aussicht hier ist. Du fühlst dich dem Himmel so nah, Louise. Wir müssen diese Tour unbedingt mal gemeinsam unternehmen.«

Er kam aus dem Schwärmen überhaupt nicht mehr heraus. »Und die Menschen, so liebenswert und gastfreundlich. Ein Traum. Ich glaube, hier könnte ich den Rest meines Lebens verbringen.«

Louise hörte ihm schweigend zu. Er entfernte sich immer mehr von ihr. Nicht nur räumlich. Griechenland, der Mönchsstaat, der heilige Berg Athos. Zwischen Pellworm und Thessaloniki, von wo aus Chris nach Karyes gewandert war, lagen mehr als zweitausendsechshundert Kilometer.

»Louise, du sagst ja gar nichts. Ist alles okay bei dir?«

Sie hatten nach Rons Ermordung miteinander telefoniert. Chris war fassungslos gewesen. Allerdings mehr über die

Tatsache, dass gerade Louise über die Leiche gestolpert war. Er hatte sich erleichtert gezeigt, als mit Hilla wahrscheinlich bereits die Täterin feststand. Nun war es an Louise, ihm die weiteren Entwicklungen zu schildern, vom Geständnis der Eheleute, über die Widerrufe, die Entdeckung der Leiche von Hagen Reinert und den Verdacht, der nun offenbar auf Diana lag.

»Grundgütiger, was spielt sich da alles bei euch ab. Aber das mit Diana ist doch der blanke Unsinn. Sie hat Schubert doch schon lange abgehakt.« Chris schilderte ihr die Szene – Ron nackt vor der Schießscheibe –, die Louise bereits kannte. »Weißt du was? Ich ruf sie gleich an und hör nach, was los ist. Schließlich ist sie eine alte Freundin. Ich melde mich wieder, okay?«

»Ja, mach das«, antwortete Louise. Und schon hatte Chris das Gespräch beendet.

Eine Viertelstunde später meldete sich Louises Handy. Chris. Die Verbindung war schlechter als vorhin noch.

»Diana ist noch auf Sylt. Die Polizei hatte sie vorgeladen und nach ihrem Verhältnis zu Ron befragt. Sie hat ihnen das gesagt, was wir sowieso wissen. Dass sie ein paar Monate ein Verhältnis mit ihm gehabt hat, bis er es beendete. Sie hat den Beamten auch von der Geschichte mit der Nacht- und Nacktaktion erzählt. Für die Nacht, in der Ron Schubert gestorben ist, hat sie tatsächlich kein Alibi, sie war alleine zu Hause, sie hat aber auch kein Motiv. Man hat sie wieder gehen lassen, sie soll sich jedoch zur Verfügung halten und Sylt vorerst nicht verlassen. Das ist doch alles schon mehr als fünf Jahre her, Schubert hat sie seitdem keinen Furz mehr interessiert, das sind Dianas Worte. Ich bin natürlich erleichtert, aber muss ich mir jetzt um dich Sorgen machen, meine kleine Miss Marple?«

Chris' Stimme klang trotz des Rauschens in der Leitung so zärtlich und liebevoll, dass Louise Tränen in die Augen traten und sie sich in diesem Augenblick wünschte, er wäre hier.

»Nein, du musst dir keine Sorgen machen. Erstens haben Momme und Fine ein Auge auf mich, und zweitens bin ich mit meinem Kochbuch beschäftigt. Ich hab gar keine Zeit zu ermitteln. Ich hab dir doch von Duve erzählt. Er ist kompetent, der bekommt das ganz alleine hin.«

»Da bin ich ja beruhigt. Louise, mein kleiner Spatz ...«

Louise bekam weiche Knie, so hatte Chris sie noch nie genannt. Sie fand es außerordentlich niedlich »... pass trotzdem auf dich auf. Und wenn irgendetwas ist, sag es mir, ich sitze im nächsten Flieger und bin da, okay?«

Louise nickte, was Chris natürlich nicht sehen konnte. Sie war gerührt und glücklich. Aber sie würde ihn ganz sicher nicht herbeiordern. Es gab keinen Grund.

»Versprochen, mach ich«, sagte sie dann. Chris plauderte noch ein wenig von der griechischen Küche – *Ist doch für dich sehr interessant, oder?* –, erzählte ein paar Anekdoten über die Teilnehmer der Gruppe, mit der er unterwegs war, und verabschiedete sich dann mit einem Kuss durchs Telefon, der in dem Rauschen, das zuletzt immer stärker geworden war, fast verloren ging.

Nein, sie würde nicht ermitteln. Glücklich widmete sich Louise wieder ihren Erbsen. Erstaunlich, dass ihr die kleinen Dinger bisher durch die Lappen gegangen waren. Gut, sie lagen meist auch sehr unscheinbar zwischen riesigen

Köpfen von Blumenkohl oder Wirsing, von dem sie sich noch nicht einmal farblich sehr abhoben. Außerdem hatte sie bisher auch noch nie explizit nach ihnen Ausschau gehalten. Die Erbsenpflanze gehörte zu den Schmetterlingsblütlern. Das Hülsenfrüchtchen war bereits seit dem Neolithikum in Europa heimisch. Unglaublich.

Zufrieden packte Louise eine Stunde später ihren Kochbuchordner weg. Hatte sie sich nun nicht eine kleine Auszeit verdient? Unschlüssig nahm sie ihre Notizen zur Hand. Dann griff sie zum Stift. Schließlich mussten die neuesten Entwicklungen doch vermerkt werden. Und das war keine Ermittlungsarbeit.

Hilla und Edgar wurden gestrichen, Diana erhielt ein fettes Fragezeichen. Und nun? Bis auf Theresa Wagenfeld stand niemand mehr auf ihrer Liste, und sie kam irgendwie auch nicht infrage. Louise klopfte sich mit dem Stift an die Zähne. Sie musste sich mit Theresa unterhalten. Wer hatte Ron Schubert wohl besser gekannt als seine Ehefrau? Wenn jemand Auskunft darüber geben konnte, wen Ron sich zum Feind gemacht hatte, dann sie. Und nun war da noch Hagen Reinert. Zwar tot, aber dadurch nicht unbedingt unverdächtig.

Louise ergänzte ihre Notizen um seinen Namen, verband schwungvoll Reinert mit Schubert und setzte auch hier ein großes Fragezeichen dahinter. Die beiden standen in irgendeiner Verbindung. Unter Hagens Namen kritzelte sie ganz winzig *Sven Reinert*, auch mit einem Fragezeichen dahinter. Gab es auch zwischen Sven und Ron einen Zusammenhang? Diese Fragen würde sie morgen angehen.

Sie überflog ihre letzten Bemerkungen. Viel war es nicht,

231

die Fragezeichen dominierten eindeutig. Ob sie Antworten auf alles finden würde?

Von draußen vernahm sie Mommes ruhige dunkle Stimme und das fröhliche Lachen von Fine. Zehn Minuten später lag sie im Bett, und mit dem Kuss von Chris in den Ohren, inklusive des Rauschens, schlief Louise ein.

Kapitel 31

Pellworm

Unschlüssig stand Fine vor ihrem Rosenbeet. Das Beet hatte schon ihre Mutter Teetje angelegt, zu einer Zeit, als in vielen Gärten außer Nutzpflanzen kaum etwas wuchs. Zwei Rosenstöcke aus dieser Zeit waren noch da, beide über vierzig Jahre alt. Doch Fine befürchtete, dass deren Zeit gekommen war, sie die alten Pflanzen durch neue ersetzen musste.

»Du guckst so traurig, Fine. Schädlinge an deinen Rosen?« Louise war neben sie getreten und legte ihr den Arm um die Schultern.

»Nein, aber ich befürchte, sie müssen raus. Sie haben einfach keine Kraft mehr. Und ich überlege eben, durch welche wir sie ersetzen können. Auf jeden Fall eine Pellwormer Rose aus den letzten Jahren. Die beiden sind gelb, ich würde gerne in Richtung Apricot gehen, was meinst du?«

Louise ließ ihren Blick über das Beet schweifen. »Ja, finde ich sehr gut. Was gab es denn in den letzten Jahren in der Farbe?«

Fine überlegte einen Moment. »Da war die *Pellwormer Bernstein* aus 2016. Eine sehr schöne Beetrose. Die würde hervorragend passen. Magst du vielleicht bei Thomas in der

Bloomenstuv vorbeifahren und zwei Exemplare mitbringen? Wann wollte Hubertus kommen?«

Louise sah auf ihre Uhr. »In einer Stunde. Das schaff ich locker. Sind ja nur ein paar Meter.«

»Danke. Dann bereite ich schon mal alles vor.«

Fine begab sich in den Schuppen, um Spaten und Hacke zu holen. Nach zehn Minuten war Louise wieder mit ihrer üppig blühenden Fracht zurück und stellte sie zum Wässern in einen Eimer.

»Lieb von dir. Aber du brauchst dir nicht die Hände schmutzig zu machen. Wenn ich hier fertig bin, fahre ich gleich zum Inselmuseum. Grüß Hubertus von mir, falls ich dann schon weg sein sollte.«

Einmal in der Woche arbeitete Fine ehrenamtlich in dem kleinen Museum, dass im Obergeschoss des Gebäudes der Kurverwaltung untergebracht war. In großen Schubladen wurde platzsparend alles Interessante zur geologischen Entstehungsgeschichte Pellworms, zum Deich- und Werftenbau und zur Siedlungs- und Kulturgeschichte präsentiert. Zudem erfuhren die Gäste, wie man in früheren Zeiten lebte und arbeitete, und zahlreiche volkskundliche Objekte ergänzten die Sammlung.

Louise verzog sich ins Haus und bereitete den Kaffee vor. Hubertus würde frische Hörnchen mitbringen, hatte er ihr geschrieben. Als er eintraf, war Fine bereits unterwegs. Louise brachte die Kaffeebecher und Teller zum Gartentisch, der um diese Zeit im Schatten lag.

»Moin, Louise. Gibt es Neuigkeiten wegen unseres Toten?« Hubertus legte seine Tasche auf einem Stuhl ab und küsste Louise auf die Wangen.

»Nein, ich hoffe aber, dass wir im Laufe des Tages noch erfahren werden, woran er gestorben ist. Dirk und der Rechtsmediziner, der Hagen Reinert untersucht, kennen sich seit Jahren. Er hat Dirk versprochen, ihn auf dem Laufenden zu halten. Ich sag dir dann umgehend Bescheid.«

Hubertus nickte und setzte eine geheimnisvolle Miene auf. »Ich hab gestern schon mal die Fotos gesichtet. War auch jede Menge Müll dabei, aber auch sehr Interessantes.« Er legte seine Kamera auf den Tisch. »Doch zuerst mal einen starken Kaffee. Und hier die Hörnchen.«

Er zog eine Tüte aus seiner Tasche und kippte das butterduftende Gebäck in ein Körbchen. Suchend sah er sich dann um. »Wo steckt denn Fine? Ich habe extra ein paar mehr eingekauft.«

»Im Inselmuseum. Ich soll dich von ihr grüßen. Ich hol schnell den Kaffee, und dann zeigst du mir, was du Wichtiges entdeckt hast. Soll ich noch Marmelade für die Croissants mitbringen?«

»Nein, danke, die schmecken mir auch so.«

Nachdem Louise sich und ihren Freund mit Kaffee versorgt und die beiden ein erstes Hörnchen genossen hatten, schob sie ihren Stuhl dicht neben den von Hubertus. Er begann mit der Bilderschau auf dem kleinen Display.

»Hier, ich hab eure Generalprobe ja von Anfang an begleitet, vor und hinter den Kulissen. Dazwischen sind noch ein paar Fotos, die ich von der Turmruine gemacht habe, und Bilder vom Friedhof. Es herrscht eigentlich eine wunderbar ruhige und friedliche Stimmung dort. Ich habe mir überlegt, ob ich nicht mal einen ganzen Fotoband nur mit Friedhöfen gestalte. Und ihn einem Verlag anbiete. Alles in Schwarz-Weiß. So eine Kombination von Gräbern, der Steinmetzkunst der Grabsteine, die Vegetation im Wandel der Jahreszeiten. Ich möchte zeigen, was für ein faszinierender Ort der Trauer er doch ist.«

Louise lächelte. »Dann sind wir schon zwei auf der Suche nach einem Verlag, der unsere Träume Wirklichkeit werden lässt. Aber jetzt spann mich nicht weiter auf die Folter. Was hast du Interessantes entdeckt?«

Hubertus klickte ein Foto nach dem anderen an. Thore in seinem Regiestuhl, Ron vor dem Galgen, die Arme in die Seiten gestemmt und nach oben schauend, Louise und Voltje in ihren bunten Gewändern, Fine und Renate beim Schwatzen, Wimmer mit einer Lanze aus Holz in der einen und einer Zigarette in der anderen Hand, Dirk und Momme, die eine Kiste auf die Bühne trugen.

»Und das hier hab ich eher zufällig aufgenommen. Eigentlich wollte ich den Seeadler fotografieren, der über dem Feld gekreist ist.« Hubertus vergrößerte das Foto, und man erkannte den stattlichen Vogel, der über dem abgeernteten Feld verharrte und nach Beute Ausschau hielt. Den unteren Bereich des Fotos nahm die Bestuhlung für die Zuschauer ein. Einige Zaungäste hatten sich dort niedergelassen. Louise erkannte auf Anhieb die alte Dame, Adele Hornung, wieder, neben ihr deren Zufallsbekanntschaft, wie sie es ausgedrückt hatte. Die beiden lachten über irgendetwas.

»Und sieh nur, wer da in der letzten Reihe sitzt. Hier schräg hinter der Frau.« Hubertus deutete mit dem Finger auf einen Mann, der sich mit übereinandergelegten Beinen offensichtlich interessiert nach vorne beugte.

»Hagen Reinert«, rief Louise. »Natürlich, er hat die Proben beobachtet, allerdings ist er mir damals überhaupt nicht aufgefallen. Die ältere Frau hier, Adele Hornung, und der Mann daneben schon, aber nicht Hagen Reinert. Er hat auch nicht erwähnt, dass er bei der Generalprobe zugesehen hat, als ich ihn getroffen habe. Sehr merkwürdig.«

»Er ist dir wahrscheinlich deswegen entgangen, weil er nicht sehr lange auf seinem Platz saß. Schau hier, das Foto hab ich keine drei Minuten später gemacht. Da ist er schon verschwunden.« Hubertus wies Louise auf die Uhrzeiten hin, zu denen die Bilder gemacht worden waren.

»Entweder hatte er keine Zeit oder Lust mehr zuzugucken, oder er hat Jaspers Verbotsschild entdeckt, oder, und das würde mich gar nicht wundern, er ist gegangen, als er bemerkte, dass du fotografierst. Vielleicht wollte er einfach nicht abgelichtet werden, aber dafür war es dann doch zu spät.« Louise schaufelte schon den dritten Löffel Zucker in ihren Becher. »Ach herrje, viel zu viel Zucker. Ich hab gar nicht aufgepasst, weil ich so von deinen Bildern gefesselt bin.« Sie goss sich Kaffee nach, nippte daran und verzog das Gesicht.

Hubertus zuckte mit den Schultern. »Warum er so plötzlich gegangen ist, weiß ich auch nicht. Kurz darauf hattet ihr die Probenpause. Aber das konnte er ja nicht wissen, oder? Doch vielleicht hast du recht, und er wollte nicht von mir fotografiert werden. Wobei, es war ja Zufall. Solche Fotos kann ich sowieso nicht gebrauchen, ich hab schließlich nicht die Erlaubnis der drei Zuschauer eingeholt. Eigentlich müsste ich sie wieder löschen, aber wer weiß, ob wir sie nicht noch brauchen werden«, fügte er verschmitzt hinzu. »Aber, Louise, das ist noch nicht alles. Was du gleich sehen wirst, muss zur Polizei. Warte, einen Moment noch.« Hubertus klickte weiter, und wie es Louise schien, sehr, sehr gemächlich.

»Hubertus, du willst mich wohl ärgern. Jetzt mach schon.«

»Immer langsam mit den jungen Pferden«, sagte Hubertus grinsend. »Hier, schau.«

Louise reckte den Kopf. »Das ist alles?«, fragte sie enttäuscht. »Ein Strohballen? Was ist daran so aufregend?«

»Was du da siehst, ist nicht einfach nur ein Strohballen. Sieh nur. Das ist der Friedhof, hier hast du Ron Schubert entdeckt. Links vom Friedhof das Feld. Es ist abgemäht. Nicht nur ein runder Ballen ist dort an der Seite gelagert, es sind ja mehrere. Aber nur dieser eine ist von Interesse.«

Hubertus zoomte den Ballen heran, er wurde größer und größer. Louise hielt mit einem Mal den Atem an, dann ließ sie die Luft mit einem lauten *Pff* entweichen.

»Das gibt's doch nicht. Seh ich das richtig? Da steckt ein Pfeil drin, und wenn mich nicht alles täuscht, ist es einer der Pfeile, die von der Armbrust abgeschossen werden können. Aber was hat das zu bedeuten?«

»Das wissen wir noch nicht. Aber sieh her. Das Foto habe ich in der Pause gemacht. Das war nur ein paar Minuten, nachdem Hagen Reinert seinen Platz verlassen hat. Ihr hattet euch alle um die Getränke und die belegten Brötchen versammelt. Da ist das Foto, ich glaube, niemand von euch fehlt darauf. Und die Armbrust kommt vor der Pause zum Einsatz, das heißt, er kann sie an sich genommen haben, ohne dass jemand etwas bemerkt hat. Der Bauwagen steht ein gutes Stück hinter der Bühne. Sehr unachtsam, die Armbrust für jedermann zugänglich dort hinzuhängen.«

»Du meinst, Hagen könnte das gewesen sein, der den Pfeil in den Ballen geschossen hat? Das muss dann alles sehr fix gegangen sein. *Mon Dieu*, der Mann hatte Nerven.« Louise war beeindruckt von Hubertus' Fotos und seinem Entdeckertalent. »Hubertus, wir müssen sofort hin und überprüfen, ob der Pfeil noch drinsteckt. Und dann müssen wir Momme informieren, der weiß, was zu tun ist.«

»Was weiß ich? Ah, moin Hubertus. Was beschäftigt euch denn so?« Neugierig beugte sich Momme über Hubertus' Schulter.

»Oha, was ist das denn? Louise, wo steckt denn Fine?«

»Die hat doch heute Dienst im Inselmuseum.«

Momme schlug sich an die Stirn. »Stimmt, hab ich gar nicht mehr auf dem Schirm gehabt. Also, was macht ihr da?«, wiederholte er mit strenger Stimme seine Frage. »Das ist doch der Pfeil einer Armbrust, der in dem Ballen steckt.«

Louise nickte eifrig. »Hubertus hat das Foto in der Pause unserer Generalprobe gemacht. Irgendwer scheint sich die Armbrust geschnappt und vielleicht zu Übungszwecken damit geschossen zu haben.«

»Übungszwecke für unsere Vorstellung? Aber da wird die Armbrust doch nur umgehängt und gar nicht benutzt. Und das in den ersten Szenen.« Momme kratzte sich am Kinn. Dann begriff er, was Louise meinte.

»Jemand hat die Waffe ausprobiert, um zu sehen, wie sie funktioniert, um sie später auf Ron Schubert zu richten und den tödlichen Pfeil abzuschießen. Das vermutest du. Das bedeutet, der Mord war geplant, es war keine spontane

Tat. Er hat es also darauf ankommen lassen, darauf, der Waffe habhaft zu werden, sie zu testen für den tödlichen Schuss. Ich muss sagen, der hatte Nerven.«

Louise nickte bestätigend. »Das habe ich eben auch zu Hubertus gesagt. Ich frage mich, wie er vorgegangen wäre, wenn er die Armbrust nicht als Tatwaffe ausgesucht hätte. Ich schätze, er hat sich gesagt, einen Film- und Theaterschauspieler auf diese außergewöhnliche Weise zu töten, hat was.«

»Das mag sein«, brummte Momme. »Kommt, wir schauen nach. Wenn der Pfeil noch im Ballen feststeckt, informieren wir Solveig.«

Mit ihren Fahrrädern brauchten sie etwas mehr als zwanzig Minuten. Wie viele Male war Louise diesen Weg mittlerweile schon geradelt. Vom Nordermitteldeich ging es ab in die Schulstraße, vorbei an Thams Hofladen, entlang des imposanten Gebäudekomplexes des Silberhofs aus der Mitte des neunzehnten Jahrhunderts. Ihr Weg führte sie weiter zu einer Brücke über den Bekstrom. Er war der älteste Wasser führende Kanal der Insel, der das Regenwasser, das sich zu einem großen Teil im Waldhusentief im Nordwesten des Großen Kooges sammelte, nach Tammensiel führte. Von dort wurde das Wasser durch eine Schleuse in das Wattenmeer abgeleitet, denn das Wasser, das im Übermaß vorhanden war, musste die Insel loswerden. Von der Schulstraße bogen sie auf den Liliencronweg ab, hatten damit die Hälfte des Weges geschafft. Nur noch die Alte Kirchchaussee und der Klostermitteldeich, der geradeaus zur Alten Kirche St. Salvator führte, und sie waren da.

Louise, Momme und Hubertus stellten ihre Räder ab

und spurteten gespannt los. Da stand er noch, der große Rundballen aus gepresstem Stroh. Und mittendrin auf der vorderen runden Seite steckte der Pfeil.

»Da hat die Spurensicherung aber ziemlich gepennt«, äußerte sich Momme mit grimmiger Miene. »Und ihr lasst mir die Finger davon«, ermahnte er seine beiden Mitstreiter, die neugierig dicht an den Ballen herangetreten waren.

Momme zog sein Handy aus der Hosentasche. »Moin, Solveig. Irgendwelche Neuigkeiten? Nein? Aber wir haben hier was. Wer wir sind? Na, Hubertus Schulte, Louise und ich. Ach, das hättest du dir denken können. Hör zu. Links vom Friedhof ist ein abgemähtes Feld, am Rand stehen mehrere Strohballen. Und im ersten von denen steckt sehr tief ein Pfeil. Mit ein wenig Glück ist noch ein Fingerabdruck darauf. Er muss mit denen von Wimmer abgeglichen werden. Dann sind wir hoffentlich etwas klüger. Du bist sowieso unterwegs? Okay, bis gleich.«

Keine fünf Minuten später trabte die Inselpolizistin mit hochrotem Kopf herbei. Sie grüßte kurz in die Runde und näherte sich dem Fundstück. Suchend sah sie sich dann auf dem Boden um.

»Spuren sind hier wohl kaum noch zu finden, ihr habt alles zertrampelt.«

»Moment mal, Solveig. Wir stehen hier direkt vor dem Ballen, der Schütze muss irgendwo da hinten gestanden haben. Ich schlage vor, du nimmst dein Absperrband aus dem Auto, wir sichern den Bereich für die Kollegen von der Spurensicherung, und du nimmst schon mal den Pfeil an dich. Asservatenbeutel?«

Solveig schluckte schwer, nickte aber und zog sich ein

paar Handschuhe über. Vorsichtig zerrte sie den Pfeil, der nicht so einfach nachgeben wollte, aus dem Stroh und packte ihn ein.

»Danke«, brummelte sie in Richtung Louise und Hubertus, die die Aktion stumm verfolgt hatten. »Den Rest übernehmen Momme und ich.«

Unschlüssig blieben Louise und Hubertus noch stehen, bis Momme ihnen ein Zeichen machte, sich zu entfernen.

»Ich bin so was von gespannt, was bei der Untersuchung des Pfeils rauskommt«, sagte Louise, während sie und Hubertus ihre Räder zunächst noch ein Stück des Weges schoben. »Und was wohl die Obduktion von Hagen Reinert ergibt? Irgendetwas hat er mit dem Tod von Ron zu tun, da bin ich mir jetzt so was von sicher. Vielleicht findet die Polizei seine Fingerabdrücke auf dem Pfeil. Ich glaube, ich werd jetzt mal bei Renate vorbeifahren. Adele Hornung hat vor Hagen gesessen, vielleicht hat sie ja irgendwas mitbekommen, vielleicht haben sie sich unterhalten, oder sie hat gesehen, wo er hingegangen ist. Sie wollte doch den Kurs bei Renate mitmachen. Auf jeden Fall wird Renate ihre Adresse hier auf Pellworm haben.«

»Da komme ich doch gleich mit. Simone töpfert doch auch bei Renate rum. Dann kann ich gleich mit ihr zum Mittagessen durchstarten.«

Eine Viertelstunde später hatte Louise die Adresse von Adele Hornung in der Tasche. Leider hatte sie die Frau nicht mehr bei Renate angetroffen. Die Kursstunde war bereits seit dreißig Minuten vorbei, und auch Simone Schulte war schon wieder weg. Hubertus verabschiedete sich und radelte zu seiner Ferienunterkunft, während Louise zurück zu Fines Kate fuhr.

Kapitel 32

Pellworm

Das Gartentor quietschte ein wenig in den Angeln, als Louise es öffnete und ihr Rad hindurchschob. Ein Wagen verlangsamte in Höhe des Hauses und bremste ab. Die Bürgermeisterin. Was sie wohl wollte? Louise lehnte ihr Rad an die Hauswand.

»Moin, Freya«, rief sie über den niedrigen Zaun und ging zurück zur Gartenpforte.

»Moin, Louise. Hast du eine Minute?

»Klar, komm rein.«

Freya schüttelte den Kopf. »Danke, nein, ich muss gleich wieder los. Du weißt, dass die Frau meines Cousins Ron im Moment bei mir wohnt? Die Ärmste, sie ist total durch den Tüdel. Die Hebamme ist wieder zurück nach Bremen, aber alles gute Zureden hat nichts geholfen, Theresa wollte nicht mit. Sie will hier zur Ruhe kommen und bis zur Beerdigung bleiben. Die organisiert sie von hier aus. Ron wird eingeäschert, aber erst in zehn Tagen, dann stille Beisetzung. Sie hat ihr Handy ausgeschaltet, keine Ahnung, wie alle an die Nummer gekommen sind, aber Presse und Kolleginnen und Kollegen vom Theater, Bekannte, alle wollen ihr kondolieren. Ach, es ist so ein

Drama. Das Kleine alleine großziehen, aber sie hält sich im Großen und Ganzen sehr tapfer.«

Die Bürgermeisterin, die ohne Punkt und Komma geredet hatte, holte tief Luft. »Aber deswegen bin ich eigentlich nicht vorbeigekommen. Ich wollte dich bitten, dich mit Theresa zu treffen, das heißt, sie bittet darum. Weil du nicht nur mit Ron zu tun gehabt hast, sondern weil du ihn gefunden hast. Was genau sie hören will, weiß ich nicht, aber es ist ihr wichtig, mit dir zu reden.«

»Das kann ich gerne machen. Viel erzählen kann ich ihr nicht, befürchte ich. Aber wäre es nicht doch besser, wenn du sie überredest, Pellworm zu verlassen? Immerhin sind Hilla und Edgar wieder auf freiem Fuß. Es wäre nicht gut, wenn Hilla und sie noch irgendwo aufeinandertreffen.«

Freya seufzte tief. »Da bist du nicht die Erste, die sich darüber Sorgen macht. Was glaubst du denn, warum ich mit Engelszungen auf sie eingeredet habe, zurück nach Bremen zu fahren? Andererseits denke ich, wenn Hilla und Edgar zurückkommen – ich habe gehört, sie bleiben doch noch ein paar Tage in Flensburg, um sich auf neutralem Terrain auszusprechen –, werden sie sich zunächst zurückziehen. Ist ja kein Spaß, von jedem auf der Insel womöglich angesprochen zu werden. Und insofern ist die Gefahr, dass die beiden Frauen aufeinandertreffen, vielleicht gar nicht so groß. Also, du wärst bereit, mit ihr zu sprechen? Prima, ich geb das so weiter. Jetzt ist Mittag. Ich hab um zwei eine Sitzung, so bis gegen vier. In der Zeit hält Theresa ihren Mittagsschlaf. Passt dir halb fünf?«

Freya war bereits wieder auf der Fahrerseite und bereit, in ihren Wagen zu steigen.

»Das passt. Bis später dann.« Und schon war die Bürgermeisterin wieder weg. Freya wohnte am Norderhaffdeich, über den Grünen Deich keine zehn Minuten mit dem Rad. Und wie es der Zufall wollte, war Adele Hornung in der Nähe in einer Pension abgestiegen. Wenn Louise Glück hatte, würde sie Adele Hornung dort antreffen, um anschließend zu Freya und Theresa zu fahren.

Sie flitzte ins Bad, machte sich frisch, belegte sich schnell ein Brötchen, das noch vom Frühstück übrig geblieben war, und schrieb einen Zettel für Fine.

Bin zum Abendessen wieder zurück. Hätte Lust auf Labskaus auf meine Art. Du musst dich um nichts kümmern. Lass dich überraschen. Bises.

Sie würde ihre Zutaten im Hofladen kaufen, dort würde sie alles finden, was sie für einen Labskaus à la Louise benötigte. Ein schnelles und schmackhaftes Gericht. Allein der Gedanke daran ließ sie verzückt die Augen schließen.

Sie hatte Glück. Gerade als sie in die Einfahrt des Ferienhofes fuhr, kam ihr Adele Hornung entgegen. Ihre Kleidung und die beiden Stöcke ließen darauf schließen, dass sie eine Runde walken wollte. Adele hielt sich auch im Alter fit, wie Louise feststellte. Auf dem Kopf trug die Frau eine dunkelblaue Baseballkappe, auf der das Bremer Wappen in Rot und Weiß leuchtete, ihre Augen waren durch eine Sonnenbrille geschützt.

»Ah, Frau Dumas, wollten Sie zu mir?«

»Ja, ich hab nur ein paar Fragen und halte Sie nicht lange auf. Sie gehen walken?«, fragte sie überflüssigerweise.

»Ja, am Deich entlang. Da ist man schön windgeschützt. In meinem Alter muss man etwas für seine Gesundheit tun. Heute Vormittag etwas für die kreative Seite, ich war im Kurs bei Renate. Herzlichen Dank für den Tipp, es macht unheimlich Spaß. Schon beim nächsten Mal können wir bewundern, was wir geschaffen haben. Dann hat Renate es gebrannt. Aber was wollten Sie mich denn fragen? Wollen wir uns setzen?«

Auf der großen Wiese neben dem Haupthaus, einem ehemaligen Bauernhaus, das in Ferienwohnungen umgewandelt worden war, standen Spielgeräte für die Kinder und Bänke mit Tischen in der Nähe eines großen gemauerten Grills.

Die beiden Frauen ließen sich im Schatten nieder.

»Unfassbar, die Tragödie, es tut mir sehr leid um Herrn Schubert und auch um das ganze Ensemble. Waren alle Proben denn umsonst, oder werden Sie das Stück doch irgendwann aufführen?«

»Das wissen wir noch nicht. Auf jeden Fall nicht mehr in diesem Jahr. Wir stehen alle noch zu sehr unter Schock.«

Adele Hornung nickte verständnisvoll. »Das verstehe ich. Die Proben waren wunderbar vielversprechend, ich habe mich schon so gefreut. Adda, meine Vermieterin, erwähnte heute Morgen, die Witwe von Ron Schubert sei auf der Insel. Und sie erwartet bald ein Kind. Ist das nicht furchtbar? Jetzt muss das arme Würmchen ohne Vater groß werden. Und die arme Frau. Es ist ja schon schlimm genug, wenn eine Krankheit oder ein Unfall einen zur Witwe machen, aber ein Mord. Das ist einfach unvorstellbar grausam.« Sie seufzte.

247

Wie schnell sich schon wieder alles auf der Insel herumgesprochen hatte, dachte Louise. Jetzt wussten die Feriengäste bereits, dass Ron Schuberts Witwe auf Pellworm war. Sie nickte.

»Ja, das stimmt. Also, dass es grausam ist und Rons Frau auf Pellworm ist. Er war der Cousin unserer Bürgermeisterin und dort, bei Freya, wohnt sie im Augenblick. Sie will zur Ruhe kommen und auch den Fragen der Reporter und den Beileidsbekundungen entgehen.«

»Das war eine gute Entscheidung, schätze ich. Wo kommt man schneller zur Ruhe als auf dem wunderschönen Pellworm. Aber Sie wollten mich etwas fragen, und nun habe ich Sie vollkommen zugetextet.«

»Sie waren doch bei unserer Generalprobe. Ist Ihnen dort der Mann, der hinter Ihnen saß, aufgefallen?«

»Inwiefern aufgefallen?« Adele runzelte fragend die Stirn.

»Nun, grundsätzlich, also so ganz allgemein.« Louise hielt sich absichtlich mit Details zurück, die die Antwort der Frau vielleicht beeinflussten.

»Lassen Sie mich nachdenken.« Adele stützte ihr Kinn in die Hand und schaute an Louise vorbei ins Weite. »Sie meinen also nicht den Mann, der neben mir gesessen hat? Hinter mir? Hm. Nein, da fällt mir nichts zu ein. Das heißt, doch. Er hat nach der Uhrzeit gefragt. Er hatte ein Handy dabei, das hat mich noch gewundert, da kann man die Uhrzeit schließlich ablesen. Ja, sein Handy hat geklingelt. Das war danach. Marco, mit ihm habe ich mich unterhalten, der, den Sie für meinen Sohn gehalten haben, sagte ihm, wie spät es war. Wir waren so vertieft in Ihre Probe, ich weiß, wir sollten eigentlich gar nicht da sein, daher ist mir auch nicht aufgefallen, dass er überhaupt da war und wann er wegging. Oje, ich befürchte, ich bin Ihnen keine große Hilfe. Aber warum wollen Sie das wissen? O nein, hat er etwa mit dem Tod von Herrn Schubert zu tun?«

»Das weiß ich nicht«, antwortete Louise. Das entsprach schließlich der Wahrheit. »Allerdings ist der Mann auch verstorben.«

»Ach du großer Gott«, rief Adele. Sie schnappte nach Luft wie ein Fisch auf dem Trockenen. »Davon hat Adda gar nichts gesagt. Ist er etwa auch ermordet worden? Sagen Sie, ist das normal, dass auf Pellworm die Leute wie die Fliegen dahingerafft werden? Muss man sich Sorgen machen? Läuft hier etwa ein Serienkiller über die Insel?«

Adele Hornung war mit jedem Satz nervöser geworden. Sie rieb sich fahrig über die Handgelenke, als würde sie sie waschen. Louise stoppte die Bewegung, indem sie leicht ihre Hand auf den Arm der Frau legte.

»Aber nein. Niemand weiß bis jetzt, wie der Mann gestorben ist. Es sieht ganz nach einem Alkoholexzess aus, machen Sie sich darüber mal keine großen Sorgen. Gehen Sie jetzt Ihre Runde walken, das macht den Kopf frei und vertreibt die düsteren Gedanken. Ich wollte Sie auf keinen Fall beunruhigen. Hier auf Pellworm passiert nicht mehr als anderswo.«

»Danke, ich weiß es zu schätzen, dass Sie mich beruhigen wollen, aber ich glaube, ich gehe zurück in mein Zimmer und lege mich ein wenig hin. Ich vertrage keine große Aufregung. Eine Tasse Tee mit ganz viel Zucker und ein wenig Ausspannen, das brauche ich jetzt.«

Louise hatte direkt ein schlechtes Gewissen. Das hatte sie nicht gewollt, eine ältere Dame dermaßen zu verängstigen.

»Das ist eine gute Idee. Tee und ein Nickerchen sind bestimmt hilfreich«, sagte sie mit einer gewissen Hilflosigkeit in der Stimme. Und ehe sie sichs versah, fügte sie hinzu: »Und wenn Sie sich nicht wohlfühlen, so ganz alleine zu walken, kommen Sie doch einfach bei mir vorbei, und ich laufe mit Ihnen. Heute klappt es leider nicht mehr, aber vielleicht an einem der nächsten Tage?« Sie beschrieb Adele, die voller Freude ihr Angebot annahm, den Weg zu Fines Häuschen und verabschiedete sich.

Betrübt schaute sie der älteren Dame nach, die jetzt mit hängenden Schultern ihrer Ferienwohnung zustrebte. So ängstlich hatte sie die Frau nun auch wieder nicht eingeschätzt.

Louise sah auf ihre Uhr. Noch viel zu früh, um Theresa Wagenfeld zu besuchen. Wie sollte sie jetzt die Zeit totschlagen? Zurück nach Hause und am Kochbuch arbeiten? Nein, das würde nichts bringen, sie war im Moment von den Geschehnissen auf der Insel einfach zu sehr gefangengenommen, als dass sie sich auf ihr Kochbuch konzentrieren könnte.

Louise radelte zwischen zwei Weiden, auf denen, bis auf einen Reiher, kein Lebewesen zu sehen war, zum Deich. Dort oben auf der Krone mit dem Blick in die endlose Weite wäre der beste Platz zum Nachdenken. Das Gespräch mit Adele Hornung hatte absolut nichts gebracht. Was wohl den Ermittlern zum Fund des Pfeils eingefallen war? Sie öffnete ein Törchen und erklomm den Deich. Links und rechts waren sämtliche Bänke besetzt, und Louise hockte sich an die Böschung, streckte die Beine aus und sog den würzigen Geruch von Meer, Salz und den Hinterlassenschaften der Schafe ein. Dann wählte sie Mommes Nummer.

»Na, Louise, was machst du gerade?«

»Ich sitze am Deich und entspanne mich. Ich war eben bei Adele Hornung, das ist die Frau, die auf dem Foto von Hubertus vor Hagen Reinert sitzt. Ich hatte gehofft, sie könnte mir sagen, wann und wohin Hagen verschwunden ist. Am liebsten wäre mir natürlich gewesen, wenn sie ihn dabei beobachtet hätte, wie er die Armbrust entwendet. Aber mitnichten, sie hat nichts gesehen, nichts gehört, Hagen ist ihr noch nicht mal wirklich aufgefallen. Ach, so ein Mist. Jetzt hab ich doch glatt was vergessen. Neben Frau Hornung saß ein Typ namens Marco, ich dachte zuerst, er sei ihr Sohn, war aber eine Zufallsbekanntschaft. Vielleicht hat der mehr mitbekommen. Da muss ich unbedingt noch nachhaken.«

»Louise, da wird gar nichts nachgehakt. Wenn Fine erfährt, dass du, Hubertus und ich schon wieder in der Sache Ron Schubert unterwegs waren, macht sie mich einen Kopf kürzer. Ich habe ein verdammt schlechtes Gewissen, dass ich mich überhaupt darauf eingelassen habe.« Momme zögerte einen Moment, doch dann lachte er. »Aber es macht einfach Spaß, Solveig Olms einen Schritt voraus zu sein.«

»Sag, Momme, wegen des Pfeils gibt's wohl noch keine Ergebnisse?«

»Nein, wohl kaum. Ich weiß gar nicht, ob er schon bei Duve angekommen ist. Und ich werde auch nicht der

Erste sein, der über das Ergebnis der Forensik informiert wird.«

»Ist schon eine zähe Sache, die Mordermittlung auf Pellworm. Dass aber auch alles über die Leute vom Festland erledigt wird. Und kaum sind sie von der Insel runter, ergeben sich neue Spuren. Da ist doch schon alles kalt, bis die wieder auftauchen. Es müsste hier eine eigene Mordermittlungseinheit geben«, stellte Louise fest.

»Ja, mit dir und mir an der Spitze und dann noch Dirk, ein Dreamteam, wie man so schön sagt.« Momme lachte erneut.

»Apropos Dirk, gibt es schon was Neues wegen der Obduktion von Hagen Reinert?«, fragte Louise hoffnungsvoll und beobachtete interessiert einen Austernfischer, einen Vogel, der ihr mit seinen rosafarbenen langen Beinen, dem roten Schnabel und den roten Augen schon in den ersten Tagen ihrer Inselerkundungen aufgefallen war. Dieses Exemplar war soeben dabei, eine Muschel zu öffnen, um an die Delikatesse im Inneren der Schale zu gelangen. Taktaktak. Das Tier hämmerte mit seinem Schnabel pausenlos auf die Schale, und bald würde es mit dem Muschelfleisch belohnt werden.

Momme räusperte sich. »Nun, eigentlich dürfte ich es gar nicht wissen. Dirk hat vorhin angerufen, er hat bei seinem Kollegen nachgefragt. Der durfte Dirk natürlich auch nichts sagen, aber ein ganz klein wenig hat er dann doch geplaudert. Hagen Reinert ist an seinem Erbrochenen erstickt. Er hat getrunken, die Flasche war leer. Allerdings ist wohl der Rest des Inhalts ins Boot geflossen. Mehr weiß ich nicht, also frag nicht, ob er freiwillig so viel getrunken hat oder was sonst so in deinem Kopf herumschwirrt. Auf den ersten Blick sieht es nach meinem Dafürhalten nach einem Alkoholexzess mit tödlichem Ausgang aus.«

»Hm, aber merkwürdig ist das alles trotzdem. Sein Bruder Sven ist bei einem Unfall uns Leben gekommen. Auch da wurde eine Fremdeinwirkung nicht ausgeschlossen. Ist allerdings schon viele Jahre her.«

»Louise, das Wort Fremdeinwirkung hat in dem Zusammenhang mit dem Tod von Hagen Reinert niemand benutzt.«

»Ich weiß.«

»Mien Deern, jetzt grübel mal nicht so viel. Und wie kommst du auf Sven Reinert?« Mommes eben noch besorgte Stimme wechselte ihre Tonlage in Richtung Misstrauen, gepaart mit einer Portion Neugierde.

»Nur so, beide Brüder waren Architekten. Sonst nichts. Mach dir keine Gedanken. Übrigens, heute Abend gibt's eine deiner Leibspeisen, Labskaus, aber nach meiner Methode. Du kommst doch?«, versuchte Louise Momme abzulenken.

»Mmh, da lass ich mich doch nicht lange bitten. Aber hinter deinem *nur so* steckt immer etwas, was dir keine Ruhe lässt. Louise, tu mir einen Gefallen, wenn du schon kriminalisieren musst, dann vertrau mir, lass dich nicht auf irgendwas ein. Verstanden?«

»Aye aye, Sir, verstanden. So, nun muss ich los, ich treffe mich mit Theresa Wagenfeld.«

Momme schwieg am anderen Ende der Leitung, doch Louise spürte geradezu, dass er sich fragte, was denn das nun wieder zu bedeuten hatte, und so fügte sie erklärend hinzu: »Freya hat mich gefragt, das heißt, Theresa hat um das Gespräch gebeten. Sie will mit der Person sprechen, die ihren Mann tot aufgefunden hat.«

Kapitel 33

Pellworm

Als Louise an Freyas Haus am Süderkoogweg ankam, war es immer noch zu früh, doch sie versuchte ihr Glück. Sie klopfte, wagte es jedoch nicht, einfach die Tür zu öffnen. Als sie ein Geräusch hinter dem Haus vernahm, schlenderte sie in Richtung Garten und rief laut: »Moin, ich bin's Louise Dumas. Jemand da?«

»Ja, hier auf der Terrasse, kommen Sie nur.«

Auf der Terrasse stand ein großer Strandkorb mit grünweiß gestreiftem Polster. Daraus erhob sich schwerfällig eine Frau in Louises Alter. Wäre nicht der Bauch gewesen, Louise hätte Theresa die Schwangerschaft nicht angesehen. Die Witwe von Ron Schubert war einen Kopf größer als sie, athletisch gebaut und schlank. Ihre kurzen blonden Haare standen vom Kopf ab, ihr Gesicht war ernst. Im Gegensatz dazu verströmten das bunte T-Shirt und die kurze pinkfarbene Hose geradezu sommerliche Fröhlichkeit. Ihre braun gebrannten Beine waren lang und muskulös. Louise erinnerte sich an das, was Voltje erzählt hatte. Theresa war die Personal Trainerin von Schubert gewesen.

»Louise Dumas, danke dass Sie gekommen sind. Ist es für Sie okay, wenn wir uns duzen? Ich bin Theresa.« Die

Frau streckte ihr eine kräftige und wohlgeformte Hand entgegen.

»Gerne, Louise. Mein herzliches Beileid, es tut mir sehr leid, was mit Ron passiert ist.«

Theresa nickte und gab ein leises Stöhnen von sich. »Danke. Ich fühle mich wie in einem Albtraum. Vielleicht hilft mir das Gespräch ein wenig, aus ihm herauszukommen. Freya hat Zitronenlimonade im Kühlschrank. Magst du? Wir können uns dann im Strandkorb unterhalten.«

»Kann ich dir was abnehmen?«, fragte Louise.

»Geht schon, das Tablett schaffe ich noch. Auf das Kilochen kommt es nicht mehr an.«

Theresa verschwand im Haus, und Louise sah sich staunend im Garten um. Sie hatte einen Rosen- oder Gemüsegarten erwartet, aber statt duftender Pflanzen standen hier Kunstwerke, die Louise auf Anhieb ansprachen. Figuren aus Holz auf Sockeln oder mit Metallstiften in die Erde gespießt, Fantasiewesen und menschliche Skulpturen, manche kombiniert mit Steinen. Zwei große Holzskulpturen erinnerten Louise an die aus Stein gehauenen Wesen auf den Osterinseln, archaisch, ruhig, majestätisch. Dass sie diesen Garten noch nicht entdeckt hatte! Andererseits, es war ein Privatgarten, wie sollte man sich ohne Einladung hierher verirren?

»Schön, nicht wahr? Man kann sich sogar mit ihnen unterhalten, sie hören zu und geben keine dummen Kommentare ab.« Theresa Wagenfeld setzte das Tablett auf einem aus dem Strandkorb herausklappbaren Tischchen ab. Sie goss aus einer Karaffe die Limonade in zwei Gläser und forderte Louise mit einem einladenden Wink auf, sich zu setzen.

»Vom Stehen bekomme ich Kreuzschmerzen«, sagte sie und schob sich auf das Polster.

»Wer hat diese Figuren gemacht?«

»Martin Petersen. Jetzt sag nur, du hast noch nicht seinen Skulpturengarten besucht?«

Louise schüttelte den Kopf. »Ich hab schon viel von der Insel gesehen, aber leider noch nicht alles. Aber wie schön, dass ich ihn hier entdecken konnte. Und das, was ich sehe, macht Lust auf mehr.« Sie nahm ein Glas vom Tablett und prostete Theresa zu.

»*Santé.*«

»*Santé.* Du bist aus Frankreich, wie man auch hört. Freya sagte, du lebst seit letztem Jahr hier. Du fühlst dich wohl?«

»Sehr. Pellworm ist mir zur zweiten Heimat geworden. Und du versuchst, auf der Insel zur Ruhe zu kommen. Verständlich. Wie geht es dir und dem Baby?«

»Dem Kind geht es gut, und ich, ich kann es immer noch nicht begreifen. Vielleicht, wenn Rons Urne zu Grabe getragen wird, vielleicht werde ich es dann endlich verinnerlicht haben, dass er nie mehr zurückkommen wird. Dass mir nur noch die Erinnerung an ihn bleibt. Deswegen hatte ich darum gebeten, ob ich mit dir reden kann. Du hast mit ihm zusammengearbeitet, gut, das haben andere aus der Laienspieltruppe auch, aber du hast ihn gefunden. Ich wollte ihn überraschen, nach der Premiere ihn, euch beglückwünschen. Aber alles ist anders gekommen. Als Ron und ich das letzte Mal miteinander telefoniert hatten, sagte er, er sei total angetan von eurer Truppe. Ihr wärt alle voller Spielfreude, und es seien sogar ein paar echte Talente unter euch. Du, zum Beispiel. Und dann komme ich hier an, nicht ahnend, was passiert ist, und muss erfahren, dass mein Mann tot ist. Meine Gefühle fahren Karussell. Ich habe ihn geliebt, obwohl ich wusste, dass er sich hier und da auf ein amouröses Abenteuer eingelassen hat. So war er schon immer, aber es war mir egal. Er kam immer wieder zurück. Und wenn der Zwerg dann da gewesen wäre, hätte diese Abenteuerlust sicher ein Ende gehabt, da bin ich mir ganz sicher. Er hat einfach noch ein letztes Mal, bevor er Vater wird, sich selbst beweisen wollen. Ich kann mir vorstellen, was du jetzt denkst. Wie kann man einen solchen Mann nur ertragen? Aber in der Liebe ist man einfach machtlos. Freya sagte mir heute Morgen, diese Frau, diese Hilla, mit der er was hatte, und auch ihr Mann, hätten nichts mit Rons Tod zu tun. Aber wer dann?«, wechselte sie abrupt das Thema.

Rons Witwe hatte geredet, ohne Luft zu holen. Sie schluckte schwer und stellte ihr Glas ab, ohne auch nur daran genippt zu haben.

Louise zuckte hilflos mit den Schultern. Was sollte sie darauf antworten? Allerdings war sie erstaunt, dass Freya so offen mit Theresa gesprochen hatte und diese es doch einigermaßen gelassen nahm. Gut, sie war es offenbar gewohnt und konnte verzeihen.

»Würdest du mir von Rons letzten Stunden erzählen, Louise? Wie war er so?« Theresas Stimme zitterte.

»Das Erste, was mir einfällt ist: Er war ein grandioser Schauspieler. Er hat seine Rolle unglaublich ernst genommen, obwohl wir nur eine Laientruppe sind. Manchmal hat er uns ziemlich rumgescheucht, er war eben ein Perfektionist. Aber wir mochten ihn.«

»Bis auf eine Person«, wandte Theresa ein.

»Ja, aber die muss nicht aus unseren Reihen stammen. Weißt du, das Gelände, auf dem wir geprobt haben, ist nicht eingezäunt. Es kann durchaus jemand von außerhalb diese abscheuliche Tat begangen haben. Wahrscheinlich wird es noch ein Nachspiel haben, weil die Armbrust so leicht zugänglich war. Obwohl die, die die Verantwortung für ihre Verwahrung trugen, glaubten, sie sei sicher weggesperrt. Nun, von der Geschichte mit Hilla weißt du also mittlerweile. Hilla hatte sich an dem Abend von Ron trennen wollen. Doch dazu kam es nicht. Dein Mann und sie hatten sich verabredet, doch als Hilla etwas vor der verabredeten Zeit an den vereinbarten Ort kam, hörte sie einen Streit und hat sich zurückgezogen.«

»Ja, ich weiß davon. Ob das Rons Mörder war?«

»Das ist möglich.«

»Und dann hast du Ron gefunden.«

Louise nickte. »Ich hatte ihn gesucht. Hilla kam mir entgegen, sie hatte etwas getrunken. Wir sind wieder zu den anderen. Als Ron immer noch nicht auftauchte, bin ich wieder los. Und da habe ich ihn entdeckt.«

Louises Gedanken wanderten zurück in jene Nacht. Hilla hatte vielleicht zwei Personen gehört, gespürt. Eine Person, mit der Ron gestritten hatte und eine andere, die ihn erschossen hatte? Hagen? War er der, mit dem Ron im Streit gelegen hatte? Der ihn ermordet hatte?

»Louise?«

Sie schreckte auf. »Pardon, ich habe einen Moment nicht zugehört.«

»Ich sagte eben, Ron hatte mal eine kurze Affäre mit

einer Bogenschützin. Das hab ich aber bereits der Polizei gesagt.«

»Soweit ich weiß, steht sie nicht direkt unter Verdacht«, antwortete Louise ausweichend.

Theresa legte die Hände auf ihren Bauch. »Der Zwerg rumort da drin«, sagte sie zärtlich. »Ich kann mir nicht vorstellen, dass sie es nach so vielen Jahren gewesen sein soll. Ron war kein einfacher Mensch, er hatte sich, ich will nicht gerade sagen, Feinde gemacht, aber er war schon so ein Mensch, der ganz schnell mal jemanden vor den Kopf stoßen konnte.«

Louise war erstaunt über Theresas Offenheit. Vielleicht war es ihr auch ein Bedürfnis, über Ron und auch seine Schwächen zu reden. Louise hatte schon öfter die Erfahrung gemacht, dass man sich ihr gegenüber sehr schnell öffnete und sich Dinge von der Seele redete. Und wenn sie den Menschen Ron Schubert etwas besser kennenlernte, käme sie vielleicht auch der Person näher, die ihn getötet hatte.

»Möchtest du mir ein wenig mehr über Ron erzählen? Wie habt ihr euch kennengelernt?«, fragte sie vorsichtig.

»Er war auf der Suche nach einem Personal Trainer, ich wurde ihm empfohlen, wir hatten ein paar Sitzungen und zack, verliebten wir uns ineinander. Ron hatte vor mir und während unserer Ehe immer mal wieder eine Affäre, aber mich hat er geheiratet, mit mir ein Kind gezeugt. Er hatte mich gewarnt, er würde es mit der Treue nicht immer so genau nehmen. Er war ehrlich. Und ich habe mich darauf eingelassen und es keinen Tag bereut. Ron war viel unterwegs, die Proben, seine Drehs, der Polosport, er war ein rastloser Mensch, und irgendwie ist er immer ein großer Junge geblieben. Das war Ron. Ich kann mich noch an den Tag erinnern, als ich ihm sagte, ich sei schwanger. Das war im März, Frühlingsbeginn, und es war so kalt. Er hat mich fast erdrückt vor Glück. Ich wollte es gar nicht so schnell an die große Glocke hängen, aber Ron hat es jedem, der es hören wollte oder nicht, sofort überschwänglich mitgeteilt. Das war mir manchmal richtig ein wenig peinlich. Und dann stand es sogar in der *Luxor*. Wir waren bei einer Charity-Veranstaltung keine drei Wochen später, die in der Glamourzeitschrift ganz groß aufgemacht worden war.« Theresa verzog spöttisch den Mund. »Und unter einem Foto, auf dem Ron, ich und ein paar andere Leute drauf waren, stand *Unser süßes Geheimnis, strahlt Theresa Wagenfeld*. Diese Klatschreporter.« Sie nahm ihr Glas und trank es leer. Sie verzog das Gesicht. »Ui, sehr zitronig.«

»Die können bestimmt ganz schön nerven. Aber was hast du vorhin damit gemeint, Ron hätte Menschen vor den Kopf gestoßen?«

Theresa überlegte kurz. »Wie soll ich das erklären? Er hat beispielsweise schnell Freundschaften geschlossen, die Leute zu uns eingeladen, ihnen das Gefühl gegeben, ihr bester Freund zu sein. Und dann hat er nichts mehr von sich hören lassen, die Anrufe weggedrückt, Gegeneinladungen ausgeschlagen, sogar die Straßenseite gewechselt, wenn diese Person uns entgegenkam. Er konnte ein richtiges Arschloch sein.« Theresa schlug die Hand vor den Mund, und Tränen quollen aus ihren Augen. »O nein, wie kann ich nur so gemein über ihn reden? Aber es hatte seinen Grund, dass er war, wie er war. Er hatte einfach Angst, verletzt zu werden, Angst, dass man sich von ihm abwendet. Dann hat er lieber vorher schon die Konsequenzen gezogen, hat sich seinerseits verabschiedet. So hielt er es auch mit seinen Liebesabenteuern. Vorher Schluss machen, bevor ihm jemand zuvorkommt. Wenn ich es genau überlege, hatte Ron keine Freunde. Bekannte, Kollegen, aber keine Freunde. Dass es ihm schwerfiel, Freundschaften zu schließen, hatte seinen Grund irgendwo in der Vergangenheit. Genaues weiß ich auch nicht, er hat es mir nie erzählt. Ein sehr guter Freund kam ums Leben, und das hat er nie verwunden. Wahrscheinlich hatte er einfach Angst, dass so was wieder passiert.«

Louise nickte. »Das ist wie mit einer großen Liebe, die einen plötzlich verlässt. Es dauert, bis man sich wieder auf jemanden einlässt. Wenn es überhaupt noch mal klappt. Theresa, darf ich dich fragen, wie sein Verhältnis zu den Kollegen am Theater war? Ich habe irgendwo gelesen, er sei aufgrund eines Unfalls eines Kollegen, der die Hauptrolle im Tell spielen sollte, an dessen Stelle gerückt.«

Theresa riss die Augen auf. »O mein Gott, Wulf. Wulf Wittekind. Du glaubst, er könnte … Aber nein, das ist unmöglich. Er würde deswegen Ron doch niemals umgebracht haben. Ron war natürlich traurig, als Wulf den Tell übernehmen sollte. Aber so ist das am Theater, du spielst eben nicht immer die Hauptrolle. Das wusste Ron und hat es akzeptiert. Der Stauffacher ist auch kein unbedeutender Part. Wie genau der Unfall passiert ist, weiß ich auch nicht. Wulf ist auf eine Leiter gestiegen, die Sprosse brach, er stürzte und brach sich die Hüfte. Und Ron übernahm. *Wat den eenen sin Uhl, is den annern sin Nachtigall.*«

Louise machte ein verständnisloses Gesicht, und Theresa lächelte. »Es kommt immer auf die Perspektive an. Pech für Wulf, Glück für Ron. Beim nächsten Mal wäre es vielleicht umgekehrt gewesen.«

Gedanklich hatte sich Louise zahlreiche Notizen gemacht. Der Freund aus der Vergangenheit, der verstorben war. Wulf Wittekind. Sie musste all dem nachgehen.

»Louise, ich danke dir von Herzen, dass du gekommen bist. Und mir geduldig zugehört hast. Wäre es unhöflich, wenn ich mich jetzt zurückziehe? Der Zwerg macht mir ganz schön zu schaffen. Ich werde mich hinlegen. Aber ich würde mich freuen, wenn wir in Kontakt blieben.« Theresa erhob sich schwerfällig und stützte ihr Kreuz mit den Händen.

»Gerne. Wie lange bleibst du noch auf Pellworm? Wir können auch, wenn du möchtest, mal einen kleinen Spaziergang am Deich machen oder so.« Louise hatte sich ebenfalls aus dem Strandkorb geschält und hielt Theresa die Hand zum Abschied hin.

»Ich denke, noch eine Woche. Ein Bestattungsinstitut kümmert sich um die Beisetzung, aber es ist trotzdem noch viel zu erledigen. Aber noch habe ich nicht die Kraft dazu. Und ein Spaziergang am Deich mit dir ist eine wunderbare Idee. Ich melde mich. Gibst du mir deine Nummer?«

Die beiden Frauen tauschten ihre Handynummern aus, Louise trug das Tablett mit der Karaffe und den Gläsern in Freyas Küche und machte sich auf den Heimweg, nicht ohne vorher einen Zwischenstopp im Hofladen einzulegen. Märkte und Markthallen, Stände von regionalen Anbietern an der Straße, wie im Midi, oder eben die Verkaufsstellen der Bauernhöfe waren Einkaufserlebnisse ganz nach ihrem Geschmack. Sie stellte ihr Rad ab und betrat den roten Klinkerbau mit den sattgrünen Fensterläden. Ihr Blick wanderte über die hohen offenen Holzregale mit all ihren Köstlichkeiten. Eingemachte Sülzen und Marmeladen, Säfte und Gewürze, Kaffee und Honig, Öle und Essig und Biogemüse, das knackig frisch in seinen Körben lag.

»Moin Louise, was darf's denn sein?«

Die Inhaberin wischte sich ihre Hände an einer Schürze ab, die sie über Jeans und einem karierten Hemd trug. Ihre Füße steckten in grünen Gummistiefeln.

Louise stand etwas unschlüssig vor der Pellwormer Rindfleischsülze. Eigentlich wollte sie das Labskaus heute doch einmal etwas anders zubereiten.

»Ich nehme auf jeden Fall von der Roten Bete. So eineinhalb Pfund.« Sie zeigte auf die erdigen Knollen, von denen drei in eine Papiertüte wanderten.

»Eigentlich wollte ich ein Labskaus mal etwas anders machen, aber euer Corned Beef lacht mich an.«

»Labskaus anders? Wie denn?« Jedermann auf der Insel wusste, dass Louise eine ehemalige Sterneköchin war, und ihre Kreativität in der Küche hatte sich allgemein herumgesprochen.

Louise druckste ein wenig herum. Wie würde das wohl ankommen? Zu einem norddeutschen Labskaus gehörte das Rindfleisch wie in Italien Tomaten auf eine Pizza. »Ich wollte es mal mit Thunfisch probieren. Also alles wie gehabt, nur statt Rind den Fisch. Habt ihr zufällig welchen da?«

Die Hofladenbesitzerin grinste. »Du berichtest natürlich,

wie es angekommen ist, dein anderes Labskaus. Wir haben tatsächlich einen hellen Thunfisch hier, als Konserve. Den kannst du mit gutem Gewissen nehmen. Er kommt aus nachhaltiger Fischerei.« Sie nahm zwei Dosen aus dem Regal. »Hier, das Umweltsiegel. Bekommst du nur, wenn du die Fischbestände schonst. Kartoffeln und Eier habt ihr ja sicher. Wie sieht es mit eingelegten Gurken aus?«

»Da nehme ich auch noch ein Glas mit. Das war's dann. Und ich melde mich mit dem Geschmacksergebnis«, versprach Louise und packte ihre Schätze in eine kleine Kiste, die sie auf dem Gepäckträger befestigte. Für ein paar Stunden waren Ron und Hagen vergessen.

Kapitel 34

Pellworm

Louise sah es ein, man musste auch mal eine Niederlage einstecken können. Fine war von ihrem Labskaus absolut begeistert, während Momme darin herumstocherte und darauf hoffte, zwischen dem ganzen Fischgekrümel, wie er sagte, doch noch auf ein Bröckchen Rindfleisch zu stoßen. Nach dem letzten Bissen gab er dann doch zu, es habe zwar anders, aber gar nicht so schlecht geschmeckt. Ein Kompliment, wenn man bedachte, dass Momme Mommsen Labskaus bereits im Windelalter genossen hatte.

Fine und Louise räumten den Tisch ab, während sich Momme um den obligatorischen *Schimmelreiter*, der die Mahlzeit abschließen sollte, kümmerte. Die Themen Mord an Ron Schubert und Tod des Hagen Reinert waren tabu – Fine und Momme wollten eine Partie Scrabble spielen, und so zog sich Louise mit einem Schmöker aus Fines gut bestückter Bibliothek in ihr Zimmer zurück. Doch nur wenige Seiten konnte der Roman, der ganz sicher seine Qualitäten hatte, sie fesseln.

»Mach dir doch nichts vor, Louise Dumas«, sagte sie halblaut zu sich selbst und legte das Buch weg. »Du hast dich verkrochen, um in Ruhe das einzuordnen, was du heute gehört hast.« Und schon lag ihr Notizblock vor ihr mit seinen Strichen, Kreisen und Pfeilen und den vielen, vielen Fragezeichen.

Sie kritzelte schnell das Wesentliche aufs Papier.

- *Hagen Alkoholvergiftung, an Erbrochenem erstickt*
- *Ron, Freund aus der Jugend tot. Wer war er, wie gestorben? Sven???*
- *Wulf Wittekind, Unfall im Theater, Ron übernimmt Hauptrolle. Wirklich ein Unfall???? Hat Ron nachgeholfen? Wie geht es Wittekind?*

Louise kratzte sich mit ihrem Stift am Kopf. Und wenn dieser Freund von Ron, dessen Tod er offenbar nicht verwunden hatte, wirklich Sven Reinert, Hagens Bruder, gewesen war? Sie nahm sich nochmals das Wenige vor, was sie über den Tod des jungen Architekten gefunden hatte. Tot auf einem Parkplatz aufgefunden, von einem Auto überrollt. Sie musste mehr in Erfahrung bringen. Hatte Hagen womöglich den Verdacht gehegt, Ron könnte für den Tod des Bruders verantwortlich sein? Wenn ja, musste er erst vor Kurzem auf die Idee gekommen sein, immerhin war Sven schon seit Jahren tot. Was war mit dem Pfeil im Strohballen? Gab es einen Fingerabdruck darauf?

Sehr erhellend war das nicht, was sie Neues zusammengetragen hatte, aber eins war sicher, sie musste nach Bremen, um die Antworten auf ihre Fragen zu finden. Schon längst hatte sie Christine Evers besuchen wollen, warum nicht gleich morgen oder übermorgen?

Ein guter Plan, wie Louise befand, und da sie im Moment

nicht weiterkam, widmete sie sich wieder der Lektüre ihres Romans, bis ihr die Augen zufielen und das Taschenbuch einigermaßen sanft auf ihrem Gesicht landete.

Kapitel 35

Pellworm

Diesen Morgen würde Louise nicht so schnell vergessen, das war ihr bereits klar, als sie von Fines aufgeregten Rufen erwachte.

»Louise, Louise, komm schnell, mit Sture stimmt was nicht.«

Mit einem Satz war Louise aus dem Bett, raste die Treppe hinunter und wäre auf dem letzten Absatz fast gestürzt. Fine war nirgendwo zu sehen. Draußen hörte sie ein klägliches Meckern, Pauli. Fine stand mit einem Eimer im Stall.

»Da, alles drin, was er liebt, aber er hat keinen Appetit.«

Louise starrte in den Eimer. Tatsächlich, Möhren, Äpfel, alles unberührt.

Sture stand mit gesenktem Kopf da, fast schien es, als würde er seine langen Ohren hängen lassen.

»Ich bin zur Weide, da war er nicht. Er stand hier im Stall, und als ich ihn mit seinem Gutenmorgenimbiss begrüßt habe, hat er zwar den Hals gereckt, ist aber einfach stehen geblieben. Louise, er rührt sich nicht vom Fleck.«

Louise umrundete Sture, inspizierte ihn von oben bis unten. Dann strich sie vorsichtig über sein linkes Hinterbein.

»Es ist geschwollen und auch warm. Bring bitte sein Halfter, ich werde ihn ein Stück führen, dann sehen wir, ob er lahmt.«

Fine stellte den Eimer ab, Sture warf einen sehnsüchtigen Blick darauf, blieb aber weiterhin wie angewurzelt stehen.

»Oh, mein armer kleiner süßer Sture. Gar keinen Appetit?« Louise nahm einen Apfel, biss selbst ein großes Stück ab und hielt es Sture vor die Nase. Der streckte den Hals, öffnete das Maul und happs, war der Apfel weg.

»Es gibt Hoffnung«, verkündete Louise strahlend. »Seinen Appetit hat er nicht wirklich verloren.«

Derweil war Pauli herangetrottet und inspizierte Stures Eimer. Sture legte die Ohren an, und der kleine Ziegenbock trollte sich wieder.

Widerspruchslos ließ sich Sture sein Halfter anlegen. Louise zog am Strick, und der Esel machte ein paar Schritte. Sie stoppte sofort wieder.

»Er lahmt.« Sie untersuchte vorsichtig das Bein. »Da ist eine kleine Wunde. Ich ruf vorsichtshalber Voltje an. Gott sei Dank hat er erst vor Kurzem seine Tetanusimpfung bekommen.«

Louise eilte ins Haus, kam nach einer Minute wieder raus. »Voltje vermutet, er hat einen Einschuss.«

Fine zog fragend die Augenbrauen hoch. Ihr Esel war noch nie krank gewesen, und davon hatte sie noch nie etwas gehört.

»Voltje sagt, das ist eine eitrige Entzündung des Bindegewebes und der Lymphgefäße«, klärte Louise ihre Patentante auf. »Es darf nicht noch dicker werden, aber die Entzündung ist schon drin im Bein. Sie ist gleich da, schaut es sich an und bringt essigsaure Tonerde mit.«

Eine Viertelstunde später stand Sture da, das Bein eingepackt in eine dicke Schicht aus Mull, das mit der heilenden Flüssigkeit getränkt war.

»Das erneuerst du regelmäßig. Er hat kein Fieber, das Bein ist warm, aber nicht heiß, ich denke, in ein paar Tagen ist er wieder der Alte.«

Fine drückte Voltje an sich. »Danke, mien Deern, auf den Schreck hin, mache ich uns mal einen schönen Tee. Graubrot und Mettwurst sind da, ein herzhaftes Frühstück ist jetzt genau das Richtige.«

Als hätte er es verstanden, humpelte Sture vorsichtig auf den Eimer los, und sein Maul verschwand inmitten der Köstlichkeiten, während Pauli sich mit Krauleinheiten von Voltje zufriedengab. »Danke, Fine, aber so viel Zeit habe ich nicht. Ich muss mich gleich selber noch um meine Vierbeiner kümmern.«

»Dann ein andermal. Und danke, dass du so schnell gekommen bist. Dann mach ich mal für uns beide das Frühstück, Louise.« Fine verschwand im Haus, während die beiden Frauen den Stall verließen.

»Das war vielleicht ein Schreck in der Morgenstunde, unser guter Sture ohne Appetit und mit einem dicken Bein. Nur gut, dass du vom Fach bist, Voltje. So groß bei solchen Dingen wird der Unterschied zwischen Pferd und Esel wahrscheinlich nicht sein.«

»Nö, ist er auch nicht. Aber ihr solltet euch auch eine Hausapotheke anschaffen für Sture und Pauli.«

»Wir haben schon ein paar Sachen da, nur muss man

auch wissen, was man wann und wie verwendet. Wir hatten noch nie ein solches Problem. Aber diese kühlende Heilerde werde ich schnellstens organisieren. Ich muss sowieso aufs Festland. In Husum gibt's doch bestimmt einen Pferdeshop, wo ich so was bekomme.«

»Klar, ich kann dir ein paar Adressen geben. Aber das hier wird vorerst ausreichen. Du solltest auch noch etwas besorgen, was nach dem Abklingen der Entzündung die Regeneration beschleunigt. Wenn die Schwellung weg ist, regt nämlich Wärme die Durchblutung und den Lymphfluss an. Durch die bessere Durchblutung wird der Transport von Sauerstoff und Nährstoffen gefördert.«

»Gut zu wissen, ich werde mich darum kümmern. Was kann ich da nehmen?«

Voltje legte den Kopf schief und überlegte. »Etwas mit Arnika, Teufelskralle, da gibt es einiges an Cremes und Salben. Aber lass die Finger weg von Produkten, in denen Chili ist, sie enthalten Capsaicinoide, die die Wärme- und Schmerzrezeptoren der Haut stimulieren sollen, aber falsch angewendet, also zu viel oder an sensiblen Stellen aufgetragen, Schmerzen verursachen. Das ist kein Zeug für den Hausgebrauch. Ich hab noch zwei Dosen mit Arnikabalsam zu Hause. Ich bringe dir später eine vorbei. Benutz das, bis du irgendwann in Husum eine neue gekauft hast. Du kannst mir die dann zurückgeben.«

Bei dem Wort Chili war Louise mit einem Mal hellhörig geworden.

»Mit diesen Einreibemitteln ist es wie mit allem, was Heilung bringen soll. Im Übermaß oder falsch angewendet, können sie großen Schaden anrichten«, fuhr Voltje fort.

Louise nickte, Voltje hatte die Frage, die sie sich soeben gestellt hatte, fast schon beantwortet.

»Ich war doch vor ein paar Wochen auf Sylt zum Catering des Poloturniers. Ron Schubert ist mitgeritten«, begann sie.

»Ich weiß, und er ist vom Pferd gefallen.«

»Ja, und dieses Pferd ist angeblich super ausgeglichen, wie eigentlich alle Poloponys. Und trotzdem hat es sich ganz plötzlich wild aufgeführt und Ron aus dem Sattel katapultiert. Und am Vortag sind fast alle meine Tabasco-Chilis verschwunden. Meinst du, man hätte aus ihnen etwas zusammenrühren können, was dem Pferd Schmerzen zugefügt hat?«

Voltje riss die Augen auf. »Oha, aber sicher. Wie gesagt, das Capsaicin ist erst mal nur ein schmerzlinderndes Mittel, aber auch ein Reizstoff. Wenn es in Form einer Salbe auf die Haut aufgetragen wird, brennt es enorm. Schmierst du es auf die Beine eines Pferdes, erhöht sich der Schmerz, wenn das Pferd zum Beispiel gegen ein Hindernis stößt, und es springt höher. Da laufen unglaubliche Schweinereien im Pferdesport. Nur was sollte das beim Polo?«

»Was würde passieren, wenn mit einem solchen Mittel der Rücken eingerieben wird? Dann kommt doch diese Decke drauf, der Sattel, das Gewicht des Reiters.«

Voltje blies die Backen auf und ließ mit einem lauten Pff die Luft entweichen. »Dann passiert das, was ich eben gesagt habe. Es wird heiß und schmerzhaft auf dem Rücken, das Pferd wehrt sich, will das, was den Schmerz verursacht, loswerden, buckelt wahrscheinlich. Und wenn du nicht damit rechnest, weil dein Pferd eben cool und ausgeglichen ist, dann haut's dich aus dem Sattel. Meinst du etwa, jemand hat das mit Absicht gemacht, um dem Pferd zu schaden?«

»Wohl eher, um Ron Schubert zu schaden«, entgegnete Louise trocken.

»Du meinst ein Attentat?«, fragte Voltje erschrocken.

»So könnte man es nennen. Nur wer kann das getan haben?«

»Eigentlich nur die Person, die das Pferd fertig macht, putzt, sattelt und so weiter. Da konnte wohl jemand Ron nicht leiden, vermute ich mal. Vielleicht ein Mitspieler? Ein Reiter aus einer gegnerischen Mannschaft? Nun, der wird sich über Ron, aus welchen Gründen auch immer, nicht mehr ärgern. Aber es ist schon eine absolute Saue-rei, dem Pferd deswegen solche Schmerzen zuzufügen«, schloss Voltje voller Entrüstung. »Du, ich muss dann wie-der los, meine Tierchen und der Gatte warten auf mich. Wenn noch irgendwas sein sollte oder du Fragen hast, ruf einfach schnell durch. Du kannst deinen Esel im Übrigen ruhig auf die Weide lassen. Bewegung schadet nie.«

Louise umarmte die Freundin, die sich mit einem lau-ten Rasseln ihrer Fahrradklingel auf den Nachhauseweg machte.

Louise sah noch einmal nach Sture. Die kühlende Heil-erde schien bereits zu wirken. Er sah munterer aus, und der Eimer war leer. Louise öffnete die Stalltür, und Sture marschierte wieder hinaus, dicht gefolgt von Pauli. Sie ging nachdenklich zum Haus. Sie musste herausfinden, wer für das Pferd von Ron Schubert zuständig gewesen war.

Kapitel 36

Pellworm

»Ich fahre für einen Tag oder zwei nach Bremen. Voltje bringt noch eine spezielle Salbe für Sture vorbei, und ich werde in Husum noch was im Pferdeshop für ihn besorgen«, ließ Louise Fine während des Frühstücks wissen.

»Nach Bremen?« Fine legte sich eine dicke Scheibe Mettwurst aufs Brot und verzog keine Miene.

»Ähm«, machte Louise, die soeben in ihr Brot gebissen hatte. »Ich besuche Christine, habe ich ihr doch versprochen«, erklärte sie, als sie den Bissen heruntergeschluckt hatte.

»Aha«, sagte Fine. »Und sonst?«

»Ooch, sonst hab ich noch keinen wirklichen Plan.« Das entsprach der Wahrheit, sagte sich Louise. »Wenn du einen Wunsch hast, sag es mir. Soll ich irgendetwas Besonderes aus Bremen mitbringen? Vielleicht diese Babbeler? Ihr beide mögt doch diese Zuckerstangen mit Minzgeschmack. Im Schnoor aus der Bonbonmanufaktur.«

»Ja, die könntest du uns mitbringen, eine nette Idee.«

Irgendwie hörte sich Fine merkwürdig an, befand Louise. Doch Fine lächelte und tätschelte ihrer Patentochter liebevoll die Hand. Offenbar hatte sie doch keinen Verdacht geschöpft.

Das Haustelefon klingelte, und Louise sprang auf. »Ich geh schon.« Sie lief in die Diele und kehrte eine Minute später wieder zurück. »Das war Momme, ich soll dir liebe Grüße ausrichten.«

»Neuigkeiten?«, fragte Fine.

»Ähm, ja, das auch. Auf dem Pfeil war ein verwischter Fingerabdruck, den man hoffentlich noch besser identifizieren kann. Momme meinte, die moderne Technik kann ihn noch zutage fördern. Bis dahin tappen Duve und sein Team im Dunkeln. Hilla und Edgar fallen als Täter weg, die Bogenschützin von Sylt hat kein Motiv. Hagen wäre wohl der Hauptverdächtige, aber der ist tot. Die Ermittler gehen jetzt davon aus, dass Hagen Reinert der Todesschütze war und sich offenbar selbst aus Reue zu Tode getrunken hat. Aber warum er Ron erschossen haben könnte, das wissen sie nicht. Noch nicht. Da sind sie jetzt wohl dran, das herauszufinden. Momme hat bei Solveig Olms nachgehört, er hat es von ihr. Erstaunlich, wie zutraulich sie geworden ist.«

Fine musste über Louises Wortwahl laut lachen. »Zutraulich, hört sich nett an. Ich glaube, sie fühlt sich durch ihre Kollegen aus Flensburg ein wenig ausgebootet. Sie ist raus aus den Ermittlungen, kennt aber mittlerweile Momme gut genug, um zu wissen, dass der nicht locker lässt. Wer weiß, vielleicht hofft sie sogar, mit ihm zusammen die Fälle zu lösen.«

»Da mischt sie sich aber in Dinge ein, die sie als Inselpolizistin überhaupt nichts angehen.«

»Ach nein, so was. Mischt sich in Angelegenheiten ein, die sie nichts angehen? Louise Dumas, das kommt mir aber sehr bekannt vor.«

Jetzt musste auch Louise lachen. Fine hatte ja recht. Um abzulenken, meinte sie daher leichthin: »Nun, ist ja auch egal. Sollen die mal ihre Arbeit machen. Ich nehme dann die Fähre morgen früh um Viertel vor acht, bin dann gegen Mittag in Bremen und komme den Tag drauf mit der Fähre um halb sieben am Abend zurück. Dann kann ich mich heute noch um Sture kümmern, morgen müsste das Bein schon besser sein. Ich glaube, ich werde schon mal so langsam beginnen, meinen Kochkurs vorzubereiten. Genau, das werd ich machen.« Louise nickte, um das Gesagte zu bestätigen. »Außerdem muss ich mich um die Nikolausfeier bei Branderups kümmern. Ist zwar noch etwas hin, aber Berta Branderup wird an dem Tag fünfundsiebzig, und sie erwarten Besuch aus aller Welt.«

»Ja, Berta hat eine große Familie. Da wirst du ein paar Tage ordentlich was zu tun haben«, meinte Fine.

Den Rest des Vormittags verbrachte Louise tatsächlich damit, ihren Kochkurs vorzubereiten. Ihr schwebte ein Dreigängemenü vom Kennenlernen der Zutaten bis zur endgültigen Zubereitung vor, immer unter einem anderen Motto stehend. Mediterran trifft Nordseeküste für einen Kurstag, Asien begegnet Nordamerika für den zweiten und ein rein vegetarischer Abend zum Abschluss. Oder umgekehrt.

Am Mittag bereitete sie für sich und Fine eine einfache Karottenlinsensuppe zu, die man am Abend noch einmal aufwärmen konnte. Fine werkelte im Garten, versorgte Sture und Pauli mit Streicheleinheiten, während Louise sich aufs Rad schwang, um bei Berta Branderup vorbeizuschauen. Doch vorher musste sie noch einmal bei Ron

Schuberts Witwe haltmachen. Es waren immerhin neue Fragen aufgetaucht, die einer dringenden Klärung bedurften.

Theresa Wagenfeld klang müde, als sie Louises Anruf entgegennahm, doch sie würde sich freuen, wenn Louise vorbeikäme. Vielleicht könne man heute den Spaziergang über den Deich machen.

Besorgt sah Louise zum Himmel, als sie mit Theresa aufbrach. Von der Nordsee zogen dunkle Wolken heran. Noch stellte sie ihre Fragen nicht, zu neugierig war Theresa auf all das, was ihnen begegnete. Welche Vögel sind das, wie nennt man die großen Kuhlen auf den Weiden und Wiesen, und wozu sind sie da, warum haben manche Schafe blaue Farbe in der Wolle? Es waren dieselben Dinge, die auch Louise, kaum dass sie auf Pellworm war, hatte wissen wollen. Die Schlechtwetterfront näherte sich geschwind, und als die beiden Frauen am Leuchtturm ankamen, hatte es bereits merklich abgekühlt. Theresa steckte vorsorglich in einem voluminösen gesteppten Mantel, der ihr fast bis zu den Knöcheln reichte.

»Schön, dass es mit unserem Spaziergang geklappt hat. Du kennst dich schon gut auf Pellworm aus«, meinte sie. »Aber du hast noch Fragen?«

Louise nickte betreten. »Ja, es gibt ein paar Dinge, die mir keine Ruhe lassen.« Über die Ermittlungsergebnisse, die zurzeit vorlagen, würde die Polizei Theresa informieren, das war nicht Louises Aufgabe.

»Wollen wir vielleicht unterhalb des Deichs laufen? Da oben bläst es schon ganz schön«, schlug Louise vor, doch Theresa winkte ab.

»Bei dem Gewicht, das ich auf die Waage bringe, haut mich so leicht nichts um. Komm, gehen wir hinauf. Ich mag diese Stimmung, wenn das Wetter umschlägt, der Himmel dunkler wird und das Wasser sein anderes Gesicht zeigt. Wusstest du, dass das Theater durch eine Maske symbolisiert wird, die zwei Gesichter zeigt? Die fröhliche und die dramatische Seite des Lebens, genau wie die Elemente.« Ron Schuberts Witwe hielt einen Moment inne. »Ich hab dir ja gesagt, dass Ron nicht so einfach war. Er hatte ebenfalls diese beiden Seiten«, sagte sie langsam. »Aber das weißt du ja nun. Vielleicht eignet man sich das als Schauspieler irgendwann an, verschiedene Gesichter zu haben. Entschuldige, ich rede und rede. Was willst du wissen?«

»Der Unfall, als dein Mann angefahren worden ist, habt ihr euch mal gefragt, ob das Absicht gewesen sein könnte?«

Theresa blieb abrupt stehen und drehte sich zu Louise. »Absicht? Du meinst ein Anschlag, jemand hatte es auf Ron abgesehen? Nein, zumindest haben wir nicht darüber gesprochen. Er stand eine Zeit lang richtig unter Schock, konnte sich noch nicht mal daran erinnern, wie das Fahrzeug ausgesehen hat. Ein Zeuge meinte sehr viel später, es könnte eine Frau hinter dem Steuer gesessen haben. Als die Polizei Ron danach fragte, konnte er es nicht bestätigen. Es ist einfach alles im Sande verlaufen«, schloss sie nachdenklich. »Ich wäre nie auf die Idee gekommen, aber nach dem, was jetzt passiert ist, könntest du vielleicht recht haben. Dann wird die Polizei das doch wieder aufrollen, was damals passiert ist, oder?«

»Ich denke schon. Wenn die Ermittler einen Anhaltspunkt haben, dass dein Mann aufgrund einer alten Geschichte getötet worden ist, werden sie das wohl tun.«

Die Witwe war bleich wie ein Leintuch. »Wer kann ihn nur so gehasst haben? Und was bitte, soll so Dramatisches in Rons Vergangenheit vorgefallen sein?«

»Das ist die Frage. Und du hast keine Antwort darauf?«

»Nein, etwas hat Ron gequält, das sagte ich dir bereits. Aber er hat sich mir nie anvertraut.«

»Theresa, ich weiß nicht, wie viel ich dir in deinem Zustand zumuten kann. Wenn es dir zu anstrengend wird mit meiner Fragerei, dann sag es bitte.«

Theresa schüttelte den Kopf. »Nein, es ist in Ordnung. Die ganzen Gedanken, die du dir machst, wären eigentlich meine Aufgabe. Ich werde mir zumindest den Kopf darüber zerbrechen, ob es nicht doch irgendwann einen Hinweis gab, etwas, was Ron einmal gesagt hat. Wenn ich nicht das Kind erwarten würde, ich glaube, ich würde das alles nicht aushalten können. Doch ich bin es ihm schuldig, der Polizei und dir dabei zu helfen, den Mörder seines Vaters zu finden.« Sie reckte entschlossen das Kinn, ihre Augen blitzten.

Louise zögerte einen Augenblick. »Da wäre noch die Geschichte mit dem Sturz beim Poloturnier.«

Theresa, die eben noch voller Energie und Tatendrang schien, sackte regelrecht in sich zusammen. »Du willst doch nicht andeuten, dieser Unfall könnte ebenfalls ein Anschlag auf sein Leben gewesen sein?«, fragte sie tonlos.

»Ich weiß es nicht«, antwortete Louise ehrlich. »Aber es ist doch merkwürdig, wenn ein so gut ausgebildetes Pferd plötzlich seinen Reiter abwirft.«

»Das stimmt allerdings. Ron hat … hatte Satchmo schon seit ewigen Zeiten. Zuverlässig und artig. Wir wollten ihn bald in Rente schicken und ein zweites Pferd neben Chantal kaufen. Und wenn unser Zwerg das Alter erreicht haben würde, um auf einem Pferd zu sitzen, würde er seine ersten Versuche im Sattel von Satchmo starten, haben wir uns vorgestellt.« Tränen traten in ihre Augen und liefen die Wangen hinunter. »Entschuldige, aber es ist wohl doch alles zu viel für mich.«

Schuldbewusst zog Louise ein Taschentuch aus ihrer Jacke und reichte es Theresa. »Ich muss mich entschuldigen. Es tut mir alles unendlich leid.« Sie biss sich auf die Unterlippe.

»Aber du hast noch nicht alle Fragen gestellt, stimmt's?« Rons Witwe schniefte und versuchte zu lächeln.

»Ja, aber dann gebe ich Ruhe, versprochen. Wer kümmerte sich um euer Pferd während eines Turniers, zum Beispiel auf Sylt?«

»Es werden *Grooms* zur Verfügung gestellt. Es gibt auch Reiter, die ihre eigenen Leute dabeihaben. Unsere Pferde stehen in einem Stall in der Nähe von Bremen. Dort gibt es eine Handvoll festangestellter Mitarbeiter, die sich um alles kümmern. Norbert ist mit nach Sylt gekommen. Er hat sich um unsere beiden Pferde gekümmert. Aber er kann Satchmo nichts getan haben, dazu liebt er die Tiere viel zu sehr. Und außerdem stehen alle wieder wohlbehalten und ohne Verletzungen oder Schäden in ihren Boxen. Nein, Louise, das war einfach eine Situation, wie sie im Reitsport immer wieder passieren kann. Auch wenn Satchmo top ausgebildet ist, sich vor nichts fürchtet, musst du bedenken,

Pferde sind immer noch Fluchttiere. Er kann sich über eine Kleinigkeit erschreckt haben, einen knallenden Champagnerkorken, ein schreiendes Kind, einen bellenden Hund. So was sollte nicht geschehen, aber es sind Tiere. Du kannst nie behaupten, dieses oder jenes Pferd sei eine Lebensversicherung. Das wäre eine glatte Lüge.«

Mittlerweile hatten sich die Wolken am Himmel komplett verdichtet.

»Ich befürchte, gleich fallen die ersten Tropfen.« Louise schaute nach oben. »Machen wir uns auf den Heimweg. Du hast es ja Gott sei Dank nicht weit.«

Theresa hakte sich beim Abstieg vom Deich bei Louise unter.

»Kommst du noch auf einen Kaffee mit rein?«, fragte sie vor Freyas Haus und unterdrückte ein Gähnen.

Louise lächelte. »Nein, mach du, dass du dich ein wenig hinlegst, und ich sehe zu, einigermaßen trocken nach Hause zu kommen. Ich muss noch unseren Esel versorgen, er hat einen Einschuss.«

»Oh, damit ist nicht zu spaßen. Wenn ich darf, komme ich mal vorbei und besuche ihn, also euch. Würde es dir morgen Nachmittag passen?«

»Nein, leider nicht. Ich bin auf dem Festland unterwegs und komme erst übermorgen wieder auf die Insel. Ich melde mich bei dir.«

»Prima, ich freu mich. Dann bis bald.«

Louise entschloss sich, gleich nach Hause zu fahren. Zu Berta konnte sie auch noch in der nächsten Woche. Sie erreichte Fines Kate, als die ersten dicken Tropfen auf die Erde platschten. Kurz darauf schüttete es wie aus Eimern.

Sie schaute schnell nach den Tieren. Sture graste unbeeindruckt vom schlechten Wetter, während Pauli auf einem seiner Felsbrocken lag und ein Nachmittagsschläfchen hielt. Auch ihn kümmerte der Wolkenbruch nicht im Mindesten.

Sie hängte die nasse Jacke in den Flur. Aus der Stube drang die sonore Stimme eines Mannes. Fine saß im Wohnzimmer und sah sich eine Sendung über Imkerei an.

»Spannend?«

»Ah, da bist du ja wieder. Ja, sehr interessant. Ob wir uns auch ein Bienenvolk anschaffen sollten?« Ein Mensch, der in einem weißen Anzug steckte, den Kopf durch einen Hut geschützt, vor dem Gesicht eine Art Fliegennetz, öffnete soeben eine Holzkiste, in der es summte und wuselte. »Wusstest du, dass eine Biene nur etwa fünf Wochen lebt und in dieser Zeit knapp zwei Teelöffel Honig produziert? So ein fleißiges Tierchen. Das ist ein wirklich gut gemachter und informativer Bericht.«

»Dann lass ich dich mal in Ruhe weitergucken. Ich packe schon mal ein paar Sachen für morgen ein.«

Louise zog die Stubentür zu und stieg in ihr Zimmer hinauf. Norbert. Ein Stall in der Nähe von Bremen. Dummerweise hatte sie vergessen zu fragen, wie der hieß. Aber sie wollte Theresa nicht schon wieder mit ihrer Neugierde belästigen. Sie suchte im Internet und wurde fündig. Es gab einen Polostall keine zwanzig Kilometer von Bremen entfernt. Vielleicht wäre Christine so nett, sie hinzukutschieren. Louise schlug sich mit der Hand an die Stirn. Christine. Sie wollte morgen früh in Richtung Bremen gondeln, und Christine wusste noch gar nichts von ihrem Glück.

Der Anruf war schnell getätigt. Die Restauratorin freute sich auf Louises Besuch. Und klar doch, würde sie mit ihr zum Polostall fahren.

»Steckst du schon wieder in einem Fall?«, neckte Christine ihre Freundin. »Dann will ich morgen aber auch etwas darüber erfahren.«

Louise schilderte kurz, was in den letzten Wochen passiert war. Sie wurde nur ab und zu von einem *Du großer Gott, O nein* oder *Das gibt's doch nicht* unterbrochen.

»Und könntest du uns irgendwie einen Zugang zum Archiv eurer Tageszeitung, dem *Weser-Kurier*, besorgen? Ich müsste da ein paar Dinge nachprüfen.«

Christine versprach, sich darum zu kümmern. »Ich hol dich dann am Mittag am Bahnhof ab, und dann will ich die ganze Geschichte hören«, verabschiedete sie sich.

Kapitel 37

Bremen

Louises Zug, der *Metronom* von Hamburg, kam mit zehn Minuten Verspätung in Bremen an. Christine, die auf dem Parkplatz an der Bürgerweide wartete, und Louise fielen sich in die Arme.

»Wie schön, dich endlich wiederzusehen. Ich freue mich total«, verkündete Christine und warf Louises Reisetasche in den Kofferraum. »Auch wenn du wohl nicht unbedingt wegen mir hier auftauchst«, fügte sie augenzwinkernd hinzu.

»Ich erkläre dir gleich alles. Wie ich schon am Telefon angedeutet habe, muss ich ein paar Sachen in Bremen erledigen. Dich zu besuchen, ist dabei ein angenehmer Nebeneffekt.« Louise grinste.

»Aha, also wärst du nicht gekommen, wenn nicht deine Spürnase gerade wieder im Einsatz wäre?«

Louise errötete ein wenig. »Du hast mich erwischt, aber ich wäre in spätestens drei, vier Wochen nach Bremen gekommen, ehrlich.«

»Das ist doch okay. Ich freu mich jedenfalls. Und jetzt will ich alles wissen.«

Louise erzählte ihr in allen Einzelheiten, was sich bis zu

diesem Zeitpunkt zugetragen hatte. Von ihrem Aufenthalt auf Sylt, von Chris und Diana, dem Laienspieltheater, dem Schauspieler Ron Schubert, der erschossen worden war, von Hagen Reinert, dem Architekten aus Bremen, den sie tot aufgefunden hatte, und der Witwe von Ron Schubert, die zurzeit Zuflucht auf Pellworm suchte.

»Meine Güte, das ist ja ein ganzer Roman, den man daraus stricken könnte. Ein echter Krimi. Als du gestern Ron Schubert erwähnt hast, hat es bei mir natürlich sofort klick gemacht. Ich bin zwar keine eifrige Theaterbesucherin, aber das eine oder andere Stück, in dem er mitgewirkt hat, habe ich tatsächlich gesehen. Ich hab dir übrigens aus dem *Weser-Kurier* die Todesanzeige, die das Theater veröffentlichen ließ, ausgeschnitten.«

Christine schimpfte kurz wie ein Rohrspatz über eine Radfahrerin, die sich gefährlich nahe an ihrem Wagen vorbeiquetschte, um sich danach übergangslos nach Chris zu erkundigen.

»Hm, was soll ich dir da viel erzählen. Im Moment klettert er in Griechenland herum. Zuletzt hat er sich vom Berg Athos gemeldet, also von einem der vielen Klöster, die es dort gibt. Chris ist ein Abenteurer und ein ewiger Junge. Ich denke, ich liebe ihn immer noch und er mich, aber ob diese Liebe die räumlichen und zeitlichen Distanzen überdauert, ich weiß es nicht, aber im tiefsten Innern wünsche ich es mir.« Sie seufzte tief.

»Und wenn es mit euch beiden nicht funktioniert? Wie schmerzlich wäre die Trennung für dich. So schlimm wie mit Thierry?«

Louise überlegte einen Augenblick, dann schüttelte sie

vehement den Kopf. »Nein, die Trennung von Chris hätte nicht diese Bitterkeit, da bin ich mir sicher. Es wäre das Eingeständnis eines Scheiterns, das uns beiden wehtun würde, aber das mit Thierry war Verrat, er hat mir wissentlich das Herz gebrochen, er ist feige und ein elender Wicht. So, und nun lass uns über was anderes reden.«

Mittlerweile waren sie im Bremer Viertel angekommen. Christine parkte ihr Auto im Hof ihrer Werkstatt, von der im rechten Winkel ihre kleine Souterrainwohnung abging.

»In der Werkstatt riecht es immer noch nach dem Brand. Ich befürchte, das bekomme ich nie wieder raus«, warnte sie Louise vor. »Doch erst mal in die Wohnung. Ich hab so ordentlich wie möglich aufgeräumt, du kannst mein Bett haben, ich schlafe auf der Couch oder im Atelier.«

Louise winkte ab. »Kommt überhaupt nicht infrage. Stell mir ein Feldbett ins Atelier oder leg mir eine Decke auf die Couch. Das reicht vollkommen für eine Nacht.«

»Okay, wie du willst. Also, was machen wir als Erstes?«

»Ich muss aufs Klo, mach mich ein wenig frisch, und dann gehen wir einen Happen essen. Ich lade dich ein. Hast du einen Vorschlag?«

Christine zögerte nicht lange. »Wir laufen zum Engel.«

Bewundernd stand Louise keine Viertelstunde später vor der ehemaligen *Engel Apotheke*, deren Name noch in großen Jugendstillettern über dem kunstvoll geschmückten Eingangsbereich prangte. Mittlerweile hatte sich in dem Gebäude ein Weincafé etabliert, von dessen wöchentlich wechselnder Karte Louise und Christine einen Flammkuchen mit Feigen und Ziegenkäse wählten, gefolgt von einem Quarkparfait mit Schoko-Ingwer-Soße und begleitet von einem trockenen Weißwein.

Christine kratzte mit ihrem Löffel den letzten Rest vom Dessert aus der Schale. »Werner erwartet uns um zwei. Er hat den *Weser-Kurier* abonniert und kann das Zeitungsarchiv vom ersten Erscheinungstag 1945 bis heute abrufen. Kannst du den Zeitraum, der dich interessiert, wenigstens etwas eingrenzen? Sonst sitzen wir noch in einer Woche bei ihm.«

Werner Albers war ein Freund von Christine, ein Goldschmied, der mit den beiden Mopshunden Fidel und Castro gleich um die Ecke ihrer Werkstatt wohnte.

»Ich will mich zunächst auf Sven Reinert konzentrieren, den Bruder von Hagen, der vor Jahren ums Leben gekommen ist. Dann bin ich auf der Suche nach einem Hinweis auf einen Unfall, den Ron Schubert im April dieses Jahres hatte, als er angefahren wurde.«

Kurz vor zwei betraten Louise und Christine das Ladenlokal des Goldschmieds. Ein Glöckchen bimmelte sanft, und Werner trat in den Geschäftsbereich, gefolgt von zwei langbeinigen Sportmöpsen, die, mit den Schwänzchen wackelnd, die beiden Frauen begrüßten. Auf den Befehl *Fidel, Castro, coucher!* warfen sie sich auf dunkelblaue Samtkissen und legten ihre Köpfe mit der faltigen Stirn und den hervorquellenden treuen Augen auf die Vorderpfoten.

»Du bist also Louise«, begrüßte Werner sie und küsste sie wie selbstverständlich links und rechts auf die Wange. »Ich hab deine Eltern, es waren doch deine Eltern, damals, als es bei Christine gebrannt hat?, kennengelernt. Nette Leutchen. Nun, ich muss mich an die Arbeit machen. Mein

Computer steht hinten im Büro, es ist alles vorbereitet, ihr könnt euch an die Recherche machen.«

Louise verzichtete darauf, ihr Verhältnis zu Fine und Momme zu erklären, bedankte sich herzlich und verschwand mit Christine nach hinten.

»Fangen wir mit dem Unfall von Ron Schubert an.« Louise gab die Suchbegriffe *Unfall, Fußgänger* und *Fahrerflucht* ein und grenzte den zeitlichen Rahmen ein. Sekunden später war das Ergebnis da. Ein Name war nicht genannt, doch es konnte sich nur um den Schauspieler handeln. Demnach war Schubert um kurz vor elf in der Nacht, also bei Dunkelheit, vom Theater auf dem Weg zu seiner Wohnung gewesen. Er überquerte die Fahrbahn, als die Ampel für ihn Grün zeigte, ein Wagen übersah ihn beim Rechtsabbiegen. Schubert kam zu Fall, das Auto fuhr weiter, ohne auch nur abzubremsen. Ein Passant eilte zu Hilfe, Schubert kam ins Krankenhaus. Der Zeuge, der dem Schauspieler geholfen hatte, gab an, es habe sich um einen dunklen Kombi gehandelt. Weitere Zeugen wurden gesucht, doch, wie Louise ahnte, waren sie nie gefunden worden, sonst hätte Theresa es ihr wohl erzählt. Ein Unfall, wie er täglich vorkam. Fahrzeuge, die einen Fußgänger oder Radfahrer übersahen und im schlimmsten Fall töteten.

Christine saß neben Louise und hatte den Artikel mitgelesen. »Sieht mir ganz nach einem typischen Unfall aus. Haben wir hier in Bremen oft«, bestätigte sie Louises Vermutung.

Die biss sich auf die Unterlippe. Ein dunkler Kombi. Von einer Frau war nicht die Rede. Gut, das hatte nach Auskunft von Theresa ein späterer Zeuge ausgesagt, aber Schubert hatte es nicht bestätigen können.

Welche Begriffe könnte sie sonst noch eingeben, um vielleicht einen Folgeartikel zu entdecken? Sie versuchte es mit *Unfall, Fahrerflucht, Schauspieler*. Womöglich war dieser Umstand vorher noch nicht bekannt gewesen. Leider ergab diese Kombination keinen einzigen Treffer. Dann weiter zu Sven Reinert. Sie tippte seinen Vor- und Zunamen ein, wie auch die Suchworte *Parkplatz* und *Architekt*.

Das Ergebnis waren immerhin zwei Treffer. Der erste Artikel bezog sich auf den Fund des Toten. Auf einem Parkplatz hinter Lilienthal war von einem Lkw-Fahrer ein toter Mann entdeckt worden. Die Verletzungen deuteten darauf hin, dass er überfahren worden war. Der nächste Artikel erschien bereits am nächsten Tag im *Weser-Kurier*. Bei dem Mann handelte es sich um einen neunundzwanzigjährigen Architekten mit Büro in Bremen. Wie er auf den Parkplatz gelangt sein könnte, war unbekannt, Zeugen wurden gesucht.

»Wie furchtbar. Aber es steht nicht da, er sei absichtlich überfahren worden. Vielleicht hat ihn jemand, als er schon dalag, versehentlich überrollt«, mutmaßte Christine.

Louise nickte. »Das kann schon sein. Aber wie ist er da hingekommen, und warum lag er da? Das würde mich interessieren. Ob man im Archiv auch die Todesanzeigen findet?«

Sie gab jetzt lediglich den Namen des Toten ein. Eine Reihe von Berichten widmete sich dem Architekten Sven Reinert. Hier ein Artikel über einen Wettbewerb, den Anbau an eine denkmalgeschützte Villa, da ein Foto, wie er mit mehreren Männern und Frauen, die alle einen Schutzhelm trugen, in einer Baustelle stand. Und da war auch die Anzeige der Familie. Eltern, eine Schwester und deren Mann, Miriam und Thomas Wolf, ein Bruder, Hagen, und ein weiterer Bruder, Ruben. Eine Traueradresse in Worpswede und der Hinweis, die Familie bitte um Spenden an den *Weißen Ring* statt Kränze.

»Der *Weiße Ring*? Was ist das?«, wunderte sich Louise.

Gleichzeitig durchzuckte sie ein Gedanke, der sich jedoch sofort wieder verabschiedete, als Christine antwortete: »Ein Verein, der Opfer von Straftaten unterstützt.«

»Ah, eine gute Sache. Aber ich befürchte, wir kommen im Archiv nicht so weiter, wie ich es mir gewünscht hätte.«

»Was hattest du denn erhofft?«

»Ach, ich weiß es selbst nicht so genau. Vielleicht die klare Aussage, dass es sich bei dem Unfall von Ron Schubert um Vorsatz gehandelt hat. Bei Sven Reinert … keine Ahnung. Irgendwie …« Louise verstummte, lehnte sich im Stuhl zurück und verschränkte die Hände hinter dem Kopf. »Es ist alles so verworren. Hagen Reinert, der merkwürdig auf den Tod von Ron reagiert hat, tot. Jahre zuvor verstirbt sein älterer Bruder. Theresa, Rons Witwe, weiß von einem Verlust Rons, einem Freund, der verstorben ist, ein Verlust, unter dem ihr Mann gelitten hat. Aber sie wusste nicht, um wen es sich handelt. Ich könnte mir vorstellen, dass es sich bei diesem Freund um Sven Reinert handelte. Doch wie das alles zusammenhängt, erschließt sich mir noch nicht.«

»Glaubst du, Ron hat vielleicht den Tod von Sven verschuldet, Hagen hat es herausbekommen und versucht, Ron umzubringen, also hier in Bremen, während des Poloturniers und auf Pellworm hat es dann geklappt?«

Louise nickte. »Genau das ist mir im Kopf herumgegangen. Doch das würde voraussetzen, dass Hagen es erst Jahre später herausgefunden hat. Von ihm werden wir es nicht mehr erfahren. Ich sehe in diesem ganzen Wirrwarr zwei Szenarien. Erstens, Hagen hat Ron erschossen und sich dann selbst umgebracht, indem er sich totgesoffen hat. Allerdings, ist das eine Art, Selbstmord zu begehen? Zweitens, er war es nicht, hat den Täter gesehen, und der hat den unliebsamen Zeugen beseitigt. Da lag eine leere Flasche Korn, wo wir Hagen gefunden haben. Was da an Promille zusammenkommt, kann einen erwachsenen Mann durchaus umbringen. Es könnte also noch eine andere Person geben, die einen großen Hass auf unseren Schauspieler gehabt hat. Und wenn dem so ist, Christine, dann war es der pure Zufall, dass sich Hagen und diese andere Person auf Pellworm über den Weg gelaufen sind. Oder es war ein von langer Hand ausgetüftelter Plan, dessen Ziel es war, Ron Schubert gemeinsam zu töten. Und danach hat Hagen kalte Füße bekommen, wollte auspacken und musste sterben. Oder doch ein Selbstmord?«

»Wie jetzt? Ich komme mit deiner Fantasie nicht mehr ganz mit. Wenn es also diese zweite Person geben sollte, hat die Hagen Reinert beseitigt, indem sie ihn so betrunken gemacht hat, dass er stirbt? Aber wie kann ihm jemand so viel Alkohol eingeflößt haben? Da wehrt man sich doch.« Christine zog zweifelnd die Brauen hoch.

»Ich weiß, es ist verworren. Aber ich glaube, wir kommen der Chose allmählich etwas näher. Wenn ich genau nachdenke, sehe ich am Ende des Tunnels ein kleines Licht. Es geht hier um vier Menschen: Hagen, Sven, Ron und den großen Unbekannten. Und der hat vielleicht K.-o.-Tropfen angewendet. Vorher Hagen eine gewisse Dosis von dem Dreckszeug verabreicht, ihn damit willenlos gemacht und ihm den Schnaps eingeflößt. Wäre doch eine Möglichkeit.«

»Ja, schon, hört sich aber verdammt abenteuerlich an.«

Plötzlich schlug Louise sich an die Stirn. »*Zut*, ich wusste es doch, als ich es eben gelesen habe, da gibt es einen Zusammenhang.«

»Wie, was, Zusammenhang?«

»Warte, ich hab's gleich.« Sie rief den Wikipedia-Eintrag von Ron Schubert auf. »Hier, lies mal. Er ist in Worpswede geboren. Und wenn er vor fast zwanzig Jahren noch da gewohnt hat? In der Todesanzeige steht als Traueranschrift der Familie Reinert eine Adresse in Worpswede. Wenn beide dort gewohnt haben? Zur gleichen Zeit? Sie waren befreundet, arbeiteten beide in Bremen. Was liegt denn näher, als in der Nacht einen Freund mit dem Wagen mitzunehmen. Was, wenn Ron Schubert Sven Reinert im Auto hatte? Sie hatten einen Unfall, bei dem Sven ums Leben kam, Ron hat ihn auf dem Parkplatz abgelegt und sich vom Acker gemacht.«

»Ja und? Dann hatte er ihn im Auto. Aber Reinert lag auf dem Parkplatz. Meinst du etwa, Ron hat ihn rausgeschmissen und dann noch überfahren? Louise, du hast eine irre Fantasie, wenn du das denkst.«

Louise zuckte mit den Achseln. »Ja, hört sich weit hergeholt an. Aber wenn in dem Gedanken nur ein Fünkchen Wahrheit steckt, dann war es Hagen, der seinen Bruder gerächt und Ron erschossen hat. Wir müssten mehr über die Beziehung der drei Männer herausfinden. Vielleicht ist ein Familienmitglied bereit, mit uns zu sprechen. Ich denke da an die Schwester, Miriam Wolf.«

»Wie du selbst sagst, wenn sie überhaupt mit dir reden will. Ich würde mich da gerne ausklinken. Wie willst du sie ausfindig machen?«

»Wir könnten über das Architekturbüro in Erfahrung bringen, wo sie wohnt. Vielleicht können wir sie auch im Büro sprechen.« Louise tippte auf der Computertastatur herum. »Da haben wir das Büro. *Reinert, Wolf und Engelbrecht*, Schwachhauser Heerstraße, Bremen.« Sie schrieb sich die Telefonnummer heraus, verabschiedete sich vom Archiv des *Weser-Kuriers* und dem weltweiten Internet und legte Werners Computer schlafen.

»Wenn ich Miriam Wolf heute nicht mehr sprechen kann, würde ich mir gerne den Polostall anschauen. Ist das für dich in Ordnung?«

»Stehe zu Ihrer Verfügung, Madame«, antwortete Christine mit einer kleinen Verbeugung. »Also, los geht's.«

Kapitel 38

Langwedel – Bremen

Miriam Wolf erwartete Louise. Zwar war es nicht einfach gewesen, zu ihr durchzudringen, doch zu guter Letzt hatte Louise es geschafft. Als sie sich einer Mitarbeiterin des Architekturbüros gegenüber als private Anruferin und nicht als Kundin geoutet hatte, machte diese ihr zunächst unverhohlen klar, sie könne aufgrund eines Trauerfalls in der Firma keine Anrufe, die nicht beruflicher Natur seien, durchstellen.

»Keine Angst, ich bin keine Journalistin. Bitte richten Sie Frau Wolf aus, ich, Louise Dumas, habe ihren Bruder Hagen gefunden. Ich möchte ihr mein ganz persönliches Beileid aussprechen.«

Die Mitarbeiterin bat um einen Augenblick Geduld, um Louise dann wissen zu lassen, Frau Wolf erwarte sie um neunzehn Uhr in ihrem Büro in der Schwachhauser Heerstraße.

»Du bist auch wirklich nicht böse, wenn ich nicht mitkomme?«, fragte Christine und setzte den Blinker, um von der Autobahn abzufahren. »Bei den Recherchen behilflich zu sein, das mache ich gerne, ist ja auch irgendwie mein Metier. Aber die Hinterbliebenen besuchen, das machst du besser alleine. Ich koche uns eine Kleinigkeit, und hinterher können wir so richtig schön gemütlich schnacken.«

Die beiden Frauen waren kurz vor Langwedel. Sie erreichten ihr Ziel, den Poloclub, bei strahlendem Sonnenschein. Die nahezu H-förmige Anlage lag inmitten von weitläufigen Grünflächen, vor den rot verklinkerten Gebäuden erstreckte sich ein riesiger Reitplatz. Groß genug zum Trainieren und zur Ausrichtung von Poloturnieren, wie Louise Christine erklärte. Sie stellten den Wagen auf einem Parkplatz ab und schlenderten zu einem stattlichen Haus, unter dessen weißem Balkon gemütliche Loungemöbel auf einer Terrasse standen. Vom Internetauftritt des Poloclubs wusste Louise, dass man die Räumlichkeiten, die ländlich-elegant ausgestattet waren, mieten konnte, sei es für Firmenfeiern oder Hochzeiten. Sie grüßten die beiden Männer, die auf der Terrasse saßen und ein Glas Bier tranken.

»Moin, können wir Ihnen vielleicht weiterhelfen?« Einer der Männer erhob sich und trat auf Louise und Christine zu. »Wollen Sie sich ein wenig umschauen, oder habe ich es mit zwei Reiterinnen zu tun, die ihre Pferde bei uns einstellen wollen?« Der Mann lächelte breit.

»Weder noch«, antwortete Louise. »Ich bin, das heißt, war eine Freundin von Ron Schubert. Ich war während des Turniers auf Sylt. Er hat seinen Polosport so geliebt. Und nun ist er tot. Ich wollte einfach mal sehen, wo er seinem Hobby nachgegangen ist, und Chantal und Satchmo besuchen. Die beiden Pferde sind doch wieder hier?«

Das Grinsen des Mannes wich einer betretenen Miene.

»Das alles ist unfassbar. Ich hör ihn noch auf dem Platz

herumbrüllen. Sorry, das hört sich jetzt gefühllos an. Aber Ron war immer so präsent. Wir vermissen ihn. Theresa will die Pferde behalten. Wir stellen Chantal Nachwuchsreitern zur Verfügung, Satchmo bleibt als Rentner hier, bis Rons Witwe einen anderen Stall für ihn gefunden hat. Hier stehen eigentlich nur Sportpferde, wissen Sie. Sie reiten auch?«

Der Mann sah fragend von Louise zu Christine. Beide schüttelten den Kopf.

»Schade. Muss ja nicht unbedingt Polo sein, aber ein wenig Dressur oder Springen oder einfach nur zu Pferd die Natur zu erkunden ist auch sehr schön.«

»Ich habe einen Esel, mit dem ich die Natur erkunde.«

Das Grinsen machte sich wieder breit. »Ach was, wie nett. Ich bin übrigens Konrad Mehling.«

»*Oh pardon,* wir haben uns auch noch gar nicht vorgestellt. Louise Dumas, das ist meine Freundin Christine Evers.«

»Na, dann wollen wir mal die beiden Ponys besuchen.« Konrad Mehling marschierte mit großen Schritten los, die beiden Frauen folgten ihm.

»Warum nennt man die Pferde manchmal Pferde und manchmal Ponys?« Diese Frage hatte sich Louise in der letzten Zeit bereits einige Male gestellt.

»Nun, es sind alles Pferde, doch die Größe macht das Pony aus. Ursprünglich hat man zähe kleine Bergponys aus dem Himalaya im Polosport verwendet, später Ponyrassen aus England. Ziel war es dann, ein nicht allzu großes, dabei aber schlankes und noch wendigeres Sportpferd zu züchten. Man hat dazu Vollblüter in England eingekreuzt oder argentinische Criollos. Das Stockmaß eines

Ponys, also eines Kleinpferdes, liegt bei unter einem Meter achtundvierzig. Im Schnitt ist ein Polopferd eins fünfzig groß.« Mittlerweile waren sie im Stall angekommen. Ein Mädchen war dabei, ein Pferd zu putzen. Konrad grüßte es und zeigte auf den Widerrist ihres Pferdes. »Man misst die Höhe an dieser Stelle.«

»Also ist es auf keinen Fall ein Pony, wenn es mehr als eins fünfzig hat«, stellte Louise fest.

»Ja, eigentlich nicht. Aber der Begriff Pony hat sich einfach gehalten. Ich hatte eben schon erwähnt, dass die ersten Ponys aus der Mongolei kamen. Und die waren echt klein, mal gerade knappe eins dreißig. Für die Engländer, die den Sport aus Indien mitgebracht haben, natürlich zu klein. Bis 1916 waren es aber tatsächlich Ponys, die im Polosport zum Einsatz kamen. Bis dahin durfte das Tier nicht größer als eins siebenundvierzig sein.«

Konrad Mehling trat an eine Box. »Das ist Satchmo. Chantal ist auf der Weide.«

Neugierig streckte das braune Pferd seinen Kopf heraus.

»Oh, hat er sich verletzt?« Louise zeigt auf ein rot bandagiertes Bein.

»Nur eine Kleinigkeit. Morgen kann er wieder raus. Er ist ein Seelchen. Überhaupt zeichnen sich diese Pferde durch ein absolut verlässliches, kaum schreckhaftes und sehr ausgeglichenes Wesen aus. Wir fragen uns alle, wie Ron von ihm runterfliegen konnte.«

Das frage ich mich auch, dachte Louise. *Und ich werde es herausfinden.*

»Sehen Sie, Satchmo ist ein wirklich gelungenes Beispiel für ein Polopferd. Ein gut ausgeprägter Widerrist, super bemuskelter Rücken, kräftige Gelenke. Ein wunderschön proportionierter Kopf, breite Stirn und ein feines Maul.« Konrad strich dem Braunen zärtlich über die samtenen Nüstern.

»Wer kümmert sich um ihn? Also hier und während des Turniers?«, fragte Louise und klopfte Satchmo vorsichtig den Hals. »Immer noch Norbert?«

»Sie haben ihn kennengelernt? Ja, ein guter Mann. Er ist draußen und bereitet das Abendfutter vor.«

Konrads Handy piepste. Er schaute auf seine Armbanduhr und zog dann das Telefon aus der Hosentasche.

»Ach herrje, schon so spät. Meine Frau, wir haben eine Einladung. Ich muss dann wohl los. Schauen Sie sich gerne noch ein wenig um. Jennifer kann, falls Sie noch etwas wissen wollen, Ihre Fragen beantworten.« Er nickte in Richtung des Mädchens, das immer noch unermüdlich am Bürsten war. Dann zog er die Boxentür zu. »Tschüss denn, war nett, Sie beide kennengelernt zu haben. Und falls Sie doch mal Interesse am Polosport haben, melden Sie sich, Sie sind herzlich zu einer Schnupperstunde willkommen.« Dann eilte er aus der Stallung.

»Ein schönes Pferd haben Sie da, Jennifer.« Louise und Christine traten zu dem Mädchen, das nun hingebungsvoll den Schweif des Pferdes ordnete.

»Oragon, mein Schatz.«

»Sie spielen Polo?«

Jennifer nickte. »Ich reite, seitdem ich sechs Jahre alt bin. Polo habe ich im letzten Jahr für mich entdeckt. Oragon ist ein Polo Argentino.«

»Können Sie mir sagen, wo die Futterkammer ist? Ich

wollte ein wenig mit Norbert schnacken. Er hat sich um die Pferde von Ron gekümmert, auf Sylt, während des Turniers.«

»Puh, das war ein Ding, als wir davon hörten. Satchmo, da könntest du eine uralte Oma draufsetzen, und der würde nicht mit dem Ohr wackeln. Und dann Rons Tod, wir sind alle vollkommen geflasht. So, mein Hübscher, dann hol ich mal dein Zeug«, wandte Jennifer sich an ihr Pferd. »Wir trainieren ein wenig, ich muss satteln«, fügte sie erklärend hinzu. »Und die Futterkammer ist gleich um die Ecke, können Sie gar nicht verfehlen.«

Louise und Christine bedankten und verabschiedeten sich. Als sie aus dem Stall traten, kam ihnen ein Mann mit einem Futterwagen entgegen, auf dem diverse Eimer und Plastikbehälter standen. Der Mann war Ende fünfzig, untersetzt, das Gesicht unter der karierten Kappe war wettergegerbt. Seine Beine steckten in Jeans und Gummistiefeln. Er grüßte und wollte schon weiter, als Louise ihn ansprach.

»Moin, Sie sind Norbert, nicht wahr? Ich bin Louise Dumas. Ich war damals auf Sylt, während des Turniers, als das mit Ron passiert ist.« Dass sie auch den toten Ron Schubert gefunden hatte, verschwieg Louise erneut.

Norbert wurde bleich. »Ja, schlimme Geschichte, das alles«, sagte er vorsichtig.

»Jeder wundert sich, wie Satchmo plötzlich so abdrehen konnte und Ron aus dem Sattel geworfen hat, nicht wahr?«

»Das kann man wohl sagen. Hätte keiner erwartet. Aber was soll die Frage?« Die Vorsicht war Misstrauen gewichen.

Louise überlegte. Es machte keinen großen Sinn, ewig um den heißen Brei herumzureden. Sie brauchte von Norbert ein Geständnis. Sie war überzeugt davon, dass er, als *Groom*, als Betreuer von Satchmo, seine Finger bei der ganzen Geschichte im Spiel gehabt hatte.

»Norbert, irgendetwas ist mit dem Pferd geschehen, jemand hat dafür gesorgt, dass es plötzlich durchdrehte. Ich stelle mir folgendes Szenario vor, und Sie antworten einfach mit Ja oder Nein.«

»Sind Sie von der Polizei? Ich sage überhaupt nichts.« Norbert wollte sich an den beiden Frauen vorbeischieben, doch Louise trat ihm in den Weg.

»Ich bin nicht von der Polizei. Aber damals ist irgendetwas passiert. Glauben Sie mir, es wird Ihnen guttun, wenn Sie reden.«

Der Mann stoppte seinen Futterwagen. »Dann sagen Sie halt, was Sie zu sagen haben. Dann überleg ich's mir«, antwortete er mürrisch.

»Nun, ich vermute, es war so: Jemand hat Sie dafür bezahlt, dass Sie Satchmo ein Leid zufügen.«

Norberts Gesichtsfarbe wechselte von Weiß zu Dunkelrot. Er öffnete schon den Mund, als Louise weiterredete.

»Hören Sie einfach weiter zu. Sie haben aus hyperscharfen Chilischoten eine Paste gemacht, diese Satchmo auf den Rücken geschmiert, Satteldecke und Sattel drauf, und schon war der Sturz vorprogrammiert. Als das Pferd auf den Platz kam, hat es vielleicht etwas geprickelt, es hat Satchmo vielleicht gestört, aber die Salbe hat ihm noch nicht wehgetan. Doch mit zunehmender Bewegung kam die Hautdurchblutung stärker und stärker in Gang, die Paste brannte wie Feuer, und der Schmerz wurde so groß, dass er versuchte, sich dagegen zu wehren, vor ihm zu fliehen. Er raste los, buckelte, stieg, Ron stürzte aus dem Sattel. War es nicht so? Wer hat Sie beauftragt, das zu machen? Schämen Sie sich nicht? Das Pferd hatte schlimme Schmerzen, Ron hätte sich das Genick brechen können. Wie viel hat man Ihnen dafür gegeben?«

Mit jedem Wort von Louise war der Mann mehr in sich zusammengesunken. Jetzt traten ihm Tränen in die Augen. Er schüttelte den Kopf.

»Nein, so war es nicht«, flüsterte er kaum hörbar. »Es war ganz anders.«

»Mann, dann reden Sie. Wenn es nicht so war, wie dann?« Louise hätte Norbert am liebsten an den Schultern gepackt und geschüttelt.

»Warten Sie, ich verteile nur schnell das Futter, dann reden wir.«

Norbert schob die Karre in die Stallung. Mit schnellen, geübten Handgriffen verteilte er das Futter in den Krippen, Louise und Christine immer auf seinen Fersen.

»Setzen wir uns da hinten hin, ich stell den Wagen eben noch ab.«

»Ich höre«, forderte Louise den Mann zwei Minuten später auf.

Norbert setzte seine Kappe ab, fuhr sich über die Glatze und suchte nach Worten. »Ich hab Satchmo wie immer fertig gemacht. Schweif gebunden, gesattelt, Zaumzeug drauf. Hinten sind seine Beine bandagiert, vorne trägt er Gamaschen. Hab ich alles ordentlich angelegt. Dann kam einer der argentinischen *Grooms*, Diego, rein und sagte, vor dem Zelt wäre jemand, der mich sprechen wolle, wäre dringend. Alle anderen Pferde waren schon draußen, nur bei Satchmo hat es etwas länger gedauert, weil der Sattelgurt an einer Stelle etwas eingerissen war. Minimal, da wäre nichts passiert, aber ich hab ihn noch flink ausgetauscht. Ich bin kurz rausgerannt, hab mich umgeschaut, da war keiner. Bin dann noch mal zu Diego, um nachzuhören, wo die Person denn abgeblieben ist. Wir haben noch zusammen Ausschau gehalten, aber da war niemand. Das hat insgesamt keine drei oder vier Minuten gedauert. Ich hab Satchmo rausgeführt und Ron übergeben. Und bin dann aus allen Wolken gefallen, als das Pferd sich auf dem Platz dermaßen gebärdet hat.«

Die beiden Frauen hatten schweigend zugehört. Nun fragte Louise: »Und Ihnen ist beim Rausführen oder im Stall nichts aufgefallen? Keine Person, die da nichts zu suchen hatte? Satchmo benahm sich zu diesem Zeitpunkt also noch ganz normal?«

»Ja, völlig normal. Und Personen? Da war niemand. Allerdings verirrt sich außerhalb der Besichtigungszeiten immer mal jemand in die Stallungen. Pferde gucken, Fragen stellen, so'n Zeug eben. Also, als das dann passiert war, hab ich das Pferd kaum beruhigen können. Hab erst mal den Sattel runtergenommen, weil ich dachte, dass ihn da vielleicht was gedrückt hat, keine Ahnung. Er sah total verschwitzt aus, was kein Wunder war bei all der Aufregung. Ich hab ihn dann gleich mit Stroh trocken gerieben und es auf den Misthaufen geworfen. Gerochen hab ich nix, aber seitdem ich mal vom Pferd gestürzt bin und mir den Kopf angehauen hab, riech ich sowieso kaum noch was. Allerdings haben mir echt die Augen getränt, die waren richtig gereizt. Und ich konnte mir absolut keinen Reim drauf machen. Hab noch gedacht, wo kommt das nur her? Er war dann immer noch total unruhig. Ich hab schnell die Gamaschen und die Bandagen abgemacht und Satchmo die Beine gekühlt, er hat sich dann langsam wieder beruhigt und nach einer Stunde war alles wieder gut. Okay, ich hätte was sagen können. Aber was genau? Und dann? Auf wen fällt denn alles zurück? Auf mich, ich hätte schlampig gearbeitet, was übersehen oder sonst was. Satchmo war wieder in Ordnung, und auch Ron ist nichts Schlimmes passiert. Also hab ich die Klappe gehalten. Aber jetzt, wo wir darüber reden …« Er schwieg, nahm wieder die Kappe ab und kratzte sich am Kopf. »Da hat mich jemand gelinkt. Mich aus dem Stallzelt gelockt und dem armen Tier dieses Chilizeug auf den Rücken geschmiert. Ja, so muss es gewesen sein. Wenn ich die Person erwische, der polier ich eigenhändig die Fresse.«

»Norbert, Sie sagten, Sie wären nur ein paar Minuten draußen gewesen. Ist es denn zu schaffen, den Sattel und die Decke abzunehmen, die Paste auf den Rücken zu schmieren und alles wieder draufzumachen und zu verschnallen? Und würde das Pferd überhaupt bei einer fremden Person stillhalten? Würde es nicht unruhig werden, vielleicht sogar wiehern?«

»Hören Sie, der Satchmo ist so wohlerzogen. Der steht da wie aus Bronze gegossen, sag ich Ihnen. Den Gurt zu öffnen, Sattel und Decke ein wenig anheben ist kein Hexenwerk. Alles wieder zurechtrücken, den Gurt festzurren, er wird vom Reiter sowieso noch mal nachgezogen. Aber jetzt, wo wir drüber reden, bevor ich Satchmo rausbrachte, hab ich den Sattel noch mal ein wenig nach hinten gerückt.«

Louise nickte. Sie glaubte Norbert. Der Mann hatte nichts mit der Chilipaste zu tun.

»Norbert, eine letzte Sache noch. Sie haben eben die Person erwähnt, die Sie sprechen wollte. War es ein Mann? Ich weiß, Sie haben diesen Menschen nicht gesehen, aber haben Sie nicht vielleicht bei Diego nachgefragt, wer es war, also ein Mann oder eine Frau?«

»Klar hab ich das, ich sagte doch eben, dass ich … dass wir noch Ausschau gehalten haben. Es war eine Frau, die mich aus dem Stallzelt gelockt und dem armen Tier diese Schmerzen zugefügt hat, ganz zu schweigen von dem, was unserem Ron passiert ist. Aber Diego hatte nicht weiter auf sie geachtet. Er hatte lediglich gemeint, es sei eine Ausländerin gewesen.«

Kapitel 39

Bremen

»Dann kann ich Hagen für das Attentat auf Sylt ausschließen«, schloss Louise, als sie und Christine das Gespräch mit Norbert noch einmal Revue passieren ließen. »Es war eine Frau. Doch wer mag sie gewesen sein?«, grübelte sie vor sich hin.

Welche Frauen waren ihr im Zusammenhang mit Ron bis jetzt begegnet? Hilla, Diana, Theresa, die Frau, die eine Auseinandersetzung mit Ron am Buffet gehabt hatte. Und sonst? Eine absolut Unbekannte? Theresa hatte freimütig erklärt, ihr Mann hätte es mit seiner Treue nicht so genau genommen. War es vielleicht eine Verflossene? Was mochte ihr Grund gewesen sein, einen solchen Hass auf den Schauspieler zu empfinden? Dies war die dringlichste Frage, die es zu klären galt. Und eine Sache war gewiss, sie musste wieder nach Sylt. Mit Diana reden, sich auf die Suche nach der Frau machen, die im Hotel mit Ron aneinandergeraten war. Doch zunächst erwarteten sie die Gespräche mit Miriam Wolf und dem Kollegen Ron Schuberts, der unfallbedingt seinen Platz als Wilhelm Tell hatte räumen müssen.

Die beiden Freundinnen trennten sich am späten Nachmittag. Louise wollte noch ein wenig durch Bremen bummeln, während Christine ein Gemälde begutachten würde, das man ihr zur Restaurierung anvertrauen wollte.

Schnoor, Böttcherstraße, der Marktplatz mit dem historischen Rathaus und dem Roland, die beide zusammen zum Weltkulturerbe der UNESCO gehörten. Die Stadt war voll mit Touristen, und an Louises Ohr drang ein buntes Sprachengemisch. Sie besorgte in der Bonbonmanufaktur die *Bremer Babbeler* und für sich noch ein schönes Stück Nougat.

Um halb sieben stieg sie in die Straßenbahn, war etwas zu früh an der Schwachhauser Heerstraße. Das große Gebäude, in dem sich das Architekturbüro befand, stammte aus dem frühen 20. Jahrhundert. Auf einem matt glänzenden Aluminiumschild waren die Namen *Reinert, Wolf und Engelbrecht* in großen schlichten Buchstaben zu lesen.

Louise schob die nicht geschlossene schwere Pforte auf und fand sich in einem hochmodernen Ambiente wieder, das sie von draußen so nicht vermutet hätte. Eine Glastür öffnete sich, und eine Frau, etwas jünger als Louise, mit raspelkurzem dunklem Haar, das wie ein Pelz auf ihrem Kopf lag, kam auf sie zu. Sie trug einen schwarzen Hosenanzug, und ihr bleiches Gesicht wirkte fast durchscheinend.

»Frau Dumas? Ich bin Miriam Wolf, die Schwester von Hagen. Bitte kommen Sie mit.«

Louise begrüßte die Frau, deren Hand sich wie ein welkes Blatt anfühlte, und folgte ihr in ein Büro, dessen Wände vollkommen bedeckt von Fotos von Gebäuden und Entwurfsskizzen waren.

»In drei Tagen ist Hagens Beisetzung in Worpswede, da

liegt die ganze Familie begraben. Sind Sie dann noch in Bremen?«

»Nein, ich muss zurück. Darf ich Ihnen und Ihrer Familie mein Beileid aussprechen?«

Miriam Wolf nickte. »Sie haben also meinen Bruder gefunden. Wir hatten keine Ahnung, dass er sich auf dieser Insel aufhielt. Wir haben keine Beziehung zu Pellworm. Als Kinder haben wir die Familienurlaube auf Norderney verbracht, aber Pellworm ... Was er dort wohl gesucht hat? Aber entschuldigen Sie, darf ich Ihnen etwas anbieten? Einen Kaffee? Etwas Stärkeres?«

»Danke nein, ich habe eben in der Stadt einen Kaffee getrunken.«

Louise setzte sich auf einen modernen Sessel, schwarzes Leder in einem Metallgestell.

»Sie erlauben?« Die Architektin, die eben Platz nehmen wollte, ging zu einem Schrank, nahm eine Karaffe und zwei Gläser heraus. »Einen Bourbon?«

»Nein, vielen Dank. Vielleicht ein Wasser.«

Umgehend standen eine kleine Flasche Mineralwasser und ein Glas vor Louise. Miriam Wolf schenkte sich einen großzügigen Schluck Whisky ein.

»Wenn Sie mir einfach erzählen würden, was auf Pellworm passiert ist?«

Louise nippte an ihrem Glas. »Ich habe Ihren Bruder einmal getroffen, zufällig. Wir haben uns kurz unterhalten. Mehr nicht. Bei einem Spaziergang auf dem Deich haben ein Freund und ich ihn dann entdeckt. Er war bereits tot. Sie wissen um die Umstände?«

Miriam Wolf leerte ihr Glas. »Ja, er hatte eine Flasche

Hochprozentigen bei sich, sein Blut wies mehr als vier Promille auf, und er ist an seinem Erbrochenen erstickt.« Sie schluckte schwer. »Meine Mutter hat es nicht begriffen, sie lebt seit vielen Jahren in einem Heim, mein Vater will es nicht wahrhaben, dass nun auch noch Hagen tot ist, und mein kleiner Bruder treibt sich irgendwo in der Weltgeschichte rum. Mein Mann und ich und ein Kompagnon halten den Laden im Moment am Laufen. Es wird viel gebaut und renoviert, wir können uns nicht beklagen. Doch es will uns einfach nicht in den Kopf, wie Hagen gestorben ist. Sie müssen wissen, Hagen war Epileptiker, er nahm Medikamente ein. Und ein Übermaß an Alkohol hat sich von ganz alleine verboten. Warum nur hat er dann so viel getrunken? Wir können es uns einfach nicht erklären. Es kommt mir vor wie in einem schlechten Kriminalroman. Ich habe nachgehakt, habe mit der Polizei gesprochen. Da gibt es einen ermittelnden Hauptkommissar, Herr Duve, er war sehr nett und hat mir zugehört, aber die Polizei schließt Fremdeinwirkung – so nennt man es doch? – aus. Er soll einsam und alleine in diesem Boot gesessen haben, hat vielleicht aufs Meer geschaut und eine ganze Flasche Korn in sich hineingekippt. Warum? Was nur hat er auf dieser Insel gesucht?«, wiederholte sie ihre Frage. »Können Sie es mir sagen? Nein, natürlich nicht, es war ja eine kurze Zufallsbekanntschaft«, schloss Miriam Wolf und goss sich ein zweites Glas ein.

»Ihr Bruder hat die Probe zu einem Theaterstück besucht. Ich habe ebenfalls mitgewirkt, wir sind eine Laienspieltruppe, die durch einen Bremer Schauspieler verstärkt worden ist. Ron Schubert. Das wussten Sie nicht?«

Miriam Wolf stellte ihr Glas mit einem Knall auf den Glastisch. »Natürlich habe ich mitbekommen, dass er tot ist. Allerdings nicht, dass er auf Pellworm gestorben ist. Es gab einen Nachruf im *Weser-Kurier* auf der Kulturseite. Ein paar Zeilen. Er sei bei einer Theaterprobe zu Tode gekommen und die Polizei schließe ein Fremdverschulden nicht aus. Dann ist das mit Hagen passiert, ich habe keinen Blick mehr in die Zeitung geworfen. Es hat mich auch nicht interessiert, wir hatten hier genug zu trauern. Hagen und Ron kannten sich kaum, aber trotzdem ist das doch ein merkwürdiger Zufall.«

»Aber Ron Schubert kannte Ihren älteren, verstorbenen Bruder, Sven?«, fragte Louise ins Blaue.

»Ja, die beiden waren gleich alt und miteinander befreundet. Sie sind zusammen in Worpswede in die Grundschule gegangen, waren ziemlich eng befreundet. Als junge Erwachsene sind sie sich dann noch sporadisch begegnet. Ron hat Sven zu einer Party eingeladen und umgekehrt, so etwa. Dann haben sich ihre Wege getrennt. Ron hat seine Schauspielausbildung, glaube ich, in Bochum absolviert, ich meine, so stand es in dem Nachruf. Sven hat Architektur in Karlsruhe studiert und ist dann in das Büro unseres Vaters zurückgekehrt. Wo Ron nach seiner Ausbildung war, weiß ich nicht, aber auch er kam irgendwann nach Bremen zurück. Allerdings hab ich nicht die leiseste Ahnung, ob die beiden da noch mal engeren Kontakt hatten. Zwei Jahre nachdem Sven zurück war, ist er gestorben. Irgendein Arschloch hat ihn überfahren und einfach liegen lassen.« Miriam Wolfs Stimme brach. »Wie ist es nur möglich, dass eine Familie so viel Leid erfahren muss, Frau Dumas? Das ist doch nicht gerecht.«

Louise zuckte hilflos mit den Schultern. »So was kann niemand erklären«, erwiderte sie leise. »Wissen Sie, was damals geschehen sein könnte? Bitte entschuldigen Sie meine Neugierde.«

»Ist schon in Ordnung. Nein, nicht wirklich. Sven war an diesem Abend länger im Büro, er hat noch an einem Entwurf gearbeitet. Ich war damals noch ein junges Mädchen, Hagen Gymnasiast. Mein Vater war in Stuttgart und hat dort mit seinem Kompagnon Theodor Engelbrecht an einem Wettbewerb teilgenommen und ihren Entwurf vorgestellt. Sven hatte für vier Wochen den Führerschein verloren. Also übernachtete er, wenn es später wurde, entweder im Büro, wir haben hier ein kleines Zimmer für solche Fälle, oder er kam mit dem letzten Bus von Bremen über Lilienthal nach Worpswede zurück. Den scheint er aber nicht genommen zu haben. Wir vermuten, er ist mit jemandem mitgefahren. Vielleicht wollte die Person ihn ausrauben, hat auf dem Parkplatz hinter Lilienthal angehalten, und es ist zu einem Kampf gekommen. Auf jeden Fall war Svens Genick gebrochen. Die Person hat ihn aus dem Wagen geworfen und ist dann über ihn gefahren.«

Bei den letzten Worten fing Miriam Wolf an, unkontrolliert zu zittern. Louise wollte schon aufspringen und sich neben sie setzen, doch die Architektin winkte ab.

»Schon gut, es geht wieder. Aber alleine der Gedanke, was da passiert ist, unfassbar. Er war bereits tot, als er überfahren wurde, sagte uns der Gerichtsmediziner.«

»Und keine Spur von dem Wagen, der ihn überrollt hat?«

»Nein, weder von ihm noch von dem Fahrer.« Die Architektin erhob sich unvermittelt, schwankte leicht. »Frau

Dumas, ich danke Ihnen, dass Sie sich die Mühe gemacht haben vorbeizukommen. Ich hatte zwar gehofft, Sie könnten mir etwas mehr erzählen, was Hagen auf Pellworm verloren hatte ... Ich habe leider gleich noch einen Termin. Sollten Sie doch noch in Bremen sein, die Beerdigung findet um fünfzehn Uhr in Worpswede statt. Die Grabstelle unserer Familie liegt genau gegenüber der von Paula, Sie können sie also gar nicht verfehlen.«

»Von Paula?«

»Paula Modersohn-Becker. In der Böttcherstraße ist das Museum, das ihr gewidmet ist. Als sie starb, hatte sie kurz zuvor ein Kind geboren. Sie wurde nur einunddreißig Jahre alt.«

Miriam begleitete Louise zur Bürotür. Rechts davon hing ein Entwurf zu einem großen Haus, dessen klare und einfache Linien Louise, als sie einen Blick darauf warf, faszinierten.

»Das ist wunderschön«, sagte sie nur.

Miriam hielt inne. »Ja, das ist es. Das ist der letzte Entwurf von Hagen, das Haus wird auch so gebaut werden. Das heißt, der Rohbau steht bereits. Es tut ganz schön weh, dass mein Bruder die Fertigstellung dieses traumhaften Anwesens nicht mehr erlebt. Die Auftraggeber wünschen sich ein Atriumhaus im Stil einer römischen Villa.« Miriam lächelte wehmütig. »Hagen hat sich am Haupthaus einer antiken Villa Rustica orientiert. Es ist der klassische Aufbau. Hier der Flur, er führt direkt zum Atrium, das von einem Wasserbecken dominiert wird, drumherum die Wohnräume.«

»Fantastisch.« Louises Augen wanderten über den Plan.

»Wenn ich mir irgendwann ein Haus baue, könnte ich mir so etwas gut vorstellen. Aber ich will Sie jetzt nicht länger aufhalten.«

»Ich gebe Ihnen meine Karte, Frau Dumas. Und wenn Sie so weit sind, rufen Sie mich an.« Jetzt war das Lächeln der Architektin strahlend und herzlich. Sie ging zu ihrem Schreibtisch, entnahm einer Metallbox eine Karte und überreichte sie Louise.

Als Louise aus dem Haus trat, dämmerte es, und es war kühl geworden. Bis zu Christine waren es knapp drei Kilometer zu Fuß, für Louise eine halbe Stunde Weg. Sie genoss die erfrischende Luft und freute sich auf den Abend mit Christine.

Das Gespräch mit Miriam Wolf war aufschlussreich gewesen. Es bestärkte sie darin, dass Hagens Tod kein natürlicher gewesen war. Es hatte jemand nachgeholfen. Und doch gab es immer noch diese beiden Optionen: Hagen hatte Ron getötet, weil er diesen für den Tod seines Bruders Sven verantwortlich gemacht hatte. Doch wie war er darauf gekommen? Dann wäre die Selbstmordtheorie doch nicht so ganz von der Hand zu weisen. Nein, mit ihr hatte Louise abgeschlossen. Hagen war einem Verbrechen zum Opfer gefallen. Option zwei: Hagen war getötet worden, weil er Zeuge der Ermordung Rons geworden war. Hagen hatte den Schauspieler wegen Sven zur Rede stellen wollen, kam im falschen Augenblick dazu und bezahlte dies mit seinem Leben. Hatte es auf Pellworm also einen Doppelmord gegeben, begangen von einer einzigen Person? Einer Frau? Die Satchmo den Rücken mit Chilipaste eingerieben und wahrscheinlich auch den Unfall in

Bremen provoziert hatte, der Ron damals schon hätte das Leben kosten können?

»*Cherchez la femme*. Und zu diesem Zweck ab nach Sylt«, sagte Louise laut und musste schmunzeln, als sich ein paar Köpfe erstaunt nach ihr umdrehten.

Kapitel 40

Bremen

Louise hatte kaum Schlaf gefunden. Dies lag nicht an dem Sofa, es war breit und bequem. Es lag an der zweiten riesigen Portion Knipp mit Bratkartoffeln, einem Glas Bier zu viel und den Gedanken, die permanent in ihrem Kopf kreisten.

Bereits um halb sieben, nach gerade mal fünf Stunden Schlaf, tigerte sie durch Christines Wohnung, kochte sich einen starken Kaffee und wartete darauf, dass die Freundin endlich aus den Federn kam. In der Zwischenzeit duschte sie, spazierte zur nächsten Bäckerei und kehrte mit einer Tüte frischer Brötchen zurück, deckte den Frühstückstisch und erfreute sich an den Kunstbüchern, die zu Hunderten in den Regalen standen, natürlich immer noch auf der Suche nach ausgefallenen Stillleben und den dazu passenden Kochrezepten.

Um halb neun endlich schlurfte Christine in die Küche. »Oh, du bist schon wach. Und Kaffee ist auch schon gekocht. Frische Brötchen. Wunderbar. Ich mach mich nur noch schnell ein wenig frisch.«

Um zehn setzte Christine Louise vor der Wohnung von Wulf Wittekind ab. Die Adresse hatte sie beim Theater erfragt. Man wollte sie zunächst nicht herausrücken, doch auf Louises Bitte hin, den Schauspieler doch anzufragen, ob ihm ein Besuch einer Schauspielkollegin genehm sei und wenn ja, ihr dann doch bitte die Adresse zu nennen, hatte sich das Sekretariat dazu bereit erklärt.

Wulf Wittekind ließ ausrichten, er freue sich sehr und erwarte den Gast aus dem Nachbarland. Und das, obwohl Louise keinen Namen genannt hatte. Denn wenn Wittekind eine Louise Dumas im Internet gesucht hätte ... Eine Kollegin wäre ihm dabei nicht über den Weg gelaufen. Hoffentlich warf er sie nicht gleich wieder raus, wenn er erkennen musste, dass Louise mitnichten eine gefeierte Kollegin war.

Wahrscheinlich erwartete er eine Catherine Deneuve oder Isabelle Adjani, dachte sie, als sie vor dem Haus des Mimen in der Plantage stand. Sie sah auf ihre Armbanduhr. Zeit genug für das Gespräch. Sie klingelte, und während sie darauf wartete, dass sich die Tür öffnete, überdachte sie noch einmal ihren Plan.

Um halb zwölf würde sie dann den Zug von Bremen über Hamburg und Husum nach Keitum auf Sylt nehmen, wo sie kurz vor siebzehn Uhr einträfe. Louise hatte kurzerhand das Ticket gebucht und in ihrer kleinen Pension in Keitum angefragt, ob zufällig ein Zimmer frei sei. Es war ein Zimmer frei, und Diana, die sie angerufen hatte, um sich mit ihr zu verabreden, hatte sich ganz offensichtlich darüber gefreut, Louise wiederzusehen. Sie hatte sogar angeboten, Louise vom Bahnhof abzuholen und bei der Pension abzusetzen. Doch Louise hatte es vorgezogen, sich ein Fahrrad zu mieten, um am nächsten Tag flexibler zu sein, denn für den darauffolgenden Vormittag hatte sie geplant, der unbekannten Frau aus dem Hotel auf die Spur zu kommen. Rückreise von Sylt nach Husum am Nachmittag, um noch rechtzeitig die letzte Fähre nach Pellworm zu erreichen.

Etwas gehetzt das Ganze, aber Louise war guter Dinge, bis dahin ein paar wichtige Fragen geklärt zu haben. Und wenn nicht, würde sie noch einen Tag auf Sylt dranhängen. Ihr gefiel die Insel, und es gab noch so viel zu erkunden. Es wäre auf jeden Fall keine vertane Zeit.

Das größte Hindernis allerdings würde der Anruf bei Fine werden. Wie sollte sie ihrer geliebten Patentante erklären, dass sie noch nach Sylt reisen würde? Bei Fine würden ganz sicher sämtliche Alarmglocken schrillen.

Doch jetzt war erst einmal der Besuch bei Wulf Wittekind an der Reihe. Sie hatte sich noch bei Christine ein Reclam-Heft ausgeliehen. Shakespeares *Wintermärchen*, das nun gelb und keck aus ihrer Tasche herauslugte.

Wulf Wittekind wohnte im dritten Stock. Sie klingelte erneut. Vielleicht hatte sie eben nicht fest genug auf den Knopf gedrückt, denn jetzt fragte augenblicklich eine sonore Stimme, wer da sei. Als Louise ihren Namen nannte, summte Sekunden später die Tür, die sie mit der Schulter aufdrückte.

Louise sah sich um, es gab keinen Aufzug. Sie stellte sich vor, wie mühsam es für Wittekind nach dem Unfall gewesen sein musste, in seine Wohnung hinauf und auch wieder hinunter zu kommen. Für einen Moment ging es ihr, als sie die Treppen erklomm, durch den Kopf, wie gefährlich das Herumklettern auf Leitern doch sein konnte.

Wittekind hatte sich die Hüfte gebrochen, Keno war bei der Gartenarbeit von einer Leiter gestürzt, und auch Ron hatte ermahnt werden müssen, Vorsicht walten zu lassen.

Auf dem oberen Treppenabsatz wurde sie bereits von einem äußerst attraktiven Mann erwartet. Das blonde Haar lag in leichten Wellen auf seinem Kopf, was ihm zusammen mit dem Dreitagebart und den unfassbar blauen Augen ein verwegenes Aussehen verlieh.

»*Madame, enchanté*«, begrüßte Wittekind Louise mit einer galanten Verbeugung, wie es ein Musketier mit Hut samt Feder in einem Mantel- und Degenfilm nicht besser hinbekommen hätte. »Frau Kollegin, kommen Sie doch herein.«

Louise wurde rot und folgte dem Mimen in ein Wohnzimmer, dessen Zustand das Wort Chaos noch verniedlichte. Pizzakartons, ein überquellender Aschenbecher, vor einem gut gefüllten Regal stapelten sich die Bücher, eine Pflanze mit langen spitzen Blättern schrie geradezu nach Licht und Wasser.

»*Pardon,* ich hätte aufräumen sollen, und die Pflanze gehört meiner Nachbarin«, fügte er mit einem entschuldigenden Lächeln hinzu, als er Louises Blick bemerkte. »Ich habe sie so in Pflege genommen während ihres Urlaubs. Armes Ding, also die Pflanze. Ich muss gestehen, dass ich neugierig bin, welcher Grund Sie zu mir führt. Eine Rolle? International besetztes Ensemble?«, fragte er strahlend und wies einladend auf eine Sofaecke, von der er Theaterzeitschriften und eine leere Chipstüte fegte.

Louise räusperte sich. »Nun, ähm, das nicht. Ich befürchte, die Dame, die mir Ihre Adresse gegeben hat, hat ein wenig übertrieben, was meine Person angeht. Ich bin Laiendarstellerin.«

Bei diesem Wort fiel Wittekind die Kinnlade herunter und die Zigarettenschachtel, nach der er eben gegriffen hatte, aus der Hand. »Wie bitte? Sind Sie etwa eine Stalkerin, die sich auf diese Weise Zutritt zu meiner Wohnung verschafft hat? Vorspiegelung falscher Tatsachen?«, grunzte er empört.

»Nein, nein, so ist es nicht. Ich kannte Sie bis eben ja gar nicht, warum also sollte ich Sie stalken? Setzen wir uns, und ich erkläre Ihnen alles in Ruhe.«

Wittekind blies die Backen auf, stieß die Luft wieder aus und setzte sich tatsächlich hin.

»Wie Sie wissen, heiße ich Louise Dumas.«

»Also wenigstens der Name ist echt«, schnaubte Wittekind.

»Ja, ist er. Ich lebe auf Pellworm. Dort war ich im Ensemble eines Historienstücks.«

Allmählich schien Wittekind zu begreifen. Er nickte und wollte etwas sagen, doch Louise ließ ihn nicht zu Wort kommen. »Ron Schubert, Ihr Kollege, hatte netterweise die Hauptrolle übernommen, nachdem unser Darsteller von der Leiter gefallen war. Ihm erging es wie Ihnen. Er hat sich allerdings eine Rippe gebrochen und die Schulter ausgekugelt«, fügte Louise hinzu. »Und Ron ist nun tot. Ich habe seine Leiche gefunden«, schloss sie ihre Erklärung ab.

»Wow. Ich wollte Sie eben nicht angreifen. Aber das konnte er wohl gut, Hauptrollen von Leuten übernehmen, die von Leitern fallen.«

Er klopfte sich auf die rechte Hüfte. »Geht alles wieder,

ich merke es kaum noch, man sieht es auch nicht mehr. Ich hatte schon befürchtet, ich würde nur noch für die Rollen à la Long John Silver infrage kommen.«

Louise lachte laut, und das Eis war gebrochen. Sie kannte den humpelnden Piraten aus dem Roman *Die Schatzinsel* natürlich. »*L'Île au trésor* von Stevenson, ich habe es als Kind zusammen mit meinem Vater gelesen. Aber, wie Sie das eben sagten, es klang für mich so, als wären Sie und Ron Schubert nicht die besten Freunde gewesen.«

Wittekind sah Louise abschätzend an. »Ich schlage Ihnen einen Handel vor. Sie sagen mir, warum Sie hier sind, und ich erzähle Ihnen, was ich von Ron, Gott hab ihn selig, gehalten habe.«

»Einverstanden. Nun, ich habe Ron gefunden, er wurde mit einer Armbrust aus dem Fundus des Goethe-Theaters erschossen. Zuvor war ich auf Sylt, übernahm das Catering bei einem Poloturnier, ich bin eigentlich Köchin.«

Wittekind riss belustigt die Augen auf, sagte aber nichts.

»Ron stürzte vom Pferd, einem Polopony, das absolut zuverlässig ist. Im April hatte er einen Unfall hier in Bremen. Um es kurz zu machen, ich möchte wissen, wer es auf ihn abgesehen hatte. Er muss einen Feind oder eine Feindin gehabt haben, eine Person, die bis zum Äußersten gegangen ist. Die Polizei hat einen Mann im Verdacht, der mittlerweile selbst verstorben ist. Doch ich glaube nicht, dass er hinter den Anschlägen gesteckt hat.«

»Nochmals wow, das ist ja ein Ding. Eine Detektivköchin, mal ganz was Neues. Und nun sind Sie hier, weil ich Ihr erster Verdächtiger bin? Ron aus den Füßen, der Weg für mich ist wieder frei?« Wittekind grinste ironisch.

»Doch da muss ich Sie leider enttäuschen. Als Ron den Unfall beim Überqueren der Straße hatte, das war im April, hatten wir nach der Aufführung noch zusammengesessen, wir waren sechs oder sieben Leute. Ron ging als Erster. Als es krachte, saßen wir anderen noch im *Theatro*. Ich war bisher weder auf Sylt noch auf Pellworm. Ich bin sicher, wenn ich ein Alibi bräuchte, würde ich eins haben. Okay, ich bin also raus, und Sie haben keinen anderen Verdächtigen?«

»So ist es. Ich hatte gehofft, von Ihnen zu erfahren, wer infrage kommen könnte. Weil ich irgendwie das Gefühl nicht loswerde, auch Ihr Unfall kam nicht von ungefähr. Und wenn Ron Schubert dahintergesteckt haben sollte, hat er vielleicht auch anderen Kollegen oder Kolleginnen einmal übel mitgespielt.«

Wittekind runzelte die Stirn und holte tief Luft. »Ich mache es kurz, mit der Leiter hat was nicht gestimmt. Als ich auf den letzten Tritt gestiegen bin, hab ich es gemerkt, gespürt, aber da war es zu spät, eine Sekunde danach lag ich unten. Zunächst bewusstlos. Ich kam umgehend ins Krankenhaus und blieb da auch für eine Weile. Ron übernahm die Hauptrolle, ich ging in die Reha. Wie er die Leiter manipuliert haben könnte, weiß ich nicht. Ich hab sie tatsächlich inspiziert. Nichts Auffälliges, eine normale Leiter wie jede andere auch. Aber das Gefühl, dass etwas nicht gestimmt hat, ist bis heute geblieben. Ich wüsste aber niemanden, von dem Ron sonst schon mal die Hauptrolle übernommen hätte, ich war der einzige Kollege, dem das widerfahren ist. Und Feinde? Keine Ahnung, ganz ehrlich, nicht dass ich wüsste. Ron konnte aufbrausend sein, verletzend, aber nicht so, dass man seinen Tod wünschte. Nachdem er

Theresa kennengelernt, geheiratet und geschwängert hat, ist er allerdings ruhiger geworden, weniger cholerisch. Mein Gott, die Arme. Steht jetzt bald mit dem Baby ganz alleine da«, fügte Wittekind mitfühlend hinzu. »Sie hatte es auch nicht immer leicht mit ihm. Ron war ein Schwerenöter, er war sogar, als er schon mit Theresa zusammen war, kein Kind von Traurigkeit. Davor, mein lieber Scholli, da hat er's ganz schön krachen lassen.«

»Wer ist der Scholli?«, fragte Louise verwundert.

Wittekind lachte. »Das ist einfach eine Redensart. Das ist niemand Bestimmtes. Heißt so viel wie«, er überlegte und kratzte sich am Kinn, »nun es drückt eben eine große Verwunderung, vielleicht sogar eine Art der Bewunderung aus.« Er zuckte mit den Schultern, und Louise beließ es dabei.

»Also hatte er es mit den Frauen. Gab es unter ihnen eine, die ihn vielleicht wirklich gehasst hat?«

»Ich sagte doch eben, mir fällt da niemand ein, weder Männlein noch Weiblein«, erwiderte Wittekind mit großen Augen. »Haben Sie etwa eine Frau im Verdacht? Aber ganz ehrlich, Ron hatte so viele, vielleicht war eine darunter, die sich ungern von ihm getrennt und es ihm übel genommen hat, verlassen worden zu sein. Doch tötet man dafür Jahre später? Wie gesagt, seit Theresa, er ist mit ihr schon über vier Jahre zusammen, hat er es eher ruhig angehen lassen. Wenn, dann müsste es am ehesten eine Verflossene aus den Jahren davor sein. Dann hätte sie aber einen langen Atem bewiesen und ihren Hass gepflegt und gepäppelt, um Ron jetzt erst zu meucheln.«

Louise dachte an Diana. Genau deswegen hatte sie auch

die Bogenschützin nicht ernsthaft als verdächtig eingestuft. Warum so lange warten? Ihr kam ganz spontan eine Idee.

»Hätten Sie vielleicht ein Album, das ich mal durchblättern dürfte? Fotos von Aufführungen, vom Ensemble?«

»Hab ich, aber das ist schon uralt. Heutzutage lässt doch kaum noch jemand Fotos entwickeln, die bekomme ich auf mein Handy geschickt.« Wittekind erhob sich, zog aus einem Regal zwei Alben in dunkelrotem Einband hervor und legte sie vor Louise auf den Tisch.

»Gucken Sie nur in Ruhe, wenn Sie Fragen haben, nur zu.«

Louise begann zu blättern. *Faust, Besuch der alten Dame, Antigone, Die Fliegen, Glückliche Tage.* Manches Theaterstück war ihr bekannt, von anderen hatte sie noch nie etwas gehört. Wulf Wittekind hatte ordentlich in Zahlen und Großbuchstaben den Tag der Premieren und das jeweilige Theaterstück beschriftet. Bei der Unordnung, die in seiner Wohnung herrschte, erstaunte dies Louise. Sie studierte die Fotos genau. Ein jüngerer Ron, ein jüngerer Wulf Wittekind. Wunderschöne Kostüme, pompöse Kulissen, reduzierte Kulissen, fast nackte Menschen auf der Bühne, eine kleine Zeitreise durch die Bremer Theatergeschichte. Manche Fotos zeigten das Gesamtensemble, die Akteure nebeneinander, sich an den Händen fassend, sich verbeugend, während sie, wie Louise vermutete, den Applaus des Publikums entgegennahmen. Sie blätterte weiter, kehrte dann wieder zu einem Foto zurück. Eine der Personen hatte eine vage Erinnerung in ihr geweckt.

»Was ist das?«, fragte sie, weil genau unter diesem Foto zwar ein Datum stand, aber nicht der Name des Theaterstücks. Sie drehte das Album zu Wittekind.

»*Der zerbrochene Krug* von Kleist. Das war vor, Moment da steht es ja, hoppla, das war vor achtzehn Jahren. Eine Ewigkeit her. Eine fantastische Inszenierung. Jeden Abend volles Haus.«

»Und wer ist das?« Louise tippte mit dem Finger auf eine ältere Frau in der Mitte.

»Marthe Krull.«

»War Marthe ein festes Ensemblemitglied? Sie kommt mir irgendwie bekannt vor.«

Wittekind lachte schallend, und Louise wurde rot. Hatte sie etwas Falsches gesagt?

»Marthe Krull ist eine Hauptfigur im Stück, sie klagt wegen des zerbrochenen Kruges und bringt so die ganze Geschichte ins Rollen. Nein, das ist Barbara, Barbara Ritter. Sie war nur zwei Jahre bei uns und ist dann später ganz groß im Fernsehen rausgekommen. Ihr Sprungbrett war New York. Kennen Sie den Film *Something's Gotta Give* mit Keanu Reeves? Nein? Da hatte sie eine Nebenrolle. Blieb dann für drei oder vier Jahre drüben, bekam Heimweh und knüpfte nahtlos an die Erfolge in den USA an. Also kein Wunder, wenn sie Ihnen bekannt vorkommt. Auf dem Bildschirm ist sie omnipräsent. *Traumschiff, Tatort*, Rosamunde-Pilcher-Verfilmungen, es gibt kaum eine Serie, in der sie nicht schon mal mitgespielt hätte. Allein in ihrer Rolle als Hoteldirektorin in *Das Hotel im Schwarzwald* war sie, glaube ich, elf Jahre zu sehen. Die Serie ist erst vor Kurzem beendet worden. Barbara hat es ganz weit gebracht«, sagte Wittekind mit einer Mischung aus Anerkennung und Neid. »Und verheiratet ist sie mit Sebastian Brümmer. Brümmer, der Verleger in Berlin. Steinreich.

Sie hätte es gar nicht mehr nötig, vor die Kamera zu treten. Sehen Sie, das ist ebenfalls Barbara.«

Wittekind hatte ein weiteres Foto gesucht und hielt es Louise vor die Nase.

»Ach, ich dachte, sie wäre älter«, sagte sie erstaunt. Auf dem Foto lachte sie eine bildschöne jüngere Frau an, die höchstens dreißig Jahre alt war. Sie lehnte ihren Kopf an die Schulter von Ron Schubert.

»Nun, die Krull ist eine Frau Mitte vierzig. Barbara wurde so zurechtgemacht. Sie sieht übrigens heute noch super aus, obwohl sie locker auf die fünfzig zugeht.«

Louise rieb sich mit dem Zeigefinger über die Nase. Das war es wohl. Das *Hotel im Schwarzwald. L'Hôtel de la forêt-noire.* War das nicht eine der Lieblingsserien von *grand-mère* Clothilde gewesen? Das musste es sein. Daher war ihr das Gesicht von Barbara Ritter so bekannt vorgekommen. Louise glaubte, sich zu erinnern, dass sie die deutsche Serie, die tatsächlich ihren Weg auf die französischen Bildschirme gefunden hatte, ab und zu mit ihrer Großmutter geschaut hatte. Aber so richtig hängen geblieben war da nichts.

Sie sah auf ihre Uhr. Die Zeit war wie im Fluge vergangen, in ein paar Minuten musste sie sich auf den Weg zum Bahnhof machen.

»Ron Schubert und Barbara Ritter sehen auf dem Foto sehr vertraut aus. Oder gehört das zu ihren Rollen?«

Wittekind zuckte mit den Schultern. »Ja und nein. *Leonce und Lena* von Georg Büchner, ein Szenenfoto ist das. Ja, sie hatten mal kurz was miteinander. Doch dann ist Barbara weg, sagte ich bereits. Die Karriere war ihr wichtiger.«

»Also nichts Festes?«

»Was heißt schon fest? Nein. Nicht nur Barbara, auch Ron hat in dieser Zeit ausschließlich an seine berufliche Zukunft gedacht.«

»Herr Wittekind, eine Frage noch. Vor vielen Jahren, also als sie noch Kinder und Jugendliche waren, hatte Ron Schubert einen Freund, Sven Reinert. Der Mann ist später Architekt geworden. Die beiden verloren sich aus den Augen, und vor etwa zwanzig Jahren ist Sven Reinert ums Leben gekommen. Man hat ihn tot auf einem Parkplatz hinter Lilienthal gefunden. Sagt Ihnen der Name irgendwas?«

Es war ein Schuss ins Blaue gewesen, und sie erwartete nicht wirklich eine positive Antwort. Umso erstaunter war sie, als der Schauspieler nach kurzem Nachdenken nickte.

»Ja, ich erinnere mich vage. Ob der Typ mit Nachnamen Reinert hieß, weiß ich nicht. Aber Sven, das sagt mir was. Der Skispringer …«

Louise unterbrach ihn. »Nein, kein Skispringer, ein Architekt.«

»Ja, ich hab Sie schon richtig verstanden. Sven Hannawald war ein Skispringer, also er lebt noch. Der Mann war megaerfolgreich, Olympia, Weltmeister. Das war vor etwa zwanzig Jahren. Und der Freund von Ron, der Sven, den Sie meinen, hat Hannawald unheimlich ähnlich gesehen. Deswegen ist er mir auch im Gedächtnis geblieben. Weil er Sven hieß und wie Sven Hannawald aussah. Ron hat ihn mal zu einer Premierenparty mitgebracht. Das war aber, glaube ich, das einzige Mal.«

Louise konnte ihre Aufregung kaum zügeln. Ron Schubert, Sven Reinert, beide hatten sich als Erwachsene wiedergetroffen. Dann war Sven gestorben. Und nun sein Bruder Hagen. Und erneut stellte sich ihr die Frage, wie Hagen nach so vielen Jahren zu der Erkenntnis gekommen war, dass womöglich Ron etwas mit dem Tod seines Bruders zu tun gehabt hatte. Diesen losen Faden galt es noch zu finden. Nur wie und wo? Egal, nun musste sie wirklich los, wollte sie nicht den *Metronom* verpassen.

»Herr Wittekind, ich danke Ihnen ganz herzlich, dass Sie Zeit für mich und meine Fragen hatten.« Sie stand auf. »Sind Sie schon mit der nächsten Rolle beschäftigt?«

Der Schauspieler lächelte. »Ja, ich spiele den Lopachin in Tschechows *Kirschgarten*. Allerdings zum Leontes in Shakespeares *Wintermärchen* würde ich auch nicht Nein sagen.« Jetzt grinste er breit und zeigte auf das Reclam-Heft, das aus Louises Tasche lugte.

»Mein Türöffner, habe ich mir gedacht, falls Sie mich doch nicht empfangen. Über Shakespeare kann man sich wahrscheinlich immer unterhalten«, antwortete sie verschmitzt und verabschiedete sich endgültig. Sie musste sich nun wirklich beeilen. Die Züge nach Hamburg und Sylt würden nicht auf sie warten.

Kapitel 41

Sylt

Im *Metronom* nach Hamburg nahm Louise all ihren Mut zusammen und rief Fine an, um ihr zu mitzuteilen, sie würde für ein oder zwei Tage nach Sylt weiterfahren. Zunächst jedoch erkundigte sie sich, ob es allen gut ginge und ob Stures Genesung Fortschritte machte.

Fine konnte Louise beruhigen. Sture ging es bestens. Die Schwellung war zurückgegangen, das Bein nicht mehr warm, und der Esel war schon wieder ganz der Alte, sein Appetit sei zurückgekehrt. Dann erkundigte sich Fine, wie es in Bremen gewesen war.

»Sehr nett, Christine und ich hatten so viel zu erzählen. Ich hab mir noch ein wenig Bremen angeschaut, war im Schnoor und in der Böttcherstraße. Beim nächsten Mal muss ich unbedingt das Paula-Modersohn-Becker-Museum besuchen. Wusstest du, dass sie ganz jung gestorben ist, kaum dass ihre Tochter auf der Welt war? *Wie schade*, das waren ihre letzten Worte. Das berührt einen doch sehr. Und von Christine soll ich dich natürlich auch herzlich grüßen«, schnatterte Louise drauf los, immer noch nicht so ganz sicher, an welchem Punkt sie Fine gestehen sollte, wo die Reise hinging.

»Louise, ist irgendwas? Wenn du so aufgeregt am Schnacken bist, ist meist irgendwas los.« War das Misstrauen in Fines Stimme oder reine Besorgnis? Louise konnte es noch nicht so einschätzen.

»Nö, alles in Ordnung.«

»Mademoiselle Dumas!«

Das verhieß nichts Gutes. Sie musste wohl bei der Wahrheit bleiben, vielleicht hier ein wenig etwas abschwächen, da ein wenig beschönigen, aber Fine anlügen, nein, das kam überhaupt nicht infrage.

»Also, Fine, Folgendes. Vorweg, du musst dir keine Sorgen machen, aber ich muss etwas auf Sylt überprüfen.« So, jetzt war es raus.

»Überprüfen? Das Wetter vielleicht? Das ist da genau wie bei uns.«

Louise überging die Ironie in Fines Stimme. »Nein, nicht das Wetter. Ich war auch noch nicht ganz fertig mit meiner Erklärung. Nun, ich hab mir mal das Theater am Goetheplatz angeschaut, ein sehr schönes Theater übrigens. Und dann war ich bei einem Kollegen von Ron Schubert, so zum Plaudern, über Rons Zeit beim Theater. Sehr nett, der Mann heißt Wulf Wittekind. Wir haben uns ein paar alte Alben angeschaut.« Louise wusste nicht weiter.

»Und wegen der Alben fährst du nach Sylt?«

»Nein, eigentlich nicht. Ich hab da einfach so eine Idee. Fine, du erinnerst dich doch bestimmt an die Auseinandersetzung am Frühstücksbuffet zwischen Ron und dieser Frau? Ich möchte wissen, wer sie ist.« So, jetzt war es endgültig raus.

»Die mit der dunklen Sonnenbrille und dem eleganten Schal über den Haaren?«

Louise nickte eifrig, was Fine natürlich nicht sehen konnte.

»Was soll mit der Frau sein, Louise?«

»Fine, ich weiß es doch nicht, aber mein Bauchgefühl sagt mir, dass ich ihre Identität herausfinden muss.«

»Du glaubst also, sie steht in irgendeinem Zusammenhang mit dem Mord an Ron Schubert? Was ist mit Hagen Reinert? Ihn hält die Polizei für den Täter. Momme, Louise ist auf dem Weg nach Sylt.« Fines Stimme hörte sich plötzlich dumpf an, als drehe sie den Kopf vom Hörer weg.

O nein, das hatte gerade noch gefehlt. Jetzt war auch noch Momme aufgetaucht.

»Warte einen Augenblick, Louise, ich geb dir mal eben Momme, er ist gerade reingekommen.«

»Moin, Louise, du bist auf dem Weg nach Sylt? Warum? Es gibt wohl kaum noch was, dem du nachspüren könntest. Hagens Fingerabdruck ist nun zweifelsfrei identifiziert.«

»Ach, der war aber doch ganz schön verwischt.« Der Fingerabdruck passte Louise nun überhaupt nicht in den Kram.

»Ja, doch die moderne Technik konnte ihn klar sichtbar machen. Er ist von Hagen Reinert. Duve geht davon aus, dass Reinert probeweise auf den Strohballen geschossen und dann, als er Ron vor sich hatte, sein Opfer gezielt getötet hat. Anschließend hat er Selbstmord begangen«, schloss Momme.

Hörte sie da nicht einen leisen Zweifel aus seiner Stimme heraus? Was sollte sie dazu sagen?

»Momme, was war sein Motiv?«

»Das muss Duve noch herausfinden, die Arbeit beginnt jetzt erst.«

Louise dachte nach. »Hast du eine Ahnung, ob man irgendetwas in seinem Zimmer entdeckt hat, was darauf einen Hinweis geben könnte?«

»Nein, da gab es nicht viel. Solveig hat das Ferienapartement gründlich untersucht und mich als Zeugen dazugebeten. Zahnbürste und Zahnpasta im Bad, in einem Rucksack Sachen zum Wechseln für maximal ein, zwei Tage. Er hatte auf jeden Fall nicht vor, länger auf Pellworm zu bleiben. Das einzig wirklich Interessante war eine Packung Lamotrigin. Hagen Reinert war wohl Epileptiker. Schon die Menge Alkohol, die er intus hatte, war ausreichend, ihn umzubringen. Aber in der Kombination mit dem Medikament … Es macht die Selbstmordtheorie noch wahrscheinlicher.«

Die Durchsage teilte mit, dass man gleich Hamburg Hauptbahnhof erreiche. Louises Zug nach Sylt würde in zwanzig Minuten abfahren.

»Momme, wir müssen reden. Ich muss gleich raus aus dem *Metronom*. Ich melde mich wieder.«

Sie beendete das Gespräch, schnappte ihr Gepäck und stieg aus. Suchend schaute sie sich nach dem Gleis um, von dem es weiterging, und marschierte los. Sie musste Momme reinen Wein einschenken. Er würde ganz sicher verstehen, dass sie sich damit nicht zufriedengeben konnte, mit Hagen Reinert den Mörder von Ron Schubert gefunden zu haben. Er hatte vielleicht ein Motiv gehabt, aber er war es nicht gewesen. Louise wusste selbst nicht, was ihr diese Gewissheit verlieh.

»Kannst du mir bitte noch mal kurz Momme geben?«, bat sie, als sie erneut bei ihrer Patentante anrief und Fine sich meldete.

»Momme, hör jetzt ganz genau zu. Und wenn ich fertig bin, dann sagst du mir, ob ich nach Sylt weiterfahren oder ob ich nach Hause kommen soll, einverstanden?«

Momme brummte nur, was Louise als Einverständnis interpretierte. Sie zählte ihrem Freund minutiös alle Punkte auf, die sie an Hagens Schuld zweifeln ließen, beginnend mit ihrem Besuch im Polostall und der Aussage des Pferdepflegers, eine Frau könnte den Pferderücken so manipuliert haben, dass der zuverlässige Satchmo seinen Reiter abgesetzt hatte. »Und ich habe mich noch über die fehlenden Chilis gewundert, Momme. Jetzt wissen wir, wo sie abgeblieben sind.«

Dann gab sie das Gespräch mit Miriam Wolf wieder. »Hagen hat gewusst, wie gefährlich Alkohol für ihn ist. Duve sieht darin die Bestätigung, dass Hagen Selbstmord begangen hat. Aber ich nicht, ich weigere mich einfach, es zu glauben. Momme, hinter all dem steckt eine Frau. *Cherchez la femme*. Und daher muss ich nach Sylt. Mit Diana sprechen. Und nein, ich habe sie nicht im Verdacht. Aber vielleicht erinnert sie sich an eine Beziehung, an eine Frau, die Ron so gehasst haben könnte, dass sie ihn getötet hat. Und ich muss die Frau im Hotel ausfindig machen. Sie ist der Schlüssel zu allem, da bin ich mir ganz sicher, glaub mir. Eine Frau, die ihm etwas bedeutet hat, oder umgekehrt, die ihn irgendwann sehr geliebt hat und ihn später aus irgendeinem Grund tot sehen wollte. Nun, was sagst du dazu?«

Louises Zug fuhr ein, eine Lautsprecherstimme quäkte.

»Gut, Louise. Dann fahr weiter nach Sylt. Stell deine Fragen, und dann kommst du postwendend wieder zurück, klar?« Damit legte Momme auf.

Louise starrte noch einen Moment sprachlos auf ihr Handy, schnappte sich dann ihre Tasche und sprang in den Zug. Nach knapp drei Stunden erreichte sie die Insel Sylt.

Kapitel 42

Sylt

Bei der Wahl eines Zweirades bei einem Fahrradverleih direkt neben dem Bahnhof von Westerland entschied sich Louise gegen ein E-Bike, irgendwo musste der Strom ja wohl herkommen, und für ein herkömmliches Vehikel, bei dem sie in die Pedale treten musste. Sie war so in Gedanken versunken gewesen, dass sie den Halt in Keitum, ihrem Ziel, verpasst hatte und ein paar Minuten später in Westerland ausstieg.

Erstaunt sah sie sich um. Was waren das denn für merkwürdige Kreaturen auf dem Bahnhofsvorplatz? Schnell hatte sie sie identifiziert. Reisende Riesen. Knallgrün, riesig und hässlich, befand Louise. Mit den Figuren, die sich einem imaginären starken Wind widersetzten, hätte sie sich vielleicht noch anfreunden können. Aber die Köpfe der Kinder waren verkehrt herum. Nein, sie mochte sie nicht. Aber das war eben so mit der modernen Kunst, an ihr schieden sich die Geister.

Louise fuhr nicht direkt nach Keitum durch, sondern wollte noch die von Fine und Momme gelobte Kurpromenade sehen. Allerdings waren die dazugehörigen Kurgebäude auch schon wieder nicht nach ihrem Geschmack.

Unansehnliche Hochhäuser an der Stelle, an der sich laut Stadtplan, den sie konsultiert hatte, das Kurzentrum befand. Ganz sicherlich Bausünden der Sechziger- oder Siebzigerjahre, überlegte sie, wie sie an vielen Orten aus dem Boden gestampft worden waren, um möglichst vielen Menschen auf möglichst geringem Raum Betten zur Verfügung zu stellen. Doch offenbar hatte man dem Bauwahn rechtzeitig wieder ein Ende bereitet, denn je weiter sich Louise Keitum und ihrer kleinen Pension näherte, desto ansehnlicher wurde die Bebauung, desto liebenswürdiger das ganze Ambiente, in dem die schmucken Häuser Gediegenheit und Gemütlichkeit vermittelten.

Die Pensionsinhaberin, Andrea Knuten, aus alteingesessener Sylter Familie, begrüßte Louise wie eine alte Freundin. Sie händigte ihr den Zimmerschlüssel mit dem schweren Messingklotz aus.

Louise stellte ihr Gepäck ab und zog ihr Handy aus der Tasche. *Zut.* Sie hatte unerklärlicherweise ihr Telefon auf leise gestellt. Eine WhatsApp von Diana war ihr entgangen, die sie ihren Zeitplan ändern ließ. Die Bogenschützin hatte noch eine Besprechung mit dem Chef, und das gemeinsame geplante Abendessen müsse sie um eine Stunde verschieben. Also Zeit genug, der geheimnisvollen Frau nachzuspüren. Dies war kein Alleingang, ganz sicher nicht, es waren lediglich der Besuch eines noblen Hotels und eine kleine Frage.

Louise hatte, Gott sei Dank, genügend Kleidung zum Wechseln eingepackt, sodass sie nach einer schnellen Dusche in einen bequemen Rock und einen weiten Baumwollpulli schlüpfen konnte. Nur an ein paar weitere Schuhe hatte sie nicht gedacht, doch die dunkelblauen Sneaker passten auch zu dem wadenlangen Faltenrock hervorragend.

Sie radelte los und erreichte nach wenigen Minuten das Luxushotel. Hier war noch nichts davon zu spüren, dass sich die Saison ganz allmählich dem Ende zuneigte. Die Terrasse lag in der späten Nachmittagssonne, dienstbare Geister sausten von Tisch zu Tisch und nahmen die Bestellungen entgegen, brachten Tabletts mit Erfrischungen, Kaffee und Kuchen und was ansonsten das Herz angesichts der Speise- und Getränkekarte hüpfen ließ. Louise stellte ihr Rad im Schatten einer Mauer ab und schlenderte selbstbewusst zur Rezeption.

»Einen wunderschönen guten Tag«, grüßte sie den älteren Mann, der den Gruß zuvorkommend und abwartend erwiderte. Ein Kärtchen an der Jacke wies ihn als Nils Gehrke aus.

»Mein Name ist Louise Dumas«, sagte sie mit keckem Augenaufschlag. Doch wie weiter vorgehen? Louise war sich sicher, dass man ihr mitnichten so einfach den Namen eines Gastes ausplaudern würde. Doch das war ihr schon vorher bewusst gewesen. Warum hatte sie sich nicht eine Art Schlachtplan zurechtgelegt?

»Ja, bitte? Sie haben in unserem Haus reserviert, Frau Dumas?«

Wenn sie jetzt nicht ins Stottern geraten wollte, musste sie wohl oder übel mit der Tür ins Haus fallen, es sei denn, es überkam sie doch noch ein Geistesblitz.

»Ich bin … war, eine liebe alte Freundin von Ron Schubert. Ich hatte ihn im Rahmen des Poloturniers auf Sylt besucht.« Sie zückte ein Taschentuch, betupfte sich kurz unter den Augen und steckte es wieder weg.

»Sie waren ebenfalls bei uns abgestiegen?« Der Mann musterte Louise.

»*Mais, non*, bei einem lieben alten Freund in Kampen«, erwiderte sie nonchalant. Da war er, der Geistesblitz. Zumindest der Ansatz eines solchen.

»So viele liebe alte Freunde auf Sylt, gnädige Frau?«

»Ja, *bien sûr*, hier und überall auf der Welt. Doch was meinem lieben, lieben …« *Louise übertreib's nicht,* mahnte sie sich. »… Freund Ron angetan wurde, erschüttert mich zutiefst. Sie haben davon gehört?«

Der Mann nickte betreten. »Wer hat nicht davon gehört.«

»Ja, zuerst dieser Sturz vom lieben alten Satchmo …« *Mon Dieu*, Louise, jetzt wird es aber wirklich zu bunt. »… und dann dieser abscheuliche Mord.«

Bei diesem Wort zuckte Nils Gehrke hinter der Anmeldung zusammen. Doch noch immer wusste Louise nicht, wie sie an den Namen der Frau kommen sollte.

»Mimi und ich waren zu Tode erschrocken, als Ron vom Pferd fiel. Meine Freundin sagte noch, auf den Schrecken müssen wir im Hotel ein Glas Champagner trinken. Also, in Ihrem Hotel. Was wir auch getan haben.«

»Mimi? Sie war Gast bei uns?«

»*Mais, oui*, Sie müssen sich doch an sie erinnern. Eine bewundernswerte Frau, immer nach dem letzten Chic gekleidet, ihr Markenzeichen ist das Kopftuch, das sie wie Grace Kelly in diesem Film mit Cary Grant trägt.«

»Ah, Frau Ritter. Bitte entschuldigen Sie, gnädige Frau,

mir war natürlich nicht bewusst, dass Frau Ritter von ihren Freunden Mimi genannt wird.«

Louise musste sich fast an der messingfarbenen Stange vor dem Tresen festhalten. Ritter? Das konnte doch kein Zufall sein. Sprach der Mann von Barbara Ritter, der Schauspielerin?

»Natürlich können Sie das nicht wissen. Mimi, Barbara. Mimi nennen sie nur ihre allerengsten Freundinnen. Sie ist grandios, nicht wahr? Haben Sie sie im *Zerbrochenen Krug* von Kleist gesehen? In Bremen? Hinreißend. Und in der Rolle als Hotelmanagerin? Umwerfend, nicht wahr? Ich kann mir Mimi direkt hier in diesem wunderbaren Haus vorstellen, wie sie ihre Befehle erteilt und dabei so freundlich ist, so geschätzt wird vom Personal und geliebt von den Gästen.« *Alors, Louise, jetzt ist aber Schluss, du hast, was du gesucht hast.*

Nein, das war kein Zufall. Ron Schubert hatte eine Auseinandersetzung mit seiner ehemaligen Kollegin Barbara Ritter gehabt. Es musste ihr Bauchgefühl gewesen sein, als sie die Frau in der Mitte des Ensembles auf dem Foto in Wittekinds Album entdeckt hatte. Anders konnte sie es sich nicht erklären.

»Frau Dumas?«

Nils Gehrke riss Louise aus ihren Gedanken.

»Ja? *Pardon.*«

»Gnädige Frau, ich weiß leider immer noch nicht, was ich für Sie tun kann? Wir sind leider ausgebucht, falls Sie bei uns absteigen wollten.«

»O nein, wie schade. Nun, vielleicht kann mich Jean für diese eine Nacht beherbergen.«

»Jean? Sie meinen Johannes? Johannes B. Kerner? Er ist der liebe alte Freund?«

Louise hatte den Namen Jean einfach so dahergesagt, wie sie fand, ein vollkommen unverfänglicher Name aus dem Munde einer Französin. Mit Johannes B. Kerner konnte sie zwar nichts anfangen, aber die Augen des Mannes strahlten. Dieser Herr Kerner schien also eine Berühmtheit auf Sylt zu sein.

»Aber ja, so ist es. Dann, *au revoir*, Monsieur und vielleicht auf ein anderes Mal in Ihrem wunderschönen Haus.«

Louise lächelte charmant, drehte sich mit Schwung um, sodass der weite Rock um ihre schlanken Beine wirbelte, und verließ das Hotel.

Kapitel 43

Sylt

Sie musste etwas Abstand gewinnen, ihre Gedanken neu ordnen. Louise hielt neben einer Bank an, stieg ab und setzte sich. Barbara Ritter und Ron Schubert waren Kollegen gewesen. Aber auch mehr als das? Liebende? Wann? Das Foto in Wittekinds Album war siebzehn Jahre alt. Die Liaison mit Diana war später gewesen, und nach Diana trat als feste Partnerin Theresa in Rons Leben. Was könnte damals geschehen sein, dass Barbara Ritter sich so viele Jahre später an Ron Schubert rächte? Die Schauspielerin war immer noch eine schöne, äußerst attraktive und auffällige Frau. Irgendjemand müsste sie doch dann auf Pellworm gesehen, erkannt haben?

Louise schüttelte den Kopf. Sie war dabei, sich komplett zu verrennen. Momme hatte recht. Der Fingerabdruck auf dem Pfeil bewies es doch. Barbara Ritter war nie auf der Insel gewesen, Hagen Reinert war der Täter. *L'histoire était si simple.* Immer noch verfiel sie beim tiefgründigen Grübeln, und vor allem beim Fluchen, ins Französische. So einfach war alles.

Eine Windbö trug einen Papierfetzen an ihr vorbei, sie schaute ihm nach. Erst jetzt sah sich Louise bewusst um.

Sie war einfach vor sich hin geradelt und dabei ganz in der Nähe der Kirche St. Salvator gelandet. An einer Kirche hatte auch das ganze Drama seinen Lauf genommen. Nein, es hatte schon vorher begonnen, nur war es dort zu seinem Höhepunkt gelangt.

Sie musste den Kopf frei bekommen, da half nur ein langer Spaziergang an der Luft. Da sie nicht weit von ihrer Pension war, radelte sie los, stellte das Fahrrad ab und ging hinein. In einem Ständer neben der Anmeldung steckten Prospekte und Flyer. Natürlich hätte sie sich auch im Internet informieren können, was fußläufig an Interessantem für sie zu erreichen war, aber Louise fand es wunderbar altmodisch, sich die bedruckten Zettel einzustecken und diese dann als Erinnerung mit nach Hause zu nehmen. In Riquewihr hatte sie einen ganzen Karton davon in ihrem Zimmer.

»Frau Dumas, kann ich Ihnen helfen?«

Louise fuhr herum. Die Pensionswirtin war wie aus dem Nichts aufgetaucht.

»Ja, gerne. Ich will mir für ein paar Stunden noch die Beine vertreten. Wo laufe ich am besten von hier aus hin?«

Die Frau brauchte nicht lange zu überlegen. »Dann empfehle ich Ihnen das *Grüne Kliff.* Sie gehen von der Kirche einfach in diese Richtung.« Andrea Knuten schwang ihre Arme, und Louise ahnte, wohin sie musste.

»Ah, ich weiß, wo Sie meinen. Ich war dort im Museum. Und wenn man weiterwandert, wird es dann sehr steil?«

»Nein, keine Angst. Es führt ein schöner Weg entlang. Es heißt übrigens *Grünes Kliff,* weil dort jede Menge Pflanzen wachsen. Alleine die Wildkräuter, es riecht fantastisch.«

Die Pensionswirtin schnupperte, als würde der Duft geradezu in ihre Nase strömen. »Da können Sie die Seele baumeln lassen und haben einen wunderbaren Blick aufs Wasser. Und Kunst gibt es da auch zu sehen. Der *Tisch am Kliff* am Sylt Museum. Das kann ich Ihnen übrigens auch empfehlen. Ach, da waren Sie schon, sagten Sie eben. Dann haben Sie ja bereits alles über unsere schöne Insel gelernt. Und wie hat Ihnen der Tisch gefallen?«

Louise musste zugeben, dass sie auf das Kunstwerk überhaupt nicht geachtet hatte.

Andrea Knuten schmunzelte. »Den kann man doch gar nicht übersehen. Stellen Sie sich vor, fünftausend Jahre Sylter Geschichte auf einem Tisch mit Bronzereliefs. Hier, sehen Sie.« Die Wirtin zog einen Flyer aus dem Ständer. »Das hier nennt sich *Wal in bewegter See*, hier *Ablaufendes Wasser*, und das heißt *Letztes Tänzchen auf Sylt*. Schön, nicht wahr?«

»Sehr schön. Kann ich den behalten? Und vielen Dank für den Tipp, dann werde ich mich mal auf den Weg machen.«

Louise genoss die Wanderung entlang des Wassers. Wie bei ihren geliebten Spaziergängen auf dem Deich hatte sie auch hier das Gefühl, mit der Landschaft eins zu werden. Sie umrundete den Tisch aus Bronze und verspürte, was die Künstler ausdrücken wollten. Wie Pellworm war auch Sylt geprägt durch den nie endenden Kampf mit den Naturgewalten, eine Geschichte von Verlust und Wiedererstarken, eine Geschichte, in der die Menschen seit Jahrhunderten den Gezeiten trotzten. Wer Ruhe suchte, war auf Pellworm wahrscheinlich besser aufgehoben, obwohl es auf Sylt ganz sicher auch Plätze gab, wo man so gut wie niemandem begegnete. Beide Inseln hatten ihre Vorzüge, und Louise sagte sich, dass sie ganz sicher nicht zum letzten Mal auf der Insel mit dem merkwürdigen Umriss war.

Allmählich setzte die Dämmerung ein, das Museum war geschlossen. Sie machte sich auf den Weg zurück zu ihrer Pension, als ihr Handy klingelte. Es war Diana, die ihr leider für den Abend absagen musste.

»Schade. Wir sehen uns ganz sicher ein anderes Mal«, meinte Louise und schob, bevor Diana das Gespräch beenden konnte, noch eine Frage nach, die ihr unter den Nägeln brannte.

»Barbara Ritter, sagt dir der Name was?«

»Ja, sicher, sie ist eine Schauspielerin. So vom Kaliber Maria Furtwängler oder Hannelore Elsner. Okay, die ist schon verstorben, aber trotzdem, ich meine so vom Bekanntheitsgrad. Wieso?«

»Es interessiert mich, ob sie mit Ron vor deiner Zeit eine Liebesbeziehung hatte.«

»Ron mit Barbara Ritter?« Dianas Stimme klang ehrlich erstaunt. »Das weiß ich nicht. Ich weiß nur, dass er jede Menge Affären hatte, aber da erzähle ich dir ja nichts Neues. Und unter den Verflossenen waren ganz sicher auch Kolleginnen, aber Barbara Ritter? Das weiß ich beim besten Willen nicht. Du, ich muss jetzt Schluss machen. Tut mir echt leid, es wäre sicher ein total netter Abend geworden.«

Wäre es, dachte Louise. Aber zumindest hatte sie Diana nach der Schauspielerin fragen können. Nur war die Antwort nicht so ausgefallen, wie sie es sich erhofft hatte. Sie musste einfach etwas mehr über Barbara Ritter herausfinden. Wer so berühmt war, hinterließ doch seine Spuren. Wikipedia, die Yellow Press. Vielleicht fand sie einen Hinweis zur Vergangenheit der Dame. Eigentlich passte es ihr ganz gut, dass sie heute Abend nun doch keine Verpflichtung hatte. Und sie würde keine Zeit in einem Restaurant vertrödeln.

Louise legte einen Zahn zu. In der Nähe der Pension war ein kleiner Supermarkt, dort könnte sie sich mit dem Notwendigsten versorgen. Außer Atem kam sie kurz nach neunzehn Uhr an, der Laden war geschlossen.

»*Zut*«, fluchte sie laut und rüttelte an der Tür.

»Wollten Sie noch was einkaufen?« Eine alte Dame mit Rollator blieb neben Louise stehen.

»Ja, aber da ist schon zu.«

»Das sehe ich, und das bleibt es auch bis morgen früh, und wenn Sie noch so wild rütteln«, sagte die Frau streng. »Gleich da«, sie wies in Richtung Osten, »ist ein nettes Restaurant ...«

»Ja, aber ich wollte nicht in ein Restaurant, ich wollte etwas zu essen und zu trinken einkaufen.«

»Dann lassen Sie mich doch aussprechen. Ein Restaurant und zugleich ein Genuss-Shop, so nennt er sich. Die haben bis acht auf.« Die alte Dame nickte Louise wohlwollend zu und schob ihren Rollator weiter.

»Danke«, rief sie ihr nach und eilte in die angegebene Richtung.

Ein Genuss-Shop, wunderbar. Und offensichtlich von einem Kollegen betrieben, denn in der Auslage lag ein Kochbuch. Die Fülle an hochwertigen Produkten ließ ihre

Augen leuchten. Hier hätte sie noch lange stöbern wollen, doch die Pflicht rief, sie hatte einen Mordfall zu lösen.

Louise entschied sich für eine Flasche Weißwein aus der Pfalz mit dem witzigen Namen *Mein Fass*, ein Cuvée aus Weißburgunder und Chardonnay mit dem man ganz sicher nichts falsch machte. Staunend stand sie vor dem Regal mit den süßen Rosenaufstrichen. Doch der Sinn stand ihr nach Herzhaftem. Eine Dose Wildbratwurst, ein Glas ihrer geliebten Picholine-Oliven, Brot. Ein genussvolles Abendessen.

Louise trug ihre Beute in die Pension und machte es sich an dem kleinen Tisch vor dem Fenster gemütlich. Der Wein, der bereits gekühlt war, mundete auch aus dem Zahnputzglas, und die Wildbratwurst war eine Offenbarung.

Gestärkt kuschelte sie sich aufs Bett. Die Arbeit konnte beginnen. Der Eintrag bei Wikipedia über Barbara Ritter gab nicht sehr viel her. Die Frau verstand es offensichtlich, Privates aus der Öffentlichkeit herauszuhalten. Geboren in Köln-Nippes, Ausbildung an internationalen renommierten Schauspielschulen, Engagements an wichtigen Bühnen, Abschied vom Theater, unzählige TV-Serien, Filme. Verheiratet mit dem Berliner Verleger Sebastian Brümmer, kinderlos. Kein aktueller Wohnort, nichts über Beziehungen vor Brümmer, mit dem sie seit neun Jahren zusammen war. Auch die Klatschpresse konnte nur mit kargen Informationen aufwarten. Irgendwo war zu lesen, Barbara Ritter lebe sehr zurückgezogen und wolle sich nach und nach aus dem Beruf zurückziehen. Die Rollen, die man Frauen jenseits der Mitte vierzig anbieten würde, seien oft zu wenig anspruchsvoll.

Wulf Wittekind hatte erwähnt, sie ginge auf die fünfzig zu. Die Fotos, die Louise fand, zeigten die Schauspielerin als *Hotelière* immer elegant gekleidet, damenhaft. Die Frau blieb sich, was ihren Stil anging, in ihren Rollen wie auch bei öffentlichen Auftritten wie einer Spendengala oder dem Besuch einer Modenschau treu. Kostüm, Hosenanzug, oftmals das Kopftuch, auch schmal gebunden als eine Art Stirnband, Sonnenbrille. Eine klassische zeitlose Schönheit, die wahrscheinlich noch mit siebzig Jahren nichts davon eingebüßt haben würde.

Sie scrollte weiter. Auf allen Seiten immer dasselbe. Resigniert beendete sie ihre Suche. Sie kam einfach nicht weiter. Erneut kam Louise zu der Erkenntnis, dass sie sich total verrannte. Sie musste Barbara Ritter abhaken und Hagen Reinert endlich als Mörder akzeptieren. Ein letztes Mal klickte sie sich durch die Fotos der Schauspielerin. Und da war es wieder, dieses Gefühl, diese Irritation, die sie schon beim Durchblättern des Albums bei Wittekind erfasst hatte. Doch noch immer konnte sie nicht sagen, was es war. Vielleicht war Irritation auch nicht der richtige Ausdruck dafür, was sie empfand. Louise kniff die Augen zusammen, dachte nach. Sie hatte diese Schauspielerin bis heute noch nie bewusst wahrgenommen. Und doch … Nein, es ergab keinen Sinn.

Hagen Reinert erschien vor ihrem geistigen Auge, als sie ihn am Deich getroffen hatte. Seine merkwürdige Reaktion auf den Tod von Ron Schubert. Louise klickte die Seite des Bremer Architekturbüros an. Ob man sein Todesdatum auch schon neben sein Foto gesetzt hatte? Nein, hatte man nicht. Ihr Blick blieb an Sven hängen. Wem glich er laut Wittekind? Diesem Skispringer. Wie hieß der noch mal? Sie gab die Begriffe Sven und Skispringer ein. Da war er schon. Gut aussehend, ging auf die fünfzig zu. Louise suchte jüngere Fotos des Sportlers. Tatsächlich, da war eine gewisse Ähnlichkeit zwischen den beiden Männern. Und da war er wieder, der Gedanke. Ähnlichkeit war das Stichwort. Barbara Ritter sah jemandem ähnlich, den Louise kannte. Nur wem? Welcher Frau zwischen Mitte vierzig und fünfzig war sie vor nicht allzu langer Zeit begegnet? Ihr fiel kein passendes Gesicht dazu ein.

Sie musste nur genauer hinschauen. Louise vergrößerte ein Porträtfoto von Barbara Ritter auf dem Bildschirm und konzentrierte sich auf die Mundpartie, nichts. Augen, Brauen, Nase, nichts. Ihr Blick wanderte über die Wangen hin zu den Ohren, nichts, nichts und wieder nichts. In ihrem Magen kribbelte es, als würden sich dort Tausende von Ameisen tummeln. Sie lehnte sich zurück, schloss die Augen, ging in Gedanken Tag für Tag, Stunde um Stunde zurück bis zu Ron Schuberts Sturz vom Pferd.

Die Erkenntnis traf Louise wie ein elektrischer Schlag. Ihr Gesicht glühte, die Gedanken schossen wirr durch ihren Kopf. Wer war diese Frau wirklich? Sie biss sich auf die Unterlippe und begann zögernd, ihren Namen einzugeben. Adele H – mehr als ein Vorname und der erste Buchstabe des Nachnamens waren nicht nötig, um Louise ahnen zu lassen, was sich womöglich hinter der ganzen Geschichte verbarg.

Kapitel 44

Sylt

Louise schaute auf ihre Uhr. Noch nicht einmal halb zehn. Sie musste ganz von vorne beginnen. In der obersten Schublade der Kommode aus Kiefernholz hatte sie einen großen Block gesehen. Sie legte ihn sich zurecht und begann mit ihren Aufzeichnungen, die hoffentlich wie Teile eines Puzzles bald ein klares Gesamtbild ergeben würden.

Ganz oben notierte sie den Namen *Sven Reinert* mit Todesdatum. Damit hatte alles begonnen. Ihn verband sie mit *Ron Schubert*, darunter in großen Buchstaben *JUGEND-FREUNDE – treffen sich nach Jahren wieder. Ron verantwortlich für Svens Tod!*

Louise kratzte sich mit dem Stift am Kopf. Sie musste noch systematischer vorgehen, systematisch und vor allem chronologisch. Was käme als Nächstes? Es war für Louise mittlerweile mehr als eine vage Vermutung, mehr als ein reines Bauchgefühl. Sie notierte *Affäre zwischen Ron und Barbara Ritter.* Sie setzte den Namen der Schauspielerin unter Ron, verband beide durch einen Pfeil mit zwei Spitzen. Und dann? Viele Jahre nichts. Ron hatte mehrere Frauengeschichten, heiratete Theresa, würde Vater werden. Diese Gedanken behielt Louise zunächst im Hinterkopf.

Dann im April des Jahres wurde Ron angefahren, von einer Frau? Im Juli stürzte er vom Pferd, ein Anschlag auf sein Leben, begangen höchstwahrscheinlich von einer Frau, im September wurde er durch den Pfeil einer Armbrust getötet. Hagen Reinert kam ins Spiel, sein Fingerabdruck war zwar nicht auf dem tödlichen Pfeil, aber auf dem, der im Strohballen steckte. Ein Versuchsschuss sozusagen. Doch musste er deswegen auch den tödlichen Schuss abgegeben haben? Dann war Hagen tot. Alkohol und Medikamente. Reue über seine Tat, Selbstmord? Oder Mord?

Hinter Hagen setzte Louise das Wort *MORD*! Und für diesen Mord käme nur dieselbe Person infrage, die auch Ron Schubert getötet hatte, die geheimnisvolle Frau. Sie biss sich auf die Unterlippe, bis es schmerzte. *Louise, konzentrier dich.*

Sie spürte, sie war ganz nahe an der Lösung des Falles, nur erschloss sich ihr immer noch nicht das Motiv. Bei Hagen wäre es offensichtlich: Rache für den Tod seines Bruders Sven. Dem Puzzle, das sie hoffte, bald zusammenfügen zu können, fehlten nicht nur wichtige Teile, nein, es landete auf dem Boden der Tatsachen und zerfiel.

Sie legte den Block zur Seite und widmete sich erneut dem Wikipedia-Eintrag, der sie auf die Spur der Mörderin gebracht hatte. *Die Geschichte der Adèle H., L'Histoire d'Adèle H.,* ein Film mit Isabelle Adjani über die *amour fou* der Adèle Hugo, einer Tochter des französischen Schriftstellers Victor Hugo.

Natürlich hatte Louise diesen wunderbaren Film schon gesehen. Adèle ist wie von Sinnen in den britischen Offizier Albert Pinson verliebt, der jedoch nichts von ihr wissen will. Sie reist ihm von Guernsey nach bis Hallifax, doch vergebens, Albert erhört sie nicht, drängt auf ihre Rückreise. Auch das Versprechen einer hohen Mitgift, die ihr Vater zahlen würde, lockt ihn nicht. Adèle droht ihm, dafür zu sorgen, dass er aus der Armee entlassen wird. Doch Albert bleibt hart. Sie stellt ihm weiter nach, sieht ihn mit einer anderen Frau, fleht trotz allem weiter um seine Liebe. Sie überrascht Albert bei einer Abendgesellschaft, bei der dieser mit einer anderen Frau flirtet. Wütend bringt er Adèle zu einem nahe gelegenen Friedhof. Adèle sagt ihm, sie habe sich ihm hingegeben, sie habe alles für ihn aufgegeben und drängt auf eine Heirat, die Albert weiterhin ablehnt. Ihren Eltern schreibt die junge Frau, die Hochzeit habe stattgefunden. Victor Hugo lässt dies in einer Zeitung verkünden, erfährt jedoch, dass seine Tochter gelogen hat. Adèle agiert immer bizarrer, versucht gar, mithilfe eines Hypnotiseurs Albert zur Heirat zu bewegen. Albert verlobt sich mit einer anderen. Diese Verlobung wird gelöst, als Adèle gegenüber dem Vater der Verlobten behauptet, von Albert schwanger zu sein. Albert wird nach Barbados versetzt, Adèle folgt ihm, verliert immer mehr den Bezug zur Realität und wird von einer Einheimischen, Madame Baa, versorgt, die sich um ihre Rückkehr nach Frankreich kümmert. In Paris lässt sie ihr Vater, Victor Hugo, in ein Sanatorium einweisen, wo sie 1915 in geistiger Umnachtung stirbt.

Puh, was für ein Drama. Tragisch, wie diese obsessive Liebe endete.

Louise konnte sich auf ihr Bauchgefühl verlassen. Schon bei der Betrachtung der Fotos in Wittekinds Album war ihr die Person bekannt vorgekommen. Allerdings, wie sie jetzt erkennen musste, nicht die junge Schauspielerin, sondern

Barbara Ritter in der Rolle der Marthe Krull, einer älteren Frau. Ritter, zurechtgemacht in der Maske, um wie eine Frau Mitte vierzig auszusehen, Barbara Ritter, die sich selbst in eine alte Dame von fast siebzig Jahren verwandelt hatte.

Warum war sie nicht gleich draufgekommen? Die Maske war perfekt gewesen. Die Brille verbarg den noch immer frischen Ausdruck ihrer Augen, das locker umgelegte Tuch die kaum vorhandenen Falten am Hals, die Handrücken künstlich gesprenkelt mit Altersflecken, das Zittern beim Anheben der Kaffeetasse, das altmodische Hütchen, das graue Haar. Und sie war nicht nur äußerlich in eine andere Person geschlüpft. Sie hatte einen vollkommen anderen Charakter angenommen, hatte mit ihrer Umgebung gespielt, sie alle an der Nase herumgeführt. Adele Hornung, Adèle H. Diesen Namen hatte sie sich nicht zufällig zugelegt. Louise musste nur noch dahinterkommen, warum gerade diese Rolle? Adele Hornung war die ganze Zeit über auf Pellworm gewesen, hatte die Proben beobachtet.

»Respekt, Frau Ritter«, murmelte Louise vor sich hin. Sie stellte sich mit dieser jungen Frau, dieser tragischen Heldin auf eine Stufe. Doch erneut die Frage: Warum? Und wie war ihre Verbindung zu Hagen Reinert?

»Barbara Ritter, was ist geschehen, dass du nach so vielen Jahren Rache an Ron Schubert genommen hast? Wo habt ihr euch kennengelernt, du und Hagen?«

Noch einmal klickte sie den Beitrag über Barbara Ritter bei Wikipedia an. Er erzählte ihr nichts Neues über die Schauspielerin. Sie hatte ihr Glück gefunden, war gefragt bei Film und Fernsehen, hatte mit diesem Verleger, Sebastian Brümmer, einen interessanten Ehemann an ihrer Seite.

Plötzlich stutzte Louise. Sie schloss die Augen. Brümmer. Wo hatte sie den Namen gelesen, jetzt abgesehen von den Recherchen im Internet? Und da war sie, die Verbindung. Im Büro von Miriam Wolf, der grandiose Entwurf zu einem Atriumhaus, das Hagen Reinert gebaut hatte. Der Bauherr war Sebastian Brümmer gewesen. Natürlich, Barbara Ritter hatte den Architekten in diesem Zusammenhang kennengelernt.

Die vorhandenen Puzzleteilchen fügten sich zusammen, doch es gab noch genügend leere Stellen.

Alles auf Anfang. Die Chronologie der Ereignisse. In ihr steckte der Punkt, der erklärte, warum sich Barbara Ritter in Adèle H. oder besser gesagt in Adele Hornung verwandelt hatte.

Louise ging Punkt für Punkt wieder durch. Die Chronologie war nicht vollständig. April des Jahres, erster Anschlag auf Ron Schubert. Doch etwas Wichtiges war davor gewesen, etwas, das in seinem Leben eine Rolle gespielt hatte. Die Schwangerschaft seiner Frau Theresa. Louise versuchte, sich in Erinnerung zu rufen, was die Witwe ihr dazu erzählt hatte.

Im März hatte sie Ron gesagt, sie erwarte ein Kind. Er machte es sofort publik. Im April war es bereits in der *Luxor* nachzulesen gewesen. Im selben Monat die Attacke in der Nacht. Sie musste nach der Veröffentlichung in der Zeitschrift gewesen sein. Schwangerschaft und unglückliche Liebe. Adèle H. behauptet im Film, von Albert schwanger zu sein. War sie es tatsächlich gewesen? Louise konnte sich nicht erinnern, aber es spielte auch keine Rolle. Das Puzzle fügte sich auch so zusammen.

Über das Stadium einer unglücklichen Liebe musste Barbara Ritter schon seit ewigen Zeiten hinweg sein. Doch was war mit einer Schwangerschaft? Die Schauspielerin und ihr Ehemann waren kinderlos. Warum? An diesem Punkt wusste Louise nicht weiter. War sie sich bis hierher ihrer Sache sicher gewesen, so war alles, was nun folgte, die reinste Spekulation. Doch sie hatte nun etwas vorzuweisen, sie musste Momme informieren.

Schnell kritzelte sie die wesentlichen Dinge auf einen Zettel, damit sie auch nichts vergaß:

- *Adele Hornung ist Barbara Ritter, seit Tagen auf Pellworm*
- *Ron und Barbara waren früher zusammen; angeblich nichts Festes*
- *Hat der Mord an Ron etwas mit einem Kind zu tun? – siehe Adèle H.*
- *Hagen hat Haus für Brümmer, Mann von B. R., entworfen; Barbara kannte Hagen*

Louise nahm ihr Telefon zur Hand. Schon ganz schön spät, aber das würde Momme ihr verzeihen. Sie zuckte zusammen, als es klingelte, noch bevor sie Mommes Nummer anwählen konnte.

»Momme, das ist Gedankenübertragung. Ich wollte dich eben anrufen. Es wird sich jetzt alles ziemlich abenteuerlich anhören, aber ich glaube, ich bin der Lösung unserer Fälle ein gutes Stück näher gekommen.«

»Louise, jetzt hörst du mir zu. Es ist etwas passiert. Wir möchten, dass du umgehend nach Pellworm zurückkommst.«

Kapitel 45

Berlin – Bremen – Pellworm

Langsam, wie ein schleichendes Gift, war der Plan in ihr herangereift. Schleichend und am Ende tödlich.

Sie hatte die *Luxor* abonniert. Jede Woche donnerstags lag die Zeitschrift, die über Stars und Sternchen berichtete, im Briefkasten. Den Schmerz, den sie empfand, als sie das Foto entdeckte, hätte sie niemandem beschreiben, niemals in Worte fassen können.

Unser süßes Geheimnis, strahlt Theresa Wagenfeld.

Die Frau von Ron erwartete ein Baby, Ron wurde Vater. Und grinste voller Glück übers ganze Gesicht. Hätte sie dieses in diesem Moment vor sich gehabt, sie hätte hineingeschlagen, immer wieder, bis dieses infantile Grinsen ausgelöscht wäre, bis es zu Brei geworden wäre, bis er am Boden gelegen hätte. Winselnd sich windend. Und sie hätte zugetreten, immer und immer wieder.

Als sie Sebastian sagte, dass sie nie ein Baby haben könnten, hatte er sie nach der ersten Enttäuschung in die Arme genommen und getröstet. Von einer Adoption hatte sie nie etwas wissen wollen, irgendwann hatte ihr Mann den Vorschlag nicht mehr aufgegriffen. Sie hatte ihm nie die Wahrheit darüber gesagt, warum sie keine Kinder bekommen konnte.

Als sie Ron, unsicher, wie er es aufnehmen würde, selbst jedoch unendlich glücklich, mitteilte, sie sei schwanger, zersprang ihre Welt eine Minute später in tausend Scherben. Er hatte es kurz gemacht. Abtreibung oder er würde jedem erzählen, der es hören wollte oder auch nicht, was für ein Flittchen sie wäre, bereit, in jedermanns Bett zu steigen, der ihrer Karriere förderlich sein könnte. Er würde sich seine Zukunft nicht von einem Kind kaputtmachen lassen, das sie ihm anhängen wollte. Damit war für Ron alles gesagt gewesen.

Eine Woche später war das Kind abgetrieben gewesen, ihre Hoffnung zunichte, jemals Mutter werden zu können. Drei weitere Wochen bis zum Ende der Spielzeit. Bis heute wusste sie nicht, wo sie damals die Kraft hergenommen hatte, das alles mit einem Lächeln durchzustehen, Abend für Abend auf der Bühne zu spielen. Vielleicht war es das Hineinschlüpfen in andere Personen, vielleicht war es ihr so möglich geworden, sich von der Realität zu distanzieren. Dann kam das Angebot aus New York. Die Zeit des Abstandnehmens, aber nicht die der Heilung und des Vergessens begann.

Ihr Spiel auf der Bühne, vor den Kameras, war eine Flucht, und sie war über sich hinausgewachsen. Ruhe war erst durch Sebastian Brümmer in ihr Leben eingekehrt. An seiner Seite hatte sie so etwas wie ein inneres Gleichgewicht gefunden.

Bis zu dem Tag, als sie die Zeitschrift durchblätterte. Die Wunde, die in diesem Moment wieder aufgerissen wurde, war ein Krater, in dem der Hass brodelte. Er erfüllte sie von Kopf bis Fuß, von den Zehen bis in die Haarspitzen.

Doch sie verhielt sich still. Und dann stand Hagen Reinert vor ihr. In diesem Augenblick wusste sie noch nicht, dass er zum Schwert ihrer Rache werden würde. Im Nachhinein betrachtet zum Pfeil ihrer Rache, wie sie mit Genugtuung dachte, als sie sich dem reetgedeckten Haus näherte.

Wie stümperhaft waren ihre Versuche gewesen, Ron Schubert für das büßen zu lassen, was er ihr angetan hatte. Er hatte sie um ihre Mutterschaft, ihr Kind, ihre Zukunft betrogen. Wahrscheinlich wäre der Gedanke an Rache niemals in ihr aufgekeimt, wenn er nicht siebzehn Jahre später seine Freude, sein Glück über die zu erwartende Vaterschaft in die ganze Welt hinausposaunt hätte. Der Hass loderte von einer Sekunde zur anderen in ihr auf, dieses Feuer war nur durch Rache zu löschen. Löschen durch Auslöschen.

Sie war nach Bremen geflogen, hatte sich am Flughafen einen großen Wagen gemietet, Ron aufgelauert. Zugegeben, der Versuch, ihn zu überfahren, war etwas halbherzig gewesen. Leider musste sie erfahren, dass das Schwein nur leichte Verletzungen davongetragen hatte. Der Mietwagen hatte noch nicht einmal einen offenkundigen Schaden davongetragen.

Beim zweiten Mal hätte es schon klappen können. Es war so verdammt einfach gewesen, sich für drei Tage als Küchen- und Spülhilfe während des Poloturniers auf Sylt zu verdingen. Dunkle Perücke, dunkle Kontaktlinsen, der deutschen Sprache kaum mächtig. Die Idee mit den Chilis war ihr erst gekommen, als sie die scharfen Dinger in der Kühlung entdeckt hatte. Ein Bericht über Schweinereien im Pferdesport, den sie irgendwo gelesen oder gesehen hatte, war ihr zur Inspiration geworden. Eigentlich tat ihr das Pferd leid, aber der Zweck heiligte bekanntlich die Mittel, und es würde wohl kaum daran sterben. Ursprünglich hatte sie den Sattelgurt manipulieren wollen, doch sie befürchtete, dass die Stallleute das Zeug vor jedem Einsatz kontrollierten.

Sie hatte die Chilis zerstoßen und mit ihrer Gesichtscreme vermischt. Es hatte keine dreißig Sekunden gedauert, dem Pferd die Masse auf den Rücken zu schmieren. Der Erfolg war beachtlich gewesen, mit Genuss hatte sie beobachtet, wie das Tier immer unruhiger wurde und Ron aus dem Sattel flog. Ein Genickbruch war ihr Ziel gewesen, aber das Arschloch hatte mal wieder Glück im Unglück gehabt.

Am Tag vor ihrem Anschlag auf Rons Leben hatte sie sich den Spaß gegönnt, ihm auf der Terrasse seines Hotels aufzulauern. Ob er da schon geahnt hatte, warum sie ihm immer wieder wie rein zufällig über den Weg lief? Spätestens beim Aufeinandertreffen am Frühstücksbuffet hatte sie es ihn wissen lassen. Ob er sich nicht denken könne, warum sie ihn seit Wochen auf Schritt und Tritt verfolge. Wie sehr sie ihn hasse. Wegen damals. Dass sie nach der Abtreibung keine Kinder mehr bekommen konnte und er nun mit stolzgeschwellter Brust heraustöne, er werde Vater. Er war einfach gegangen.

Doch dann hatte sich das Schicksal ihrer erbarmt. Nemesis, die Göttin des gerechten Zorns – sie hatte die Rolle der Beatrice im gleichnamigen Theaterstück von Alfred Nobel einmal gespielt. Gerechter Zorn, ihr Zorn. Nemesis in Gestalt von Hagen Reinert.

Es war Zufall, dass Sebastian sich für einen Bremer Architekten entschieden hatte. In einer Bauzeitschrift hatte ihr Mann einen Entwurf von Hagen Reinert für einen Kindergarten gesehen. Die schlichte Kühnheit, die klaren Linien hatten ihn direkt angesprochen. Und der Entwurf Reinerts für den Bau ihres Hauses war grandios. Sebastian war mehrfach in Bremen mit dem Architekten zusammengetroffen, um die Planung bis ins Detail zu besprechen. Bis dahin hatte ihr Mann ein großes Geheimnis aus allem gemacht. Dann kam der große Moment. Reinert kam mit den Plänen nach Berlin gereist, präsentierte sie, und sie war hingerissen.

Und dann nahm das Gespräch während des gemeinsamen Abendessens in ihrer Wohnung in Zehlendorf eine Wendung, die ihren Zorn besänftigen sollte.

»Herr Reinert, entschuldigen Sie bitte, wenn ich einfach so frage, aber Sie erinnern mich an jemanden, den ich vor vielen Jahren einmal kennengelernt habe. Und es wird wohl kaum Zufall sein, der junge Mann war ebenfalls Architekt. Und, wenn ich das so bemerken darf, Sie sind ihm wie aus dem Gesicht geschnitten, sozusagen eine etwas ältere Version von ihm.« Diese Ähnlichkeit hatte sie beschäftigt ab der Sekunde, als Hagen Reinert die Wohnung betreten hatte.

Reinert war ganz still geworden. Sie hatte schon geglaubt, ihm aus irgendeinem Grund zu nahe getreten zu sein, als er seine Sprache wiederfand.

»Sven Reinert, er war mein älterer Bruder. Er ist seit siebzehn Jahren tot.«

Sebastian und sie sprachen ihm ihr Beileid aus, auch wenn der junge Mann bereits seit einer Generation unter der Erde lag.

»Darf ich fragen, was damals geschehen ist?«

»Wir wissen es nicht genau. Man hat Sven auf einem Parkplatz hinter Lilienthal gefunden. Er ist von einem Wagen überrollt worden, den Fahrer hat man nie gefunden. Doch zu dem Zeitpunkt war Sven bereits tot. Ob dieselbe Person seinen Tod verschuldet hat oder jemand anders, hat die Polizei nie herausgefunden.«

Sie war bei diesen Worten, wie man so sagte, zur Salzsäule erstarrt. Ganz plötzlich keimte eine Erinnerung in ihrem Kopf auf.

Die Szene in der Nacht, sie hatte sie wieder vor Augen. Sven, der am Wagen von Ron Schubert lehnte, den sie kurz vorher noch ziemlich betrunken auf der Party gesehen hatte. Sie und Tomaso, ein Kollege, mit dem sie nach Ron einen Wimpernschlag lange zusammen gewesen war. Am nächsten Tag saß sie bereits im Flugzeug. Ihr Engagement für den Film *Something's Gotta Give*. Eine kleine Nebenrolle, die ihr den Weg nach oben bereitet hatte. Wie hätte sie über den Wolken und während des ganzen Rummels vom Tod des jungen Architekten erfahren sollen?

Sie behielt ihre Ahnung, ihr Wissen eine Woche für sich. Dann vereinbarte sie ein Treffen mit Hagen Reinert, er sollte das Werkzeug für ihre Rache werden. Und der war, wie erhofft, nachdem sie ihm erzählt hatte, dass sie Sven damals bei Rons Wagen hatte stehen sehen, über die Stadien Fassungslosigkeit, tiefe Trauer, Wut, gerechter Zorn zum Wunsch gelangt, Ron Schubert tot zu sehen. Sie konnte sich noch gut an den Moment erinnern, als Hagen, erschrocken über das Aussprechen seiner Mordfantasien, anfing herumzustammeln, mit so etwas sei es ihm natürlich nicht ernst. Damit war der Augenblick gekommen, sich ihm anzuvertrauen und ihm zu offenbaren, welchen Schmerz Ron ihr zugefügt hatte.

Alles andere war Geschichte. Die Reise nach Pellworm, das Beobachten des Opfers. Den ursprünglichen Plan, ihn abzupassen, mittels Alkohol und K.-o.-Tropfen wehrlos zu machen und dann zu töten – Hagen hatte ihr nicht gesagt, was genau er vorhatte –, hatten sie aufgegeben, nachdem ihr Komplize die Armbrust entdeckt hatte. Eines Mimen würdig, hatte er gesagt. Dann der Übungsschuss, das Stellen und Erlegen des Wildes. Womit sie nicht gerechnet hatte, war die ihr unerklärliche Reue von Hagen Reinert. Seine Schuldgefühle saßen so tief, dass er sich, obwohl sie versucht hatte, ihn daran zu hindern, bis zum Zusammenbruch betrank. Sie hatte weniger um sein Leben gefürchtet, als dass er sich im Suff jemandem anvertrauen würde. Dass Hagen krank war, Medikamente nahm, hatte sie erst später erfahren.

Auf Pellworm sprach sich alles herum. Sie hatte die ganze Insel bereist, ihre Maske war perfekt gewesen. Hatte Bekanntschaften geschlossen, Informationen erhalten. Adele Hornung, *Die Geschichte der Adèle H.* Er gehörte zu ihren Lieblingsfilmen. Genau betrachtet waren es nur Momente im Leben dieser unglücklichen jungen Frau, die mit Stationen ihres Lebens vergleichbar waren. Doch sie genügten, um sich diesen wunderbaren Namen zuzulegen.

Jetzt gab es nur noch eins zu erledigen. Das Kind musste weg. Es hatte keine Berechtigung zu leben. Noch hatte sie keinen Plan. Vielleicht würde sie Theresa am Leben lassen und ihr so für alle Ewigkeit die Hölle auf Erden bereiten.

Die Bürgermeisterin war um diese Zeit im Amtshaus.

Sie ging zur Haustür, klingelte.

Rons hochschwangere Witwe öffnete.

»Hallo, ich bin Adele Hornung, eine Freundin von Louise Dumas. Louise meinte, Sie könnten vielleicht ein wenig Gesellschaft oder Abwechslung brauchen.«

Kapitel 46

Zurück auf Pellworm

Louise hatte mit dem ersten Zug Sylt verlassen. 4.24 Uhr ab Keitum, Weiterreise von Husum nach Nordstrand, dann die Fähre 6.40 Uhr, etwas mehr als eine halbe Stunde später war sie zurück auf Pellworm, wo Momme bereits am Fähranleger auf sie wartete.

Er hatte sie am Abend zuvor mit ersten Informationen versorgt. Freya war nach Hause gekommen und Theresa Wagenfeld wie vom Erdboden verschwunden. Sämtliches Gepäck war noch im Haus, ebenso Personalausweis und Geld, beides verwahrt in Theresas Handtasche, die im Gästezimmer lag. Allerdings war das Handy weg. Es war wohl ausgeschaltet, wie Freya bemerkt hatte, als sie Theresa anrufen wollte. Freya sei in größter Sorge, Rons Witwe könne sich etwas angetan haben oder sei im Begriff dazu, eine Sorge, die auch Solveig Olms und er teilen würden.

»Momme, ich hatte nicht den Eindruck, dass Theresa eine Selbstmordkandidatin ist. Natürlich muss sie den Schock über den Tod ihres Mannes überwinden, aber sie ist gefasst, freut sich auf ihr Baby. Nie und nimmer bringt sie sich um. Wann genau ist sie verschwunden?«

»Es muss zwischen sechzehn und siebzehn Uhr gewesen sein. Freya hatte noch mit ihr telefoniert und war kurz nach siebzehn Uhr am Haus. Da war Theresa nicht mehr da. Tatsächlich fehlen ein Hausschlüssel und eine Jacke.«

»Momme, wer nimmt denn Handy und Haustürschlüssel mit, wenn er sich umbringen will?«

Momme hatte Louise recht gegeben.

»Sie hat offensichtlich das Haus freiwillig verlassen. Hat nichts mitgenommen außer Telefon und Schlüssel, wollte also wieder zurückkehren. Im besten Fall hat sie einfach nur einen Spaziergang gemacht. Dann jedoch sollte sie um diese Uhrzeit aber wieder zurück sein. Im schlimmsten Fall ist sie entführt worden …«

Momme schnaubte hörbar. »Entführt?«

»Hör zu, auf Pellworm befindet sich ein Gast, Adele Hornung. Sie heißt in Wirklichkeit Barbara Ritter. Deswegen wollte ich dich anrufen. Diese Ritter ist Schauspielerin, hat Hagen Reinert gekannt, war vor zig Jahren mit Ron Schubert liiert. Sie ist die Frau, mit der er sich auf Sylt in eurem Hotel gestritten hat. Wie das alles zusammenhängt, warum die Ritter und Hagen Reinert gleichzeitig auf Pellworm waren, ich habe das Puzzle noch nicht fertig. Aber ich spüre, dass diese Frau gefährlich ist. Sie hat mich vollkommen an der Nase herumgeführt, ich habe ihr gegenübergesessen und wäre nie und nimmer auf die Idee gekommen, dass sie nicht die alte Dame ist, für die sie sich ausgibt. Sie hat sogar bei Renate einen Töpferkurs besucht. Sie muss eine glänzende Schauspielerin sein. Weltbekannt und läuft hier herum, ohne dass sie die leiseste Ahnung aufkommen lässt, um wen es sich handelt. Ihr müsst rausfinden, wo sie ist. Ich befürchte, sie hat irgendetwas mit Theresa vor.«

Momme hatte schweigend zugehört, nur hier und da ein leises Stöhnen von sich gegeben. »Du weißt, wo sie sich eingemietet hat?«

»Ja, ich war schon da. Bei Adda, im Ferienhof.«

»Gut. Du schläfst eine Runde, wir besuchen Frau Ritter.«

»Und du hältst mich auf dem Laufenden?«

»Morgen früh, wenn du wieder da bist, bekommst du die Neuigkeiten brühwarm serviert, vorher nicht, schlaf dich aus, mien Deern.«

Und da saß sie nun neben Momme. Tatsächlich hatte sie gut geschlafen und auf der Fahrt zwischen Sylt und Pellworm vergeblich versucht, Fine oder Momme ans Telefon zu bekommen.

»Los, nun sag schon. Habt ihr sie gefunden?«, waren Louises erste Worte, nachdem sie Momme einen Kuss auf die Backe gegeben hatte.

Seine Wange war kratzig, und Louise betrachtete besorgt die Falten in seinem Gesicht. Sie waren in den letzten Tagen tiefer geworden, und seine Haut schien grau. Er schüttelte den Kopf.

»Nein, haben wir nicht. Aber du scheinst mit deinem Verdacht richtig zu liegen. Nicht nur Theresa ist verschwunden, auch Adele Hornung, oder, besser gesagt, Barbara Ritter. Solveig hat heute früh bereits deren Mann kontaktiert, die beiden leben in Berlin. Sebastian Brümmer, ein steinreicher Verleger. Er sagte, seine Frau nehme sich ab und zu eine Auszeit, reise irgendwohin, um sich zu entspannen. Nur selten kennt er ihr Ziel. Dieses Mal hatte sie ihm gesagt, sie reise auf die Insel Föhr. Dort ist allerdings keine Barbara Ritter als Feriengast registriert.«

»Wo fahren wir hin?«, fragte Louise, als Momme in Tammensiel rechts abbog.

»Zu Fine. Wir wissen im Moment nicht weiter. Es ist Ebbe, draußen ist niemand auszumachen, vielleicht will sie mit ihr ins Wasser. Wir können erst weitersuchen, wenn es noch etwas heller wird.«

»Gut, im Moment kann man wirklich nicht viel machen. Aber ich kann mir nicht vorstellen, dass Barbara Ritter sich und Theresa umbringen will. Nein, sie hat irgendetwas anderes vor. Sie hat es alleine auf Rons Witwe abgesehen. Und wenn sie stirbt, stirbt auch das Kind. Momme, in einem Artikel über sie steht, die Ehe sei kinderlos. Und wenn sie nun kinderlos ist, weil sie keine bekommen kann? Vielleicht hat sie es auf Rons Baby abgesehen? Es gibt doch solche Frauen, die Säuglinge entführen, weil sie selbst kein Baby bekommen können.«

Mittlerweile waren sie an Fines Kate angelangt. So bedrückend die Stimmung auch war, so heimelig fühlte sich Louise, kaum dass sie die Küche betreten hatte. Es duftete nach Kaffee, Fine saß am Tisch, vor sich einen dampfenden Becher. Sie sprang auf, umarmte Louise und drückte sie fest an sich.

»Gut, dass du wenigstens wieder da bist«, sagte sie. »Das ist unglaublich, was du Momme gestern erzählt hast.«

»Das ist noch nicht alles, Fine«, brummte Momme. »Louise hat eine Befürchtung, die wir ernst nehmen müssen. Nur habe ich keine Ahnung, wo wir mit der Suche beginnen sollen.«

Fine hörte schweigend zu, was Momme und Louise abwechselnd zum Besten gaben.

»O Gott, und wenn sie nun das Kind nicht für sich haben will, sondern von dem irren Wunsch beseelt ist, dass es nie zur Welt kommen darf, weil nicht sie es gebären wird?«

Louise wurde kreidebleich. »An so viel Bosheit habe ich nicht gedacht«, flüsterte sie. »Wir müssen sie finden. Sie kann sich nicht auf Pellworm verstecken und warten, bis das Kind kommt, vorher würden sie und Theresa entdeckt werden.«

»Mit der Fähre kommt sie auch nicht weg, auf der Fähre waren sie auf keinen Fall. Das letzte Schiff, das zum Festland fuhr, hatte nicht viele Gäste an Bord, und es war keine Hochschwangere unter ihnen, so viel ist schon geklärt«, sagte Momme. »Das heißt, sie sind irgendwo auf der Insel. Früher oder später haben wir sie.«

»Früher wäre besser. Ich überlege die ganze Zeit, ob Adele, also Barbara, irgendetwas zu mir gesagt hat, was uns dienlich sein könnte, aber es fällt mir nichts ein. Außerdem war wahrscheinlich sowieso alles gelogen. Mit wem hatte sie sonst noch Kontakt?«

»Mit Adda, aber mehr als Moin und Tschüss und Schlüsselübergabe hat da nicht stattgefunden. Hilft uns also auch nicht weiter.«

»Renate«, schrie Louise plötzlich. »Vielleicht kann sie uns weiterhelfen. Adele hat einen Kurs bei ihr besucht, zumindest mal den ersten Tag. Wir müssen Renate sofort anrufen. Und unsere Polizistin muss auch informiert werden.«

Zwanzig Minuten später trat Fines Freundin schwer atmend in die Küche und ließ sich auf einen Stuhl fallen.

»Das gibt's doch nicht. Und das alles hat sich seit gestern

Nachmittag ereignet? Es hat sich noch gar nicht groß rumgesprochen«, fiel sie gleich mit der Tür ins Haus.

»Soll es auch nicht, diese Barbara Ritter soll nicht aufgescheucht werden und sich gehetzt fühlen. Nicht dass es zu einer Kurzschlusshandlung kommt. Solveig, Freya, Dirk, Wimmer und ich haben die nähere Umgebung abgesucht. Wir hatten Wimmers Hund dabei, der hat eine gute Nase. Er hat auch eine Zeit lang geschnüffelt und an der Leine gezogen, dann aber die Spur, wenn es denn eine war, verloren. Allerdings müssen wir jetzt, da es hell ist und offenbar Gefahr für Theresa und ihr Baby droht, die Suche ausweiten. Solveig hat bereits Leute vom Festland angefordert. Sie müssten innerhalb der nächsten halben Stunde eintreffen. Und du, Renate, überleg jetzt mal, über was ihr euch unterhalten habt. Gab es irgendeinen Ort, den die Frau erwähnt hat, der ihr hier auf unserer Insel besonders gut gefallen hat?«

»Oder den sie besonders scheußlich fand«, ergänzte Louise.

Renate zog die Nase kraus und die Stirn in Falten, dachte angestrengt nach. »Nein, eigentlich gefiel ihr alles auf Pellworm. Sie war nett und neugierig, wir haben viel zusammen gelacht. Sie sagte, sie müsse sich noch ein wenig Literatur über Pellworm besorgen, damit sie bei ihrem nächsten Besuch besser vorbereitet sei. Moment, und dann war da was. Simone Schulte, die Frau von Hubertus, meinte, sie vermisse auf Pellworm manchmal Spannendes. Alte Sagen und Lost Places hat sie das genannt, da gäbe es auf Rügen viel mehr. Warum wir so etwas nicht zu bieten hätten. Ich sagte ihr dann, der einzige Ort, der mir dazu einfiele, wäre die ehemalige Burg Seegaarden.«

»Was, auf Pellworm gibt's eine Burg?«, entfuhr es Louise.

»Nein, nicht wirklich.« Fine schüttelte den Kopf.

»Jetzt bleibt doch mal bei der Sache«, ermahnte Momme die Frauen. »Wie war das noch mal mit Seegaarden? Hast du die Geschichte noch im Kopf?«

Renate nickte. »Das Gehöft gibt es immer noch, wie ihr alle wisst. Es war früher ein Rittergut. Es gab auch noch ein zweites, Gurde. Auf beiden lebten Brüder. Der von Gurde zog in den Krieg, lange hörte man nichts von ihm, seine Frau hielt ihn für tot. Der Bruder auf Seegaarden hatte keine Frau, verliebte sich in die des Bruders, und die beiden heirateten mit einem rauschenden Fest auf Seegaarden. Als sie so feierten, kehrte der Totgeglaubte zurück. In seinem Zorn tötete er den Bruder, der soeben seine Frau geehelicht hatte, er erschlug ihn mit einem Schwert, und das Blut spritzte bis an die Wand. Er flüchtete, aber die Gäste verfolgten ihn bis zu seiner Burg Gurde. Doch keine Spur von ihm, nie wieder hörte man etwas von ihm. Doch der Blutfleck blieb für immer und ist erst in jüngster Zeit verschwunden«, schloss Renate mit einem Zittern in der Stimme.

Die anderen hatten atemlos gelauscht.

»Das könnte es sein. Es ist eine andere Geschichte, doch es gibt Parallelen, die an die Vergangenheit, die uns interessiert, erinnern. Die beiden Brüder, einer von ihnen tot, eine Frau, die verlassen wird.«

Momme schüttelte zweifelnd den Kopf. »Das ist doch ganz was anderes, Louise.«

»Ja, du hast schon recht, aber wissen wir, was in einem solchen kranken Hirn wie dem der Ritter vor sich geht?

Momme, wenn wir nicht wissen, wo wir anfangen sollen, dann kann es Seegaarden genauso gut sein wie jeder andere Ort.«

»Nur dass dort mittlerweile ein ganz normales Haus steht«, gab Fine zu bedenken. »Wir können doch dort jetzt nicht alle auflaufen, das Haus umzingeln oder es stürmen.«

»Natürlich nicht. Ich ruf an, ob im Ferienhaus nebenan neue Gäste eingezogen sind«, sagte Momme ruhig und zog sein Handy aus der Hosentasche.

»Du glaubst, sie zieht einfach mit Theresa dort ein?«, fragte Louise ungläubig.

Momme hob die Hand und bat um Ruhe.

»Moin, hier Momme Mommsen, tut mir leid, dass ich euch so früh störe. Aber habt ihr Gäste in der *Seeschwalbe*? Aha. Ältere Frau mit ihrer schwangeren Tochter. Wo sind sie jetzt? Schlafen noch? Gut. Nein, lass sie schlafen. Ich erkläre es später.«

Momme sah auf sein Telefon, als könne er selbst nicht glauben, was er eben gehört hatte. »Sie sind dort, ich ruf Solveig an. Wir, das heißt sie, muss verdammt vorsichtig vorgehen. Anke meinte, die Frau sei ihr irgendwie krank vorgekommen, also die Mutter.«

Kapitel 47

Pellworm

Louise saß mit einem Glas Weißwein im Korbstuhl auf der Terrasse und hörte sich die Geschichte zum dritten Mal an.

Der Sommer würde sich bald endgültig verabschieden, doch an diesem Nachmittag gab er noch einmal alles. Die Blätter, die bald fallen würden, wogten leicht im Wind, das leise Schnauben von Sture vermischte sich mit dem Kratzen der Hühner in ihrem Pferch und dem Brummen einer Hummel, die soeben den Blütenkelch einer Nachtkerze verließ.

Vor Dirk und Momme stand eine beschlagene Flasche Korn, während Fine sich einen Erdtee gebrüht hatte.

Barbara Ritter war auf dem Festland in Gewahrsam, Theresa Wagenfeld vorsichtshalber zur Beobachtung in einem Krankenhaus in Husum. Sebastian Brümmer war bereits mit zwei Anwälten in Flensburg eingetroffen, und Hagen Reinerts Angehörige in Bremen kannten nun die genauen Todesumstände von Hagen, mussten sich allerdings auch der Tatsache stellen, dass er womöglich den Mord an Ron Schubert begangen hatte.

»Und sie hat sich einfach ohne jede Gegenwehr von Oberkommissarin Olms festnehmen lassen?«, fragte Louise erneut.

»Ja, so merkwürdig es klingen mag, sie schien geradezu erleichtert, dass wir sie gefunden haben. Keiner von uns wusste, wozu sie fähig gewesen wäre, wenn wir später gekommen wären. Doch als wir dann vor ihr standen, gab es keine Spur von Widerstand.« Dirk goss erneut die beiden Schnapsgläschen voll.

Momme hatte am Morgen umgehend den Inselarzt angerufen, nachdem er Solveig Olms über den Aufenthaltsort von Barbara Ritter und Theresa Wagenfeld informiert hatte. *Wir brauchen dich da. Wir wissen nicht, was passiert, wenn wir vor der Tür stehen.*

»Ich bin nur froh, dass niemand zu Schaden gekommen ist. Wir wussten nicht, ob sie der Schwangeren etwas verabreicht hat, ein Beruhigungsmittel oder Schlimmeres. Sie saß einfach mit ihr auf dem Sofa, den Kopf von Frau Wagenfeld in ihren Schoß gebettet, und streichelte ihr unaufhörlich über die Haare. *Mein Baby*, hat sie dabei gemurmelt. Keine Ahnung, ob sie das Ungeborene oder die junge Witwe gemeint hat. Es war irgendwie unheimlich.«

Momme nickte bestätigend. »Das war es. Weißt du, an was es mich erinnert hat? An eine Pietà, an Maria, die den toten Jesus auf dem Schoß hat und ihn festhält.« Er schüttelte sich, als würde er frösteln. »Anke hat uns einen Schlüssel gegeben, wir sind ganz leise rein, aber sie muss uns trotzdem gehört haben. Als ich die Tür zum Wohnzimmer öffnete, hat sie sich mir zugewandt und mich angelächelt. *Schön, dass Sie da sind*, waren ihre ersten Worte. Dann hat sie ein Küchenmesser auf den Couchtisch gelegt. Solveig ist dann langsam zu ihr und hat Entwarnung gegeben, als sie sah, dass Theresa wach und bei vollem Bewusstsein dalag. Schon bewundernswert, wie die werdende Mutter das Ganze verkraftet hat. Kein Gejammer, kein Zusammenbruch, sie ist ruhig und fast gelassen gewesen.«

»Ich frage mich nur, warum Theresa einfach mit ihr mitgegangen ist?« Fine rührte ein Stück Kandis in ihren Tee.

»Warum sollte sie einen Argwohn hegen, wenn die Ritter sich vielleicht als Freundin von Freya ausgegeben hat? Sie hat sie zu einem Spaziergang eingeladen, auf ein Getränk in ihr Ferienhaus. Vielleicht ist Theresa dann doch misstrauisch geworden«, spekulierte Momme.

»Das kann natürlich so gewesen sein. Sie erschien ja auch absolut vertrauenswürdig. Eine außergewöhnlich gute Schauspielerin eben. Und sonst hat sie nichts gesagt, also Barbara Ritter? Überhaupt nichts?«, wollte Louise wissen.

»Nein. Außer, dass Hagen Reinert Ron erschossen und sich selbst zu Tode getrunken hat. Den Rest werden wir entweder irgendwann erfahren oder auch nicht. Warten wir's ab.«

Heisere Schreie waren über ihren Köpfen zu hören.

»Wird aber auch Zeit, dass ihr euch auf den Weg in die Sonne macht, und kommt gesund wieder«, rief Fine hinter den Wildvögeln her. In eleganter Formation, angeführt von einer Nonnengans, die den weiten Weg nach Afrika kannte, glitten sie mit kräftigem Flügelschlag unter dem blauen Himmel den warmen Gefilden entgegen.

»Wie sieht's aus? Hat jemand Appetit auf Porreequiche mit ordentlich Käse und Lauch?«

Fine, Momme und Dirk mussten nicht lange überlegen.

Krabben gingen immer. Louise stand auf und spazierte in die Küche. Dort würde sie das tun, was sie noch besser konnte als das Lösen von Kriminalfällen, nämlich mit Freude eine umwerfende Köstlichkeit zaubern.

Louise Dumas' Rezepte

Rosengenüsse und mehr

Alle Rezepte, bis auf die Mousse mit Schuss, für 4 Personen

Rosenrezepte

Grundsätzlich sind alle Rosensorten essbar, nur sollte man von allzu stark duftenden Sorten absehen. Empfehlenswert sind alte Rosen wie die Damaszenerrose oder die Zentifolienrose sowie Wildrosen wie die Kartoffelrose oder die Hundsrose.

Auf einen Schluck – Rosenlikör

150 g Rosenblätter
200 g Zucker
eine Flasche Korn
2 EL Zitronensaft

▶ Rosenblätter abzupfen und in ein Einmachglas geben. Den Zucker darüberstreuen und mit dem Korn auffüllen, Zitronensaft hinzufügen. Das Glas verschließen. Bei Zimmertemperatur fünf Wochen durchziehen lassen. Ab und zu das Glas etwas bewegen. Durch ein Sieb in Flaschen abfüllen.

Rosen-Chutney

200 g Rosenblätter, in feine Streifen geschnitten

2 süß-saure Äpfel, gewürfelt

4 Pfirsiche, gewürfelt, alternativ Aprikosen oder Melone

1 rote Chilischote, gehackt

1 rote Zwiebel, gewürfelt

20 g geriebener Ingwer

1 EL Öl

100 ml Balsamico-Essig

300 g brauner Zucker

Pfeffer, Salz

▷ Die gewürfelte Zwiebel im Öl glasig anschwitzen, die restlichen Zutaten hinzufügen und eine Viertelstunde köcheln lassen. Mit Salz und Pfeffer abschmecken. In ein Einmachglas einfüllen und mit einem Deckel verschließen.

▷ Für diejenigen, die es feuriger mögen, empfiehlt Louise einen Chili-Dip.

Chili-Dip

8 Knoblauchzehen

4 Tabasco-Chilischoten

10–12 Stängel Koriander

4 EL Olivenöl

4 große Tomaten

1 EL Olivenöl

1 Zwiebel

Salz, Pfeffer

▶ Tomaten häuten und in Stücke schneiden. Zwiebel würfeln. Zwiebeln in Öl glasig dünsten, Tomaten hinzufügen und zwanzig Minuten köcheln lassen. Mit einem Stabmixer pürieren und mit Salz und Pfeffer abschmecken.

▶ Die Chilischoten klein würfeln (wer es weniger scharf mag, die Kerne vorher entfernen). Knoblauch und Koriander fein hacken, den Knoblauch und die Chiliwürfel in Olivenöl in einer Pfanne andünsten, den Ketchup hinzufügen und alles fünfzehn Minuten leicht köcheln lassen. Anschließend den gehackten Koriander unterheben.

▶ Für eine weniger scharfe Variante: statt der Chilis den Ketchup mit Piment d'Espelette oder Harissa abschmecken.

Labskaus nach Art von Louise

(ist nichts für den im wahrsten Sinne des Wortes einge-
fleischten Labskausfan)

750 g Kartoffeln
etwas Milch
2 Dosen Thunfisch in Öl
1 Zwiebel
4 eingelegte Rote Bete
8 Gewürzgurken
4 eingelegte Heringe
3 EL Öl
4 Eier
Salz, Pfeffer

▷ Kartoffeln schälen, klein schneiden und weich kochen.
▷ Die Rote Bete und die Gewürzgurken in kleine Stü-
cke schneiden. Die Zwiebeln würfeln, in Öl andünsten, die
Thunfischstücke hinzufügen, kurz mit anbraten, mit Salz und
Pfeffer würzen. Die Rote Bete und die Gewürzgurken zuge-
ben, fünf Minuten köcheln lassen. Fünf gewürfelte Corni-
chons und fünf gewürfelte Scheiben Rote Bete hinzufügen.
▷ Kartoffeln grob stampfen, heiße Milch zugeben, even-
tuell etwas Gurkensud (aus dem Glas) und ein wenig Rote-
Bete-Saft (aus dem Glas) hinzufügen und alles verrühren.
Pfanneninhalt zu den Kartoffeln geben, durchmischen und
abschmecken.
▷ Eier zu Spiegeleiern braten und zusammen mit dem eingelegten Hering auf dem Teller anrichten.

Und zuletzt etwas Süßes (für 6 Personen)

Mousse mit Schuss

200 g Bitterschokolade
5 sehr frische Eier
4 EL Zucker
250 ml Schlagsahne
2 cl Cognac oder Orangenlikör

▶ Schokolade im Wasserbad glatt schmelzen. Die Sahne steif schlagen. Eier trennen, Eiweiß zu Eischnee schlagen, Eigelb mit Zucker schaumig rühren, nach Geschmack Cognac oder Orangenlikör hinzufügen. In die Eigelbmasse die geschmolzene Schokolade rühren, dann die Schlagsahne und den Eischnee unterheben. Für mindestens zwei Stunden kühl stellen.

Bon appétit!

Lili Andersen

Zwischen Matjes und Macarons –
Die Inselköchin
Louise Dumas ermittelt

978-3-453-42500-2

978-3-453-42510-1

Leseprobe unter **www.heyne.de**

HEYNE ‹